# Zwischen Lüge und Wahrheit

Karin Franke

# Zwischen Lüge und Wahrheit

## Richies dritter Fall

Bibliografische Information der Deutschen Nationalbibliothek:
Die Deutsche Nationalbibliothek verzeichnet diese Publikation in der Deutschen Nationalbibliografie; detaillierte bibliografische Daten sind im Internet über http://dnb.dnb.de abrufbar.

Coverdesign: Ralf B. Franke
Titelbild:    Christa Dickhoff

Herstellung und Verlag: BoD – Books on Demand, Norderstedt

ISBN 978-3-7386-3465-5

# 1

Sandra Möller sah unruhig auf die Uhr. Schon zwanzig vor sechs. Sie würde wieder zu spät kommen. Und sich garantiert wieder Marios Litanei anhören müssen. Dann käme es wie üblich zum Streit, denn er war ein Pünktlichkeitsfanatiker und konnte überhaupt nicht verstehen, dass sie nun mal nicht auf die Minute Feierabend machen konnte.

Erst vorgestern hatten sie deswegen die letzte heftige Auseinandersetzung gehabt. Sie hatten sich um sechs bei Karstadt treffen wollen und sie war genau sieben Minuten zu spät gekommen. Das hatte für ihn gereicht, sie vor sämtlichen Vorübergehenden abzukanzeln. Sie hatte förmlich spüren können, wie diese sich ihr neugierig zuwandten und versuchten, aus den Worten, die ihr Freund brüllte, einen Zusammenhang herzustellen. Natürlich war sie wie immer bemüht gewesen, ihn zu beruhigen, aber er hatte sich mehr und mehr in seinen Zorn hineingesteigert, sodass sie schließlich den gemeinsamen Einkaufsbummel abbrachen.

Noch auf der gesamten Rückfahrt war er missgestimmt gewesen, zu Hause hatte er sich jedoch relativ schnell beruhigt, ja, er hatte sich sogar bei ihr entschuldigt. „Der verdammte Stress auf der Arbeit", hatte er gebrummt, „und dann kommst du wie immer zu spät. Da vergeht einem wirklich die Freude an irgendwelchen Unternehmungen. Die nutzen dich aus, ist dir das immer noch nicht klar? Diese reichen Fuzzis wissen ganz genau, dass du brav wartest, bis sie geruhen, endlich ihr Kind abzuholen. Schließ die Tür ab und setz die Blagen auf die Treppe davor. Wetten, dass die danach pünktlich sind?"

Sie hatte wie immer zu seiner Litanei geschwiegen. Es brachte nichts, wenn sie versuchte, ihm zu erklären, dass sie so nicht handeln durfte. Außerdem hätte sie so etwas nie machen können. Die Kleinen einfach vor die Tür setzen? Nein, das konnte sie mit ihrem Gewissen nicht vereinbaren.

Sie seufzte leise. Mario verdiente auf dem Bau nun mal nicht genug. Sie musste weiter ganztags arbeiten, damit sie vernünftig leben konnten.

Ihr könntet es schaffen, wenn er nicht so viel ausgeben würde, meldete sich ein leises Stimmchen in ihrem Kopf. Immer muss alles vom Feinsten sein, nur das Beste ist gut genug für ihn. Das meiste Geld gibt er aus.

Ärgerlich schüttelte sie den Kopf und brachte die Stimme zum Verstummen. Im Grunde seines Herzens war Mario anständig und lieb. Er machte sich halt nur viel zu viel Sorgen um sie, dass sie sich auf der Arbeit ausnützen ließ.

„Mami!" Der laute Ausruf Antonias brachte sie in die Gegenwart zurück. „Hallo mein Schatz, hallo Frau Möller." Frau Dr. Griese nickte ihr zu und umarmte ihre Tochter. „Hast du alles? Dann los, Bianca wartet im Auto." Ohne ein Wort der Entschuldigung für ihr Zuspätkommen rauschte sie mit ihrem Kind an der Hand davon.

Sandra biss sich auf die Lippe. Diese alte Ziege. Der hätte ein Denkzettel wirklich nicht geschadet. Nun gut, jetzt blieb nur noch Justus. Wieder sah sie auf die Uhr. Fast sechs! Das war eine Frechheit. Wie lange gedachte Frau Strüwer, sie noch hängen zu lassen?

Nein, das war nicht okay. Bisher hatte sie sich erst ein Mal verspätet und vorher rechtzeitig angerufen und Bescheid gesagt. Die war nicht der Typ, der die flexiblen Öffnungszeiten gnadenlos ausnutzte.

Kurzentschlossen griff Sandra nach dem Telefon und tippte die entsprechende Nummer, die auf der Liste darüber hing, ein. Nur der Anrufbeantworter meldete sich. Ohne eine Nachricht zu hinterlassen, drückte sie die Austaste. Und was jetzt?

Justus saß geduldig auf dem Bauteppich und schob Spielzeugautos hin und her. Er zeigte keinerlei Anzeichen von Aufregung. Sie hockte sich neben ihn. „Was wollte die Mama heute denn so machen?", fragte sie ihn. „Hatte sie etwas Besonderes vor?"

„Weiß ich nicht", murmelte er, ohne aufzusehen.

Na toll. Jetzt war sie auch nicht schlauer. Seufzend erhob sie sich und griff erneut zum Telefon. Es blieb ihr nichts anderes übrig, als Mario nun doch zu informieren, dass es heute spät werden würde.

## 2

Katharina

Als das Telefon anfing zu klingeln, hatte ich gerade angesetzt, um den letzten Strich an der Decke zu ziehen. Nein, wer immer das auch war, er würde mit dem Anrufbeantworter vorlieb nehmen müssen. Ich konzentrierte mich auf meine Arbeit.

Kaum war ich von der Leiter gestiegen, klingelte es ein zweites Mal. Kritisch betrachtete ich meine farbverschmierten Hände. Konnte ich es riskieren? Lieber nicht, ich schlängelte mich durch die mit Möbeln vollgestellte Diele hinüber ins Gästebad und schrubbte jeden einzelnen Finger. Eine Pause hatte ich mir sowieso verdient. Erst zehn Uhr und die gesamte Decke im Wohnzimmer war schon fertig.

Der Anrufbeantworter blinkte hektisch. Eigentlich hatte ich zuerst in die Küche gehen wollen, um mir eine zweite Tasse Kaffee zu gönnen. Die hatte ich mir redlich verdient. Zwar hatte ich im Prinzip nur eine Stunde konzentriert gearbeitet, aber das Ergebnis konnte sich sehen lassen. Die Wohnzimmerdecke erstrahlte in fleckenlosem Weiß, was man an diesem sonnigen Märztag besonders gut erkennen konnte. Das war auch der Grund, warum ich kurzerhand beschlossen hatte, die Renovierung auf das heutige Wochenende vorzuverlegen. Das Licht war geradezu ideal für dieses Unterfangen.

Natürlich hatte Manfred gestöhnt, als wir gemeinsam am gestrigen Tag das Zimmer leer räumten, aber ich war hart geblieben. Heute hatte er den ganzen Vormittag Termine – und ich damit freie Bahn. Dazu das ideale Frühlingswetter mit Sonnenschein und Temperaturen um die achtzehn Grad, besser konnte es nicht sein.

Der Anrufbeantworter blinkte geradezu vorwurfsvoll. Ich ergab mich und drückte auf die Nachrichten. „Hallo Frau Klingenberg", ertönte es aus dem Lautsprecher. „Hier ist Frau Meiss. Bitte rufen Sie mich schnellstens zurück."

„Ende der ersten Nachricht", verkündete der Anrufbeantworter. Es piepte. „Hallo Frau Klingenberg, hier ist noch einmal Frau Meiss. Bitte melden Sie sich bei mir, egal wann Sie die Nachricht abhören. Es ist dringend."

Ich drückte die Austaste. Das konnte nur bedeuten, dass Frau Meiss wieder einen Notfall hatte, den sie bei uns unterbringen wollte. Sie war die Sozialarbeiterin, die die Notfallpflegestellen betreute. Wenn sie an einem Samstagvormittag anrief, hieß das, sie benötigte möglichst sofort einen Pflegeplatz.

Ich rubbelte mir durch die Haare. Ausgerechnet heute. Das passte überhaupt nicht. Ich hatte vorgehabt, bis zum Abend das komplette Wohnzimmer zu streichen, damit wir morgen einräumen konnten.

Trotzdem griff ich zum Hörer. Ich konnte mir ja wenigstens anhören, worum es in diesem Fall ging.

„Ach, schön, dass Sie so schnell zurückrufen." Frau Meiss war anzuhören, dass ihr ein Stein vom Herzen fiel. „Ich hätte da einen kleinen Jungen, gerade drei geworden. Die Mutter ist spurlos verschwunden. Die Polizei vermutet ein Verbrechen, deshalb soll er nicht bei den Angehörigen untergebracht werden. Ich …"

„Was heißt das?", unterbrach ich sie. Bevor ich eine Zusage gab, wollte ich Genaueres wissen. Ja, ich würde es irgendwie möglich machen, das Kind zu nehmen. Frau Meiss wandte sich nur noch an mich, wenn sie wirklich keine andere Möglichkeit mehr sah.

„Man vermutet, dass ihr Exfreund, der Vater des Kindes, sie entführt hat. Zumindest sprechen im Moment alle Tatsachen dafür. Sie hat ihn erst am Tag zuvor wegen Stalkings angezeigt. Und er ist ebenfalls nicht aufzufinden. Offiziell hat er Urlaub, ist aber an dem Ferienhaus nie angekommen. Der Kleine war in der Tagesstätte. Morgens hat die Mutter ihn ganz normal gebracht, abends ist sie dann nicht gekommen, um ihn abzuholen. Die Kindergärtnerin hat schließlich die Polizei gerufen."

„Besteht denn die Gefahr, dass der Vater versucht, auch den Jungen zu kidnappen?", fragte ich nach.

„Ja, deshalb soll er ja weit weg von zu Hause untergebracht werden. Ach so", Frau Meiss stöhnte auf. „Entschuldigen Sie, das habe ich in der Aufregung ganz vergessen. Der Junge kommt extra aus Krefeld hierher. Keiner wird erfahren, wo er untergebracht wird."

„Wann würden Sie mit ihm kommen?"

„Ich muss erst noch den nötigen Papierkram erledigen und ihn abholen. So gegen vier?"

„Gut, bis dahin." Sechs Stunden blieben mir noch. Ob ich das schaffte? Ich stürzte meinen Kaffee im Stehen hinunter und machte mich gleich wieder an die Arbeit.

„Ey, das sieht echt gut aus", tönte plötzlich eine Stimme hinter mir.

Vor lauter Schreck rutschte ich mit dem Pinsel ab und machte einen dicken Strich auf den Fensterrahmen. „Richie, du sollst dich nicht immer so anschleichen!"

„Entschuldige, aber ich habe wichtige Neuigkeiten."

„Warte. Ich muss erst den Schaden beseitigen." Wenn ich anstrich, hatte ich immer gleich Wasser und Lappen dabei, so ersparte ich mir das lästige Entfernen angetrockneter Farbreste.

„Kathi. Hör mal, ich …"

„Moment noch." Der Bereich um das Fenster herum war besonders anstrengend. Als Nichtprofi schaffte ich einfach keinen geraden Trennungsstrich und musste diesen nachträglich durch Putzen herstellen. So, endlich geschafft, ich konnte mich zu ihm umdrehen. Dabei wäre mir fast der Lappen aus der Hand gefallen. Er glühte nahezu hell orange und pulsierte heftig, sodass er seine sonst ovale Form kaum halten konnte, bei ihm ein Anzeichen äußerster Erregung. „Was ist passiert?", fragte ich besorgt.

„Meine Mutter kommt", platzte er heraus. „Sie wird genau heute in einer Woche eintreffen."

„Deine Mutter?", echote ich verwirrt.

„Ich war genauso baff wie du." Aufgeregt schwirrte er hin und her. „Sie hat sich gestern bei Carmen gemeldet und ihren Besuch angekündigt."

„Jetzt mal langsam." Ich legte den Pinsel beiseite und ließ mich auf der unteren Leiterstufe nieder. „Ich dachte, die lebt gar nicht mehr."

„Dachte ich ja auch." Wieder schlug er mehrere Kapriolen in der Luft, ein deutliches Zeichen, wie aufgeregt er war. „Obwohl – so alt ist sie schließlich noch nicht."

Wie immer, wenn es um wichtige Dinge ging, musste ich Richie jedes Wort aus der Nase ziehen. „Was hat sie deiner Exfrau denn nun erzählt?", fragte ich, „wieso sie sich auf einmal meldet?"

„Gar nichts." Er schnaubte laut. „Sie hat angerufen und nach mir gefragt, die wusste nicht einmal, dass ich schon seit drei Jahren tot bin. Blöderweise waren im Hintergrund Annika und Benjamin zu hören. Daraufhin wollte sie wissen, ob das meine Kinder sind und als Carmen bejahte, hat sie sich einfach selbst eingeladen. Mehr ist bei dem Gespräch nicht rausgekommen, ich denke, meine Frau war viel zu perplex, um zu reagieren."

Das konnte ich mir lebhaft vorstellen. Mir hatte Richie schließlich auch erzählt, seine Mutter sei früh gestorben. „Warum hast du auch behauptet, sie sei tot", konnte ich mir deshalb nicht verkneifen zu sagen.

„Weil ich felsenfest davon überzeugt gewesen bin", brauste er auf. „Ich habe damals mit siebzehn versucht, sie zu finden, doch es gab nirgendwo irgendwelche Spuren, wo ich hätte ansetzen können."

„Sie hat dich und deinen Vater verlassen, als du fünf warst", rekapitulierte ich nachdenklich. „Weißt du, was sie danach gemacht hat?"

„Mein Alter hatte sie als vermisst gemeldet, weil sie ja von einem auf den anderen Tag verschwunden ist und noch nicht einmal einen Brief für uns hinterlassen hatte. So ungefähr zwei Monate später haben sich die Bullen bei uns gemeldet, die hatten sie bei einer Razzia aufgegriffen. Sie war wohl voll auf Droge zu der Zeit."

Jetzt kannte ich Richie mittlerweile drei Jahre und hatte gedacht, alles Wichtige von ihm zu wissen, doch das war mir neu. Gab es bei ihm also auch Dinge, die er vor mir geheim hielt.

„Für den Alten war der Fall damit erledigt, er reichte die Scheidung ein und hatte kurz darauf eine neue Freundin", erzählte er weiter.

Der noch viele andere folgten, wie ich wusste. Mit dem Mann hatte es keine lange ausgehalten. Bis auf seine letzte Lebensgefährtin Eva, die sehr an Richie gehangen hatte und auch Carmen und die Kinder heiß und innig liebte. Sie war ihnen mehr Oma als Carmens eigene Mutter. Aber das war ein anderes Thema.

„Und ihr habt nie wieder etwas von ihr gehört?", fragte ich, da er offensichtlich auf eine Antwort von mir wartete.

„Nein. Und bei meinen Nachforschungen habe ich nur herausgefunden, dass sie zweimal in der Klinik zum Entzug war. Danach verliert sich ihre Spur."

„Na, dann bin ich gespannt, was sie zu erzählen hat." Ich schielte auf meine unfertigen Wände. So gerne ich mit Richie weitergeplaudert hätte, die Arbeit rief. „Du", begann ich vorsichtig. „Ich habe ebenfalls Neuigkeiten. Wir bekommen heute Nachmittag ein neues Pflegekind. Nur für ein, zwei Wochen, hoffe ich. Der Vater hat anscheinend die Mutter entführt und jetzt hat die Polizei Angst, er könnte es auch auf das Kind abgesehen haben."

„Und das tust du dir an?"

„Der Junge wird extra aus Krefeld hierher gebracht", beruhigte ich ihn. „Es besteht keine Gefahr für uns."

Schlagartig verlor er das Interesse. „Ich jedenfalls werde Carmen nicht mehr von der Seite weichen. Vielleicht ruft meine Mutter in der Zwischenzeit noch einmal an. Das möchte ich nicht verpassen."

„Ja, tu das." Ich erhob mich ächzend – ich spürte bereits jeden einzelnen meiner Muskeln – und griff nach der Farbrolle. „Du verstehst sicher, dass ich weiterarbeiten muss. Aber wir können uns trotzdem unterhalten."

„Nein, nein, ich gehe wieder, ich wollte dir nur eben Bescheid sagen, dass du mich in der nächsten Zeit nicht sehen wirst", gab er zurück und verschwand umgehend durch das gekippte Fenster.

Ui, er klang eindeutig beleidigt. Wahrscheinlich hätte ich deutlich mehr auf ihn eingehen müssen. Beim nächsten Mal, nahm ich mir vor, denn dass er sich eine ganze Woche nicht blicken lassen würde, konnte ich mir beim besten Willen nicht vorstellen. Dazu war er viel zu erpicht darauf zu kommunizieren. Und dafür hatte er ja leider nur noch mich.

# 3

Richard

Also etwas mehr Interesse hätte ich von Kathi echt erwarten können. Hatte sie nicht bemerkt, wie aufwühlend diese Geschichte für mich war? Gut, bisher hatte ich meine Mutter kaum erwähnt und schon gar nicht in allen Einzelheiten berichtet, wie schlimm die Zeit damals für mich gewesen war. Trotzdem, als Mutter von neun Kindern hätte sie eigentlich wissen müssen, dass ein Steppke von fünf Jahren fürchterlich darunter litt, wenn seine Mutter ganz plötzlich, ohne ein Wort der Erklärung zu hinterlassen, verschwand. Und sich danach nie wieder meldete.

Dagegen nahm sich ihre Geschichte viel harmloser aus. Obwohl – wäre da vielleicht ein neuer Fall für uns drin? Seitdem ich den Drogenring hatte auffliegen lassen, war mittlerweile ein ganzer Monat vergangen, ohne dass sich irgendetwas Spannendes ereignet hatte, die Zeit war also reif dafür. Anderseits handelte es sich hier um eine einfache Entführung, Täter und Opfer waren bekannt. Da würde die Polizei wahrscheinlich keine Hilfe brauchen. Schade eigentlich.

Als ich bei Carmen eintraf, war diese gerade dabei, die Schwimmutensilien der Kinder einzupacken, während Karsten ihren Badeanzug und seine Badehose zusammen in einer Tasche verstaute. Grr, das war immer noch nicht mein Ding. Klar, er war der netteste Vater, den ich mir für meine Kinder nur wünschen konnte und auch als neuer Mann für Carmen durchaus geeignet, nur hinderte mich das leider nicht daran, in Eifersucht zu erglühen. Im Moment war jeder Besuch bei meinen Lieben ein Eiertanz für mich. Einerseits wollte ich meine Kinder täglich sehen, teilhaben an ihrem Leben und mitbekommen, wie sie aufwuchsen, anderseits war mir Karsten immer noch ein Dorn im Auge. Wenn er mit Annika und Benjamin spielte, konnte ich mich durchaus an diesem Bild erfreuen, sie trösten ging so gerade eben auch noch, mit ihnen schmusen dagegen ließ mich rasen. Noch schwieriger gestaltete sich für mich sein Umgang mit Carmen. Ich ergriff regelmäßig die Flucht, sobald meine Kinder von der Bildfläche verschwunden waren.

Und heute wollte die Familie also zusammen schwimmen gehen. Nee, das musste ich mir nicht antun, das eine Mal, wo ich dabei gewesen war, hatte mir gereicht. Das Spaßbad, zu dem sie fuhren, lud geradezu zu gemeinsamem Tun von Eltern und Kindern ein, ich musste garantiert nicht wieder erleben, wie Karsten zusammen mit Benjamin, kreischend der Zweite, lachend der Erste, die Wasserrutsche hinunterglitt oder wie er meine Tochter ermutigte, mit ihm zusammen um den Wasserfall herumzuklettern. Nee, da konnte ich genauso gut bei Kathi bleiben.

Ich kam genau im richtigen Moment. Gerade war Manfred eingetroffen und bewunderte lautstark Kathis Arbeit. Ich musste zugeben, dass er sich seit einiger Zeit richtig Mühe gab. Er räumte seine Sachen eigenständig weg, nahm bei seinen Terminabsprachen Rücksicht auf sie und vergaß vor allem nicht, sie regelmäßig für ihr Tun zu loben. Diese Dinge reichten schon, um Kathi so zu beeindrucken, dass sie gar nicht merkte, dass sie im Endeffekt immer noch den Hauptteil der Arbeit erledigte und er es sich weiterhin gut gehen ließ. Aber ich hütete mich, auch nur ein Wort in diese Richtung zu sagen, die beide mussten selbst sehen, wie sie am besten miteinander klarkamen. Solange Kathi mit dem Arrangement zufrieden war, war ich es auch.

„Ich werde wohl doch heute nicht mehr fertig", sagte sie gerade. „Um vier kommt Frau Meiss vorbei. Wir sollen für ein, zwei Wochen einen kleinen Jungen aufnehmen, sie bringt ihn gleich mit."

Ich musste anerkennen, dass Manfred die ganze Sache ausnehmend gut trug, auch, nachdem er die genauen Umstände erfahren hatte. „Ich kümmere mich morgen um ihn, damit du zu Ende streichen kannst", bot er an.

Das reichte, um Kathi zum Strahlen zu bringen. Ungeachtet ihrer farbbefleckten Kleidung umarmte sie ihn stürmisch. Natürlich durfte sie daraufhin die Flecken aus seiner Kleidung entfernen, während er sich in sein Arbeitszimmer begab und sich um seine Predigt für den nächsten Tag kümmerte. So würde Kathi nie fertig werden.

Immerhin schaffte sie es, drei Wände zu streichen, sich zu waschen und umzuziehen und das Wohnzimmer so passabel herzurichten, dass sie mit Manfreds Hilfe einen Großteil der Möbel zumindest provisorisch wieder aufstellen konnte. Als es um Punkt vier klingelte, hatte sich das Durcheinander in der Diele gewaltig reduziert, sodass ein gefahrloses Durchqueren möglich war.

Frau Meiss, die ich bisher nicht kennengelernt hatte – ich war vorher nie zugegen gewesen, wenn ein neues Pflegekind ankam – entpuppte sich als mütterlicher Typ, mit erstem Grau im dauergewellten Haar und einem warmen Lächeln, das sich in ihren blauen Augen hinter einer modisch viereckigen Brille widerspiegelte. „Und das hier ist Justus", sagte sie gleich auf der Schwelle und schob einen kleinen, schmächtigen Jungen, der krampfhaft ihre Hand umklammert hielt, vor sich.

13

„Hallo, ich bin Tante Kathi", meine Freundin war in die Hocke gegangen und strahlte den Kleinen an. „Ich freue mich, dass du ein paar Tage bei uns wohnen wirst."

Er nickte ernst, machte aber keine Anstalten, sie zu begrüßen. Kathi schien das nicht zu stören. „Kommen Sie bitte herein", wandte sie sich an Frau Meiss.

Nun tauchte auch Manfred auf. Wie Kathi ging er vor dem Knirps in die Hocke und lächelte ihn an. „Ich wette, du möchtest als Erstes sehen, ob wir auch genug Spielzeug für dich hier haben", sagte er.

Was für ein Blödsinn, als wenn das eingeschüchterte Kerlchen auf so was anspringen würde!

Nicht nur ich war baff erstaunt, dass dieser tatsächlich nickte und nun wie selbstverständlich nach Manfreds Hand griff. Der zwinkerte den beiden Frauen zu. „Na, dann komm mal mit." Gemeinsam verschwanden sie auf der Treppe nach oben.

„Erstaunlich." Frau Meiss war immer noch verblüfft. Kopfschüttelnd folgte sie Kathi ins Wohnzimmer.

„Ich bin gerade am Renovieren." Mit einer Handbewegung bat Kathi die Sozialarbeiterin, Platz zu nehmen.

„Vielen Dank, dass Sie Justus trotzdem nehmen. Es war mir wichtig, den Kleinen einzeln unterzubringen und nicht in einer Pflegefamilie mit mehreren anderen. Er ist ziemlich schüchtern, ich glaube nicht, dass er diese Zeit dort unbeschadet überstehen würde. Sie verstehen sicherlich, was ich damit sagen will", setzte sie nach kurzem Zögern hinzu.

Kathi nickte nur. Naja, selbst ich wusste, worauf sie anspielte. Normalerweise hatten die Kinder, die ihren Familien entzogen wurden, und das waren nun mal die meisten Pflegekinder, einen echten Schaden durch das, was sie bisher erlebt hatten. Die wurden ja nicht wegen irgendeiner Kleinigkeit von ihren Eltern getrennt. Da lag immer schon eine ganze Latte von schlimmen Dingen vor, die die Kinder erlebt hatten oder die ihnen angetan worden waren. Für den Knirps wäre das Zusammensein mit diesen wahrscheinlich ein Horrortrip gewesen.

„Was haben Sie Justus erzählt, wo seine Mutter ist?", erkundigte sich Kathi.

„Wir haben ihm gesagt, dass seine Mama im Krankenhaus liegt und er deshalb für eine kurze Zeit nicht nach Hause kann. Die Oma und die Tante, also die Mutter von Frau Strüwer und ihre Schwester, wären auch krank, deshalb hätten wir eine ganz liebe Familie organisiert, die sich solange um ihn kümmert." Frau Meiss wurde rot. „Dem Kollegen, der Justus abgeholt hat, ist auf die Schnelle nichts Besseres eingefallen."

„Hat er nach seinem Vater gefragt?"

„Ja, er wollte unbedingt, dass der Kollege dort vorbeifährt. Selbst als er ihm sagte, der wäre im Urlaub und nicht erreichbar, ließ er nicht locker. Er geriet dermaßen außer sich, dass der Kollege mit ihm zu dem Haus fuhr, in dem der Vater lebt. Erst als er sich selbst überzeugen konnte, dass der wirklich nicht da ist, beruhigte er sich wieder." Sie lächelte gequält. „Das kann man sich gar nicht vorstellen, wenn man ihn so sieht, nicht wahr? Bei mir war er dagegen vollkommen still, fast apathisch. Er hat kaum ein Wort gesprochen, eigentlich nur dagesessen und mit diesem kleinen Auto gespielt, das er nicht aus der Hand legt."

Kathi deutete auf den kleinen Koffer, der neben Frau Meiss' Füßen stand. „Sind dort ein paar Kleidungsstücke von Justus drin?"

Die Sozialarbeiterin nickte. „Und ein Teddy und ein Bilderbuch. Mehr wollte er nicht mitnehmen."

„Wir haben zum Glück selbst eine große Auswahl an Spielzeug", lächelte Kathi. „Wie geht es jetzt weiter? Wird der Kleine noch von der Polizei vernommen, ob er irgendetwas mitbekommen hat?"

„Ein Psychologe hat heute Morgen schon sein Glück versucht. Leider ohne Erfolg. Der Junge weiß nichts. Aber die Polizei wird den Kerl bestimmt bald schnappen. Es kann sich dabei eigentlich nur um Tage handeln."

Na, wenn die sich da mal nicht verschätzte. Wer so etwas tat, hatte es bestimmt von langer Hand geplant. Der ließ sich nicht so schnell erwischen.

Kathi schien ähnliche Gedanken zu haben, denn sie sagte: „Justus kann hier bleiben, bis die Situation geklärt ist. Wir werden ihn nicht aus den Augen lassen."

„Gut, dann kann ich ja beruhigt aufbrechen." Frau Meiss erhob sich. „Lassen Sie die beiden ruhig oben", wehrte sie ab, als Kathi Anstalten machte, ihren Mann zu rufen. „Besser, er sieht mich nicht gehen."

Kaum hatten die zwei sich verabschiedet, wandte sich Kathi an mich. Natürlich war ihr nicht entgangen, dass ich mich doch wieder bei ihr rumtrieb. „Und, was hältst du von der Geschichte?"

„Ach, den erwischen die schnell", erwiderte ich so leichthin wie möglich. „Spätestens nächste Woche kann der Kleine zurück nach Hause."

Das war wohl nicht die Antwort, die Kathi erwartet hatte. Sie guckte echt enttäuscht. Aber ich wollte und konnte mich im Moment nicht mit diesem Fall beschäftigen. Meine Mutter kam, das war viel wichtiger. Damit hatte ich erst einmal genug zu tun.

# 4

Katharina

Das Zusammenleben mit Justus gestaltete sich einerseits relativ leicht, er hatte zu Manfred sofort Zutrauen gefasst und wich ihm gar nicht mehr von der Seite, andererseits jedoch auch schwierig, da er mich überhaupt nicht an sich heranließ. Er tat zwar, was ich ihm sagte, aber ging mir ansonsten aus dem Weg und sprach mich auch von sich aus nicht an. Er hatte sich eindeutig Manfred als Bezugsperson ausgesucht.

Das hatte den Vorteil, dass wir das Wohnzimmer bis zum frühen Sonntagabend bereits in seinen Urzustand zurückversetzen und uns anschließend gemütlich bei unseren Krimiserien erholen konnten.

„Ich nehme den Kleinen morgen früh mit zum Kindergarten", sagte Manfred, als wir uns für die Nacht zurechtmachten. „Willst du ihn mittags abholen oder soll er bis nachmittags um vier bleiben?"

„Ich dachte, ich telefoniere mit Angelika", das war die Kindergartenleiterin. „Sie wird am besten einschätzen können, wie wir vorgehen sollten."

„Gehst du zur Essensausgabe?"

„Nein, ich bleibe lieber zu Hause, falls Justus doch Theater macht." Ich gähnte und streckte meine Muskeln, die von der ungewohnten Arbeit schmerzten. „Außerdem muss ich noch die Möbel gründlich putzen, alles habe ich heute nicht geschafft."

Genau das tat ich am nächsten Tag auch ausgiebig, bis das Zimmer strahlte. Anschließend telefonierte ich mit Angelika. „Und, wie macht sich der kleine Justus? Hat er sich schon eingelebt?"

„Unsere Melina hat ihn sich gleich gegriffen und bemuttert ihn", lachte diese. „Er kommt gar nicht dazu, Heimweh zu haben. Lass ihn ruhig bis um vier hier. Ich glaube nicht, dass er Schwierigkeiten macht."

Hurra, mein Mittagsschlaf war gerettet. Nach meiner Arbeit am Wochenende und der anstrengenden Putzerei heute war ich froh, mir den Luxus leisten zu können. Mit knapp zweiundfünfzig gehörte ich noch lange nicht zum alten Eisen, trotzdem benötigte ich deutlich mehr und längere Erholungsphasen als früher.

Justus saß auf dem Spielteppich und schob Autos über die aufgemalten Straßen, als ich ihn abholen kam. Er stand sofort auf, als er mich sah und ging auf mich zu. Ein Lächeln oder einen direkten Augenkontakt bekam ich jedoch nicht. Auch als ich ihn in den Vorraum führte und ihm half, die Pantoffeln aus- und seine Schuhe und Jacke anzuziehen, blieb er stumm und wich meinem Blick aus.

„Bis morgen." Angelika kniete sich vor ihn nieder und sah ihn an. „Hat es dir bei uns gefallen?"

Er nickte und drehte den Kopf zur Seite. Er fühlte sich nicht nur unwohl, sondern richtiggehend bedrängt. Angelika, die das ebenfalls bemerkt hatte, erhob sich sofort wieder und trat zurück. „Okay, dann mal los."

Ohne dass ich ihm etwas sagen musste, blieb Justus auf dem Heimweg die ganze Zeit direkt neben mir. Nun gut, wir mussten im Prinzip nur die Straße entlang gehen, um die Ecke biegen und hatten unser Haus fast erreicht. Trotzdem, ich war beeindruckt, er war das erste Kind, das sich derart brav benahm.

Ich sollte mich noch weiter wundern. Kaum hatte ich die Eingangstür aufgeschlossen, streifte er seine Schuhe ab, zog sich die Jacke aus und verschwand nach oben in das Kinderzimmer, das wir für unsere Pflegekinder eingerichtet hatten. Als ich einige Zeit später nach ihm sah, spielte er selbstvergessen mit der Parkgarage und den Autos aus unserem Equipment.

Erst mit Manfreds Eintreffen gegen sechs, taute er merklich auf. Kaum hatte er seine Stimme gehört, kam er die Treppe heruntergerannt und umschlang seine Beine. Dann ergriff er seine Hand und zog ihn aufgeregt plappernd hinter sich her. Mein Mann warf mir einen amüsierten Blick zu und ließ sich wegziehen. Während ich begann, das Abendessen zuzubereiten, hörte ich die beiden oben lachen.

Beim Essen hielt die Veränderung an. Justus berichtete in allen Einzelheiten von seinem Tag, wandte sich dabei jedoch nur gezielt an Manfred. Ich staunte, über was für ein Vokabular der Kleine bereits verfügte. Vernachlässigt worden war er mit Sicherheit nicht, im Gegenteil, sein Sprachschatz war für sein Alter immens, das konnte ich bei all den Kindern, die ich mittlerweile in Obhut gehabt hatte, durchaus beurteilen.

Auch meinem Mann war sein ungewöhnlich gutes Sprachverständnis aufgefallen. „Man merkt extrem den Unterschied zu unserem sonstigen Klientel, findest du nicht?", fragte er, nachdem er Justus ins Bett gebracht hatte. „Täusche ich mich oder war selbst unsere Kirsten in dem Alter nicht dermaßen gesprächig?"

„Er ist wirklich weit für sein Alter", nickte ich. „Das Einzige, was ich nicht verstehe, ist, wieso ich keinen Zugang zu ihm bekomme. Ich habe das Gefühl, er blendet mich einfach aus."

„Ach, das wird schon", tröstete mich Manfred. „Wahrscheinlich vermisst er seine Mutter doch sehr und kann deshalb keine Beziehung zu dir aufbauen."

An diesem Tag gab ich mich mit der Antwort zufrieden, doch in den nächsten Tagen verstärkte sich mein ungutes Gefühl. Justus blieb unzugänglich, nicht nur mir, sondern auch den Kindergärtnerinnen gegenüber. Er nahm von sich aus keinen Kontakt auf, gab nur kurze knappe Antworten, wenn man ihn ansprach, und gesellte sich nie freiwillig zu einem von uns. Zwar erledigte er durchaus willig alles, was ich ihm auftrug, saß sogar still dabei, als meine Klavierschüler zu ihren Übungsstunden kamen, aber echte Gemütsregungen sah ich bei ihm nicht. Zumindest nicht, solange wir allein waren. Kam Manfred, änderte sich die Situation schlagartig, fast hätte man den Eindruck haben können, es handele sich um ein ganz anderes Kind, das da plötzlich temperamentvoll herumsprang und lauthals lachte. Von seiner üblichen Zurückhaltung war ab diesem Moment nichts mehr zu spüren. Er forderte geradezu Aufmerksamkeit ein und war richtiggehend beleidigt, wenn mein Mann ihn an mich verwies. Dann spielte er lieber ruhig zu Manfreds Füßen, als auf meine Angebote einzugehen.

Am Freitagnachmittag unternahm ich einen neuen Vorstoß, ihm näherzukommen. Ich hatte beschlossen, ihn mit zu Brunis Tierpension zu nehmen. Hier war bisher noch jedes Kind aufgetaut.

Als ich außen am Tor klingelte und mehrere Hunde zu bellen anfingen, ergriff er zum ersten Mal von sich aus meine Hand und klammerte sich daran fest. „Du brauchst keine Angst zu haben", beruhigte ich ihn. „Tante Bruni lässt die Großen nicht raus. Sie sind in einem Extrazimmer."

Er nickte, war offensichtlich aber nicht überzeugt. Anna, Brunis Nichte, kam zum Tor und öffnete es. „Hallo Kathi, hallo Justus, kommt rein." Ohne ihn weiter zu beachten, ging sie vor uns her zum Haus. Aha, sie war von ihrer Tante, mit der ich gestern lange telefoniert hatte, vorgewarnt worden, ihn möglichst nicht anzusprechen. Denn eigentlich liebte Anna Kinder und kam mit ihnen immer noch wesentlich besser zurecht als mit den meisten Erwachsenen. Fast ein Jahr war sie nun in Therapie und hatte in dieser Zeit gewaltige Fortschritte gemacht. Trotzdem lag noch ein langer Weg vor ihr.

„Guten Tag, ich bin Tante Bruni." Meine fast-Nachbarin - sie wohnte nur zwei Straßen von uns entfernt - und liebe Freundin strahlte uns an. „Ihr wollt die Hundebabys sehen?"

Ich nickte und zog Justus hinter mir her ins Haus. „Wir sind schon ganz gespannt darauf."

Tja, der Kleine stellte sich an, als hätte er noch nie in seinem Leben Kontakt mit einem Tier gehabt. Dabei waren die flauschigen, sieben Wochen alten Welpen herzallerliebst. Sie kamen gleich neugierig auf uns zugelaufen und sprangen an uns hoch. Justus kreischte schrill auf und zog mich mit aller Kraft rückwärts. „Ich will weg", stammelte er. „Ich mag die nicht."

Selbst Anna, die normalerweise schnell von allen kleinen Besuchern gemocht wurde, konnte ihn nicht überzeugen, in den Raum einzutreten. Schließlich schnappte sich Bruni einen der Kleinen und trug ihn auf dem Arm hinaus. „Wir nehmen ihn mit in die Küche", bestimmte sie. „Dort kannst du ihn näher kennenlernen, wenn du möchtest."

Es dauerte fast eine Stunde, bis Justus sich überreden ließ, den Kleinen anzufassen. „Das ist ein Havaneser", erklärte Anna ihm. Der Welpe leckte Justus Hand. „Schau mal, er mag dich."

Doch der hatte seine Hand hastig weggezogen. „Das kitzelt."

Während Bruni und ich am Tisch sitzen blieben, hockte sich Anna mit dem Hund auf den Boden und lockte Justus neben sich. Quietschend wand sich der Welpe auf ihrem Arm hin und her, er wollte nicht länger ruhig verharren, sondern tobend und spielend die Küche entdecken.

Anna ließ ihn gewähren. Sofort kletterte Justus wieder auf seinen Stuhl und zog die Beine hoch. „Der soll mich nicht lecken." Sein Blick sagte jedoch etwas ganz anderes. Er fürchtete sich vor dem kleinen Wesen maßlos.

Anna gab wirklich ihr Bestes. Sie spielte mit dem Welpen, nahm ihn dann wie ein Baby auf den Arm, kitzelte seinen Bauch, sodass das Tierchen strampelte, und legte schließlich ihre Wange an den Kopf des Kleinen. „Der ist so weich", seufzte sie. „Wie ein kleiner Teddy."

Justus blieb skeptisch auf seinem Stuhl sitzen. Bruni warf mir über den Tisch einen Blick unter hochgezogenen Augenbrauen zu. Ich schüttelte den Kopf. Das Experiment war eindeutig gescheitert.

## 5

Richard
Endlich Samstag! Heute würde ich meine Mutter sehen!
Die Woche war quälend langsam verstrichen – und dazu noch todlangweilig gewesen. Ich hatte mich so oft wie möglich an Carmens Seite aufgehalten, aber meine Mutter hatte sich nicht noch einmal gemeldet. Also hatte ich mich für nichts und wieder nichts geopfert.
Klar, ich hatte mich mittlerweile mit diesem Verhältnis abgefunden. Natürlich war es für sie und die Kinder besser, mit Karsten zu einer kompletten Familie zu verschmelzen. Trotzdem musste ich nicht unbedingt live miterleben, wie verliebt meine Exfrau und ihr neuer Freund waren. Deshalb hielt ich normalerweise etwas mehr Abstand und besuchte hauptsächlich Annika und Benjamin. Den beiden konnte ich immer noch stundenlang bei ihren Aktivitäten zusehen.
In den letzten Tagen hatte ich mehr Zeit mit Carmen verbracht als in den Monaten, seitdem sie mit dem Hei..., mit Karsten zusammen war. - Ich hatte Kathi ja versprochen, ihn nicht mehr bei seinem von mir gewählten Spitznamen zu nennen.
Diese Woche mit ihr hätte ich mir echt schenken können. Wenn sie zu Hause war, musste ich ständig aufpassen, dass ich nicht wieder in eine der ewigen Kussorgien geriet; wenn sie mit den Kindern unterwegs war oder im Büro, lautete jedes dritte Wort von ihr „Karsten". Gut, dass ich in der Zwischenzeit schon beschlossen hatte, mich an Kathi zu halten. Wäre sie nicht gewesen und mein Entschluss, mich weiterhin als Detektiv zu betätigen, hätte ich nach der einen Woche bestimmt das Handtuch geworfen. Gott, war das ätzend!
Ein einziges Mal war es interessant geworden, nämlich als das Gespräch - die Kinder waren bereits im Bett - auf den zu erwartenden Besuch meiner Mutter kam. Karsten hatte durchaus seine Bedenken. „Was will sie denn hier? Jahrelang hatte sie zu ihrem Sohn keinen Kontakt, hat sich nie gemeldet. Warum jetzt auf einmal?"
Carmen hatte die Schultern gezuckt. „Du, ich war so baff, ich habe überhaupt nicht weiter nachgefragt."
Die beiden hatten beschlossen, dass meine Exfrau zunächst allein mit meiner Mutter sprechen sollte. Die Kinder würden zusammen mit Karsten einen Ausflug zu einem Spielplatz in der Nähe machen, sodass Carmen ihn jederzeit auf dem Handy zurückbeordern konnte. Zudem sollte

seine Tante, die oben wohnte, an dem Treffen teilnehmen, als zusätzlicher Rettungsanker sozusagen.

Mit diesem Arrangement war ich durchaus einverstanden. Irgendwie konnte auch ich mir keinen Reim daraus machen, was meine Mutter plötzlich dazu bewogen hatte, sich zu melden. Drückte sie auf einmal ihr schlechtes Gewissen? Reichlich spät, meiner Meinung nach. Ihr hätte doch klar sein müssen, dass ich sie, selbst wenn ich noch am Leben gewesen wäre, bestimmt nicht mit offenen Armen aufgenommen hätte.

Damals, als sie verschwand, war ich am Boden zerstört. Ich hatte wie immer den Rückweg vom Kindergarten allein zurückgelegt und war noch nicht einmal sonderlich erstaunt, dass sie nicht öffnete, nachdem ich geklingelt hatte. Das war schon öfter vorgekommen, entweder hatte sie sich beim Einkaufen verplaudert oder war bei irgendwelchen ihrer vielen Freunde nicht rechtzeitig weggekommen.

Also setzte ich mich auf die Treppe und wartete – und wartete und wartete, bis sich einer unserer Nachbarn meiner annahm. Für mich hieß er Opa Bormann, er war Rentner und in meinen Augen bereits steinalt. Ich durfte mit in seine Wohnung, denn es war ein recht frischer Herbsttag mit immer wieder einsetzendem Sprühregen. Opa Bormann kochte mir eine heiße Schokolade und gab mir ein paar Micky- Mouse-Hefte zum Ansehen.

Gegen halb drei kam mein Vater von der Arbeit und nahm mich mit nach oben. Besorgt war er da noch nicht, nur stinkwütend, dass seine Frau wie schon so oft ihre Pflichten vernachlässigte. Ich verkroch mich in meinem Kinderzimmer, während er wie ein angeschossener Tiger durch die Wohnung lief. Zu meinem Glück hatte der alte Mann mir zwei große, dick mit Leberwurst bestrichene Butterbrote gemacht. Mein Vater, der von Stunde zu Stunde wütender wurde, kam überhaupt nicht auf die Idee, dass ich hungrig sein könnte, obwohl zu dieser Zeit der normale Kindergarten nur bis zwölf geöffnet hatte und kein Mittagessen anbot.

Später dann stellte sich heraus, dass wir sowieso nichts mehr im Haus hatten, im Kühlschrank lagen noch drei Scheiben hartes Brot, das vom Frühstück übrig geblieben war und ein Zipfelchen Fleischwurst, in der Vorratskammer standen ein halbes Päckchen Mehl und eine Tüte mit einem winzigen Rest Haferflocken einträchtig nebeneinander, in den restlichen Regalen zeugte eine dicke Staubschicht davon, dass sie länger nicht mehr benutzt worden waren.

Es wurde Abend und die Wut meines Vaters schlug in Sorge um. Er packte mich ins Auto und fuhr mit mir zum nächsten Polizeirevier. Der

Beamte, der die Vermisstenanzeige aufnehmen sollte, winkte ab. Meine Mutter war noch nicht lange genug abgängig, als dass sie tätig würden. Wir sollten morgen noch einmal wiederkommen.

Kaum zurück, mit einem inzwischen erneut ziemlich wütenden Vater, kam der auf die grandiose Idee, seine Ersparnisse zu kontrollieren, die sich in einem Einmachglas versteckt im Keller befanden. Sein anschließendes Gebrüll ließ das ganze Haus erbeben. Das Geld, das er Monat für Monat beiseitegelegt hatte, um sich seinen Herzenswunsch, einen einigermaßen guten gebrauchten schnittigen Manta zu erfüllen, war verschwunden.

Ich dachte echt, er würde jeden Moment tot umfallen. Im Gesicht krebsrot, dabei schwer atmend wie eine Lokomotive, hielt es ihn keine zwei Minuten auf der Couch. Wie besessen rannte er in unserer kleinen Wohnung auf und ab und stieß dabei schreckliche Verwünschungen gegenüber dieser undankbaren Schlampe aus, zählte auf, was er ihr alles antun würde, wenn er sie in die Finger bekäme, dann wieder heulte und jammerte er, dass er nun seinen Traum begraben müsse, weil es ihm nie mehr gelingen würde, so viel Geld anzusparen. Ich kauerte die ganze Zeit hinter dem breiten Sessel und versuchte, möglichst unsichtbar zu bleiben.

Am nächsten Morgen erwachte ich in meinem Bett, mein Vater musste mich irgendwann, nachdem ich trotz seiner Schreierei eingeschlafen war, gefunden und dorthin verfrachtet haben. Kaum regte ich mich, stand er vor mir. „Ich gehe heute nicht zur Arbeit. Ich habe mich krankgemeldet."

„Wo ist Mama?", fragte ich. Irgendwie kam mir der gestrige Tag wie ein Alptraum vor. Ich hoffte einfach, dass heute alles genauso war, wie es sein sollte.

„Die sehen wir nie wieder", gab mein Vater brummend zurück. „Wir müssen gucken, wie wir beide allein klarkommen."

Gegen Nachmittag ging er noch einmal mit mir zum Polizeirevier und gab nun endlich seine Vermisstenanzeige auf. In Anbetracht dessen, dass meine Mutter weder einen Brief hinterlassen, noch irgendwelche Kleidungsstücke mitgenommen hatte, nahmen die Beamten die Suche nach ihr wirklich ernst. Von dem Geld sagte er ihnen allerdings nichts und warnte mich, ja keinen Ton darüber verlauten zu lassen. Seine gesamten Ersparnisse stammten nämlich aus diversen Schwarzarbeiten, die er in den letzten Jahren gemacht hatte. Davon durfte niemand wissen. Da ich keine Lust auf schlagende Argumente hatte, die ich in meinem zarten Alter schon zur Genüge kannte, schwieg ich.

Bis wir erfuhren, dass meine Mutter bei einer Razzia aufgegriffen worden war, hatte sich unser Leben bereits einigermaßen normalisiert. Für den Übergang war eine Nachbarin eingesprungen, bei der ich nun in der Zeit, in der mein Vater arbeitete, blieb.

Doch bald darauf zog eine neue Frau bei uns ein, der Dutzende weitere folgen sollten. Mein Vater war beileibe kein einfacher Partner, rechthaberisch bis zum geht nicht mehr, ein Despot, der nie das Heft aus der Hand gab, dazu schnell aufbrausend und beleidigend. Kein Wunder, dass keine seiner Freundinnen es lange mit ihm aushielt. Aber zumindest verlief mein Leben in ordentlichen Bahnen, es war immer jemand da, wenn ich nach Hause kam, ich erhielt regelmäßige Mahlzeiten und der Haushalt funktionierte, ohne dass mein Vater einen Finger krumm machen musste.

Erst im Nachhinein, also als ich Carmen kennengelernt und mit ihr eine Familie gegründet hatte, wurde mir klar, dass ich nicht gerade eine besonders glückliche Kindheit gehabt hatte; wenn man klein ist, nimmt man es, wie es ist, wird man größer, ist das Bekannte das Normale und wird nicht groß hinterfragt.

Anderseits war mein Vater auf seine Art stets bemüht gewesen, sich um mich zu kümmern. Er hatte mich in diversen Sportvereinen angemeldet, um mich von der Straße wegzuholen, wie er sagte, und kam, wenn er es ermöglichen konnte - er arbeitete mittlerweile im Schichtdienst - zu jedem Fußballspiel, an dem ich samstags teilnahm. Viel gebracht hatte sein Engagement in meinem Fall leider nicht, der Lockruf der Straße war größer.

An meine Mutter hatte ich zu der Zeit schon keine richtigen Erinnerungen mehr. Sie war mir als fröhliche Frau mit einem ansteckenden Lachen im Gedächtnis geblieben, die immer einen Haufen Leute um sich scharte, mit denen sie dann stundenlang redete und diskutierte. Zeit für mich, Zeit für den Haushalt blieb da wenig.

Oh, es klingelte an der Tür. Gespannt folgte ich Carmen, um sie einzulassen.

# 6

Katharina
Am Samstagnachmittag bekamen wir Besuch von Christina und Burkhard. Eigentlich hatten wir zu ihnen kommen sollen, doch mit Rücksicht auf Justus hatte ich das Treffen zu uns umgelegt. Hier konnte er sich mit seinem Spielzeug beschäftigen, während wir Erwachsenen redeten – und vor Lotti flüchten, wenn seine Angst zu groß wurde.
Der Hund der beiden war ein kleines, wuscheliges Etwas, wirklich herzallerliebst, aber nach dem gestrigen Desaster bei Bruni ging ich lieber auf Nummer sicher.
Dieses Mal übernahm es Manfred, den Jungen und den Hund miteinander bekannt zu machen und entweder lag es an dem besonderen Vertrauensverhältnis zwischen den beiden oder daran, dass Lotti mittlerweile schon ziemlich alt und dadurch ruhiger war. Innerhalb von einer halben Stunde gelang es meinem Mann, den Kleinen dazu zu bewegen, Lotti zu streicheln. Damit war der Bann gebrochen, nach dem obligatorischen Kaffeetrinken nutzten die Männer die Regenpause und spielten mit Hund und Kind im Garten, während wir Frauen es uns auf der Couch gemütlich machten.
„Kennt Justus überhaupt keine Tiere?", wunderte sich meine Freundin.
„Er tat geradezu so, als sei Lotti eine Bestie."
„Angeblich ist sein Vater mit ihm oft in den Zoo gegangen. Und wohl auch in den Zirkus." Ich zuckte die Achseln. „Zumindest hat er das Manfred gestern erzählt." Ich berichtete Christina ausführlich von meinem Erlebnis bei Bruni.
„Und weder Bruni noch Anna haben es geschafft, zu dem Kleinen Kontakt aufzubauen?" Meine Freundin, die die beiden ebenfalls gut kannte, schüttelte den Kopf. „Das kann ich mir kaum vorstellen."
„Du hast es doch gerade selbst miterlebt." Ich wies zur offenstehenden Terrassentür, von der Justus' Geschrei herüberschallte. „Deinem Mann ist er sofort aufgeschlossen und fröhlich begegnet, dir kann er kaum in die Augen schauen."
Christina zog fröstelnd die Schultern hoch. „Könntest du vielleicht die Tür anlehnen?", bat sie. „Ich finde, es ist heute geradezu empfindlich kalt gegenüber den davor herrschenden Temperaturen. Gut, dass die Männer das Wetter nicht zu stören scheint, so hat sich meine Runde mit Lotti erledigt."

25

„Dabei hatte ich mich schon auf einen ausgiebigen Nachmittagsspaziergang gefreut", witzelte ich, während ich bereits die Tür ins Schloss drückte. „Nun mal Scherz beiseite, wie findest du den Kleinen?"
Christina zog die Stirn kraus. „Irgendwie seltsam", bekannte sie zögernd. „Wenn ich ihn nicht mit Burkhard und Manfred erlebt hätte, wäre mir tatsächlich bei ihm so eine Art autistische Störung in den Sinn gekommen. Dass er kaum eine Miene verzieht, zum Beispiel, und dass er mir nicht in die Augen schauen kann." Sie lachte. „Mit mir sprechen tut er ja eh nicht. Ich habe nie mehr als ein Kopfschütteln oder ein Nicken bekommen, als ich versucht habe, mit ihm Kontakt aufzunehmen. Ja, und dann dieses kleine Spielzeugauto, das er nicht aus der Hand legt. Er hat es sogar mit nach draußen genommen."
„Ich weiß", nickte ich. „Er hat es ständig bei sich, er schläft sogar damit. Sein Papa hat es ihm geschenkt, erzählte er Manfred. Er scheint sehr an ihm zu hängen."
„Habe ich das richtig verstanden? Er und die Mutter leben getrennt, richtig?"
Ich hatte Christina bisher nur ansatzweise von unserem neuen Pflegekind berichtet. Nun holte ich das Versäumte nach, ich musste mich einfach mit jemandem außer Manfred aussprechen. Mein Mann vertrat die Meinung, dass Justus nicht seltsamer sei als einige unserer Zöglinge zuvor. Ich dagegen fand ihn zunehmend gestörter, besonders in Anbetracht der Umstände, dass er doch eigentlich aus einem ganz normalen Umfeld kommen sollte, mit einer liebenden Mutter, die bisher den ganzen Tag für ihn da gewesen war und anscheinend auch einem interessierten Vater, der sich bemühte, seine Zeit mit ihm kindgemäß zu verbringen.
„Die Eltern waren nicht verheiratet und haben sich bereits während der Schwangerschaft getrennt. Angeblich hatten sie aber bis vor kurzem ein relativ gutes Verhältnis zueinander und der Kleine verbrachte jedes zweite Wochenende bei seinem Vater. Dann wollte er plötzlich nicht mehr zu diesem, machte laut Angaben der Mutter ein Riesentheater und steigerte sich immer mehr in seine Abwehrhaltung hinein."
„Nach Angaben der Mutter?", fragte Christina nach.
„Ja, die ist einen Tag vor ihrem Verschwinden bei der Polizei gewesen und hat ihren Exfreund als Stalker angezeigt. Er wäre schon seit längerer Zeit zunehmend besitzergreifender geworden, erzählte sie, sie habe jedoch zuerst relativ gut damit umgehen können. Erst nachdem sich Justus weigerte, seinen Vater zu besuchen, sei das Ganze gekippt. Da habe er

begonnen, sie regelrecht zu verfolgen und sie zu bedrohen. Mittlerweile sei sie am Ende ihrer Nervenkraft, sie habe nicht nur Angst um sich, sondern auch Angst um das Kind, dass er einem von ihnen oder sogar beiden etwas antun könne. Ja, und einen Tag später ist sie spurlos verschwunden und er ebenso."

Christina schüttelte fast bewundernd den Kopf. „Du erlebst andauernd richtige Krimis. Wie machst du das bloß?"

„Ich suche mir das ganz bestimmt nicht aus", wehrte ich ab und kam auf unser eigentliches Thema zurück. „Ich kann mir nachdem, was ich über ihn weiß, sein Verhalten eher noch schlechter erklären."

„Es ist, als wäre es genau falsch herum", nickte meine Freundin. „Er fühlt sich zu Männern hingezogen, obwohl sich das Verhältnis zu seinem Vater im Laufe der Zeit verschlechterte ..."

„Und er lehnt Frauen ab. Dabei hat er angeblich ein gutes Verhältnis zu seiner Mutter", ergänzte ich. „Das sagte mir zumindest die zuständige Sozialarbeiterin."

„Du hast recht." Ehe ich mich besann, hatte Christina ihr Handy hervorgekramt und rief eine der Nummern aus ihrem Telefonbuch auf.

„Was ...?"

Sie wehrte mich stirnrunzelnd ab. „Hi, Ruth", tönte sie gleich darauf. „Ich weiß, du wolltest heute in Ruhe entspannen. Könnte ich dich wohl überreden, deinen Müßiggang zu unterbrechen und dir einen in meinen Augen interessanten Fall anzuschauen?"

Aus dem Hörer drang aufgeregtes Gemurmel.

„Ja, jetzt sofort. Ich hole dich auch ab."

Unwillkürlich verdrehte ich die Augen. Dass sie eine Psychologin und Therapeutin einschalten wollte, gefiel mir gar nicht.

„Erzähle ich dir alles unterwegs. Bis gleich." Christina drückte das Gespräch weg und strahlte mich an. „Gleich wissen wir mehr."

„Chris ich ..."

„Bedanke dich später." Mit diesen Worten sprang sie auf und wandte sich ab. „Ich brenne darauf, Ruths fachliche Meinung zu hören."

„Aber ich ...", finde, du gehst zu weit, hatte ich sagen wollen, die zuklappende Tür belehrte mich, dass meine Freundin anscheinend keinen Wert auf meine Worte legte. Kopfschüttelnd lehnte ich mich zurück. Zupackend war Christina immer schon gewesen, doch derart impulsiv hatte ich sie nicht eingeschätzt. Ich konnte nur hoffen, dass sie und Ruth die Geschichte so vorsichtig angingen, dass der Kleine nicht merkte, dass er begutachtet wurde.

27

Natürlich kamen kurz darauf die Männer mit Lotti, der die Zunge weit aus dem Maul hing, zurück. „Wo ist Christina?", fragte Burkhard, nachdem er dem Hund seinen Wassernapf gefüllt hatte.

„Wo ist Justus?", fragte ich zurück, während ich fieberhaft an einer Erklärung bastelte.

„Der buddelt im Dreck", grinste Manfred. „Ich habe ihm deine kleine Plastikschaufel gegeben und die Minigießkanne mit etwas Wasser gefüllt. Der ist glücklich und zufrieden. Keine Sorge", beeilte er sich, mich zu beruhigen. „Ich habe ihm genau erklärt, wo er matschen darf. Das abgeräumte Beet neben den Johannisbeeren ist doch wohl in Ordnung, oder?"

„Ja, ja", murmelte ich. Mist, jetzt kam ich nicht umhin, ihnen die Wahrheit über Christinas Verbleib zu erzählen.

„Wo ist meine Frau denn nun?", fragte Burkhard in dem Moment wieder.

„Sie wollte unbedingt, dass Ruth sich den Kleinen einmal ansieht", bekannte ich. „Sie findet, dass er sich reichlich seltsam benimmt", fügte ich erklärend hinzu. „Und nachdem ich ihr die Hintergründe erklärt habe, ist sie …"

„Du hast was?", fuhr Manfred dazwischen.

Normalerweise hielten wir die Informationen, die wir über unsere Pflegekinder bekamen, streng unter Verschluss. Nicht einmal an gute Freunde gaben wir diese weiter, geschweige denn, dass wir von uns aus, ohne mit dem Jugendamt Rücksprache zu halten, Experten dazu zogen. Ich konnte seine Missstimmung durchaus verstehen. Vor allem da sonst ich immer diejenige war, die auf Einhaltung der Regel peinlich achtete. „Es erschien mir richtig", versuchte ich mich zu verteidigen. „Ihr sind dieselben Dinge wie mir aufgefallen. Irgendetwas an der ganzen Geschichte ist so nicht stimmig."

„Trotzdem, ich glaube …"

„Geschehen ist geschehen", unterbrach Burkhard ihn. „Außerdem werden wir beide, Christina und ich, bestimmt nicht über den Kleinen mit anderen reden. Und Ruth ebenso wenig", setzte er nach.

Lautes Geschrei aus dem Garten unterbrach unseren Disput. Manfred sprang auf und rannte gefolgt von Burkhard nach draußen.

Richard

Alles hatte ich erwartet, aber nicht dieses verhutzelte Mütterchen, das Carmen ein strahlendes, fast zahnloses Lächeln schenkte, kaum dass sie die Tür geöffnet hatte. Nie im Leben hätte ich hinter ihr meine Mutter vermutet.

Meine Exfrau musste sich ebenfalls zusammenreißen, nicht zurückzuschrecken. Mit einer knappen Handbewegung bat sie ihre Besucherin herein. Während sie vor ihr her in Richtung Wohnzimmer ging, huschte ein gequälter Ausdruck über ihr Gesicht und ich fühlte mich sofort noch schlechter. Ach Carmen, selbst über meinen Tod hinaus bereitete ich dir noch Kummer.

Tante Rosi war ebenfalls schon auf dem Sprung. Sie tauchte in der Diele auf und nötigte den Gast abzulegen. Dann gingen wir alle gemeinsam ins Wohnzimmer.

Bis auf die nötigen Höflichkeitsfloskeln war noch kein weiteres Wort gefallen. Meine Mutter machte auch keinerlei Anstalten, etwas zu sagen, sondern musterte interessiert ihre Umgebung. Nein, nicht interessiert, abschätzig. Sofort war ich auf der Hut. Das hier war kein reiner Kennenlernbesuch, meine Mutter führte definitiv irgendetwas im Schilde.

„Sie sind also Richards Mutter", eröffnete Carmen das Gespräch. Sie hatte sich demonstrativ gegenüber ihres Gastes gesetzt, den sie auf die Couch genötigt hatte. Sie selbst hatte sich einen Stuhl aus der Essecke geholt und diesen neben den Sessel gestellt, in dem Tante Rosi saß und sich nun neugierig vorgebeugte, um meine Mutter einer eingehenden Musterung zu unterziehen.

„Ach ja, mein armer Sohn, so jung noch und schon tot." Sie wiegte den Kopf, was wohl ihr Bedauern ausdrücken sollte, allerdings nur lächerlich theatralisch wirkte. „Es sollte nicht sein, dass die Mutter das eigene Kind überlebt. Schrecklich, schrecklich."

Das setzte dem Fass die Krone auf. Sie hatte sich fast dreißig Jahre lang nicht um mich geschert und machte jetzt einen auf trauernde Mutter.

Carmen war offensichtlich ebenso abgestoßen wie ich. „Ach, Sie hatten in der Zwischenzeit Kontakt mit ihm?", fragte sie spitz.

„Nein, leider nein." Meine Mutter setzte einen bekümmerten Blick auf. „Es war mir nicht mehr vergönnt, ihn noch einmal wiederzusehen."

Ich wartete echt darauf, dass sie ein Taschentuch aus ihrer überdimensionalen Handtasche hervorzaubern würde, um sich imaginäre Tränen wegzutupfen, aber das erschien wohl selbst ihr als zu viel des Guten.

„Und was führt Sie zu uns?", fragte Tante Rosi ganz direkt.

„Hätten Sie etwas zu trinken für mich?", fragte meine Mutter zurück.

„Ein Glas Wasser reicht völlig."

Carmen nickte und erhob sich. Während sie in die Küche lief, um das Gewünschte zu holen, nahm ihr Gast seine Musterung wieder auf. Dadurch hatte auch ich die Gelegenheit, sie näher ins Auge zu fassen. Bisher hatte ich es bewusst vermieden, der erste Blick auf sie hatte mir eigentlich jegliche Lust auf ein genaueres Bild vergällt, jetzt siegte aber doch meine Neugier. Konnte ich unter dem verlebten Äußeren Spuren meiner jungen Mutter entdecken?

Früher war sie vollschlank gewesen, mit den Rundungen an den richtigen Stellen, wie mein Vater zu sagen pflegte, das hellblonde dauergewellte Haar hatte bis auf die Schultern gereicht, ihre Augen hatten auf fast jedem Foto keck auf ihr Gegenüber geblickt und ihr Mund war fast immer zu einem Lächeln verzogen gewesen.

Diese Frau war eher ein Zerrbild der anderen, obwohl - ich rechnete schnell nach - sie nicht älter als sechzig sein konnte. Das Leben, das sie geführt hatte, ließ sich an den vielen tiefen Falten in ihrem Gesicht ablesen, die Haut wirkte richtiggehend wettergegerbt, zudem musste sie in der letzten Zeit tüchtig abgenommen haben, nicht nur im Gesicht, auch am Hals schlotterten die Falten geradezu. Ihre Haare, die sie nun relativ kurz trug, waren in einem künstlich aussehenden Hellblond schlecht gefärbt, zwischen den dünnen Strähnen schimmerte die Kopfhaut hindurch. Gelächelt hatte sie, seitdem sie eingetreten war, nicht mehr. Das hätte ich bei den Ruinen im Mund auch nicht gemacht. So zahnlos, wie ich anfangs gedacht hatte, war sie nämlich nicht. Die meisten ihrer Beißerchen waren noch vorhanden, hatten sich aber allesamt gräulich-schwarz verfärbt. Hatte sie kein Geld für eine vernünftige Restauration?

Gut, die Klamotten, die sie trug, waren nicht gerade vom Allerfeinsten, aber auch nicht der letzte Müll: eine schwarze Stoffhose, eine in verschiedenen Gelbtönen karierte Bluse und einfache schwarze Slipper. Ihren Stoffmantel hatte sie an die Garderobe gehängt. Die Armbanduhr war ein Gebrauchsgegenstand, die Kette um ihren Hals dagegen schon etwas wertvoller. Insgesamt machte sie bis auf ihr Gebiss einen zwar verlebten aber trotzdem anständigen Eindruck.

Carmen war zurückgekehrt und stellte schweigend ein gefülltes Glas mit Wasser vor sie auf den Tisch. Eine Flasche hatte sie gar nicht erst mitgebracht, anscheinend wollte sie der Besucherin andeuten, dass sie nicht an einem längeren Gespräch interessiert war. Ich konnte ihr diese Geste nicht verübeln.

Meine Mutter griff nach dem Glas und leerte es in einem Zug. „Ah, das tat gut." Sie blickte von einem zum anderen. „Und? Wo sind die Kinder?"

„Wir halten es für keine gute Idee, die beiden sofort mit einer neuen Oma zu konfrontieren", erklärte Carmen gelassen. „Zuerst einmal würde mich interessieren, warum Sie sich nie bei ihrem Sohn gemeldet haben."

„Ach, Kindchen." Meine Mutter seufzte theatralisch. „Ich bin, wie man so schön sagt, vom Weg abgekommen. Mein Leben war nicht das, was man einem Kind hätte zumuten können. Als ich endlich die Kurve gekriegt hatte, war es zu spät. Richie hätte mich sicherlich nicht mit offenen Armen empfangen. Ich hielt es für besser, ihn in dem Glauben zu lassen, ich wäre längst tot."

„Offensichtlich haben Sie Ihre Meinung geändert", stellte Tante Rosi fest.

„Die Umstände zwingen mich dazu." Jetzt kramte sie tatsächlich ein zerknülltes Taschentuch hervor und tupfte sich damit die Augen. „Mein lieber Lebensgefährte ist vor kurzem verstorben. Die Angehörigen haben mich aus dem Haus geworfen. Meine Schwester hat mich übergangsweise aufgenommen, doch das ist kein Dauerzustand. Und da dachte ich mir, dein Sohn wird bestimmt für eine kurze Zeit einspringen und dich unterstützen, bis du wieder auf deinen eigenen Beinen stehen kannst. Mein Richard hatte nämlich ein ausnehmend weiches Herz, wissen Sie?"

Das war echt starker Tobak. Die Alte wollte sich hier durchschmarotzen! Carmen atmete tief durch, bevor sie antwortete: „Nun ist er aber leider bereits verstorben und ich muss Ihnen ehrlich sagen, dass ich keinerlei Verpflichtung fühle, Ihnen zu helfen. Sie sind bis jetzt allein zurechtgekommen, Sie werden es bestimmt auch dieses Mal schaffen."

Meine Mutter wurde blass. „Das können Sie nicht tun! Sie müssen mir helfen! Meine Schwester setzt mich spätestens am Montag vor die Tür. Ich wäre dann obdachlos."

Oh, oh. Tante Martina war wohl ebenfalls nicht gut auf sie zu sprechen. Ich konnte mich eigentlich nur noch schwach an sie erinnern, nach dem Weggang meiner Mutter war der Kontakt abgebrochen. Einzig ihre herrschsüchtige Art war mir im Gedächtnis geblieben, deshalb waren die beiden schon in meiner Kindheit nicht gut miteinander ausgekommen. Die Jüngere hatte sich von der Älteren nie etwas sagen lassen. Jedes Mal, wenn die beiden aufeinandertrafen, hatte es Streit gegeben.

Carmen schüttelte den Kopf. „Sie haben sich von Ihren Angehörigen losgesagt. Ich kenne Sie überhaupt nicht. Und trotzdem kommen Sie zu mir und wollen meine Hilfe?"

„Ich weiß nicht, wohin." Meine Mutter hob bittend die Hände. „In meinem Alter kann ich nicht mehr auf der Straße leben. Sie würden mich damit zum Tode verurteilen."

Ganz schön dramatisch. Das hatte sie früher auch drauf gehabt, erinnerte ich mich, vor allem, wenn sie sich mit irgendwas durchsetzen wollte. Als Nächstes würden gleich die Tränen zu fließen beginnen.

„Es gibt staatliche Hilfen", mischte sich Tante Rosi ein.

Da, ich hatte es geahnt, wie auf Befehl, begannen richtige Bäche aus ihren Augen zu strömen. „Ich kann das nicht alleine, niemand hilft mir, ich schaffe das nicht."

Carmen verzog das Gesicht. Werde bloß nicht schwach, geliebte Exfrau, sie ist ein eiskaltes Biest, das ständig seinen Vorteil sucht, versuchte ich ihr einzugeben. Ich hatte fünf Jahre lang Zeit, sie kennenzulernen.

„Frau Zieliski, was erwarten Sie eigentlich von mir?", fragte sie geradeheraus.

Meine Mutter schniefte ein letztes Mal und betupfte sich die Augen. „Ich hatte gehofft, ich könnte hier bei Ihnen wohnen, bis ich mich etwas von dem Erlebten erholt habe. Mein Lebensgefährte ist ohne Vorwarnung gestorben, ist von einem Moment auf den anderen einfach tot umgefallen. Und danach hat mich seine Tochter noch vor der Beerdigung rausgeschmissen. Das habe ich noch gar nicht verkraften können. Ich werde Ihnen nicht lange zur Last fallen, das verspreche ich Ihnen. Ich weiß doch nicht, wohin sonst."

Wie ich bereits erwartet hatte, war ihr Wunsch, ihre Enkelkinder kennenzulernen, nur das Mittel zum Zweck gewesen, sich einzuschleichen. Sie hatte sich wirklich nicht geändert.

„Tja", bedauernd zuckte Carmen mit den Schultern. „Leider haben wir kein Zimmer für Sie frei. Wir bewohnen alle zusammen die untere Wohnung, oben ist vermietet. So leid es mir tut, wir können Sie nirgendwo unterbringen."

„Ich würde auch auf der Couch schlafen." Meine Mutter hatte die Hoffnung noch nicht aufgegeben. „Und mich im Haushalt und bei den Kindern nützlich machen." Ein erneutes theatralisches Seufzen. „Den beiden Kleinen eine Oma sein."

Zum Glück fiel Carmen nicht auf diesen Schund herein. „Ich habe eine viel bessere Idee", erklärte sie, während sie sich erhob. Ha, jetzt würde sie die Alte rausschmeißen!

Stattdessen griff sie nach dem Telefon und wählte eine Nummer. „Hallo, hier ist Carmen Zieliski. Ich bräuchte Ihre Hilfe."

## 8

Katharina

Dem Kleinen war zum Glück nicht viel passiert, er war nur ausgerutscht und der Länge nach in den Matsch gefallen, es war wohl hauptsächlich der Schreck, der ihn zu dem infernalischen Gebrüll hatte greifen lassen. Stumm und steif ließ er sich von mir in der Küche aus den dreckigen Kleidungsstücken herausschälen, wobei ich den Eindruck hatte, er würde jedes Mal, wenn ich nach ihm griff, zurückschrecken. Deshalb beorderte ich Manfred, ihn oben abzubrausen und frisch einzukleiden.

Kaum hatten Burkhard und ich im Wohnzimmer Platz genommen, klingelte es und Ruth und Christina erschienen. „Justus ist mit Manfred oben", informierte ich sie leise. „Er muss komplett gesäubert werden."

„Normalerweise bin ich auf Jugendliche und Erwachsene spezialisiert", sagte Ruth und nahm den strategisch günstigen Beobachtungsplatz auf der Couch ein. „Mit kleinen Kindern kenne ich mich nicht so gut aus."

„Eigentlich wollte ich gar nicht, dass du ..."

„Es war ganz allein meine Idee", fiel mir Christina ins Wort. „Ich dachte, es ist am sinnvollsten, wenn du dir selbst ein Bild verschaffst. Wir wollen gar keine genaue Expertise, es reicht, wenn du deine ehrliche Meinung sagst."

„Was für Auffälligkeiten hast du denn festgestellt?", wandte Ruth sich an mich.

„Er lässt weder mich noch andere Frauen an sich heran", begann ich aufzuzählen. „Mit Männern scheint er dieses Problem nicht zu haben. Manfred liebte er vom ersten Tag an, Burkhard gegenüber ist er auch offen und kontaktfreudig. Er hat einen für sein Alter sehr großen Wortschatz, mit mir spricht er aber kaum. Außerdem ist er mir eigentlich zu ruhig und zu lieb, wenn du verstehst, was ich meine. Kinder in seinem Alter sind normalerweise immer in Bewegung, können sich nicht lange konzentrieren, benötigen viel Aufmerksamkeit. Justus dagegen kann sich stundenlang selbst beschäftigen, man sieht und hört ihn nicht."

„Ich fand nichts Auffälliges an ihm", bekannte Burkhard freimütig. „Anfangs war er etwas ängstlich Lotti betreffend, das hat sich jedoch schnell gegeben."

„Er ist noch nicht einmal mit Anna und Bruni klargekommen", warf Christina ein. „Und vor den Welpen hatte er richtiggehend Angst."

„Vielleicht war ihm der zu wuselig. Euer Hund ist ruhiger und bedächtiger in seinen Bewegungen", nahm ich für den Kleinen Partei. Jetzt, da

Ruth sich der Angelegenheit annehmen wollte, war ich mir plötzlich selbst nicht mehr sicher, ob es nicht völlig übertrieben gewesen war, sie einzuschalten. Gut, die Idee war nicht von mir gekommen, anderseits hatte ich Christina durch meine Zweifel erst darauf gebracht.

„Immerhin bin ich dadurch in den Genuss eurer Gesellschaft gekommen", beendete Ruth unseren Disput. „Wir haben uns ziemlich lange nicht mehr gesehen, Kathi."

„Oh, möchtest du ein Stück Kuchen und eine Tasse Kaffee, Ruth?" Ich war bereits aufgesprungen.

Als sich kurz darauf Manfred und Justus zu uns gesellten, waren wir gerade dabei, in alten Erinnerungen zu schwelgen.

„Hallo ihr zwei", Ruth lächelte den Neuankömmlingen zu.

Der Kleine warf ihr nur einen scheelen Seitenblick zu, murmelte leise hallo und stürzte sich auf Burkhard. „Spiel mit uns", bettelte er.

Manfred hielt den Kasten hoch, den er in der Hand hielt. „Kindermemory", verkündete er. „Wer will alles mitmachen?"

„Männerrunde, Frauenrunde", bestimmte Christina. „Wir haben noch reichlich Neuigkeiten auszutauschen."

Ich musste zugeben, Ruth agierte äußerst unauffällig. Nach einer halben Stunde setzte sie sich zu den dreien und spielte eine Zeit lang mit. Danach schlug sie augenzwinkernd vor, dass wir alle etwas Bewegung gebrauchen könnten und deshalb draußen eine Art Fangen spielen würden, mit gegenseitigem Einfrieren und Erlösen durch die anderen.

Selbst wir Erwachsenen hatten eine Menge Spaß daran, fast vergaß ich darüber den eigentlichen Zweck der Übung. Wir hätten wahrscheinlich noch viel länger gespielt, doch das klingelnde Telefon unterbrach uns.

„Es tut mir leid, das wird etwas dauern", entschuldigte sich Manfred, nachdem er den Anruf entgegengenommen hatte, und verschwand im Arbeitszimmer. Vorher hatte er jedoch unter hochgezogenen Brauen einen Namen geformt und, wenn ich nicht ganz daneben lag, den Namen Zieliski genannt. Das konnte nur mit Richies Mutter zusammenhängen, anscheinend war das Treffen nicht so angenehm verlaufen, wie mein Freund gehofft hatte.

Justus hatte wie selbstverständlich versucht, meinem Mann zu folgen, der hatte ihn sanft aber bestimmt zurückgehalten. Deshalb holte ich nun die Kiste mit Spielzeug aus der Küche und stellte sie ins Wohnzimmer.

„Ihr könntet die Holzeisenbahn aufbauen", schlug ich vor.

Wir Frauen nahmen wieder auf der Couch Platz, Burkhard und der Kleine machten sich daran, einen großen Kreis aus Schienen zu legen. Anschließend gesellte sich Christinas Mann zu uns und wir wechselten von intimen Gesprächen zu oberflächlichem Geplauder, bis Manfred nach einer Weile auftauchte. „Ich muss noch einmal weg", entschuldigte er sich. „Die Arbeit ruft."

Justus, der selbstvergessen gespielt hatte, hob den Kopf. Seine Augen blickten traurig, er biss sich auf die Unterlippe, blieb aber sitzen und beschäftigte sich, kaum dass mein Mann gegangen war, erneut mit der Eisenbahn. Ich beachtete ihn absichtlich nicht weiter, Ruth sollte ruhig selbst sehen, wie der Junge sich nun verhielt.

Die drei aßen mit uns zu Abend, das wir in der Küche einnahmen, anschließend verabschiedeten sich Christina und Burkhard. Ruth begleitete mich dabei, Justus ins Bett zu bringen. Da Manfred ihn ja am Nachmittag gebadet hatte, blieb außer Händewaschen und Zähneputzen nichts zu tun, wobei ich nur kleine Hilfestellungen geben musste, der Junge war wirklich in allem schon sehr selbstständig. Selbst den Schlafanzug konnte er allein anziehen, wenn man ihn ihm ausgebreitet hinlegte.

Danach gab es zwei kleine Gutenachtgeschichten und einen Gutenachtkuss, zum Schluss steckte ich noch das Nachtlicht in die Steckdose und knipste die Deckenlampe aus. Ruth hatte in der Tür gestanden und wortlos zugeschaut, jetzt bedeutete sie mir, ihr nach unten zu folgen.

„Der Kleine lebt seit seiner Geburt nur mit der Mutter zusammen?", fragte sie nach, während ich ihr ein Glas Wein einschüttete.

„Soweit ich weiß, ja", erwiderte ich. „Vielleicht hatte sie aber auch zwischenzeitlich einen Freund, das ist mir nicht bekannt. Von dem Vater war sie bereits in der Schwangerschaft getrennt, er hatte aber wohl bis vor zwei, drei Monaten regelmäßig Kontakt mit dem Kind."

„Hm." Nachdenklich trank Ruth einen Schluck Wein. „Das, was ich dir jetzt sage, ist kein richtiges Gutachten", warnte sie mich vor. „Ich gebe dir nur den Eindruck wieder, den ich von ihm bekommen habe."

„Ja, das ist mir klar", nickte ich, nun doch froh, eine Einschätzung von ihr zu bekommen. Wie jedes Mal, wenn ich an der Reihe war, Justus ins Bett zu bringen, wir wechselten uns nämlich ab, war mir bewusst geworden, wie sehr er sich gegen mich sperrte. Ich hatte das Gefühl, dass jeder Körperkontakt mit mir ihm zuwider war.

„In meinen Augen hat der Kleine große Probleme, würde ich ihn für das Jugendamt begutachten, wäre das Erste, was ich vorschlagen würde, eine genaue Abklärung beim Kinderpsychologen. Danach würde ich einige Tests mit der Mutter machen, ich bin mir fast sicher, dass sie ebenfalls immense Probleme hat. Meiner Ansicht nach liegen bei Justus ausgeprägte Kontaktprobleme vor, einerseits, wie du es schon ansprachst, seine Vermeidungshaltung, was Frauen betrifft, andererseits sein geradezu distanzloses Verhalten zu Männern. Zu Manfred hat er von Anfang an Vertrauen gehabt, nicht wahr? Er wäre mit ihm überall hingegangen, kaum dass er ihn getroffen hatte, richtig?"

Ich nickte, verblüfft, wie schnell sie die Probleme erkannt hatte und wie gut sie diese auf den Punkt bringen konnte.

„Zudem muss ich ebenfalls sagen, dass er es anscheinend gewohnt ist, sich viel selbst zu beschäftigen. Das merkt man deutlich an der Art, wie er spielt und wie er sich verhält", fuhr Ruth fort. „Du solltest unbedingt das Jugendamt informieren, damit der Kleine begutachtet wird und Hilfe bekommt. – Und die Mutter ebenfalls", fügte sie nach einer kurzen Pause hinzu. „Ich glaube nicht, dass sie adäquat mit dem Kind umgeht."

„Das werde ich", versprach ich. Mir tat Justus immer mehr leid.

„Und dann, ich bin mir nicht hundertprozentig sicher, aber ich denke, es gibt auch Anzeichen dafür, dass er ziemlich rüde behandelt wurde, wenn er mal über die Stränge schlug. Wie gesagt, meiner Meinung nach sollte man ihn dringend therapieren, sonst wird aus ihm später eine Zeitbombe."

Ich schluckte, ganz so drastisch hatte ich sein Verhalten nicht beurteilt. „Was soll, was kann ich tun?"

„Nichts. Dafür bleibt er nicht lange genug. Mach genauso weiter wie bisher, lass ihn viel mit Manfred unternehmen, gib ihm eine liebevolle Umgebung. Alles andere müssen die Experten in die Hand nehmen."

„Ich rufe gleich Montag früh die zuständige Sozialarbeiterin an", versprach ich.

Ruth sah auf die Uhr. „Ich nehme mir wohl besser ein Taxi, es ist ganz schön spät geworden."

Wie auf Stichwort hörte ich im selben Moment das Quietschen von Bremsen vor der Tür. „Nein, da kommt gerade Manfred. Er kann dich fahren."

Ich hastete zur Haustür, um ihn zu informieren und – wäre beinahe in Richie hineingelaufen, der abwartend davor schwebte. Gut, da war es ja sogar noch besser, dass mein Mann die nächsten Minuten beschäftigt war.

# 9

Richard

Mist, jetzt musste Manfred auch noch Ruth nach Hause bringen. Ich brannte darauf, zu hören, was er nun genau unternommen hatte.

„Ich weiß überhaupt nichts", erklärte ich Kathi, nachdem wir beide allein im Haus waren. „Dein Mann hat versprochen, meine Mutter irgendwo unterzubringen. Wo und wie, keine Ahnung."

„Ich weiß noch weniger als du", erwiderte sie spitz. „Manfred hat mir überhaupt noch nichts erzählt. Könntest du vielleicht von Anfang an berichten?"

Also gab ich das Gespräch zwischen meiner Mutter und Carmen so wortgetreu wie möglich wieder. „Als sie zum Telefon griff, hatte ich echt keine Idee, was sie machen würde. Clever von ihr, dass ihr gleich dein Mann und seine Obdachlosenhilfe eingefallen sind."

„Was genau unternimmt er, um ihr zu helfen?", fragte sie nach.

„Ich habe keinen blassen Schimmer", musste ich gestehen. „Ich konnte ja nicht mitfahren. In Manfred zu schlüpfen, habe ich mich nicht getraut, er ist so ein Weichei, er wäre vielleicht umgekippt. Naja, und meine Mutter? Nee, das war mir nun doch zu persönlich. Hinterher hätte sie noch was gemerkt."

Klar, dass Kathi nichts Besseres einfiel, als zu lachen. Sie bekam sogar einen richtigen Lachanfall.

„Haha", machte ich lahm. „Wirklich witzig."

„Das sind vermutlich nur die Nerven." Sie hatte sich immer noch nicht beruhigt und musste sich schon wieder neue Lachtränen wegwischen. „Erst die Sache mit Justus, jetzt die Geschichte mit deiner Mutter, es ist alles etwas viel auf einmal."

„Was ist mit dem Jungen?", fragte ich nun neugierig nach. „Sind die Eltern in der Zwischenzeit aufgetaucht?"

„Nein, aber Christina und Burkhard waren heute zu Besuch und Chris hat gleich Ruth involviert, nachdem sie den Kleinen erlebt hat. Die meint nun … Ach, warte bitte, bis Manfred da ist, sonst muss ich alles doppelt erzählen."

Wohl oder übel musste ich mich gedulden. Doch Kathi hatte sowieso noch jede Menge Fragen. „Wie ist sie denn nun, deine Mutter? Hast du sie gleich erkannt? Hat sie irgendwas gesagt, warum sie dich damals im Stich gelassen hat."

„Wie sie ist?" Hm, daran hatte ich bisher keinen Gedanken verschwendet. „Ich-bezogen wie immer", platzte ich, fast ohne es zu wollen, heraus. „Annika und Benjamin waren nur ein Vorwand. In Wirklichkeit ist sie an denen kein bisschen interessiert. Ihr geht es nur darum, Hilfe für sich zu bekommen, damit sie nicht auf der Straße landet."

„War sie denn immer schon so?", hakte Kathi nach.

Ich hatte eigentlich nie von ihr erzählt, für mich war das Thema abgehakt gewesen. Ganz ehrlich, meine Mutter war für mich gestorben, nachdem sie uns verlassen hatte. Dieses Nach-Ihr-Suchen, das ich mit siebzehn durchexerziert hatte, das sollte wohl eher eine Rache gegenüber meinem Vater sein, weil der mich damals wie den letzten Dreck behandelte und ich nur noch weg von ihm wollte. Bei meiner Mutter, hatte ich gedacht, würde ich garantiert besser leben können. Die ließe mir meine Freiheit, die hätte Verständnis für mich und meine Situation. Naja, war wohl doch gut, dass ich sie nicht gefunden hatte.

„Das ist mir heute erst richtig bewusst geworden", versuchte ich, Kathi zu erklären. „Als Kind nimmst du dein Leben hin, wie es ist. Du vergleichst dich nicht mit anderen, du hinterfragst auch nicht, ob das richtig ist, wie deine Eltern mit dir umgehen.- Aber ja, meine Mutter hat sich immer schon in erster Linie um sich gekümmert, ihr Ding durchgezogen, ohne Rücksicht auf uns."

„Das heißt, sie hatte einfach keine Lust mehr auf ihr Hausfrauen- und Mutterdasein?"

Klar, das war etwas, das Kathi nicht verstehen konnte. „Nee, das heißt wohl eher, dass sie einen Kerl getroffen hatte, der ihr das gab, was mein Vater ihr nicht geben konnte, Aufmerksamkeit, Abwechslung, Spaß. Das war ihr wichtiger als wir."

„Hasst du sie nicht dafür?", fragte sie neugierig.

„Jedes Gefühl ist an sie verschwendet", wehrte ich ab. „Sie ist mir völlig egal. Ich will nur nicht, dass Carmen sich von ihr ausnutzen lässt."

Zu meinem Glück hörten wir Manfred eintreten, ich wette, Kathi hätte sonst weitergebohrt. Dabei war das, was ich ihr geantwortet hatte, mein voller Ernst. Meine Mutter berührte mich schon lange nicht mehr.

„Erzähl!" Kathi und Manfred hatten fast gleichzeitig dieselbe Idee.

„Erst du", forderte sie ihn lachend auf.

„Oh, ich bin schnell fertig." Er schielte verlangend auf die Tüte Chips, die Kathi und Ruth wohl zum Wein genascht hatten, die beiden Gläser und die halbvolle Schale standen noch auf dem Tisch.

„Soll ich dir nicht lieber noch ein oder zwei Brote schmieren?" Kathi war bereits aufgesprungen und in Richtung Küche unterwegs. „Komm, setz dich zu mir. Dann kannst du berichten, während ich dir einen Teller herrichte."

Das ließ sich ihr verfressener Mann natürlich nicht zweimal sagen. Seit Monaten versuchte er sich an einer Diät, hatte jedoch bis jetzt erst zwei Kilo abgenommen. So sehr Kathi sich auch bemühte, möglichst fettarm zu kochen und ihm kleinere Portionen zuzuteilen, Manfreds Figur änderte sich nicht. Kein Wunder, sein Proviantvorrat im Büro konnte sich sehen lassen. Hier tat er mit Leidensmiene so, als würde er sich an den gemeinsam aufgestellten Essensplan halten, dort gönnte er sich exakt die Menge, die er abgezogen bekam – allerdings dann auch noch in Süßigkeiten. Mir war es echt schleierhaft, wie er dabei überhaupt zwei Kilo hatte abnehmen können.

Dabei war es noch nicht einmal so, dass Kathi ihn zum Abnehmen zwang. Nein, er hatte ja selbst eingesehen, dass es mit seiner ständigen Gewichtszunahme nicht  so weitergehen konnte. Ich glaube, ich war nicht der Einzige, der ihn zurzeit mit einem Posaunenengel verglich, die anderen waren nur zu nett, ihm das zu sagen. Außer Kathi und seinen Kindern sprach ihn niemand auf sein Gewicht an. Trotzdem war sein Aussehen bestimmt Gesprächsthema unter seinen Gemeindemitgliedern. Nicht mehr lange und er würde neue Talare, oder wie das hieß, brauchen. Seine alten saßen verdammt eng.

„Die alte Frau Zieliski hat ihren Lebensgefährten verloren und musste aus dessen Haus ausziehen", verkündete Manfred, während er sich schon mal eine Scheibe Wurst gönnte. „Zurzeit wohnt sie bei ihrer Schwester, die will sie aber nicht länger bei sich haben." Er grinste. „Kann ich verstehen, die beiden sind wie Hund und Katze. Kaum treffen sie aufeinander, fauchen sie sich an. Ich habe ihr das Zimmerchen unten, neben der Obdachlosenküche, angeboten, bis sie auf eigenen Füßen stehen kann. Wir müssen es nur vorher etwas herrichten. Nachdem der Willi ausgezogen ist, haben wir ja noch nicht gründlich geputzt."

Haha, wir! Damit war natürlich Kathi gemeint. Als wenn Manfred persönlich einen Finger krumm machen würde!

Komischerweise regte sich diese überhaupt nicht auf. „Du meinst, damit sie nicht bei Carmen einzieht?", fragte sie stattdessen. Clever, offiziell wusste sie ja nichts darüber.

„Genau", nickte Manfred, der mittlerweile mit vollen Backen kaute. „Die hätte sich wohl nur zu gerne bei ihr eingenistet."

„Bist du dir eigentlich sicher, dass es sich bei der Frau wirklich um Richard Zieliskis Mutter handelt?"

Also echt, Kathi kam auf Ideen. Als wenn ich meine eigene Mutter nicht erkennen würde!

Manfred dagegen schien die Idee gar nicht so abwegig zu finden. „Ich habe mir natürlich ihren Ausweis zeigen lassen." Er schüttelte den Kopf. „Carmen hat ihr einfach geglaubt. Da hätte ja jeder kommen können."

Oh, ich hatte die beiden wieder einmal unterschätzt. Der Gedanke war echt gar nicht so abwegig. Woher hätte meine Exfrau wissen sollen, ob sich da nicht jemand für meine Mutter ausgab. Sie hatte sie ja nie gesehen.

„Und was machen wir jetzt mit ihr?"

„Ich dachte, du oder Frau Kleinert könntet mit ihr zur ARGE gehen." Manfred hatte seine zwei Schnitten gegessen und streckte die Hand verlangend nach einer weiteren Scheibe Brot aus.

Kathi schlug diese zur Seite und packte die benötigten Utensilien zusammen. „Also der übliche Ämtermarathon", sagte sie resignierend und räumte Wurst, Brot und Butter zurück in den Kühlschrank.

„Wenn wir sie schnell wieder loswerden wollen, wird uns nichts anderes übrig bleiben." Wieder schüttelte Manfred den Kopf. „Ich glaube nicht, dass die von alleine auch nur einen Finger rührt."

„Dann werden wir wohl gleich morgen nach dem Gottesdienst gemeinsam das Zimmer herrichten", grinste Kathi. „Am Montag muss ich nämlich sehen, dass ich mit Frau Meiss in Kontakt komme. Ich habe mich nicht getäuscht, der Kleine braucht dringend Hilfe."

Ohne auf Manfreds entgleisende Miene - oh weh, oh Schreck, der Arme sollte richtig arbeiten - zu achten, begann sie zu berichten.

## 10

Katharina

Noch bevor ich die Nummer der Sozialarbeiterin wählen konnte, tauchte Richie auf, was mir endlich die Gelegenheit gab, mich mit ihm in Ruhe zu unterhalten. Gestern war er zwar auch noch lange um uns herumgeschwirrt, doch da sich Manfred ständig in Hörweite befand, hatten wir uns nicht austauschen können.

„Bleib hier!", befahl ich ihm. „Wir müssen reden."

Frau Meiss war tatsächlich für mich zu sprechen. Natürlich sagte ich ihr nicht die Wahrheit, sondern flunkerte ihr vor, eine gute Freundin von mir sei zu Besuch da gewesen und hätte im Laufe des Nachmittages diverse Verhaltensauffälligkeiten an Justus festgestellt. Diese sei Psychologin, daher nähme ich ihren Hinweis sehr ernst und wollte ihn sofort weitergeben.

„Ich notiere mir Ihre Angaben und spreche noch heute mit dem zuständigen Mitarbeiter in Krefeld."

Die neue Sozialarbeiterin gefiel mir immer besser. Zuerst hatte ich unserer alten, die mich viele Jahre begleitet hatte, hinterhergetrauert, musste aber mittlerweile zugeben, dass Frau Meiss wesentlich engagierter und interessierter war.

„Die Eltern sind noch nicht wieder aufgetaucht?", erkundigte ich mich.

„Nein, ich würde Sie umgehend informieren", versicherte sie mir.

„Ich würde gern mit der Betreuungsperson im Kindergarten persönlich sprechen", brachte ich zögerlich, weil ich mir nicht sicher war, wie sie wohl reagieren würde, hervor. „Ich dachte mir, wenn Justus noch eine Weile bleiben muss, könnte ich sie vielleicht fragen, wie er sich dort eingelebt hatte und welche Vorlieben und Abneigungen er hat. Ich möchte, dass der Kleine sich so wohl wie möglich bei uns fühlt."

Ziemlich schwach, das war mir durchaus bewusst. Deshalb wartete ich ziemlich angespannt auf ihre Reaktion. „Das lässt sich machen", erwiderte sie prompt. „Moment." Ich hörte Papier rascheln. „Ja, hier ist die Adresse des Kindergartens. Die Telefonnummer habe ich leider nicht, die müssten Sie sich selbst heraussuchen."

„Kein Problem." Ich ließ erleichtert die angehaltene Luft ausströmen, während ich mir Ortsteil, Straße und Hausnummer notierte.

„Was hast du wirklich vor?", fragte Richie, nachdem ich das Gespräch beendet hatte.

„Ich dachte mir, dass wir uns in diesen Fall einschalten sollten." Ich hatte gestern Abend noch lange im Bett wach gelegen und über die widersprüchlichen Fakten, die ich mittlerweile kannte, nachgesonnen. Irgendwie passten sie nicht zusammen, das spürte ich einfach. Was wäre also sinnvoller, als dass wir ebenfalls ermittelten? Selbst wenn die Polizei die beiden Vermissten vor uns fand, konnte ich so vielleicht genügend Einzelheiten sammeln, um herauszufinden, was mit Justus los war, wer die Schuld an seinem Verhalten trug.

„Und was stellst du dir vor, was ich dabei machen soll?", fragte Richie, nachdem ich ihm meine Beweggründe erklärt hatte. „Ich sehe nichts, wo es sich lohnt, anzusetzen."

„Du könntest zum Beispiel versuchen, eine Spur des Mannes zu finden. In der Zwischenzeit werde ich so viele Hintergrundinformationen wie möglich sammeln."

Er schnaubte, wobei ich wieder einmal staunte, wie er dieses Geräusch in seinem gasförmigen Zustand überhaupt produzieren konnte. „Vergebene Liebesmühe", kommentierte er meinen Vorschlag abfällig. „Wir wissen nichts, weder die Namen der Beteiligten, noch ihre Adressen, noch welche Polizeidienststelle zuständig ist."

„Falsch", grinste ich. „Die Mutter heißt Regina Strüwer und wohnt in der Luisenstraße."

„Woher hast du das denn?"

„Den Nachnamen kannte ich bereits durch die Sozialarbeiterin, wegen Justus. Heute Morgen habe ich den Kleinen dann gefragt, ob er wüsste, in welcher Straße er wohnt. Dabei kam dann so etwas Ähnliches wie Lieschenstraße heraus. Ja, und da es eine Regina Strüwer gibt, die in der Luisenstraße wohnt, wird das wohl die Gesuchte sein. So häufig ist der Nachname nun auch nicht."

„Was stellst du dir vor, was ich machen kann, was die Bullen nicht längst getan haben?"

Richie war anscheinend überhaupt nicht begeistert von unserem neuen Fall. „Du hast viel bessere Möglichkeiten als die", schmeichelte ich ihm. „Du kannst hinter die Dinge schauen, die Menschen erleben, wenn sie sich allein glauben und ihre Maske fallen lassen."

Er schnaubte wieder. „Es ist keiner mehr da, den ich beobachten könnte, schon vergessen?"

Meine Güte, warum stellte er sich so quer? Dann durchzuckte mich ein Verdacht. „Willst du lieber deiner Mutter hinterher spionieren und hast deshalb keine Zeit für mich?"

Die lange Pause, bis er antwortete, bestätigte mir, dass ich richtig lag. „Nee, geht nicht, ich kann ja schlecht in die reinschlüpfen."

Hätte er bestimmt gekonnt, ich glaubte nämlich nicht, dass sie etwas davon spüren würde, aber ich hütete mich natürlich, das laut auszusprechen. „Wieso sperrst du dich sonst?", fragte ich stattdessen. „Wir haben schon mit wesentlich weniger Angaben angefangen."

„Es kann sich nur noch um Stunden handeln, bis die Polizei die beiden gefunden hat", wehrte er ab. „Da lohnt der ganze Aufwand gar nicht. Immerhin muss ich bis nach Krefeld."

„Justus ist seit über eine Woche bei uns und es hat sich bisher nichts getan", erklärte ich geduldig, nicht bereit nachzugeben. Dieses Mal war ich es, die unbedingt ermitteln wollte. Hatte ich ihm nicht auch immer geholfen, obwohl ich anfangs nichts von seinen Fällen wissen wollte?

„Das war was anderes", brummte er, nachdem ich den Gedanken laut geäußert hatte. „Und überhaupt, im Moment brauche ich Zeit für mich, um über das, was mich hier noch hält, beziehungsweise, ob mich überhaupt noch irgendetwas hier hält, nachzudenken. Ich kann mich nicht auf einen neuen Fall konzentrieren."

„Ich dachte, du wolltest weiter über Carmen wachen, miterleben, wie deine Kinder aufwachsen, teilhaben an ihren Interessen." Irgendetwas musste noch passiert sein. Und das hatte nichts mit seiner Mutter zu tun.

„Das soll Karsten von jetzt an machen. Ich kann ja sowieso nicht eingreifen."

„Was soll das heißen?"

„Ich bin überflüssig geworden. Ich denke, es ist Zeit für mich, ins Licht zu gehen."

„Ist das dein Ernst?"

„Mein völliger. Ich bin eigentlich gekommen, um dich vorzuwarnen. Ich denke nicht, dass ich dieses Leben noch länger als ein paar Tage ertragen werde."

„Aber ..." Plötzlich ahnte ich, was los war. „Ist Carmen etwa schwanger?"

„Woher ...?" Er verstummte und wandte sich doch tatsächlich ab, um zu verschwinden.

„Halt! Hiergeblieben!", rief ich. „Lass uns darüber reden."

„Es gibt nichts zu reden", gab er mürrisch zurück. „Es ist, wie es ist. Die brauchen mich nicht mehr."

Ich konnte verstehen, dass ihn die Nachricht schwer getroffen hatte. Seine Exfrau und ihr neuer Freund waren erst vor ein paar Monaten zusammengezogen und schon damit hatte er zu kämpfen gehabt. Und kaum hatte er sich von diesem Schlag erholt, kam der nächste. Dass er mit mir jetzt nicht darüber sprechen wollte, war verständlich. Ich würde allerdings auch nicht zulassen, dass er sich zurückzog, um in Selbstmitleid zu baden. Unser neuer Fall war genau das, was ihn ablenken konnte.

„Ich brauche deine Hilfe", gestand ich ehrlich. „Ohne dich kann ich nichts tun."

„Ist dir die ganze Sache echt wichtig oder schiebst du das nur vor?", fragte er misstrauisch.

„Ich will, dass wir ermitteln." Und um dem Gesagten Nachdruck zu verleihen, ging ich sogar noch einen Schritt weiter. „Ich rufe als Nächstes Elisabeth an und bitte sie, eine Suche bei Facebook zu starten, egal, was das für Konsequenzen nach sich zieht."

Meine Schwiegermutter hatte bereits einmal mit ihrer eigenmächtigen Suche nach dem Fahrzeug eines Verdächtigen den Zorn der Polizei auf sich gezogen, beziehungsweise ich war die Leidtragende gewesen. Richie wusste genau, dass ich mir diesen Rüffel sehr zu Herzen genommen hatte und bestimmt nicht darauf erpicht war, mir einen zweiten einzufangen.

Dementsprechend schwieg er nun eine ganze Weile. „Wenn es denn unbedingt sein muss", seufzte er endlich.

„Du bist der Allerbeste." Ich warf ihm eine Kusshand zu. „Warte bitte, ich rufe jetzt sofort Justus' Kindergärtnerin an, vielleicht bekomme ich über sie den Namen des Vaters raus. Du könntest seine Wohnung gleich mit inspizieren."

Zu meinem Glück war Sandra Möller äußerst mitteilsam. Nachdem ich mich als Pflegemutter von Justus zu erkennen gegeben und gezielte Fragen zu seinem Verhalten in der Kindertagesstätte gestellt hatte, versuchte ich sie behutsam in die Richtung zu locken, in die ich sie haben wollte. „Wissen Sie zufällig, wie seine Beziehung zu seinem Vater war?", fragte ich ganz direkt. „Haben Sie ihn jemals kennengelernt?"

„Leider nein, Justus ist ja erst seit zwei Monaten bei uns. Die paar Mal, an denen sein Papa ihn abholen sollte, war er leider krank. Aber ich hatte das Gefühl, dass er ihn schon sehr liebte. Wenn er von ihm sprach, klang er immer ganz begeistert."

„Umso schlimmer ist diese Geschichte für ihn jetzt", seufzte ich. „Bisher denkt er ja, seine Mutter sei krank und sein Vater in Urlaub. Leider muss er irgendwann die Wahrheit erfahren."

„Ja, der arme Junge. Nur gut, dass er bei uns in Sicherheit war und nicht ebenfalls entführt wurde."

Das war mein Stichwort. „Da bringen Sie mich auf eine Idee. Wir sind natürlich sehr wachsam. Trotzdem haben wir Angst, dass der Mann eines Tages hier auftaucht und es versucht. Sie kennen nicht zufällig seinen Namen? Vielleicht finde ich ein Bild von ihm im Internet, damit ich vorgewarnt bin und weiß, worauf ich zu achten habe." Das war zwar etwas schwach, aber anderseits, wer produzierte sich heute nicht alles bei Google oder Facebook?

„Er heißt Cavit Aslan", sie war hörbar stolz, dass sie mir helfen konnte. „Er arbeitet in der Klinik in der Innenstadt. Frau Strüwer erwähnte es irgendwann einmal."

„Vielen Dank für die Auskunft, Sie haben mir sehr geholfen." Mit einem breiten Grinsen drehte ich mich zu Richie um. „Hast du nun genug Informationen?"

„Es ist immer wieder erstaunlich, wie arglos die Leute sind." Wenn er noch einen gehabt hätte, hätte er bestimmt jetzt den Kopf geschüttelt vor lauter Empörung, wie selbstverständlich die Kindergärtnerin diese Informationen weitergegeben hatte. „Du hättest sonst wer sein können. Die konnte doch gar nicht wissen, ob du wirklich die bist, als die du dich ausgibst."

„Immerhin können wir nun sofort loslegen. Ich dachte mir, du schaust dir die Wohnungen der beiden an. Dazu suche ich dir gleich noch die Adresse von Cavit Aslan raus und die Wegbeschreibungen. Je nachdem, was du findest, entscheidest du anschließend, wie du weiter vorgehen wirst. Ach, und es wäre lieb von dir, wenn wir uns jeden Tag zu einem Austausch treffen. Ich bin mir sicher, dass ich relativ schnell eingreifen muss, um mit dem einen oder anderen persönlich zu sprechen."

## 11

Richard

Na, da hatte Kathi mich ja richtiggehend eingewickelt. Ich war mit dem festen Entschluss zu ihr gekommen, unter dieses Geisterleben endlich einen Schlussstrich zu ziehen. Meine Mutter, Carmen, die Kinder – ich war nur unbeteiligter Zuschauer, die regelten ihr Leben, wie sie es für richtig hielten. Was sollte ich da noch?

Gut, bis vor kurzem hatte ich noch anders getönt: Ich wollte bis auf alle Ewigkeiten an dem Leben meiner Kinder teilnehmen. Doch mittlerweile hatte ich begriffen, dass das, was ich für Teilhaben gehalten hatte, nur billiger Voyeurismus war. Ich war schlicht und ergreifend ein Relikt aus vergangenen Zeiten.

Die Freundschaft mit Kathi konnte das allein nicht auffangen. Und im Gegensatz zu mir hatte sie genug andere Dinge, um die sie sich kümmern konnte. Dazu würde ich niemals ein echter Meisterdetektiv werden. Die zwei Fälle, die wir beide gelöst hatten, das war eher ein Rumgestolpere gewesen als echter Scharfsinn. Außerdem befriedigte mich die Arbeit nicht genug, als dass ich nur dafür dieses Leben, das ich zurzeit führte, auf mich genommen hätte.

Okay, ich war bei der Dealerbande ziemlich erfolgreich gewesen, ich hatte es tatsächlich geschafft, den gesamten Ring auffliegen zu lassen. Doch das allein reichte nicht, mich zufriedenzustellen. Ich wollte mehr, nur war das nun mal nicht möglich. Kurzum, ich hatte beschlossen, endlich ins Licht zu gehen, egal, was danach folgen würde.

Dass Kathi mich davon abbringen wollte, damit hatte ich schon gerechnet. Die Trennung von ihr wäre mir ebenfalls schwergefallen. Eine so gute Freundin hatte ich zu Lebzeiten nie gehabt.

Genau deshalb fühlte ich mich nun verpflichtet, ihr bei dem Fall beizustehen. Vorher war ich immer derjenige gewesen, der von ihr erwartet hatte, dass sie sich an den Nachforschungen beteiligte. Ich war die Triebfeder und sie meine mehr oder weniger willige Komplizin gewesen. Wenn sie also unbedingt Nachforschungen anstellen wollte, konnte ich sie nicht hängen lassen.

Mit den notwendigen Informationen ausgestattet, machte ich mich auf nach Krefeld. Bereits nach knapp zwei Stunden hatte ich mein erstes Ziel erreicht, meine Mitfahrgelegenheit war dieses Mal ein Geschäftsmann gewesen, der es sichtlich eilig gehabt hatte. An der Tankstelle, an der ich zugestiegen war, hatte er einen ziemlich gestressten Eindruck auf mich gemacht, der stand eindeutig unter Zeitdruck. Genauso war er auch gefahren, aber das war mir eher entgegengekommen, passieren konnte mir ja eh nichts mehr.

Das einzig Unangenehme war mein Ausstieg durch die Lüftung gewesen. Der Fahrtwind hatte mich dermaßen herumgewirbelt, dass ich hinterher nicht mehr wusste, in welche Richtung ich mich aufmachen sollte.

Mit einem gemütlichen Brummifahrer war ich anschließend direkt bis in die Innenstadt gefahren und nur zwei Straßen entfernt von meinem ersten Zielobjekt ausgestiegen. Der aufgekommene leichte Luftzug blies in die richtige Richtung und half mir, das Haus zügig zu erreichen. Jetzt schwebte ich vor der Klingelanlage und suchte nach dem Namen Strüwer. Fünfte Etage bei zehn Stockwerken insgesamt, bei vier Wohnungen auf jeder Ebene, das war ein richtiges Hochhaus. Zum Wohnen für einen Single bestimmt ideal, genauso wie für alte Leute, die nicht mehr weit laufen konnten und sowohl genügend Einkaufsmöglichkeiten als auch Ärzte in der Nähe haben wollten, die Fußgängerzone lag nur einen Straßenblock entfernt. Aber für ein Leben mit Kind fand ich diese Gegend echt ungeeignet, enge Häuserschluchten, zugeparkte Straßen, jede Menge Verkehr und außer den üblichen Straßenbäumen kein Fitzelchen Grün in Sicht. Unmöglich für Kinder, sich in so einem Umfeld allein draußen zu bewegen.

Die Wohnung selbst war besser als erwartet, Miniküche und innenliegendes Bad, aber mit einem großzügig geschnittenen Wohnzimmer und einem verhältnismäßig großen Schlafraum. Das Kinderzimmer dagegen hätte eher den Namen Abstellkammer verdient, ein kleiner Schrank, das Bett und ein schmales Regal war alles, was hineinpasste. Ob Justus wohl darin spielte oder sich hauptsächlich im Wohnzimmer aufhielt?

Ich verschaffte mir erst einmal einen Gesamtüberblick, was ziemlich schnell erledigt war, denn es herrschte geradezu akribische Ordnung. Nichts lag herum, nirgendwo gab es Anzeichen dafür, dass bis vor kurzem noch zwei Personen in dieser Wohnung gelebt hatten. Ich meine, das konnte doch wohl nicht normal sein, dass weder Bücher noch Zeitschriften noch Spielzeug herumlagen. Auch im Schlafzimmer und im Kinderzimmer gab es weder Kleidungsstücke noch irgendwelchen anderen Kram, der sich nicht an seinem Platz befand, die Betten waren ordentlich gemacht, die Schränke geschlossen. Küche und Bad befanden sich in genau dem gleichen Zustand, wobei mir auffiel, dass nichts in der Wohnung – bis auf das Kinderzimmer – darauf hindeutete, dass hier ein kleiner Junge lebte, keinerlei Spielzeug in einem der anderen Räume, keine lustigen Zeichnungen von seiner Hand an der Pinnwand in der Küche, keine Kindergarderobe vor seiner Zimmertür, nicht ein Krümelchen unter den Stühlen in der Essecke.

Überhaupt empfand ich die Atmosphäre als irgendwie bedrückend. Das lag nicht an der Einrichtung, die zwar nicht nach meinem Geschmack war – viel zu durchdesigned das Ganze – aber es lag eher an dem Gesamteindruck, der rüberkam. Man hatte fast das Gefühl, hier wurde nicht richtig gelebt. Bei mir wollte sich jedenfalls kein Bild von einer liebenden Mutter mit ihrem glücklichen Kind einstellen.

Ja, und irgendwelche Hinweise auf ihren Aufenthaltsort fand ich natürlich auch nicht. Das war mir allerdings klar gewesen. Die Polizei hatte die Bude bestimmt gründlich auseinandergenommen. Hätte es einen einzigen kleinen Fingerzeig gegeben, wäre Mami schon wieder da.

Nein, was mich störte, war, dass ich nicht einen Ansatzpunkt entdeckte, an dem ich hätte ansetzen können. Es gab weder Fotos von Verwandten noch von Freunden, an der Pinnwand hingen nur die Telefonnummern des Kinderarztes und ihres Hausarztes und jeweils ein Kärtchen der Kindertagesstätte von Justus und des nächstgelegenen Krankenhauses, das war alles. Na, hoffentlich hatte ich in der Wohnung des Vaters mehr Glück.

Doch bevor ich mich dorthin auf den Weg machte, besuchte ich lieber noch das nächstgelegene Polizeirevier. Kathi und ich hatten uns überlegt, dass dieses bestimmt für den Fall zuständig sein würde, vielleicht bekam ich so weitere Informationen.

Zwei Stunden später war ich gelinde gesagt äußerst frustriert, nichts, aber auch nicht die winzigste Kleinigkeit hatte ich herausgefunden, im Prinzip wusste ich eigentlich immer noch nicht, ob die Pfeifen dort wirklich zuständig waren. Nicht einer hatte eine entsprechende Bemerkung fallen lassen, keiner hatte sich mit irgendwelchen Unterlagen zu den mir bekannten Namen beschäftigt, das Einzige, was mir aufgefallen war, die schoben dort allesamt eine verdammt ruhige Kugel. Entweder hatten die echt wenig zu tun oder die befanden sich alle in einem heftigen Stadium von Frühjahrsmüdigkeit. Wobei ich eher zu Letzterem tendierte, die liefen nicht, die schlichen, wenn sie sich bewegten, die tippten nicht eifrig auf ihren Tastaturen, sondern arbeiteten im Zeitlupentempo. Und die sollten diesen Fall aufklären?

Cavit Aslan wohnte etwas außerhalb in einem ruhigen Vorort, eher ländlich gelegen, in einer Straße mit Ein- und Zweifamilienhäusern, die allesamt von großen Gärten umgeben waren. Hier hätte ich mir Justus viel eher vorstellen können. Auch seine Wohnung im oberen Stock einer sehr gepflegten Villa – nur die vielen, zu kleinen Gruppen drapierten Gartenzwerge im Vorgarten störten echt – war relativ groß und gemütlich eingerichtet. Sogar das Kinderzimmer gefiel mir, der gesamte Raum wirkte kindgerecht und fröhlich, auf dem Teppich stand noch ein angefangenes Bauwerk aus Duplosteinen, drum herum mehrere halbvolle geöffnete Kisten, mitten auf dem Bett thronte ein riesiger Plüschhund, unter ihm lugte ein bunter Kinderschlafanzug hervor. Das riesige Regal war voller Spielzeug, alles perfekt zugeschnitten auf die Bedürfnisse eines Dreijährigen. Es war genauso, wie ich es von meinen eigenen Kindern kannte. Welch ein Unterschied zu Justus' anderem Kinderzimmer!

Der Mann hatte zwar ebenfalls Ordnungssinn, aber einen, zumindest in meinen Augen, relativ normalen, das hieß, im Wohnzimmer lagen mehrere Zeitungen über den Couchtisch verstreut, neben dem Computer stapelten sich die DVDs, ein Hemd hing nachlässig über eine Stuhllehne geworfen. Die Küche dagegen war blitzsauber, sogar die Kühl-, Gefrierkombination war abgetaut und die Türen standen halboffen. Das Badezimmer war so gut wie leer, auf der Ablage befand sich nur noch ein einsames Deo. Im Schlafzimmer dagegen herrschte Chaos. Vor dem Kleiderschrank lag ein großer Wäschehaufen, alles alte, schon überstrapazierte Klamotten, wie ich im Näherkommen erkannte, vermutlich aussortiert, während er all die Dinge einpackte, die er für seinen Urlaub benötigte. Wobei – halt! Also ich hätte gerade diese Sachen genommen, wenn ich eine Entführung planen würde. Dafür musste ich mich nicht extra groß ausstaffieren!

Eigentlich hatte ich mir Zeit lassen und erst morgen im Laufe des Tages wieder bei Kathi aufkreuzen wollen. Doch jetzt musste ich zugeben, dass ich mehr und mehr Interesse an unserem neuen Fall entwickelte. Ich sollte sehen, dass ich hier fertig wurde, um mich mit ihr zu besprechen.

## 12

Katharina

„Du musst unbedingt gleich morgen zu der Hauswirtin fahren und mit ihr reden", beschwor mich Richie eindringlich. „Die weiß bestimmt so Einiges. Sie wohnt unten in Parterre, sieht aus wie Hundert, ist aber geistig und körperlich ziemlich fit. Eine bessere Quelle finden wir auf die Schnelle nicht."

Mit seinem Auftauchen am späten Montagabend hatte ich eigentlich nicht gerechnet, ich dachte, er wäre mindestens noch einen Tag länger beschäftigt. Und dass er mich jetzt derart in Bedrängnis brachte, nein, ich brauchte einen längeren Vorlauf. „Meinst du nicht, ich könnte sie erst einmal anrufen?"

„Nee, du musst dich schon zu ihr bequemen. Am Telefon wirst du keine vernünftige Auskunft bekommen." Sein Tonfall vermittelte mir deutlich, was er von meinem Vorschlag hielt.

„Du wolltest unbedingt ermitteln", erinnerte er mich. „Ohne deine Hilfe kommen wir nicht weiter."

„Ich muss erst sehen, wie die Zugverbindung nach Krefeld ist und die Zeit dementsprechend einplanen. Ich traue mich nicht, die Strecke zu fahren", gab ich kleinlaut zu. Er würde sowieso nicht mehr lockerlassen, das wusste ich.

„Kathi! Das ist doch lächerlich! Du bringst deine Schwiegermutter überall hin, du nimmst das Auto, um einzukaufen oder um zu deinen Freundinnen zu kommen, du bist schließlich kein Sonntagsfahrer."

Ich spürte, wie ich rot anlief. „Das sind alles bekannte Strecken", weihte ich ihn in mein Geheimnis ein, das noch nicht einmal Manfred kannte. „Autobahn bin ich schon ewig nicht mehr allein gefahren – und fremde Städte sind mir ein Gräuel. Nein, ich kann das nicht."

Einen Moment lang war er tatsächlich sprachlos, dafür sprudelte er anschließend nur so über vor Gegenargumenten. „Du hast zusammen mit Elisabeth deinen Sohn Pascal in Köln besucht. Als ihr beide, du und Manfred, an der Ostsee in Urlaub ward und er diesen Kreislaufzusammenbruch hatte, musstest du die gesamte Rückfahrt allein bewältigen. Ja, und bei unserem letzten Fall wärest du auch gefahren, wenn sich nicht Christina angeboten hätte."

„Wenn jemand neben mir sitzt, ist es nicht ganz so schlimm", gestand ich kleinlaut.

„Ich fahre mit dir."

Wollte oder konnte er mich nicht verstehen? „Du sitzt nicht leibhaftig neben mir, du kannst dich noch nicht einmal mit mir unterhalten während der Fahrt."

„Kathi, das ist albern. Als wenn Elisabeth eingreifen könnte!"

„Es ist trotzdem etwas anderes." Nein, er hatte es definitiv nicht begriffen. „Es gibt mir irgendwie Sicherheit. Außerdem kannst du die Fahrt mit ihr nicht als Beispiel nehmen, das war eine reine Trotzreaktion darauf, dass Manfred in letzter Minute etwas dazwischenkam."

„Tja", sagte er gedehnt. „Wenn du ermitteln willst, musst du eben über deinen Schatten springen. Eine andere Möglichkeit sehe ich nicht."

Haha, als wenn es so einfach wäre. Ich bekam schon jetzt eiskalte Hände und ein Grummeln im Bauch, wenn ich nur daran dachte, das auf mich zu nehmen. Ich würde garantiert die ganze Nacht nicht schlafen und morgen früh völlig aufgelöst sein. Ganz davon abgesehen, dass, wenn ich das Abenteuer wirklich wagen sollte, ich mich auf eine Auseinandersetzung mit meinem Mann einstellen musste, der mir niemals den Wagen freiwillig zur Verfügung stellte. Ob aus reiner Bequemlichkeit oder aus Angst, ich könnte eine Beule hineinfahren, war mir bis heute ein Rätsel. Er redete sich immer darauf hinaus, dass er auf einen ständig verfügbaren fahrbaren Untersatz angewiesen war bei seiner Arbeit, was sich für mich sehr nach einer Ausrede anhörte, ein Pfarrer musste normalerweise nicht von jetzt auf gleich irgendwohin.

Nur, diese Gedanken brachten mich nicht weiter. Richie hatte recht, wollte ich in den Fall eingreifen, musste ich wohl oder übel nach Krefeld – und wahrscheinlich nicht nur einmal.

Ein Gedanke blitzte auf. Nein, das war … Doch, warum eigentlich nicht. Versuchen konnte ich es wenigstens.

Kurzentschlossen griff ich zum Telefon. „Ich frage Christina, ob sie mit mir fährt."

„Kathi!" Er klang eindeutig entsetzt. „Das kannst du nicht tun!"

Ich hatte bereits die Taste des Kurzwahlspeichers gedrückt. „Sie wird mir bestimmt helfen", sagte ich hastig und dann, nachdem meine Freundin sich gemeldet hatte. „Du, ich habe ein Attentat auf dich vor. Was machst du morgen früh?"

„Äh, Büroarbeit, wieso?"

„Könntest du mit mir nach Krefeld fahren. Ich muss wirklich dringend dorthin, habe aber keinen fahrbaren Untersatz zur Verfügung", verdeutlichte ich meine Bitte.

„Im Prinzip schon", kam es gedehnt zurück. „Was willst du denn da?"

Ich hörte Richie leise stöhnen. Klar, dass Christina erst genauer informiert werden wollte. Sie war hilfsbereit, aber nicht um jeden Preis. „Es geht um Justus. Die Polizei hat bisher keine Spur der Eltern gefunden, sie tappen wohl völlig im Dunkeln. Ich dachte, ich spreche mal mit der Vermieterin des Vaters, so von Frau zu Frau, verstehst du. Vielleicht bekomme ich dadurch Dinge zu hören, die sich als relevant erweisen könnten."

„Ah, du willst selbst ermitteln." Meine Freundin war hörbar Feuer und Flamme. „Eine gute Idee, selbstverständlich komme ich mit. Das wird bestimmt spannend. Wann soll ich dich abholen?"

„Ich dachte, wir fahren gleich um acht Uhr los. Manfred nimmt Justus morgens immer mit zum Kindergarten. Sobald die beiden das Haus verlassen haben, kann ich weg."

„Gut, ich bin pünktlich, bis dann."

„Bist du dir sicher, dass du das Richtige tust?", fragte Richie sofort, nachdem ich das Gespräch beendet hatte. „Du weißt, wie neugierig sie ist. Sie wird alles ganz genau wissen wollen."

„Ja und?" Mir war ein Stein vom Herzen gefallen, dass alles so klappte, wie ich es mir vorgestellt hatte. Ich musste nicht selbst fahren und hatte zudem noch meine beste Freundin als Unterstützung an meiner Seite. Deshalb war ich eher frohgemut als besorgt. „Lass sie uns doch helfen. Je mehr Leute, desto bessere und schnellere Ergebnisse. Und denk dran, ohne sie und Bruni wäre ich nie in der Lage gewesen, Franziska zu befreien."

„Da war sie nur am Endergebnis beteiligt", erklärte er mürrisch. „Außerdem musstest du dich danach ihren neugierigen Fragen stellen. Meine Güte, was die alles wissen wollte und hinterfragt hat. Wenn du nicht aufpasst, merkt die ganz schnell, dass du mich in petto hast."

War er etwa eifersüchtig? Oder hatte er nur Angst, dass ich sie in dieses Geheimnis einweihen würde? „Ich rede mich auf eigene Recherchen und Elisabeth raus", sagte ich beschwichtigend. „Die habe ich schließlich ebenfalls involviert." Und das hat dich nicht gestört, wollte ich eigentlich noch hinzufügen, unterließ es aber lieber. Er war schon gereizt genug.

„Wie hat sie reagiert?"

Gott sei Dank, er hatte sich schnell wieder beruhigt. „Sie hat versprochen, all ihre Kontakte zu nutzen, um an Informationen zu kommen." Ich grinste in Erinnerung an das Gespräch. Meine Schwiegermutter wollte mir natürlich sofort helfen, schreckte allerdings davor zurück, eine großangelegte Suchanfrage zu starten. Bei unserem letzten Fall hatte sie verbotenerweise Informationen verwendet, die Manfred von mir im Vertrauen auf seine Schweigsamkeit erfahren und die er blauäugig an sie weitergegeben hatte. Er musste wohl, ohne dass ich davon wusste, ein ernstes Wort mit ihr geredet haben. Anders konnte ich mir ihre dieses Mal sehr deutliche Zurückhaltung nicht erklären.

„Es hat einen Aufruf dazu in jeder Zeitung gestanden", hatte sie, die immer bestens informiert war, mir erklärt. „Und in den Nachrichten ist es auch gekommen. Es hat keinen Zweck, wenn ich etwas Derartiges nun in kleinerem Rahmen versuche. Stattdessen schreibe ich all meine engeren Freunde an und bitte sie, ihre Kontakte zu nutzen, um Einzelheiten über die Gesuchten zu erfahren. Ich denke, du wirst auf mühselige Puzzlearbeit zurückgreifen müssen, wenn du Erfolg haben willst."

Das sah ich mittlerweile genauso. Na, wenigstens hatte ich jetzt Bilder von den beiden. Ich sollte wohl langsam anfangen, regelmäßig die Zeitung zu lesen – oder wenigstens jeden Abend Nachrichten schauen. Im Internet war ich sofort fündig geworden, Regina Strüwer, eine schlanke, gut aussehende Frau, hatte auf dem Foto sehr ernst in die Kamera geschaut, während Cavit Aslan breit lächelnd vor einer kleinen Hütte mit einem großen Fisch in der Hand posierte. Die beiden mussten ein nettes Paar abgegeben haben, sie blond und blauäugig, mit schulterlangen glatten schimmernden Haaren, er dunkelhaarig, mit tiefbraunen Augen und einem etwas dunkleren Teint, dazu ebenfalls schlank, wenn auch nicht sonderlich groß gewachsen. Zumindest wusste ich jetzt, dass Justus ein kleines Ebenbild seines Vaters war, die großen Kulleraugen in seinem ernsten, schmalen Gesichtchen weckten in fast jedem das Verlangen, ihn ausgiebig zu knuddeln.

„Willst du nicht langsam mal Manfred informieren?", riss mich Richie aus meinen Gedanken.

„Danke, dass du mich daran erinnerst." Ich stand auf und holte tief Luft. Er würde garantiert viele Fragen und Einwände haben, besser, ich wartete nicht länger.

# 13

Richard
Begeistert war ich echt nicht, dass Christina nun mitkam. Wobei es nicht so war, dass ich was gegen sie hatte, im Gegenteil, während unseres ersten Falles war meine gute Meinung über sie eher stetig gewachsen und ich hatte mich ehrlich gefreut, als sich herausstellte, dass sie mit diesen Vergewaltigern nicht unter einer Decke steckte. Nur war sie so verdammt neugierig und konnte dazu noch gut kombinieren, irgendwann würde sie hinter Kathis und mein Geheimnis kommen, da war ich mir ganz sicher.

Ach, sch… was drauf. Lange gab es mich sowieso nicht mehr in dieser Welt, es konnte mir also echt egal sein. Spätestens wenn der kleine Justus sein Happyend erlebte und wieder in den Armen seiner Mutter landete, würde ich mich aufmachen, mein Leben im Diesseits zu beenden. Dieses Mal war es mir völlig ernst damit, denn alles, was mich bisher noch hier gehalten hatte, war hinfällig geworden. Mir würde es definitiv besser gehen, wenn ich den Schritt ins Licht wagte – selbst wenn danach gar nichts mehr kommen sollte. Immer noch reizvoller, als mitansehen zu müssen, wie meine Exfrau und meine Kinder ihr Leben gemeinsam mit ihrem neuen Geliebten und Vater gestalteten. Ehrlich gesagt, er war der ideale Kandidat, was Besseres hätte ihnen gar nicht passieren können. Ich konnte also getrost loslassen.

Kathi war kaum eingestiegen, da ging die Fragerei auch schon los: Weshalb sie sich einmischen wollte, wusste sie etwa mehr als die Polizei? Was hatte sie bisher unternommen, welche Geheimnisse ausgegraben?

„Ich stehe noch ganz am Anfang", wehrte Kathi ab. „Es ist auch eher das Gefühl, etwas tun zu müssen, das mich antreibt. Es sind nun bereits zwölf Tage vergangen und die Polizei hat immer noch keine Spur. Außerdem lässt mir das, was Ruth gesagt hat, keine Ruhe. Weißt du darüber Bescheid?"

„Ja, ich habe am Sonntag mit ihr telefoniert. Was willst du denn jetzt genau erreichen?"

Kathi hüstelte verlegen. „Ich ermittle einfach drauflos. Vielleicht lässt sich wenigstens klären, warum der Kleine diese Macken hat. In meinen Augen kommen nur entweder Mutter oder Vater für sein Verhalten infrage, und wenn ich so darüber nachdenke, tippe ich mal auf die Mutter. Sie ist diejenige, die den meisten Kontakt zu ihm hat."

„Du meinst also, beide sind seltsam? Immerhin hat er die Entführung inszeniert."

„Ach, Chris. Ich bin mir nicht sicher, was ich von alldem halten soll. Das ist ja der Grund, warum ich mich einschalten und selbst Befragungen durchführen möchte."

„Und du meinst, die Hauswirtin hat irgendwelche Informationen?" Christina klang skeptisch und das konnte ich ihr nicht einmal übelnehmen. Das, was wir machten, war bloßes Herumgestochere, einfach Stein um Stein umdrehen, in der Hoffnung, dass wir irgendwo fündig wurden. Andererseits, hatten wir bisher nicht immer so begonnen und damit Erfolg gehabt? Immerhin war es uns mit dieser Methode schon zweimal gelungen, unsere Fälle zu lösen. Warum also nicht auch den!

„Irgendwo müssen wir ja anfangen", erklärte Kathi. „Ich dachte mir, wenn wir die Personen, die einen oder beide kennen, befragen, erhalten wir vielleicht Anhaltspunkte, die uns in irgendeiner Form weiterbringen. Bisher habe ich nur die Vermieterin ausfindig machen können. Selbst wenn sie nichts Relevantes zu sagen hat, kennt sie aber eventuell Namen oder Adressen von anderen, an die wir uns wenden können."

„Eine gute Idee." So, wie sie es aussprach, nickte Christina bestimmt beifällig. Es war doch zu schade, dass es mir während der Fahrt weder möglich war, aktiv an dem Gespräch teilzunehmen, also Kathi zu soufflieren, noch die Mimik ihres Gegenübers zu betrachten, es sei denn, sie wandte sich demjenigen direkt zu. Das tat sie jedoch im Moment nicht, sondern sah auf ihre Tasche, die sie auf dem Schoß hielt, hinunter und fummelte an dem Verschluss herum. Auf zu, auf zu, auf zu. Dass Christina nichts dazu sagte!

„Wen geben wir denn ab? Hast du dir darüber schon Gedanken gemacht?"

„Was hältst du davon: Wir sind gute Bekannte von Regina Strüwers Mutter. Die ist vor Sorge halb wahnsinnig und wir wollen helfen, indem wir alle Bekannten und Freunde abklappern, um möglichst viel in Erfahrung zu bringen, in der Hoffnung einen Hinweis auf den Aufenthaltsort der beiden zu finden." Kathis Stimme war zum Schluss immer leiser geworden, richtig begeistert schien sie von ihrer eigenen Idee nicht zu sein.

„Nein, das ist zu riskant. Stell dir mal vor, die kennen sich und sie ruft sie an. Wie stehen wir dann da?"

„Fällt dir etwas Besseres ein?"

Nein, wohl nicht, jedenfalls herrschte eine Weile Schweigen im Wagen.

„Ich sehe es wohl richtig, dass du noch nicht einmal vorher angerufen hast, um uns anzumelden?", fragte Christina schließlich.

„Es handelt sich um eine alte Dame, sie ist bestimmt zu Hause." Oh weh, Kathi klang echt zaghaft, von ihrer anfänglichen Begeisterung war nichts übrig geblieben. Gut, diesen Punkt hatten wir tatsächlich nicht bedacht, ich war genau wie sie davon ausgegangen, dass die Vermieterin anwesend sein würde. Dachte ich übrigens weiterhin, die alte Schachtel hatte bestimmt keine Termine. Was sollte man in dem Alter denn vorhaben?

„Na, hoffentlich hast du recht, sonst sind wir völlig umsonst gefahren."

Wieder gab es eine längere Pause, beide starrten stumm vor sich hin, beziehungsweise Christina konzentrierte sich auf den Verkehr und Kathi stierte in ihren Schoß und begann erneut, an ihrer Handtasche rumzufummeln.

„Wir sind Bekannte der Pflegemutter und sehr besorgt darüber, dass die Polizei bisher nichts herausgefunden hat. Daher sind wir auf die Idee gekommen, selbst Nachforschungen zu betreiben", sagte Kathi endlich.

„Wir haben den Kleinen in unser Herz geschlossen und sind zutiefst betrübt über das, was ihm passiert ist und ..."

„Nun übertreibe nicht gleich!" Aber Christina nickte beifällig, wie ich sehen konnte, da Kathi den Kopf gehoben hatte und sie direkt ansah.

„Der Anfang ist gut, den Rest lassen wir weg. Wir appellieren an ihre Hilfsbereitschaft, so von Frau zu Frau, das könnte klappen."

„Und dadurch, dass dein Auto auf den Ort zugelassen ist, in dem ihr das Ferienhaus habt, ist es unmöglich, zu erkennen, von wo wir kommen", fügte Kathi triumphierend hinzu. „Das heißt, wir müssen nicht einmal befürchten, dass, falls einer unserer Befragten ein Helfer des Vaters ist, dieser herausfinden kann, aus welcher Stadt wir stammen und wo Justus versteckt gehalten wird."

„Wen willst du denn noch alles befragen?"

Ja, das würde mich ebenfalls interessieren. Wir hatten doch überhaupt keine anderen Anhaltspunkte.

„Das entscheiden wir, wenn wir mit der alten Dame gesprochen haben", winkte Kathi ab. „Das hängt ja auch von dem Zeitfaktor ab. Du weißt, ich muss am frühen Nachmittag zurück sein, mein erster Klavierschüler kommt um drei."

Ein kluger Schachzug von ihr. Sollte Christina ruhig denken, sie hätte alles im Griff und wüsste genau, wie sie vorgehen wollte.

Diese biss auch tatsächlich an. „Ich möchte weiter dabei sein", verlangte sie prompt. „Wenn du willst, fahre ich dich überall dorthin, wo du hin möchtest."

Das wurde immer besser! Durch sie hatte Kathi alle Möglichkeiten offen. Naja, ob Manfred damit einverstanden wäre, dass seine Frau ständig unterwegs sein würde, blieb abzuwarten.

„Gut." Kathi nickte. „Wir ermitteln gemeinsam."

„Was hast du bisher herausgefunden?"

„Die beiden haben nie richtig zusammengelebt, die Mutter hat eine kleine Wohnung in der Innenstadt, der Vater ist seit Längerem unter der Adresse, zu der wir gerade fahren, gemeldet", fabulierte Kathi drauflos. „Er ist übrigens Arzt und arbeitet im städtischen Krankenhaus als Chirurg."

Das hatte sie von mir, die herumliegenden Zeitschriften hatten sich als wissenschaftliche Fachblätter entpuppt, zusätzlich war mir aufgefallen, dass am Namensschild Dr. med. gestanden hatte, das ließ ja wohl nur die naheliegende Schlussfolgerung zu.

„Die Mutter arbeitet am selben Krankenhaus", fuhr Kathi fort. „Allerdings sollte sie diese Woche erst wieder anfangen, davor war sie in Elternzeit. Der kleine Justus ging seit zwei Monaten in eine Tagesstätte, dort war er auch, während seine Mutter entführt wurde. Wo und wie der Mann sie sich geschnappt hat, ist nicht bekannt, in der Wohnung deutet nichts auf einen Kampf hin, niemand hat etwas gesehen oder gehört."

Man nehme die Informationen, die man von der Kindergärtnerin und der Sozialarbeiterin bekommen hatte, verquicke sie mit den Eindrücken, die ich von meiner Wohnungsbesichtigung mitgebracht hatte, mische Kleinigkeiten aus den Zeitungsartikeln dazu und voila, Christina war beeindruckt. „Gute Vorarbeit", sagte sie anerkennend.

„Das ist viel zu wenig, als dass wir damit etwas anfangen könnten", wehrte Kathi ab. „Die richtige Arbeit geht erst jetzt los."

Ja, sah ich auch so. Hoffentlich gelang es den beiden, die Alte richtig auszuquetschen.

Zumindest war sie zu Hause und öffnete auf das Klingeln die Tür. Allerdings stellte sie sich als äußerst misstrauische und ängstliche Person heraus, die Kathi und Christina unter keinen Umständen ins Haus lassen wollte und ihnen beinahe sogar die Tür vor der Nase zugeschlagen hätte, kaum dass sie ihr Anliegen vorgebracht hatten.

Zum Glück hatte Kathi auf ihrem Handy neue Fotos von Justus, unter anderem auch eins, das Manfred von den beiden zusammen gemacht hatte. Das war ihr Rettungsanker, der das Eis brach. Frau Paulsen wurde zugänglicher und bat die beiden herein.

## 14

Katharina

Von wegen alte Schachtel! Frau Paulsen war eine nette alte Dame von einundachtzig und noch sehr rüstig und rege für ihr Alter. Nach den üblichen Vorsichtsmaßnahmen, schließlich lebte sie ganz allein, hieß sie uns eintreten und bot uns sogleich eine Tasse Kaffee an, zu der wir nicht Nein sagten.

„Ja, der arme kleine Kerl", begann sie das Gespräch, nachdem sie uns zu dem Getränk noch einen bunten Teller mit Keksen offeriert und sich uns gegenüber in den offensichtlich von ihr bevorzugten Sessel niedergelassen hatte, das einzige Möbelstück, das deutliche Gebrauchsspuren aufwies, in einem ansonsten gediegen aber gemütlich eingerichteten Wohnzimmer. „Und von Cavit hätte ich das nie erwartet, er war mir als völlig normaler, grundanständiger Mann erschienen." Sie schüttelte sichtlich enttäuscht den Kopf. „Da bewahrheitet sich wieder die Lebensweisheit: Man kann den Leuten nur vor den Kopf schauen."

„Hat denn nichts in seinen Äußerungen darauf hingedeutet, dass er mit der Situation, so, wie sie war, gehadert hat?", fragte ich.

„Nein, nein. Er war wie immer. Das Einzige, was ihn sehr getroffen hat, war, dass der Kleine die letzten Male nicht hatte kommen können, weil er ständig krank war. Und das ausgerechnet vor seinem Urlaub. Wo er ihn doch nicht mitnehmen konnte", fügte sie erklärend hinzu. „Regina hat gesagt, das wäre im Moment nicht möglich, weil Justus sich ja gerade erst in dieser Einrichtung, in die er jetzt ging, eingewöhnt hätte. Sie musste wieder arbeiten und eigenes Geld verdienen, ihre Unterhaltszahlungen waren mit dem Zeitpunkt, da er das dritte Lebensjahr vollendet hatte, abgelaufen."

Richies Empfehlung bei ihr anzusetzen, war wirklich Gold wert. Frau Paulsen schien gut informiert zu sein. „Der Vater hat also für sie gezahlt?", hakte ich nach.

„Natürlich!" Sie funkelte mich an. „So einer, der sich drückte, nein, das war er nicht. Er stand zu seinen Verpflichtungen."

„Wer hat sich eigentlich von wem getrennt?", übernahm jetzt Christina.

„Sie sich von ihm, schon während der Schwangerschaft." Erneut schüttelte sie bedauernd den Kopf. „Dabei war sie so ein liebes Mädchen. Ganz reizend, wissen Sie? Als ich mir mal den Rücken verdreht hatte, ist sie sofort runtergekommen und hat mich behandelt. Und im Nu ging es mir besser. Ich habe von einer Bekannten gehört, dass die Patienten im

Krankenhaus alle begeistert von ihr waren, immer fröhlich, immer ein aufmunterndes Wort für jeden und dazu noch sehr kompetent." Sie seufzte schwer. „Die beiden hatten vorgehabt, sich selbstständig zu machen, eine eigene Praxis zu eröffnen, er als Chirurg und sie als Physiotherapeutin, sie hätten Hand in Hand arbeiten können."

Der Besuch hatte sich jetzt bereits gelohnt. „War die Trennung der beiden denn sehr dramatisch?", bohrte ich nach.

„Nein, überhaupt nicht. Sie hat sogar noch mehrmals bei ihm übernachtet und er bei ihr." Sie beugte sich vor. „Die jungen Leutchen verstehen unter einer Beziehung ja etwas ganz anderes als wir früher. Cavit hat, als er sie kennenlernte, schon bei mir gewohnt und wollte das tolle Schnäppchen, wie er es nannte, um keinen Preis aufgeben. Regina wohnte zentral und wohl ebenfalls recht nett, zumindest zeigte sie sich genauso starrköpfig wie er, als es darum ging, zusammenzuziehen und dafür eine der beiden Wohnungen aufzugeben. So entstand dieses Arrangement, dass sie zum Teil hier lebten und zum Teil bei ihr. Im Nachhinein betrachtet war es wohl die richtige Entscheidung, zumindest musste niemand ganz neu beginnen."

„Hm, wenn die Trennung einvernehmlich geschah, wann hat sich das Verhältnis der beiden denn zum Schlechteren geändert?", fragte Christina.

„Nie, das ist es ja gerade." Die alte Dame war sichtlich erregt, ihre runzeligen Wangen hatten eine hochrote Farbe angenommen und ihre Augen blitzten. „Das habe ich der Polizei auch  gesagt, sie haben sich die ganze Zeit über wie gute Freunde verhalten. Sogar als der Cavit die neue Freundin hatte, war das Verhältnis weiterhin gut. Regina wurde mit dem Kleinen sogar zur Verlobung eingeladen." Sie verstummte jäh. Waren das etwa Tränen, die plötzlich in ihren Augen schimmerten?

„Aber diese kam nicht zustande", tastete ich mich behutsam vor.

„Nein, Melina verschwand von einem auf den anderen Tag spurlos. Man hat bis heute keine Anhaltspunkte, was mit ihr geschehen ist."

Bei mir gingen sämtliche Alarmglocken an. „Wissen Sie noch, wann das war?"

„Das Datum werde ich nie vergessen, sie verschwand einen Tag vor meinem achtzigsten Geburtstag." Energisch blinzelte sie die Tränen weg. „Wissen Sie, wir wollten die Ereignisse zusammen feiern, im kleinsten Kreis: meine zwei Freundinnen, ihre und seine Familie, dazu noch Regina und Justus. Cavits Mutter", sie nickte vage aus dem Fenster und mein Herz hüpfte vor Freude. Hieß das etwa, seine Familie wohnte ganz in

61

der Nähe? „Und Melina haben die Vorbereitungen übernommen. Ich wollte die Räume für die Festlichkeiten zur Verfügung stellen, Cavit und sein Schwager hatten sich bereit erklärt, die Umräumarbeiten zu übernehmen, Melina wollte eigentlich nachkommen. Ja, und dann erschien sie nicht. Cavit hat versucht, sie anzurufen, aber ihr Handy war abgeschaltet und zu Hause sprang nur der Anrufbeantworter an. Er wurde dann so unruhig, dass er losfuhr, um sie zu suchen. Er fand jedoch keine Spur von ihr, auch später tauchten keinerlei Hinweise auf, was ihr passiert sein könnte."

„Wann haben Sie denn Geburtstag?" Christina war deutlich erregt, trotzdem hätte sie nicht so direkt fragen dürfen. Die alte Dame war schon aufgeregt genug.

„Am zweiundzwanzigsten Februar. Seitdem kann ich keine Vorfreude mehr empfinden."

Ich musste sehen, dass wir langsam zum eigentlichen Thema zurückkehrten. „Wie hatten Regina und Cavit denn die Besuchszeiten für den Vater aufgeteilt? Oder konnte er seinen Sohn sehen, wann er wollte?"

„Nein, nein." Frau Paulsen landete blinzelnd wieder in der Gegenwart. „Normalerweise hatte er Justus jedes zweite Wochenende, außer er musste arbeiten. Wie gesagt, das war nie ein Streitpunkt, die beiden haben sich immer einigen können. Der Junge hat seinen Vater geliebt, er war gerne mit ihm zusammen, ist regelmäßig mit ihm in Urlaub gefahren und war auf sämtlichen Familienfeiern dabei."

„Und Regina?" Klar, Christina wollte es genauer wissen.

„Na, die hatte ihr eigenes Leben. Soviel ich weiß, hatte sie nach Cavit ebenfalls einen neuen Freund. Hat aber wohl nicht lange gehalten, der kam mit dem Kind nicht gut zurecht und daraufhin hat Regina ihre Konsequenzen gezogen. Sie war aber nicht besonders traurig darüber, sie meinte, sie genieße ihr Singleleben mit Kind viel zu sehr. Ja, und ihr Verhältnis zu Cavit war weiterhin ungetrübt. Die beiden waren wie gute Freunde, haben öfter mal was zusammen unternommen, er hat ihr bei Reparaturen geholfen, sie ihn dafür öfter zum Essen eingeladen."

„Wie ist es dann zu der Stalking-Anzeige gekommen?" Ich fand mich selbst ziemlich gemein, sie derart in die Enge zu treiben. Die ganze Geschichte nahm sie offensichtlich sehr mit.

„Das kann ich bis heute nicht nachvollziehen. Auch Ellen und Erek, die Eltern von Cavit, sind ratlos. Er war überhaupt nicht der Typ dafür. Nein." Wieder ein Kopfschütteln, energisch dieses Mal. „Die Regina muss irgendetwas falsch verstanden und deshalb überreagiert haben."

„Immerhin hat er sie anschließend entführt", warf Christina ein.

„Ich weiß wirklich nicht, was ich davon halten soll." Frau Paulsen sah aus, als stünde sie kurz vor einem Zusammenbruch. „Ich bete jeden Tag für ihn, dass er zur Vernunft kommt und sie freigibt. Es passt so überhaupt nicht zu ihm. Nie, niemals wäre ich auf die Idee gekommen, dass er zu so etwas fähig ist. Ich dachte, ich kenne ihn durch und durch, bis vor kurzem noch hätte ich ihn als den liebsten und nettesten Mann beschrieben, den es gibt."

Ich stand auf, kniete mich neben ihren Sessel und nahm ihre Hand tröstend in die meine. „Haben Sie irgendeine Idee, wohin er mit ihr gefahren sein könnte?"

„Nein." Sie schluchzte laut auf. „Er hat sich an dem Morgen noch von mir verabschiedet, er schien sich ehrlich auf seinen dreiwöchigen Urlaub zu freuen. Den wollte er wie immer in dem Ferienhaus seiner Eltern verbringen. Dort ist er nicht aufgetaucht, die Polizei hat zusätzlich die gesamte Gegend abgesucht. Niemand scheint ihn oder Regina seither gesehen zu haben. Der Aufruf in der Zeitung und im Fernsehen war auch umsonst, die Polizei hat keine heiße Spur." Sie lächelte mich unter Tränen an. „Die Ellen ruft jeden Tag auf dem Revier an. Ihrer Meinung nach ist das Ganze ein schrecklicher Irrtum. Nicht Cavit war der Stalker, sondern irgendein Fremder, der nun beide entführt hat."

„Ha! Wunschträume", ließ sich zum ersten Mal, seitdem wir eingetreten waren, Richie vernehmen. „Das ist noch unwahrscheinlicher als alles andere."

Ich war seiner Meinung, doch hütete ich mich, die Worte laut auszusprechen. Stattdessen erhob ich mich und blickte Christina auffordernd an. „Vielleicht sollten wir unsere Nachforschungen auf den Freundeskreis der beiden ausdehnen", überlegte ich laut. „Irgendjemand muss doch einen Hinweis geben können, wo die zwei stecken."

Meine Freundin nickte und stand ebenfalls auf. „Sehe ich ebenso. Keine Sorge", sie kam herüber und nahm Frau Paulsens Hände in die ihren. „Wir bleiben auf jeden Fall am Ball. Und sollten wir irgendwelche Neuigkeiten erfahren, geben wir sie sofort an Sie weiter."

„Sabine Menke." Die alte Dame erhob sich mühsam aus ihrem Sessel, in diesem Moment sah man ihr ihr Alter deutlich an. „Sie ist eine Kollegin von Cavit, eigentlich mehr als das. Sie kennt ihn gut und durch ihn auch bestimmt Regina näher. Die weiß bestimmt ein paar Namen für Sie."

## 15

Richard

„Du hast noch massig Zeit", legte ich mich, gleich nachdem wir das Haus verlassen hatten, ins Zeug. „Lass uns sofort beim Krankenhaus vorbeifahren und die Ärztin interviewen. Vielleicht erhalten wir dadurch neue Ansatzpunkte."

Kathi konnte mir ja keine Antwort geben, da Christina sich direkt neben ihr befand und ebenfalls auf sie einsprach: „Die arme Frau. Ich bin mir richtiggehend schäbig vorgekommen. Wir haben sie ausgequetscht wie eine Zitrone."

„Dafür hast du allerhand nette Worte beim Verabschieden gefunden. Sie war sichtlich getröstet."

„Ja, weil sie denkt, wir würden uns nicht beirren lassen und den wahren Täter finden." Christina schnaubte abfällig, ob das gegen sie selbst oder gegen die alte Paulsen gerichtet war, konnte ich nicht erkennen. „Dabei tun wir nichts anderes, als im Dreck anderer Leute herumzustochern."

„So laufen Ermittlungen nun mal", belehrte Kathi sie. „Zuerst müssen wir alle unter den Teppich gekehrten Geheimnisse hervorholen, danach werden die einzelnen Puzzlestückchen aneinandergefügt, bis sich ein klares Bild ergibt. Dadurch findet man, wenn man Glück hat, den Täter."

„Ich kann das nicht." Christina hob in einer geradezu flehenden Geste die Hand. „Ich fühle mich so schäbig dabei."

„Ich mich auch", bekannte Kathi. Klar, bisher waren wir den Menschen, mit denen wir es zu tun hatten, nie derart nahe gekommen. Das meiste hatten wir durch meine Ermittlertätigkeit erfahren. Nun, dieser Fall lag anders. Wenn Kathi ihn lösen wollte, musste sie eben viele Gespräche führen. „Trotzdem, ich kann nicht anders, mein Gefühl sagt mir, dass ich genau das tun soll. Irgendwie steckt mehr dahinter, als wir bisher wissen."

„Das heißt, wir fahren jetzt zum Krankenhaus", seufzte Christina, setzte sich aber brav hinters Steuer und gab den Befehl in ihr Navi ein.

„Wahrscheinlich wird die Ärztin gar keine Zeit für uns haben." Kathi machte ebenfalls Anstalten einzusteigen, sodass ich mich beeilen musste, in sie hineinzuschlüpfen. Sie war an das Manöver mittlerweile so gewöhnt, dass sie nicht einmal mit der Wimper zuckte, als ich an ihr andockte. Sonst war das eher Glücksache, viele Menschen, vor allen Dingen Männer, sind da wesentlich empfindlicher. Dabei verspürt man laut Kathi nur ein leichtes Ziepen in der Brust, danach bemerkt man meine

Anwesenheit überhaupt nicht mehr. Verlasse ich den jeweiligen Körper wieder, kommt es zu keiner Reaktion mehr, also alles in allem ist diese Prozedur weder für mich noch für meine Zielperson besonders schrecklich.

Für mich war es jedoch die einzige Methode, schnell voranzukommen. Mit meinem Astralleib, wie Kathi es nannte, hatte ich meine Schwierigkeiten, besonders wenn es windig war. Sie meinte, es läge daran, dass ich ja nun leichter als Luft sei – das leitete sie davon ab, dass ich schweben konnte, obwohl das eine in meinen Augen zu einfache Erklärung war, hätte ich dann nicht wie ein gasgefüllter Luftballon weiter und weiter nach oben driften müssen? - Tatsache war jedenfalls, durch meine menschlichen Taxis war mein Bewegungsradius wesentlich größer und effizienter geworden, was sich gerade bei unseren Fällen schon mehrfach ausgezahlt hatte.

Mittlerweile quälte sich Christina durch die verstopfte Innenstadt. „Wir parken da vorn." Sie setzte den Blinker und nahm Kurs auf ein Parkhaus, das durch eine grüne Ampel freie Plätze signalisierte. „Laut Navi sind es von hier aus etwa fünf Minuten zum Krankenhaus."

Ich spielte nach wie vor Kathis Anhängsel. Zwar hätte ich genauso gut neben ihr herschweben können, das Wetter war geradezu ideal, kein Lüftchen regte sich, aber ich hatte keine Lust, durch andere Geister, die es gerade im Krankenhausbereich zuhauf gab, abgelenkt, beziehungsweise belästigt zu werden. Meine Erfahrungen in dieser Richtung waren eher negativ, ich war bisher noch auf keinen meiner Art getroffen, der nicht äußerst nervig gewesen wäre.

„Wie willst du es anfangen?", frage Christina neugierig, während die beiden sich über den vollbelegten Parkplatz an all den noch wartenden Autos vorbeischlängelten.

„Ich dachte, wir fragen an der Information, wo sich die Frau Doktor aufhält. Befindet sie sich auf einer Station, wird sich eine Möglichkeit ergeben, mit ihr zu reden. Ist sie dagegen in der Ambulanz oder im Op, wird es so gut wie unmöglich. Dann hätten wir als Alternative eventuell noch den Versuch, ein Gespräch mit einem der anderen Physiotherapeuten zu führen."

„Und wie gedenkst du vorzugehen?"

Meine Güte, Christina war doch sonst nicht auf den Kopf gefallen. Ihre Selbsthilfegruppe für sexuell missbrauchte Kinder hatte sich mittlerweile zu einer Riesenorganisation entwickelt, sie gab Interviews, trat im Fernsehen in Talkrunden auf, eigentlich hatte ich gedacht, dass sie viel besser in der Lage sein würde, die Gespräche zu meistern als Kathi.

„Je nachdem, mit wem wir sprechen." Glücklicherweise war auf diese Verlass. Sie hatte bereits einen Plan entwickelt. „Bekommen wir die Ärztin zu fassen, ist es wahrscheinlich sinnvoller, Frau Paulsens Verdacht aufzugreifen, dass ein anderer dahintersteckt und der arme Cavit mitentführt wurde. Bei einer Kollegin oder einem Kollegen von Regina stellen wir es besser so dar, als wollten wir nur Hintergrundinformationen. Ich hoffe dann auf unseren Instinkt, dass wir erkennen, ob derjenige eher positiv oder negativ über sie urteilen würde. Danach richten sich alle weiteren Fragen."

Christina war sichtlich beeindruckt, sogar so sehr, dass sie ohne nachzudenken an die Information trat und die notwendigen Auskünfte einholte. Und darin war sie, wie ich es geahnt hatte, deutlich besser als Kathi, die in solchen Situationen doch eher etwas unbeholfen agierte. Meine Freundin konnte sich gut auf einzelne Personen einlassen, das war ihr großer Pluspunkt. Die meisten mochten sie auf Anhieb und gaben oft schon nach kurzer Zeit Dinge von sich preis, die andere nach Jahren nicht erfahren hätten. Dafür wirkte sie halt bei solch einfachen Dingen, wie irgendwo nachzufragen, ziemlich unbeholfen und hölzern. Deshalb waren die beiden eigentlich doch ein ideales Team, Christina musste nur erst vollends in ihrer Rolle aufgehen.

Frau Dr. Menke befand sich auf ihrer Station, also machten wir uns auf den Weg dorthin. Wir hatten gleich noch einmal Glück, sie befand sich im Schwesternzimmer und saß eifrig tippend am Computer.

„Frau Paulsen schickt uns", leitete Kathi das Gespräch ein. „Wir betreiben eigene Nachforschungen zum Verschwinden von Regina und Cavit. Hätten Sie kurz Zeit für uns?"

Nein, hatte sie angeblich nicht und überhaupt, sie habe der Polizei alles gesagt, was sie wisse. Bei denen sei der Fall in guten Händen, die würden alles in ihrer Macht Stehende tun, um ihn aufzuklären. So, und jetzt sollten sie bitte die Station verlassen, andernfalls …

Logischerweise warteten Kathi und Christina nicht auf eine ausführliche Erklärung, sondern räumten das Feld. „Wollen wir es wirklich noch bei den Physiotherapeuten probieren?", fragte Letztere zweifelnd. Diese Abfuhr hatte ihr ganz schön zugesetzt.

„Versuchen sollten wir es wenigstens." Kathi gab nicht so schnell auf. Es arbeiteten zwei weitere Physiotherapeuten hier am Krankenhaus, wie wir erfahren hatten, beziehungsweise der Mann war eigentlich nur die

Vertretung für Regina. Deshalb war klar, dass die beiden der Frau auflauerten, die gerade einen Patienten behandelte, zum Glück auf einer anderen Station.

„Was wollen Sie denn wissen?", fragte sie leicht genervt, während sie schnellen Schrittes durch die Gänge lief. „Ich habe wenig Zeit, ich muss zum nächsten Patienten."

„Wie Ihr Verhältnis zu Frau Strüwer war", gab Kathi zurück und bemühte sich, neben ihr zu bleiben.

„Das habe ich alles schon Ihren Kollegen erklärt." Die Frau hielt abrupt an und Christina wäre fast auf sie aufgeprallt. „Wir haben nur ein knappes Jahr zusammengearbeitet, dann ist sie in Mutterschutz gegangen. Ich kenne sie nur hier von der Arbeit, privat hatten wir keinen Kontakt."

Klar, wenn ich sie mir so ansah. Die war mindestens so alt wie Kathi und vermittelte den Eindruck, mit beiden Beinen fest auf dem Boden zu stehen.

„Unser Verhältnis war ausnehmend gut, Regina kam mit allen Patienten zurecht, gerade für die besonders schwierigen hatte sie ein Händchen. Und sie war immer sofort bereit einzuspringen, wenn ich mal nicht konnte", fügte sie mit Nachdruck hinzu. „Sehr lieb, sehr hilfsbereit, eine super Kollegin."

„Hat sie Ihnen von den Stalking-Attacken erzählt?", hakte Christina nach.

„Gott, lest ihr nicht eure eigenen Protokolle? Ich hatte in den letzten drei Jahren keinen Kontakt mit ihr, sie wäre doch erst am Montag wieder zurückgekommen."

„Eine letzte Frage?", mischte sich Kathi ein, die bemerkt hatte, dass ihr Gegenüber kribbelig wurde und das Gespräch abbrechen wollte. „Hat Frau Strüwer Ihnen irgendwann einmal von einer besonderen Zuflucht erzählt oder einen Ort genannt, an dem sie einen besonders tollen Urlaub verlebt hatte?"

Die Physiotherapeutin schnaubte. „Wir ersticken in Arbeit, wir haben keine Zeit, uns privat zu unterhalten. Zuhause wartet mein kranker Mann auf mich, ich muss sehen, dass ich mich zügig auf den Heimweg mache, ich bin froh, wenn ich pünktlich wegkomme."

„Dann wollen wir Sie nicht länger aufhalten", Kathi trat zur Seite.

„Die hat uns für Polizistinnen gehalten." Christina konnte nicht länger an sich halten und begann zu kichern.

„Pscht." Kathi warf hastige Blicke nach allen Seiten. „Komm, lass uns gehen."

## 16

Katharina

„Das war ein Reinfall auf der ganzen Linie", meinte Christina, nachdem wir die Autobahn erreicht hatten.

„Ich fand Frau Paulsen sehr interessant", widersprach ich. „Zumindest hat sich meine Einstellung durch das, was wir erfahren haben, geändert."

„Tatsächlich? Inwiefern?" Christina warf mir einen raschen Seitenblick zu, wahrscheinlich wollte sie herausfinden, ob es mir mit dieser Aussage Ernst war.

„Ich fange langsam an zu zweifeln, ob wirklich der Vater hinter der Entführung steckt", bekannte ich.

„Aber alles deutet daraufhin. Er hat sie gestalkt, also wollte er anscheinend unbedingt eine neue Beziehung mit ihr. Sie hat ihn abblitzen lassen und gleichzeitig ist der Kleine ständig krank gewesen, sodass er ihn nicht sehen konnte. Der hat bestimmt gedacht, sie will ihm nicht nur sich, sondern auch das Kind entziehen. Da hat er überreagiert. Ich wette mit dir, wenn sie die beiden finden, wird er erklären, dass er nur bezweckt hat, sie neu für sich zu gewinnen."

Ich war nicht überzeugt. „Frau Paulsen hat ihn ganz anders beschrieben und ich traue ihrem Urteil." Und vor allem Richies. Er hatte recht. Wer packte schon einen echten Urlaubskoffer für eine Entführung? „Nein, da steckt etwas anderes dahinter."

„Und was?"

Zum Glück war Christina anschließend mit einem Überholvorgang beschäftigt, sodass ich meine Argumente gründlich prüfen konnte. Nein, noch war alles viel zu vage, mehr ein Gefühl denn wirkliches Wissen. „Wir benötigen mehr Informationen. Bisher tappe ich völlig im Dunkeln", versuchte ich mich herauszureden.

„Und wie willst du an diese kommen?"

„Erstens habe ich Elisabeth eingeschaltet", erklärte ich bereitwillig. „Und zweitens dachte ich mir, ich könnte über Manfred den kleinen Justus befragen. Zumindest wird der wissen, ob es einen neuen Mann im Leben seiner Mutter gibt." Eigentlich erwartete ich mir von ihm noch viele weitere Antworten, doch das verschwieg ich meiner Freundin lieber.

„Heißt das, du benötigst meine Hilfe nicht mehr?" Sie klang eindeutig enttäuscht. Also hatte ihr unser Detektivspiel wohl Spaß gemacht.

„Doch, natürlich. Wir werden bestimmt noch einige Fahrten nach Krefeld machen müssen. Es wäre toll, dich an meiner Seite zu haben." Und nicht nur wegen des Fahrdienstes. Mit ihr zusammen erschien mir alles viel einfacher.

So verabschiedete ich mich mit dem Versprechen, mich zu melden, sobald ich Neuigkeiten hatte.

Es war erst kurz vor zwei, als sie mich vor meiner Haustür absetzte, mir blieb genug Zeit, Manfred zu instruieren. Statt ins Haus zu gehen, folgte ich der kleinen Seitenstraße, die zur Kirche führte. In dem hellblauen Gebäude daneben war sein Büro untergebracht, wo er sich vermutlich aufhielt. Seine Sekretärin war nur halbtags angestellt, Richie hatte sich noch im Krankenhaus in Krefeld von mir getrennt, einem privaten Gespräch stand also nichts im Weg.

Mein Mann blickte erfreut von seinem Papierkram auf, als er mich eintreten sah. Allerdings war mir nicht entgangen, dass er noch eben schnell die große, seitliche Schreibtischschublade geschlossen hatte, in der er seine Essensvorräte aufbewahrte. Anderseits hatten die vielen Krümelchen auf seinem Hemd - er hatte plötzlich seine Vorliebe für diese wiederentdeckt, weil er dachte, die würden ihn schlanker wirken lassen – mir genug über seinen heutigen Plätzchenkonsum verraten. Zum Abendbrot würde es nur zwei Schnitten mit fettreduzierter Wurst für ihn geben.

„Wie war es?", fragte er neugierig. „Habt ihr viel herausbekommen?"

„Man kann es so oder so sehen", gab ich zurück und ließ mich in den hölzernen Besucherstuhl fallen, der genauso unbequem war, wie er aussah. Manfred hatte es nie laut zugegeben, aber ich vermutete, dass er keinen neuen anschaffte, weil er Angst hatte, dass die Menschen, die hier seinen Rat oder Zuspruch suchten, dann noch länger bleiben würden als jetzt schon. Mein Mann konnte sich schwer abgrenzen; wie oft er in all den Jahren zu spät gekommen war, weil sein Gegenüber kein Ende fand und es ihm nicht möglich war, diesen zu stoppen, ließ sich nicht mehr zählen.

„Chris war eher enttäuscht, weil wir nichts Spektakuläres zutage gefördert haben. Bei mir dagegen hat sich der Verdacht erhärtet, dass der Vater nicht Urheber des Ganzen ist." Ich bemühte mich, ihm das Gespräch mit Frau Paulsen so wortgetreu wie möglich wiederzugeben – aber erst, nachdem ich mich aus seiner Schublade mit genügend Keksen eingedeckt hatte, um meinen ärgsten Hunger zu stillen.

„Ich dachte, du könntest nachher mit Justus einen kleinen Spaziergang machen und ihn dabei gründlich über sein Verhältnis zu Mama und Papa ausfragen. Außerdem solltest du versuchen, in Erfahrung zu bringen, ob es andere Personen im näheren Umfeld gibt, mit denen wir, also Christina und ich, uns beschäftigen könnten. Wie oft sieht er seine Omas und Opas, zum Beispiel, oder hat er andere Verwandte, die sie öfter besuchen. Gibt es einen anderen Mann im Leben seiner Mutter und wie ist das Verhältnis zu den Nachbarn", zählte ich auf. Manfred war zwar willig, mir zu helfen, nur musste ich ihm genaue Anweisungen geben, von selbst wäre er nicht auf all diese Dinge gekommen.

„Ich gehe lieber mit ihm nach oben und spiele mit ihm zusammen. So fällt meine Befragung nicht sonderlich auf."

Nein, er war nur äußerst bewegungsfaul, mein Mann. Ein Blick auf die Uhr sagte mir, dass es höchste Zeit wurde für mich zu verschwinden. Ich sprang auf. „Bis nachher!"

Der letzte Klavierschüler ging um sechs, ich bereitete das Abendessen zu und brachte anschließend den Kleinen ins Bett. Manfred sollte schließlich auch ein bisschen seinen Feierabend genießen dürfen. Die beiden hatten, bis ich sie zum Essen rief, einträchtig im Kinderzimmer gespielt.

Es war ja auch nicht so, dass Justus sich weigerte, meine Fürsorge, in diesem Fall Baden, Abtrocknen und Hilfe beim Zähneputzen, anzunehmen. Er war nur eben ohne jede Begeisterung dabei, tat brav, was ich ihm sagte, allerdings ohne dabei eine Miene zu verziehen. Selbst die Gutenacht-Geschichte ließ er in meinen Augen nur über sich ergehen, er tat dann immer, als würde er schon schlafen, wenn ich zum Schluss kam. Bei meinem Mann dagegen bettelte er nach einer weiteren und noch einer, dieser war jedes Mal völlig geschafft nach seinem Einsatz.

„Hallo, Kathi mit der einschläfernden Stimme!" Mein Mann legte bei meinem Eintreten die Zeitung zur Seite und lachte mich an. „Wir sollten dein Talent für unsere alljährliche Übernachtung der Schulanfänger im Kindergarten nutzen. Die Erzieherinnen würden dich hochleben lassen."

„Haha." Ich ließ mich neben ihn auf die Couch fallen und kuschelte mich in seinen Arm. „Los, erzähl, was du herausgefunden hast!"

„Also, es gibt einen Opa und eine Oma, die er immer besuchen geht, wenn er beim Papa ist", begann er und grinste breit, was ich dadurch spüren konnte, dass er sein Kinn auf meinen Kopf gedrückt hatte. „Die sind superlieb und es gibt immer ganz viel Eis und Süßigkeiten. Die Frau Paulsen ist auch lieb, die hat sogar ein Schwimmbad für ihn im Garten aufgestellt." Er drückte mir einen Kuss ins Haar und stützte seinen Kopf wieder auf meinen. „Tante Semira hat zwei große Jungs, die mit ihm spielen, wenn er dort ist. Und bei der Frau Ostermann ist es langweilig, die guckt die ganze Zeit Fernsehen. Das ist die Nachbarin, die ab und zu auf ihn aufpasst", kam er meiner Frage zuvor. „Früher war er oft bei der

Omi, aber die ist schlimm gefallen und hat seitdem eine aua Hüfte und humpelt."

„Wahnsinn", staunte ich.

„Ja, er redet wie ein Wasserfall." Manfred grinste erneut. „Pass auf, es geht noch weiter. Tante Sabrina streitet immer mit Mama, deshalb sieht er die nur ganz, ganz selten. Die hat einen eigenen Laden mit ganz vielen Sachen. Aber die darf er nicht anfassen. Der Opi ist tot und im Keller ist es so gruselig, er hat geweint und geschrien und Pipi in die Hose gemacht. Die Mama war böse und hat geschimpft."

Ich fuhr derart heftig hoch, dass Manfreds Zähne laut aufeinander klappten. „Was war das denn?"

„Mehr war nicht aus ihm rauszukriegen." Manfred rückte etwas von mir ab und betastete seinen Mund. „Das hat richtig wehgetan."

„Entschuldige, es ist nur … Meinst du, seine eigene Mutter hat ihn in den Keller gesperrt, um ihn zu bestrafen?"

„Keine Ahnung, ich habe mich nicht getraut, genauer nachzufragen. Er hat angefangen zu weinen, als er mir davon erzählt hat."

„Hm." Nein, ein eindeutiges Indiz war das nicht, aber es passte haargenau in meine Vermutung, die sich mir geradezu aufgedrängt hatte. Trotzdem, noch war es zu früh, darüber zu sprechen. „Das sind ja allerhand Neuigkeiten", sagte ich stattdessen. „Mal sehen, wie wir sie verwerten können." Ich musste langanhaltend gähnen. Dieser Tag ohne wirkliche Pause hatte mich völlig erschöpft – ich war eben nicht mehr so leistungsfähig wie früher.

## 17

Richard

Egal, wie ätzend ich es hier fand, ich musste einfach an der Dr. Menke dranbleiben, auch wenn dadurch die Gefahr bestand, auf andere meiner Art zu treffen. Die Frau wusste mehr, davon war ich fest überzeugt. Erst einmal tat sich jedoch gar nichts, sie nahm ihre Arbeit wieder auf und machte weiter, als sei nichts geschehen. Sie tippte wohl irgendwelchen medizinischen Kram in die elektronischen Akten der Patienten, so ganz wurde ich aus ihren seltsamen Abkürzungen nicht schlau. Jedenfalls blieb sie lange Zeit vor dem Computer sitzen.

Zwischendurch kamen mehrmals Krankenschwestern, um sie irgendwas zu fragen und einmal musste sie nach einem Patienten sehen, dem es plötzlich schlecht ging. Ich wartete solange auf dem Flur, das musste ich mir nun echt nicht antun.

Interessant wurde es für mich erst, als sie in der Mittagspause nur eine Kleinigkeit im Kiosk im Erdgeschoss kaufte und sich anschließend in ihr eigenes Zimmerchen zurückzog. Kaum hatte sie die gerade erstandenen und übrigens völlig überteuerten Waffeln ausgepackt, zückte sie bereits ihr Handy. Und dann ging es Frau Paulsen an den Kragen. Meine Güte, die arme Frau wusste gar nicht, wie sie sich rechtfertigen sollte. Das sah diese schließlich wohl genauso und beteuerte nur noch in einem fort, wie nett die beiden Damen doch gewesen seien und dass sie sich sicher wäre, die würden das Richtige unternehmen. Mehr jedenfalls als die Polizei, die doch bisher nichts zustande gebracht hatte.

Dr. Menke gab auf und beendete das Gespräch. Nachdenklich die Stirn runzelnd bearbeitete sie die Waffeln, warf sie aber schon kurz darauf mit deutlichem Widerwillen zurück in das Papier. Erneut drückte sie eine Kurzwahltaste auf ihrem Handy.

„Ja?", tönte es daraus, so laut, dass ich, ohne mich anzustrengen, mithören konnte.

„Ellen, du musst auf Frau Paulsen aufpassen", legte die Menke gleich ohne Begrüßung los. „Heute hat sie die ganze Geschichte mit zwei Frauen durchgehechelt, die behauptet haben, sie wären Bekannte von Justus' Pflegemutter und wollten helfen, seine Mutter zu finden. Danach hat sie ihnen sogar noch meinen Namen gegeben und sie zu mir ins Krankenhaus geschickt."

„Ich weiß, sie meldete sich, gleich nachdem die beiden sie verlassen hatten, bei mir. Im Gegensatz zu dir bin ich jedoch der Meinung, es schadet überhaupt nicht, wenn noch andere ermitteln. Schlimmer als es ist, kann es nicht mehr werden."

„Die waren bestimmt von irgendeinem Schmierblatt!" Die Menke konnte ihre Wut kaum verhehlen. „Morgen lesen wir dann wieder den nächsten aufreißerischen Artikel."

„Ach Sabine, das stört mich nicht. Mir ist es sogar lieber, der Fall bleibt in aller Munde, als dass er in Vergessenheit gerät. So ist zumindest gewährleistet, dass die Menschen auf der Straße aufmerksam bleiben."

„Ich wollte dich auch nur informieren", sagte die Menke spitz. „Dass ich mich geweigert habe, mit diesen Frauen zu sprechen."

„Danke, das ist nett, dass du gleich Bescheid sagst. Du, gerade ist ein wichtiges Gespräch reingekommen, ich muss es annehmen. Bis bald und danke für deinen Anruf."

Das war eine ziemlich eindeutige Abfuhr, das war nicht nur mir klar. Missmutig wandte sich die Menke ihren Waffeln zu. Wetten, dass ihre Untergebenen ihren Unmut gleich zu spüren bekamen?

Für mich bedeutete das Gehörte allerdings, mich aufzumachen und mein Glück bei Cavits Eltern zu versuchen. Wenn ich mich nicht täuschte, dann war das eben seine Mutter gewesen. Ha, ich klopfte mir im Stillen auf meine imaginäre Schulter. Guter Instinkt, mein Junge.

Für mich war klar ersichtlich, dass die Menke und der Cavit sich näher gestanden hatten, noch nicht richtig ein Paar, aber kurz davor. Weiter würden die zwei nun nicht mehr kommen, dafür hatte die Ärztin viel zu wenig Engagement bewiesen. Außerdem war überdeutlich zu spüren, dass sie unter keinen Umständen in den Fall hineingezogen werden wollte. Naja, wenn das meine zukünftige Schwiegertochter gewesen wäre, ich hätte wohl ähnlich reagiert wie diese Ellen.

Energisch verbannte ich jeden Gedanken an meine eigene Familie, so wie ich es schon den ganzen Tag getan hatte. Jetzt war nicht die Zeit, um Trübsal zu blasen.

Da ich nicht wusste, wo ich Cavits Eltern finden konnte, begab ich mich zurück zu Frau Paulsens Straße und suchte systematisch die Haustürklingeln in der Umgebung nach dem Namen Aslan ab. Bereits einen Block weiter wurde ich fündig. Das dreistöckige Gebäude beherbergte zwei abgeschlossene Wohnungen – und eine Tierarztpraxis! Die Eltern von Cavit waren beide Tierärzte.

Mehrere der wartenden Patienten gerieten schier außer sich, als ich versuchte, mir einen Überblick zu verschaffen, deshalb verzog ich mich lieber in die oberen Räume, wo ich warten würde, bis Ellen und Erek sich zu mir gesellten. Unten waren sie derart beschäftigt, dass sie garantiert nicht dazu kamen, sich privat zu unterhalten.

Aus lauter Langeweile kontrollierte ich, nachdem ich sämtliche Zimmer inspiziert hatte, die darüber liegende Wohnung. Bingo, schon wieder Glück gehabt. Die an der Wand hängenden Fotos informierten mich, dass hier Cavits Schwester mit ihrer Familie lebte, drei fast identische hatte ich eine Etage tiefer ebenfalls bewundern dürfen. Auf zweien war der kleine Justus zu sehen, das eine Mal zusammen mit seinem Vater, auf dem anderen stand eine mir unbekannte Frau neben den beiden, das musste die so plötzlich verschwundene Melina sein, die Frau Paulsen erwähnt hatte.

Geräusche aus einem der hinteren Zimmer lenkten mich ab. Dort fand ich zwei Jungen im Teenageralter, die zusammen vor einer Spielekonsole saßen und ein Autorennen gegeneinander fuhren. Langweilig, ich sah mich lieber weiter um.

Nur Minuten später klappte die Wohnungstür. Der Mann des Hauses war heimgekehrt. Er begrüßte kurz seine Söhne und machte sich dann ohne viele Umstände an die Hausarbeit. Sonst tat sich erst einmal nichts, irgendetwas Bedeutendes fand ich auch nicht.

Endlich wiesen eindeutige Geräusche aus dem Hausflur auf den längst überfälligen Feierabend hin. Ich quetschte mich durch den schmalen Türspalt, was überhaupt nicht nötig gewesen wäre, einen Moment später tauchte nämlich die Mutter der beiden Kinder vor mir auf, anscheinend war sie in den Betrieb der Eltern involviert.

Trotzdem zog es mich nach unten, bei Ellen und Erek würde ich garantiert mehr erfahren. Mit dieser Annahme lag ich genau richtig. Kaum hatten die beiden sich am Küchentisch zu einem sparsamen Abendbrot niedergelassen, legte Cavits Mutter los. „Rate mal, wer mich angerufen hat?", begann sie und schob dabei angriffslustig das Kinn vor.

Ihr Mann lachte. „Wenn du schon so anfängst, kann es sich nur um Sabine handeln. Sind die beiden Unbekannten also tatsächlich direkt ins Krankenhaus gefahren?"

Aha, er wusste bereits von Frau Paulsen.

„Diese dumme Pute. Ich glaube, sie hat nur Angst, dass ihr guter Ruf leidet, wenn bekannt wird, dass sie mit Cavit befreundet ist. Die nimmt alles, was die Polizei sagt, für bare Münze."

„Schatz, es kann nicht mehr lange dauern, bis die Geschichte sich klärt. Wir beide wissen, dass Cavit niemals die Dinge, die man ihm vorwirft, getan haben könnte", versuchte Erek seine aufgebrachte Frau zu beruhigen.

„Schade, dass diese beiden Frauen nicht zu mir gekommen sind. Mittlerweile nehme ich jede Hilfe, die ich kriegen kann."

Ha, gut zu wissen, ich würde Kathi gleich anschließend aufsuchen und ihr Bescheid geben.

„Nein, besser sie versuchen es erst gar nicht." Ihr Mann schüttelte energisch den Kopf. „Noch mehr Unsinn über unseren Sohn möchte ich wirklich nicht lesen."

„Und wenn sie tatsächlich die sind, die sie zu sein vorgeben?", fragte Ellen.

„Dann werden sie nichts Neues herausbekommen. Die Polizei hat eindeutig bessere Möglichkeiten. Ich erwarte jeden Tag, nein, eigentlich jede Stunde, dass sie die beiden finden."

„Die sind nicht einmal in der Lage herauszufinden, wer Regina gestalkt hat", hielt seine Frau dagegen. Die Bullen schienen ebenfalls ein rotes Tuch für sie zu sein. „Und uns halten sie für voreingenommen, weil wir Cavits Eltern sind. Die glauben uns kein Wort."

„Wenn sie sie erst gefunden haben, wird sich alles aufklären", wiederholte Erek.

Statt zu antworten, hob sie nur kurz die Schultern an und ließ sie fallen. Dann widmete sie sich stumm ihrem Wurstbrot. Ich konnte ihre Frustration deutlich spüren. Seine allerdings auch. Wahrscheinlich kauten sie dieses Thema in wechselnden Varianten jeden Tag durch.

Hm, sollte ich Kathi nun empfehlen, sich bei Ellen zu melden? War vielleicht gar keine schlechte Idee. Sie musste nur sehen, dass sie sie allein erwischte. So voller Verzweiflung, wie die war, würde sie sich an jeden Strohhalm klammern und deshalb meine Freundin ehrlich über alles informieren, was vorgefallen war.

Ich beschloss, dass dies der richtige Moment für mich war zu verschwinden. Bei den beiden gab es vorläufig nichts mehr zu holen, keiner von ihnen legte offensichtlich Wert darauf, dieses Gespräch wieder aufzunehmen. Wenn ich mich beeilte, konnte ich Kathi direkt am Frühstückstisch berichten.

# 18

Katharina

Leider hatte Richie vergessen, dass Manfred, Justus und ich gemeinsam aufstanden und es dadurch keine freie Minute gab, bis die beiden das Haus verlassen hatten. Dann musste ich mich beeilen, weil ich versprochen hatte, heute pünktlich bei unserer Frühstücksausgabe zu erscheinen, da unsere Köchin wegen eines Arzttermins verhindert war. Also jagte Richie neben mir her von einem Zimmer ins nächste, während ich lüftete, aufräumte und einmal kurz durch das Badezimmer putzte.

„Du musst unbedingt mit der Mutter Kontakt aufnehmen", schloss er seinen Bericht, als ich gerade letzte Hand an unser Mittagessen legte, das heute nur aus einem Möhreneintopf bestand und deshalb auch aufgewärmt gut schmeckte. Justus blieb ja bis um vier im Kindergarten und bekam dort seine Mahlzeit, mein Mann dagegen würde sicherlich Punkt eins völlig ausgehungert in der Küche stehen. Er konnte sich einen Teller davon in der Mikrowelle erwärmen.

Ich selbst vertilgte meist mit den übrigen Helferinnen zusammen die Reste und aß zu Hause nur noch eine Kleinigkeit, sodass meist noch eine Mahlzeit für den nächsten Tag übrig blieb. Die gestrige Portion schien allerdings etwas zu klein ausgefallen zu sein, deshalb hatte sich der Arme mit seinen Plätzchen behelfen müssen. Dieses Mittagessen hatte ich vorsichtshalber großzügiger gestaltet, denn ich hoffte, dass ich mich morgen früh wieder gemeinsam mit Christina aufmachen konnte, um meine Nachforschungen fortzusetzen. Richie hatte recht, wir sollten uns dringend an Ellen Aslan wenden.

„Wenn nichts dazwischen kommt, rufe ich heute Abend Chris an", versprach ich ihm. „Vielleicht hat sich bis dahin auch Elisabeth gemeldet und ich habe neue Informanten, die ich befragen kann."

„Schön wär's ja", brummte er, während er mit mir zusammen das Haus verließ. „Langsam glaube ich nämlich auch, dass mehr dahintersteckt als gedacht."

„Ihre Nachbarin", erinnerte ich ihn. „Die müssen wir unbedingt mit einplanen. Sollte es einen weiteren Mann in Reginas Leben geben, die weiß bestimmt darüber Bescheid."

Wie selbstverständlich bog er neben mir auf den kleinen Pfad ein, der zum Hintereingang der Kirche und damit auch zur Obdachlosenküche führte. „Kommst du mit rein?" Normalerweise machte Richie einen großen Bogen um diesen Ort. Unsere Klienten lebten größtenteils am

Rande der Gesellschaft, dadurch gab es den einen oder anderen unter ihnen, der genau wie ich eine Nahtoderfahrung hinter sich hatte und deshalb ebenfalls Geister sehen konnte. Nur würden diese kein Aufhebens um ihn machen, sondern sich eher bemühen, ihn zu übersehen, das hatte ich ihm schon mehrmals gesagt. Die meisten hatten mit sich selbst genug zu tun, die interessierten sich nicht für seltsam aussehende Lichtflecken. Sollten sie jemals von sich aus Kontakt aufgenommen haben, dann nur im Rausch – und hatten das Erlebnis am nächsten Tag vergessen.

Bisher war Richie trotzdem nicht zu bewegen gewesen, mich zu begleiten. Ich ahnte, was dahintersteckte. „Möchtest du nach deiner Mutter sehen?"

„Heute tut sich eh nichts anderes mehr", gab er ungewohnt beiläufig zurück. „Bevor ich vor Langeweile umkomme, kann ich genauso gut in deiner Nähe bleiben."

Haha, glaubte er wirklich, dass ich darauf hereinfiel? Doch ich hütete mich, die Aussage zu kommentieren, was auch kaum mehr möglich gewesen wäre, denn ich traf in diesem Moment auf Herrn Wiggert, der bereits dabei war, seinen Wagen zu entladen. Ich trat zu ihm und griff mir einen der Körbe voller Brötchen, die er zuverlässig jeden zweiten Tag herbeizauberte.

In der Küche waren Geli und Petra dabei, weitere Boxen zu leeren, während, ich traute meinen Augen kaum, Frau Zieliski danebenstand und begonnen hatte, die Brötchen, die sich auf dem Tisch stapelten, aufzuschneiden. Ja, Manfred und Richie hatten sie gut beschrieben, ich erkannte sie auf Anhieb.

„Guten Morgen", tönte sie, als sie uns eintreten sah, und ließ ihr Messer fallen, um Herrn Wiggert seine Last abzunehmen. „Soll ich mit rauskommen und Ihnen helfen?"

Ich hätte fast losgeprustet. Täuschte ich mich oder flirtete sie tatsächlich mit ihm?

„Nein, nein, helfen Sie mal den Damen", wehrte er ab und verschwand schneller, als ich es ihm zugetraut hatte.

Geli und Petra verdrehten synchron die Augen. Ich stellte meinen Korb auf den Boden und nahm mir das zweite Messer. Erst dann wandte ich mich an Richies Mutter, die mich bisher nicht beachtet hatte. „Katharina Klingenberg. Es freut mich, Sie kennenzulernen."

„Ach, Sie sind also die Pastorenfrau." Sie strahlte mich an. „Ihr Mann ist ein Engel. Ohne ihn wäre ich doch tatsächlich auf der Straße gelandet."

„Und? Haben Sie sich schon eingelebt?" Während meines Eintretens hatte ich sie einer schnellen Musterung unterzogen. Ich wusste von Manfred, dass sie am Montagnachmittag in das kleine Zimmerchen neben der Küche gezogen war, er hatte sie nach der Arbeit von ihrer Schwester abgeholt und hierher gebracht. Begegnet war ich ihr bisher noch nicht, daher war ich ziemlich gespannt gewesen und hatte gehofft, dass sich diese Möglichkeit heute bieten würde. Dass sie gleich bereit war, mit Hand anzulegen, nein, auf die Idee war ich nicht gekommen.

„Nun", sie verzog mit einem Ausdruck, der wohl leidend wirken sollte, das Gesicht. „Es ist halt eine Notunterkunft. Aber für den Übergang wird es gehen."

Aus den Augenwinkeln konnte ich sehen, dass sich Richie wieder nach draußen begab. Ihm war das Ganze scheinbar zu peinlich, als dass er länger ausharren wollte. „Waren Sie bereits beim Amt?", erkundigte ich mich höflich.

„Ja, eine Bekannte Ihres Mannes ist gestern mit mir dort gewesen." Sie nickte heftig. Irgendwie hatte ich mittlerweile den Eindruck, dass alle ihre Gesten von besonderer Theatralik waren. „Ich muss einen Riesenberg Formulare ausfüllen, davor tut sich gar nichts."

„Biggi will ihr dabei helfen", mischte sich Petra in unser Gespräch ein. „Sie kommt nach ihrem Arzttermin vorbei."

Unsere dritte Helferin, eine ehemalige Köchin, jetzt seit Kurzem berentet, hatte selbst mehrfach unter Arbeitslosigkeit gelitten, sie wusste bestimmt genau, was man alles beitragen musste, um die notwendige Unterstützung zu bekommen.

„Na, dann werden Sie bestimmt nur ein kurzes Gastspiel bei uns geben." Mit diesen abschließenden Worten wandte ich mich meiner Arbeit zu. Dutzende von Brötchenhälften wollten aufgeschnitten und belegt werden, wir mussten uns sputen, die ersten Bleche fertigzustellen, denn vor der Tür zum Speiseraum hatte sich schon eine stattliche Anzahl unserer Klienten eingefunden.

Trotzdem war es normalerweise so, dass wir uns dabei unterhielten und den neuesten Klatsch austauschten. Dieses Mal allerdings kamen wir nicht zu Wort. Ausführlich schilderte uns Frau Zieliski ihren Leidensweg, den Rauswurf aus dem Haus des Lebensgefährten, die Zeit bei ihrer Schwester, die sich nur mühsam erbarmt hatte, der Heimatlosen eine helfende Hand zu reichen und ständig an ihr herum krittelte, das ermüdende Gespräch mit dem Mitarbeiter der ARGE. Wenn man ihr so zuhörte, hatte man den Eindruck, ihr würde ständig nur Unrecht geschehen. Dabei ließ sie sich aber über die relevanten Fakten kaum aus. Mir kamen sofort viele Fragen in den Sinn: Warum hatte der Lebensgefährte kein Testament gemacht, das ihr zumindest einen Teil seiner Besitztümer zusprach? Warum hatte seine Tochter sie sofort auf die Straße gesetzt? Was hatte ihre Schwester gegen sie? Und warum war es so schwer, die benötigten Unterlagen für das Arbeitsamt zusammenzubringen?

Doch ich enthielt mich jeglichen Kommentars. Anfangs hatte Geli versucht nachzuhaken, was ihr einen abschätzigen Blick und einen schier endlosen Vortrag über ihre fehlende Kompetenz eingetragen hatte. Sie sei viel zu jung, um zu verstehen, was sich im Leben alles ereignen konnte. Dabei war diese eine junge Mutter Mitte dreißig und hatte durch ihren psychisch kranken Mann ebenfalls ihr Päckchen zu tragen.

Liane Zieliski – wir waren von ihr geradezu genötigt worden, sie zu duzen – hatte bestimmt schon viel erlebt, das wollte ich ihr gar nicht absprechen, nur verfestigte sich bei mir langsam der Eindruck, dass sie immer den für sie einfacheren Weg gegangen war, ihr Ding durchgezogen hatte, wie Richie sagen würde, ohne Rücksicht auf die Gefühle und Bedürfnisse anderer.

„Eine Egoistin reinsten Wassers", zischte Geli mir zu, während die anderen beiden das Mittagessen auftrugen. Der Vormittag hatte sich dieses Mal endlos hingezogen und ich war froh, dass mein Einsatz hier nun nicht mehr lange dauern würde. „Gut, dass die keine Kinder in die Welt gesetzt hat, das wären bestimmt die reinsten Horrorblagen geworden."

Ich nickte und grinste nur innerlich. Von ihrem Besuch bei Carmen hatte Richies Mutter nichts erzählt, genauso wenig wie von ihrem Sohn und dass sie damals Mann und Kind im Stich gelassen hatte. Diese unrühmlichen Tatsachen ließ sie lieber unter den Tisch fallen.

Vom Aussehen her hatte sie übrigens keinerlei Ähnlichkeit mit ihm, wobei – vielleicht lag es auch daran, dass sie viel zu verlebt aussah. Ich wusste von Richie, dass sie allerhöchstens sechzig war und damit nur unwesentlich älter als Manfred und ich. Tatsächlich hätte ich sie auf mindestens fünfundsechzig bis siebzig geschätzt, selbst Elisabeth hatte sich besser gehalten. Armer Richie, ich konnte verstehen, dass er die Flucht ergriffen hatte.

## 19

Richard

Meine Güte war das peinlich. Musste sie echt den ersten Mann, den sie traf, sofort anbaggern? Der arme Herr Wiggert! So schnell war der noch nie nach dem Ausladen verschwunden.

Ich kam zwar nicht oft mit, aber doch wesentlich häufiger, als Kathi wusste. Meist ließ ich mich gar nicht bei ihr blicken, sondern blieb draußen vor der Tür und beobachtete von dort aus das Geschehen. Das reichte mir völlig. Die Obdachlosen kamen ja hauptsächlich wegen des Essens, die waren ausgehungert und mundfaul, viel witziger fand ich die Rentnergruppe, die sich regelmäßig zum Mittagsmahl einfand und sich eher wie eine Stammtischrunde benahm, laut, lustig, nervig. Ja, und die Klatschereien in der Küche, die hatten es mir auch angetan. Das war besser als jede Zeitung. Mit mir oder Manfred redete Kathi ja nicht über solche Themen.

Von dem kleinen Fenster über der Spüle, das ständig offenstand, drang jedes Wort nach draußen, ich brauchte nur direkt darüber zu schweben. Angst haben, dass mich jemand sah, musste ich auch nicht. Dieser leicht gelblich schimmernde ovale Fleck, der meine neue Gestalt darstellte, war bei Tageslicht kaum zu sehen. Außerdem schauten die meisten, die hierherkamen, stur geradeaus und selbst wenn sie mich durch Zufall entdeckt hätten, denen wäre ich schlichtweg egal gewesen, auf der Straße lautete das Motto: Kümmere dich um deinen eigenen Kram.

Heute allerdings kam bei mir keine Freude auf. Meine Mutter beherrschte das Gespräch, sodass ich schon bald keine Lust mehr hatte zuzuhören. Arme Kathi, arme Helferinnen, die mussten sich das noch stundenlang anhören. Deshalb zog ich es vor zu verschwinden. Ich würde lieber einige Stunden bei Annika in der Schule und bei Benjamin im Kindergarten verbringen als mir das Geseiere weiter anzutun.

Um nur ja nicht Kathis Abgang zu verpassen, kam ich leider etwas zu früh zurück und konnte dadurch meine Mutter noch einmal in Aktion erleben. Die saß doch tatsächlich in der Rentnerrunde und führte dort das große Wort, wobei sie schamlos mit dem Mann neben sich flirtete. Wie peinlich! Erst hatte sie sich an Herrn Wiggert rangeschmissen, jetzt probierte sie es gleich bei dem Nächsten.

„Sag nichts", knurrte ich Kathi an, als sie kurz darauf aus der Küche trat und wir uns gemeinsam auf den Heimweg machten. „Diese Frau ist echt das Letzte."

Sie verbiss sich jeden Kommentar und kam sofort auf unser Thema zurück. „Sobald wir zu Hause sind, googel ich die Öffnungszeiten und die Telefonnummer der Tierarztpraxis und versuche, Ellen zu erreichen. Vielleicht haben die wie alle Ärzte auch mittwochnachmittags geschlossen und ich kann noch heute mit ihr sprechen."

„Frau Doktor Aslan macht Hausbesuche", teilte ihr die Sprechstundenhilfe mit. „Ich kann Sie mit Herrn Doktor oder Frau Dr. Bremer verbinden."

„Nein, danke, ich bin mit Mucki bei ihr gewesen", schwindelte Kathi. „Ich rufe später wieder an."

„Wenn es dringend ist, können Sie in die Abendsprechstunde kommen. Bis dahin ist Frau Doktor zurück."

Kathi bedankte sich artig und ließ enttäuscht den Hörer sinken. „Mist, wie sollen wir sie bloß erwischen? Ich kann schließlich nicht nach Feierabend bei ihnen auftauchen."

„Nimm Lotti mit als Patientin und geh in die Sprechstunde", schlug ich vor.

„Richie!"

„Christina kommt sowieso mit, der Hund wird sich freuen, auch dabei sein zu dürfen."

„Vielleicht sollten wir das wirklich machen", murmelte Kathi und griff gleich noch einmal zum Telefon.

Wieder Erwarten zeigte sich Chris durchaus bereit, das Experiment zu wagen. Punkt acht Uhr würde es am nächsten Morgen losgehen.

„Wir fahren anschließend noch zu Reginas Nachbarin, okay? Justus hat Manfred gesagt, dass sie direkt unter ihnen wohnt." Kaum war sie eingestiegen, musste natürlich zuerst Lotti ausgiebig gestreichelt werden. Nur gut, dass ich mich schon an Kathi angedockt hatte, sonst wäre der Hund völlig abgedreht, der konnte mich im wahrsten Sine des Wortes nicht riechen.

Und das mit der Nachbarin war eine nette Übersetzung, der eigentlichen Aussage: „Der muss man immer alles gaaanz laut sagen. Dafür schimpft sie nie, wenn ich über ihr hopse."

Christina fuhr los und Kathi begann aufzuzählen, wen es noch alles zu befragen galt. „Mal sehen, ob wir nach der Mutter auch noch die Tochter zu fassen kriegen. Wenn sie in der Nähe wohnt und vielleicht zu Hause ist, könnte das klappen."

Klar, wie sollte sie Christina erklären, woher sie ihre Informationen hatte? Das war wieder der Punkt, warum ich dagegen geredet hatte, sie miteinzubeziehen. Irgendwann würde Kathi sich bestimmt verplappern und dann hatten wir das Theater. Wie ich ihre Freundin kannte, würde die nicht locker lassen, bis sie alles von mir wusste.

„Strüwers gibt es einige in Krefeld", fuhr Kathi fort. „Ich hoffe, dass Cavits Mutter die Adresse von Reginas Mutter und Schwester weiß. Und dann hat mich Elisabeth gerade noch angerufen. Sie ist ja auch an der Geschichte dran. Wie es aussieht, hat sie eine Schulfreundin von Regina aufgetan, beziehungsweise bisher hat sie nur mit deren Mutter gesprochen. Aber sie ist zuversichtlich, dass sie mir den Kontakt vermitteln kann."

In Wahrheit hatte Elisabeth angerufen, um Kathi mitzuteilen, dass sie an diesem Wochenende keine Zeit für den alle zwei Wochen stattfinden samstäglichen Ausflug, der mittlerweile ein fester Programmpunkt der beiden war, hatte. Die alte Dame war anderweitig verabredet. Na, das bekam Christina nun ebenfalls zu hören. Elisabeth und ihre vielbeachteten Aktivitäten bei Facebook und Twitter waren für eine längere Fahrt ein geeignetes Thema. Was die alles auf die Beine stellte – echt beachtlich.

„Sie hat sich in eine Diskussion um Kopftuchträgerinnen in Deutschland eingeklinkt", begann Kathi zu berichten. „Am Samstag bekommt sie Besuch von einem Geschichtsprofessor, den sie über Facebook kennengelernt hat und mit dem sie seither oft korrespondiert. Die beiden wollen ein gemeinsames Statement verfassen."

Christina lachte. „Deine Schwiegermutter ist erstaunlich. Ich bin selbst oft auf ihren Seiten und ehrlich gesagt mittlerweile ein richtiger Fan von ihr geworden. Die packt jedes heiße Eisen an und hat sehr interessante Ansichten. Von jemandem wie ihr kann man noch viel lernen. Was vertritt sie denn dieses Mal für eine Meinung?"

Ha, die Frage konnte Kathi genauestens beantworten. Elisabeth war wie immer daran interessiert gewesen sich mitzuteilen.

„Ausformuliert ist das Ganze noch nicht, aber sie hat wie immer, wenn sie sich eines Streitthemas annimmt, vieles nachrecherchiert und die Angelegenheit gründlich durchdacht. Sie ist zu dem Schluss gekommen, dass mehrere Faktoren eine Rolle spielen. Zum einen kann man nicht erwarten, dass alle Länder die gleiche Entwicklung durchlaufen. Wir hier in Deutschland haben in den letzten Jahrzehnten einen gewaltigen Sprung gemacht, nicht nur die Technik betreffend, sondern auch in anderen Bereichen. Sie hat mich daran erinnert, dass es noch gar nicht so lange her ist, dass wir Frauen für unser Wahlrecht gekämpft haben."

„Und für die Gleichberechtigung", warf Christina ein. „Darüber hat sich Elisabeth bereits mehrfach ausgelassen."

„Vieles hat sich bei uns rasend schnell verändert", nickte Kathi. „Kannst du dich erinnern, als wir beide klein waren, trugen Mädchen kaum Hosen, meine erste Jeans bekam ich als Teenie."

„Scheidungen waren bei uns Katholiken verpönt", ergänzte Christina. „Und meine Mutter ist heimlich mit mir zum Frauenarzt gegangen, damit der mir die Pille verschrieb. Papa durfte davon nichts wissen, der wäre ausgerastet."

„Das sind genau die Punkte, die Elisabeth anbringen will. Sie sagt, dass viele Muslime, besonders die, die aus den kleineren Dörfern kommen, in denen der Fortschritt nicht derart präsent ist, noch nicht in der Gegenwart, wie wir sie kennen, angekommen sind. Auf dem Land ist die Religiosität noch stärker vorhanden, sie wird täglich praktiziert, man hält sich an die Gebote und Verbote, die vorgegeben sind."

„Das kenne ich noch aus meiner Kindheit", nickte Christina. „Onkel und Tante hatten einen Bauernhof. Mit vierzehn, fünfzehn kam es mir vor, als sei die Welt dort stehengeblieben. Die waren in meinen Augen wesentlich weltfremder und altmodischer."

„Genauso, denkt Elisabeth, geht es umgekehrt vielen jungen muslimischen Frauen, die in unser Land kommen. Alles ist fremd, alles ist anders. Dazu ist ihr kultureller Hintergrund auch viel zu konträr zu unserem. Natürlich klammert man sich da erst einmal an die altbekannten Gebräuche und Rituale."

„Was von den Ehemännern zweifelsohne gefördert wird", grinste Christina. „Meinst du etwa, unsere Männer haben sich kampflos der Gleichberechtigung ergeben?" Sie wurde wieder ernst. „Andererseits darf man die Fundamentalisten nicht aus den Augen verlieren. Ich habe gelesen, dass es in einem der arabischen Länder, ich weiß leider nicht mehr in welchem, per Gesetz verboten ist, unverschleiert auf die Straße zu gehen. Hier ist der umgekehrte Fall, da werden Frauen Rechte genommen, die sie längst hatten."

„Deshalb setzt sich Elisabeth mit dem Geschichtsprofessor zusammen, um das Thema von allen Seiten zu beleuchten. Es geht ja auch darum, dass sie anschließend ein Statement verfassen wollen, wie man in Deutschland mit dieser Thematik umgehen sollte." Kathi seufzte schwer. „Hoffentlich macht sie sich dabei nicht zu viele Feinde. Das kann schnell kippen, plötzlich bist du ausländerfeindlich oder gar ein Nazifreund."

„Nicht deine Schwiegermutter, dafür ist sie zu klug", meinte Christina beruhigend. „Ich finde sie toll, sie ist etwas ganz Besonderes. Erinnerst du dich noch, als wir mit ihr zusammen ...."
Und schon schwelgten die beiden in Erinnerungen. Nee, meine Alleingänge mit Kathi gefielen mir da viel besser.

# 20

Katharina
Mir kam es vor, als seien wir kaum gestartet, da hatten wir unser Ziel bereits erreicht. Wieder ein Vorteil, nicht allein unterwegs sein zu müssen, mit einer guten Freundin neben sich verging auch die langweiligste Fahrt wie im Flug.
„Wie willst du verhindern, dass wir bei ihm landen?", fragte Christina, während wir ausstiegen.
„Ich sage, ich wäre eine Freundin von ihr."
„Ach, und während du zufällig gerade in der Stadt bist, ist zufällig dein Hund krank geworden", spöttelte sie.
„Weißt du etwas Besseres?"
Wie erwartet, musste Chris passen. Lotti vorne weg – sie ist der einzige Hund, den ich kenne, der fröhlich in eine Tierarztpraxis geht – betraten wir den kleinen Raum, in der sich die Anmeldung befand. „Wir möchten zu Frau Doktor Aslan", sagte ich forsch, dabei klopfte mein Herz wie verrückt. Was sollte ich tun, wenn die Helferin abweisend reagierte?
„Nehmen Sie bitte im Wartezimmer Platz!" Ohne weiteren Kommentar waren wir entlassen.
„So einfach hatte ich mir das nicht vorgestellt", murmelte Christina, als wir uns auf zwei der harten Plastikstühle niederließen.
„Ich auch nicht", gestand ich, während ich beobachtete, wie Lotti schwanzwedelnd zu dem riesigen Berner Sennenhund neben sich Kontakt aufnahm. Der Arme trug eine große Halskrause und zitterte am ganzen Leib, trotzdem war er eindeutig interessiert.
Im nächsten Moment fiel er sichtlich in sich zusammen, er und seine Besitzerin wurden aufgerufen. Sie musste ihn kräftig hinter sich herziehen, freiwillig war er nicht bereit, ihr zu folgen. Lotti wandte sich dem nächsten Hund zu, einem kleinen Pudel, der zitternd unter dem Stuhl seines Herrchens hockte. Dieses Mal versagte ihr Charme, sichtlich enttäuscht legte sie sich ab.
Eine Frau mit Katzenkorb wurde aufgerufen, kurz darauf der Teenager mit dem kleinen Karton, in dem sich garantiert eine Ratte befand, wie Chris mir zuflüsterte, anschließend der Mann mit dem Pudel. Nach knapp zwanzig Minuten wurden wir schon in das Behandlungszimmer geleitet.
„Name?", fragte die Sprechstundenhilfe, die vor einem Monitor saß.

„„Äh, Müller, Marion Müller. Und der Hund heißt Lotti." Christina hatte schneller geschaltet als ich. „Und wir sind zum ersten Mal hier. Wir kommen von außerhalb und sind nur zu Besuch in der Stadt."

„Dann müssen Sie bar bezahlen." Gelassen nahm die Tierarzthelferin die Daten auf. Anscheinend war es kein besonderer Umstand, dass wir nicht vor Ort wohnten.

„Kein Problem." Auch meine Freundin war nicht aus der Ruhe zu bringen. Sogar auf die Frage, was dem Hund denn fehlte, reagierte sie prompt. „Sie frisst seit zwei Tagen nicht mehr, noch nicht einmal ihre Leckerchen nimmt sie."

Ich hoffte, dass Richie, der wohlweislich seinen Platz in meinem Inneren nicht verlassen hatte, diese Geistesgegenwart ausreichend zu würdigen wusste. Mir wäre ganz bestimmt nichts derartig Plausibles eingefallen.

Lotti wurde auf den Untersuchungstisch gehoben und man hieß uns zu warten.

„Eigentlich könnte ich sie wirklich einmal durchchecken lassen", grinste Christina. „Nein, das war ein Scherz!" Meine Miene hatte wohl Bände gesprochen. „Leg du los, sobald Frau Dr. Aslan eintritt."

Sie hatte kaum ausgesprochen, da erschien im Türrahmen die Tierärztin. „Was kann ich für Sie tun?"

„Wir sind gestern bei Frau Paulsen gewesen und hätten Sie gern ebenfalls gesprochen", versuchte ich es mit einer Überrumpelungstaktik. Gleich würde bestimmt die Tierarzthelferin zurückkommen, bis dahin musste ich Cavits Mutter überzeugt haben, mit uns zu reden. „Wir wollen versuchen, Regina und Ihren Sohn zu finden. Im Gegensatz zu der Polizei glauben wir nämlich nicht, dass er sie entführt hat", fügte ich noch geistesgegenwärtig hinzu. „Es muss eine andere Erklärung geben."

Ellen Aslan sah uns an. Sie schien völlig fassungslos zu sein. Die sich öffnende Tür und die eintretende Sprechstundenhilfe brachten sie wieder zur Besinnung. „Elke, ich brauche dich im Moment nicht. Die beiden sind alte Freunde von mir. Nach der Untersuchung gehe ich mit ihnen kurz rauf, einen Kaffee trinken. Mein Mann und meine Tochter kommen doch zurecht? So voll ist es heute ja nicht."

„Ich melde mich, falls es schlimmer wird."

Die Tierärztin wartete, bis sich die Tür geschlossen hatte. „Ist sie nur Vorwand oder soll ich sie mir ansehen?" Mit einem Kopfnicken wies sie auf die geduldig wartende Lotti.

„Das erste", gestand Christina. „Wir konnten ja nicht wissen, ob es uns sonst überhaupt gelingen würde, zu Ihnen vorzudringen."

„Wer sind Sie wirklich?" Ellen Aslan sah aufmerksam von ihr zu mir.
„Ich bin die Pflegemutter von Justus", gab ich ehrlich zu. Mit irgendwelchen Ausflüchten würde ich bei ihr nicht weiterkommen, dafür wirkte sie viel zu resolut. „Wir, mein Mann und ich, haben in der Zeit seines Aufenthaltes bei uns festgestellt, dass er sehr an seinem Vater zu hängen scheint. Dazu kommt, dass ..." Ich biss mir auf die Lippe. Nein, ich konnte ihr nicht sagen, dass wir Ruth hinzugezogen hatten und welcher Meinung sie war. „Wir haben das Gefühl, dass die Geschichte, so, wie sie erzählt wird, nicht stimmen kann. Und da die Polizei bis jetzt nichts erreicht hat ...", ich zuckte mit den Schultern. „Wir bemühen uns, Hintergrundinformationen zu sammeln und dabei objektiv vorzugehen, das heißt, wir gehen nicht davon aus, dass Ihr Sohn der Täter ist."
„Hm." Sie blickte mich nachdenklich an, richtig überzeugt war sie offensichtlich nicht.
„Kathi wird nicht locker lassen, bis sie die Wahrheit kennt", kam mir Christina zu Hilfe. „Dadurch hat sie letztes Jahr ein entführtes Mädchen gerettet. Sie können die Geschichte im Internet nachlesen."
„Hier." Ich zückte mein Handy und rief die entsprechenden Fotos auf. „Justus mit meinem Mann und mit mir. Dass ich die Pflegemutter bin, dürfte ich Ihnen eigentlich gar nicht erzählen, ich will Ihnen damit, dass ich Sie ins Vertrauen ziehe, zeigen, dass ich es ehrlich meine. Und wie Christina schon sagte, Sie können uns gerne im Internet googeln."
Die Tierärztin gab sich einen Ruck „Nein, nicht nötig. Ich glaube Ihnen." Sie rang sich ein schiefes Lächeln ab. „Etwas Derartiges kann man sich schlecht ausdenken." Sie öffnete eine Nebentür: „Kommen Sie, wir unterhalten uns besser oben."
Wir nahmen im Wohnzimmer Platz, Lotti legte sich, nachdem sie aus der angebotenen Schüssel Wasser geschlabbert hatte, zu unseren Füßen. Aufmerksam blickte sie von einem zum anderen, als würde sie begreifen, dass es nun um wichtige Dinge gehen würde.
„Wir stehen immer noch unter Schock", begann Ellen Aslan zu berichten. „Cavit ist ganz normal zu seinem Urlaub aufgebrochen. Er ist dieses Mal allein gefahren, wollte aber jedes Wochenende kommen, um Justus zu holen. Mit Regina war abgesprochen, dass er ihn freitags um vier direkt von der Kita abholt und ihn ihr sonntagabends spätestens um acht zurückbringt. Damit die Umstellung für sie einfacher wird", fügte sie erklärend hinzu. „Sie sollte am Montag, also drei Tage nach ihrer Entführung, wieder anfangen zu arbeiten."

„Aber an diesem ersten Wochenende nahm er ihn nicht mit?", vergewisserte ich mich.

„Nein, die Tage waren verplant, da er ja gerade Geburtstag gehabt hatte. Am Samstagnachmittag sollte er uns besuchen, am Sonntag die andere Oma."

„Und Ihr Sohn?"

„War natürlich an seinem Ehrentag dabei, am Mittwoch", fügte sie ergänzend hinzu.

„Bis dahin hat Ihr Sohn den vollen Unterhalt bezahlt?", frage ich nach.

„Ja, wir alle waren der Meinung, dass es für das Kind besser ist, wenn zumindest die Mutter ganz für ihn da ist."

„Frau Strüwer war diejenige, die die Trennung wollte?"

Die Tierärztin runzelte die Stirn. „Was tut das zur Sache? Aber ja, sie hat die Beziehung beendet. Die beiden sind freundschaftlich auseinandergegangen. Cavit hat sie sogar zu ihrem Geburtsvorbereitungskurs begleitet und war im Kreißsaal mit dabei. Solange, wie sie gestillt hat, ist er regelmäßig bei ihr zu Besuch gewesen und hat sich dort um den Kleinen gekümmert. Danach haben sie sich darauf geeinigt, dass er ihn jedes zweite Wochenende nimmt. Es gab keinen Streit um das Sorgerecht, alles hat gut funktioniert."

„Ihr Sohn hatte zwischendurch eine neue Beziehung?"

„Melina war seine Traumfrau." Ellen Aslan schluckte. „Ihr Verschwinden hat ihn sehr getroffen, fast aus der Bahn geworfen, würde ich sagen. Mit ihr wollte er alt werden und weitere Kinder bekommen. Die beiden waren ein Herz und eine Seele. Wir vermuteten damals ebenfalls ein Verbrechen, die Polizei fand allerdings keine Spuren, die darauf hindeuteten. Sie ist bis heute als vermisst gemeldet."

„Wie war die Beziehung von Regina und Cavit", mischte sich Christina erstmals ein. „Sie sagten gerade, Melina sei seine Traumfrau gewesen. Was heißt das?"

„Das ist ihm erst bewusst geworden, nachdem Regina und er sich getrennt hatten", wehrte die Mutter ab. „Sie war aufmerksamer, liebevoller, hatte ein ruhigeres Temperament." Sie lächelte. „Zwischen Regina und ihm flogen schon mal die Fetzen, sie konnte es nicht ausstehen, wenn sie das Gefühl hatte, er würde sie bevormunden."

„Wen mochten Sie lieber?"

„Nein, darauf lasse ich mich nicht ein! Ich gebe keine Wertungen ab."

„Wir möchten herausfinden, ob Regina Feinde haben könnte", versuchte ich zu erklären. „Wie war sie in ihrer Art?" Ups, ich hatte ‚war' gesagt, hoffentlich nahm Ellen Aslan daran keinen Anstoß.

„Sie war sehr, sehr …", nein, zum Glück hatte sie es nicht gemerkt, sie suchte angestrengt nach den passenden Wörtern, um ihre Beinahe-Schwiegertochter zu beschreiben.

„Sie war ein sehr herzlicher Mensch", sagte sie schließlich. „Kam mit jedem gut klar, sehr hilfsbereit und interessiert, dabei intelligent und willensstark. Soweit ich weiß, gab es niemandem in ihrem Umfeld, der sie nicht mochte."

# 21

Richard

Na, das war nicht gerade das, was Kathi hören wollte. Zu blöd, dass ich mich nicht einmischen konnte. Ich hätte so viele Fragen gehabt. Aber Lotti würde garantiert ihren üblichen Tanz aufführen, wenn sie mich spürte, das wollte ich nicht riskieren.

„Und Ihr Sohn?", fragte Christina. „Hat er jemals erwähnt, dass er sich bedroht fühlte oder dass ihm jemand feindlich gesonnen war?"

Ellen seufzte. „Als Melina vermisst wurde, haben ihre Eltern ihm ziemlich zugesetzt. Die Polizei hatte ihn mehrfach vernommen – die denken ja immer zuerst an eine Beziehungstat. Ein richtiges Alibi konnte er nicht vorweisen, es wusste keiner, wann sie genau verschwunden war. Am frühen Abend hatte eine Nachbarin gesehen, wie sie noch einmal das Haus verließ, danach verliert sich ihre Spur. Zu dieser Zeit war Cavit gerade auf dem Weg von der Klinik nach Hause, er hatte ja den Termin bei Frau Paulsen, zu dem Melina nachkommen wollte. Da ihre Leiche nie entdeckt wurde, gibt es keine Möglichkeit herauszufinden, wann sie ermordet wurde."

„Sie gehen davon aus, dass sie nicht mehr lebt?"

Meine Güte, Kathi, tu nicht so erstaunt, wo sollte sie sonst sein? Ellen war genau meiner Meinung. „Sie hat nichts mitgenommen, es gab keinerlei Kontobewegungen nach ihrem Verschwinden und ihr Handy konnte nicht geortet werden. Nein, sie ist definitiv tot."

„Haben sich ihre Eltern in der Zwischenzeit beruhigt?", nahm Christina den Faden wieder auf.

„Wir haben keinen Kontakt mehr zu ihnen. Doch, sie lassen ihn mittlerweile in Ruhe. Er hat seit Monaten nichts mehr von ihnen gehört." Sie begann unruhig zu werden, rutschte in ihrem Sessel hin und her und sah ostentativ auf die Uhr. Durch ihre Antworten war ihr wohl die Sinnlosigkeit des ganzen Unternehmens aufgegangen, zumindest sah sie nicht mehr so hoffnungsfroh wie am Anfang aus.

„Eine Frage hätte ich noch", sagte Kathi rasch, die ebenfalls gemerkt hatte, dass ihr Gegenüber dabei war, das Vertrauen zu verlieren. „Gibt es irgendeinen Ort, der sich als Versteck eignen würde und den einer der beiden kennt?"

Wie konnte sie nur? Das war genau die falsche Frage!

Schon erhob sich Ellen steif aus ihrem Sessel. „Die Polizei hat bereits alle uns bekannten Möglichkeiten abgesucht und nichts gefunden. Ich glaube nicht, dass diese Antwort Sie weiterbringen würde. Ich muss zurück an meine Arbeit, sonst kommt mein Mann mich suchen. Der wäre nicht begeistert, wenn er Sie hier vorfinden würde."

Tja, Kathi und Christina blieb nichts anderes übrig, als sich zu verabschieden. Zuletzt wagte es Letztere noch, nach der Tochter zu fragen, doch Ellen ging ohne Antwort darüber hinweg, die Verabschiedung fiel extrem frostig aus.

Kaum hatten sie das Haus verlassen, konnte ich mich nicht mehr beherrschen. „Wie konntest du nur", fauchte ich Kathi an und tanzte wie wild vor ihrer Nase herum. „Damit hast du den Finger genau auf ihre Wunde gelegt. Tief in ihrem Herzen glaubt sie an Cavits Unschuld, ihr Verstand sagt ihr jedoch, dass nur er es gewesen sein kann. Und du vermittelst ihr, dass du es ebenfalls glaubst."

„Ich wollte nur …" Na bitte, jetzt hätte sie sich auch noch beinahe verraten.

Zu ihrem Glück war Christina vollauf damit beschäftigt, die sich wie wild gebärdende Lotti zu beruhigen. „Was hast du gesagt?", fragte sie, während sie versuchte, den Hund ins Auto zu bugsieren. „Ich weiß nicht, was mit ihr los ist. So hat sie sich noch nie aufgeführt."

„Ich habe es versaut", gestand Kathi, sowohl an mich als auch an ihre Freundin gerichtet. „Ich hatte gemerkt, dass sie drauf und dran war, das Gespräch zu beenden und habe einfach losgeplappert. Diese Quelle ist für uns versiegt."

Da sie Anstalten machte, sich ins Auto zu setzen - Christina hatte es endlich geschafft, Lotti auf den Rücksitz zu verfrachten - wo sie sich augenblicklich beruhigte, dockte ich schnell wieder an Kathi an. Was blieb mir anderes übrig? Wollte ich beim nächsten Gespräch dabei sein, musste ich mitfahren, auf mich allein gestellt, wäre ich viel zu langsam vorwärtsgekommen.

„Dafür können wir sicher sein, dass es keinen Ort gibt, an dem sich eine Suche lohnt." Christina hatte den Motor gestartet und verließ den Parkplatz. „Gib mal die nächste Adresse in das Navi ein", forderte sie Kathi auf.

Damit war diese die nächsten zehn Minuten beschäftigt. Klar, in ihrem Auto war Manfred derjenige, der das regelte, sie hatte überhaupt keine Ahnung, wie sie vorzugehen hatte.

„Trotzdem, ich hätte es geschickter anstellen sollen", Kathi erging sich immer noch in Selbstvorwürfen. „Die gesamte Familie wird nie mehr mit mir sprechen wollen."

„Wir haben doch noch andere Möglichkeiten, andere Menschen, die wir befragen können", tröstete Christina sie. „Außerdem ist das, was wir erfahren haben, ziemlich aussagekräftig. Offensichtlich hatte Regina keine Feinde und war bei allen in ihrem Umfeld beliebt. Cavit dagegen, naja, ich weiß nicht. Das mit der verschwundenen Freundin ist schon mehr als seltsam."

„Du vergisst Justus." Kathi schüttelte vehement den Kopf. „Mit dem Jungen stimmt was nicht. So toll kann die Mutter also gar nicht sein."

„Was vermutest du denn?"

Kathi seufzte. „Weiß ich selbst nicht. Aber irgendetwas stimmt mit Regina nicht, da bin ich mir sicher."

„Warten wir ab, wie sich die Nachbarin zu der Geschichte stellt." Christina bog, wie die Stimme des Navis ihr befohlen hatte, an der nächsten Ecke rechts ab und musterte kritisch die zugeparkten Bürgersteige. „Ob wir wohl einen Parkplatz finden?"

„Da vorn ist ein Parkhaus." Kathi wies auf ein kreisrundes Gebäude direkt vor uns.

„Nein, ich möchte Lotti im Auto lassen, das geht nur, wenn wir draußen parken."

Also kurvten die beiden mehrere Male um den Block, in der Hoffnung, eine freiwerdende Lücke zu ergattern. Leider oder soll ich sagen glücklicherweise vergeblich, sodass Kathi mit einem Blick auf die Uhr beschloss, diese Unterhaltung allein zu führen. Christina hielt am Straßenrand und ließ sie direkt vor dem Haus aussteigen. „Ich warte in der Nähe oder gehe mit Lotti hier auf und ab, falls ich doch noch einen Parkplatz erwische."

Mit den Worten, sie wäre eine Freundin von Regina, gelang es Kathi, die Nachbarin zum Öffnen der Tür zu bewegen. Während sie den Fahrstuhl nahm, erfreute ich mich meiner neu gewonnen Freiheit und düste lieber durchs Treppenhaus. Beweglich zu sein, hatte eindeutig seine Vorteile.

Fast gleichzeitig kamen wir oben an. Kathi, die etwas schneller gewesen war, begrüßte gerade die alte Frau Ostermann, die sie misstrauisch musterte. „Ich habe Ihnen ein kleines Geschenk von Justus mitgebracht", schwindelte Kathi und holte ein kleines Päckchen aus ihrer Handtasche. „Ich soll Ihnen liebe Grüße von ihm bestellen. Er hofft, dass er bald wieder selbst vorbeikommen kann."

Noch in der nur einen Spalt geöffneten Tür stehend, nahm diese den in Geschenkpapier eingewickelten Gegenstand entgegen und wickelte ihn vorsichtig aus. „Ein Spielzeugfigürchen." Begeistert klang sie nicht.

„Er wollte, dass es auf ihn wartet, bis er zurückkommt", erklärte Kathi. Ziemlich dämliche Erklärung, fand ich. Was sollte die Alte denn damit? Seltsamerweise huschte jedoch ein Lächeln über deren Züge, die Tür öffnete sich und Kathi wurde hereingebeten.

„Geht es dem Kleinen gut?", fragte sie, nachdem sie Kathi in ein großes, aber mit alten Möbeln vollgestopftes Wohnzimmer geführt hatte und die beiden sich einander gegenüber in die zwei Ohrensessel setzten, die wie der Rest der Wohnung mit vergilbten Häkeldeckchen verziert waren – einfach grauenhaft, dieser Anblick.

„Er sehnt sich nach zu Hause", erwiderte Kathi nicht ganz wahrheitsgemäß. „Und von Ihnen spricht er auch oft." Stimmte auch nicht, er hatte sie bisher von sich aus kein einziges Mal erwähnt.

Aber sie hatte genau die richtigen Worte gefunden, die Alte strahlte und erhob sich mühsam, weil sie erst einmal Kaffee kochen wollte. Um nicht zu viel Umstände zu machen, wie sie beteuerte, begleitete Kathi ihre Gastgeberin in die Küche, die aus einer einzigen Zeile bestand und dadurch noch Platz für einen kleinen, rechteckigen Tisch und zwei Stühle bot. Kathi setzte sich und begann sofort mit ihrer Befragung. „Können Sie sich vorstellen, was Regina zugestoßen ist?"

„Na, dieser Ausländer, ihr ehemaliger Freund hat sie entführt." Frau Ostermann schüttelte missbilligend den Kopf. „Der wollte sie unbedingt zurück. Das ist ja bei denen so, die kommen nicht damit klar, wenn sich jemand von ihnen trennt."

Oha, das war starker Tobak, ich konnte nur hoffen, dass Kathi die Ruhe behielt.

## 22

Katharina

Im ersten Moment war ich sprachlos und es dauerte eine Weile, bis ich mich wieder gefangen hatte. Frau Ostermann bemerkte meine Reaktion zum Glück nicht, sie war viel zu beschäftigt damit, das Kaffeepulver zu portionieren und zählte leise murmelnd die Löffel ab.

„Hak nach", zischte Richie. „Frag sie, ob es dafür Anzeichen gab."

Geschockt wie ich war, tat ich genau das.

„Na, das habe ich doch der Polizei schon alles erzählt." Die alte Frau hatte die Kaffeemaschine eingeschaltet und setzte sich mir gegenüber. „Die erste Zeit nach der Trennung ist er nicht ausgezogen und danach immer wiedergekommen. Regina hat gedacht, er sorgt sich um sie wegen des Babys und sie wollte ihn auch nicht ganz ausschließen. Immerhin hat er die Vaterschaft sofort anerkannt und zugesagt, dass er für sie und das Kind zahlen wird. Dann hatte er plötzlich eine neue Freundin und kam nur noch, um den Jungen abzuholen. Regina war direkt erleichtert, das habe ich ihr angemerkt. Ihr war das Ganze viel zu nahe gewesen, der tat immer noch so, als wären sie zusammen."

Frau Ostermann sah mich beifallsheischend an und ich tat ihr den Gefallen und nickte bestätigend. „Wirklich schlimm."

„Noch schlimmer wurde es, nachdem die Neue dann plötzlich verschwunden war", fuhr sie fort. „Ich habe gleich zu Regina gesagt, der war das, aber sie wollte nicht auf mich hören. Hat sich wohl irgendwie verantwortlich für ihn gefühlt, die Arme. Jedenfalls wäre der Kerl am liebsten jeden Tag gekommen, wenn es nach ihm gegangen wäre. Ja, und dann, das war kurz nachdem sie ihm gesagt hat, dass sie einen neuen Freund hat, fing das mit den Anrufen und dem ganzen anderen Kram an."

„Neuer Freund?", unterbrach ich ihren Redefluss. „Wissen Sie seinen Namen?"

Sie lachte meckernd. „Nein, den gab es nicht. Das hatte sie sich ausgedacht, um den Türken loszuwerden. Ihre dezenteren Hinweise, dass sie in Ruhe gelassen werden wollte, hatte er wohl nicht verstanden. Deshalb hat sie zu dieser Notlüge gegriffen."

„Und wie war seine Reaktion?"

Bevor sie antwortete, erhob sie sich, nahm zwei Kaffeetassen vom Abtropfbrett der Spüle, stellte sie auf den Tisch und schenkte sie bis zum Rand voll. „Milch, Zucker?"

„Nein, danke", wehrte ich ab und schielte misstrauisch auf die schwarze Brühe. Die asthmatisch gurgelnde Maschine und der Umstand, dass meine Tasse mehrere Flecken am Rand aufwies, hatten mir jeglichen Durst genommen. Überhaupt befanden sich Küche und Wohnzimmer in einem ziemlich unsauberen Zustand. Also ich hätte mein kleines Kind hier nicht gern zurückgelassen.

„Wo war ich stehen geblieben?" Frau Ostermann hatte sich wieder gesetzt und nippte nun nachdenklich an ihrem Kaffee. „Ach ja. Sie wollten wissen, was er dann getan hat. Also zuerst hat er angefangen, sie ständig anzurufen, auch in der Nacht. Weil sie schließlich das Telefon ausgestöpselt und ihr Handy ausgeschaltet hat, ist er zu Stufe zwei übergegangen, das heißt, er hat nachts an ihrer Tür Sturm geklingelt, auf ihren Namen Pakete bestellt, ihr einen Kranz für eine Beerdigung nach Hause geschickt und solche Sachen." Sie sah mich erwartungsvoll an, scheinbar wartete sie auf eine mitfühlende Bemerkung von mir.

„Das ist ja schrecklich", heuchelte ich Entsetzen. Dabei hätte ich sie viel lieber gefragt, woher sie das alles wusste. Aber noch musste ich so tun, als glaubte ich ihr die Geschichte.

„Ja, ich habe erst später davon erfahren. Eines Tages, sie wollte eigentlich nur den Kleinen vorbeibringen, fing sie an zu weinen und die ganze Geschichte sprudelte nur so aus ihr heraus. Ich habe ihr geraten, sofort zur Polizei zu gehen, aber davon wollte sie nichts wissen. Sie hatte Angst, dass er es an dem Jungen auslassen würde."

„Du musst sie unbedingt fragen, wieso sie andauernd auf Justus aufgepasst hat!", rief Richie dazwischen. „Was hatte Regina so Wichtiges vor, dass sie ihn nicht mitnehmen konnte?"

„Zuletzt ist sie doch zur Polizei gegangen", stellte ich fest. Lieber beim Thema bleiben, alles andere konnte ich später abklären.

„Es blieb ihr nichts anderes übrig. Der Justus weigerte sich nämlich von Mal zu Mal mehr, mit seinem Vater zu gehen. Der hatte Angst vor dem."

„Was ist denn passiert zwischen den beiden?"

„Das hat selbst die Regina nicht rausgekriegt." Frau Ostermann schenkte sich eine zweite Tasse Kaffee ein. „Wollen Sie auch? Oh, Sie haben noch gar nicht getrunken."

„Mir würde der Schluck im Hals stecken bleiben, bei dieser schrecklichen Geschichte", improvisierte ich.

„Wollen Sie lieber ein Glas Wasser?"

„Nein, ich glaube nicht, dass das helfen würde. Die arme Frau, das arme Kind." Hoffentlich hatte ich nicht zu dick aufgetragen, von Richie war bereits ein warnendes Zischen gekommen.

Nein, Frau Ostermann nahm meinen Gefühlsausbruch kopfnickend zur Kenntnis.

„Hatte sie denn keine Freunde, die ihr helfen konnten?", wagte ich daher weiterzufragen.

„Darüber redet man nicht mit jedem", belehrte sie mich. „Ich war ihre Vertraute. Seitdem wir uns durch das Kind besser kennengelernt hatten, kam sie oft auf ein Stündchen vorbei, um einfach nur zu quatschen."

Das war mein Stichwort. „Hat sie denn wieder gearbeitet?"

„Der Türke musste ihr Unterhalt zahlen, bis der Justus drei wurde. Also war sie offiziell nur Hausfrau und Mutter", wich Frau Ostermann einer direkten Antwort aus.

„Ach", sagte ich leichthin. „Man weiß ja, wie das ist. Dann hilft man jemandem aus reiner Gefälligkeit und schon erwartet derjenige eine längere Behandlung."

„Genauso war es", sie strahlte mich an. „Deshalb hat sie mich gefragt, ob ich nicht kurzfristig aufpassen könnte. Der Kleine war ja leicht zufriedenzustellen. Wenn der seine Autos und seine Parkgarage hatte, konnte er stundenlang damit spielen."

„Ja, Justus ist ein sehr liebes Kind", nickte ich.

„Gar nicht zu vergleichen mit seinen Altersgenossen", pflichtete sie mir bei. „Die Regina hat den gut erzogen, der spurt. Wenn ich da an den Satansbraten denke, den ich davor gehütet habe."

„Ach, Sie machen das regelmäßig?" Mein Erstaunen war nicht einmal geheuchelt. Wer gab sein Kind freiwillig in diese Umgebung, zu dieser Frau? Ich meine, dass man die allgemeine Unsauberkeit, die Staubflocken in den Ecken, die Krümel auf dem Boden und die schmierigen Abstellflächen gnädig übersah, konnte ich einsehen, vielleicht war ich eher besonders penibel. Doch dass jemand dieser alten unbeweglichen, noch dazu fast stocktauben Frau – ich musste geradezu schreien, um mich verständlich zu machen – ein quicklebendiges Kleinkind anvertraute, war schwer vorstellbar.

„Nein, das war reine Gefälligkeit", wehrte sie ab. „Ich tu das nicht des Geldes wegen. Ich habe die Zeit, ich bin fast immer zu Hause, viel Besuch bekomme ich auch nicht …" Sie hielt inne. Wahrscheinlich merkte sie, dass sie schon fast zu viel gesagt hatte.

„In Ihrem Alter werden die Kontakte weniger", tat ich verständnisvoll. „Ich kenne das von meiner Schwiegermutter, die Freunde werden unbeweglich, man trifft sich kaum noch."

„Leider habe ich keine eigenen Kinder", wurde sie sofort wieder zugänglicher. „Mein Neffe und meine Nichte wohnen dreihundert Kilometer weit weg, mehr Familie habe ich nicht mehr."

„Das ist geradezu ein Segen für jemanden wie Regina." Meine Güte, ich wusste nicht, wie lange ich dieses Geheuchel noch durchhalten konnte. „Weiter so", ermunterte mich Richie, der mein Unbehagen spürte. „Bloß nicht locker lassen."

„Ja, jahrelang nickt man sich nur kurz im Hausflur zu und plötzlich kommt man von einem Tag auf den anderen ins Gespräch."

„Wie hat Regina denn davon erfahren, dass Sie Kinder betreuen?"

„Nein, das war ganz anders. Wir haben uns während ihrer Schwangerschaft näher kennengelernt. Hm." Sie krauste nachdenklich die Stirn. „Ich glaube, das war kurz nachdem sie sich von dem Türken getrennt hatte. Sie half mir mit meinen Einkaufstaschen und ich lud sie als Dankeschön zu einer Tasse Kaffee ein." Sie blickte bedeutungsvoll auf meine, von der ich immer noch keinen einzigen Schluck genommen hatte. Ich überwand mich und nippte vorsichtig an dem Gebräu.

„Sie kam danach öfter auf einen Sprung vorbei", fuhr sie fort. „Damals hat sie ja noch gearbeitet. Als der Kleine geboren war, wurde unser Verhältnis enger. Zuerst hat meist ihre Mutter auf ihn aufgepasst, wenn Regina irgendeinen Termin hatte, aber dann ist die gestürzt und hat sich böse die Hüfte gebrochen. Seitdem ist sie auf einen Rollator angewiesen. Da hat sie mich gefragt, ob ich einspringen könnte. So ist das gekommen."

„Lebt Reginas Mutter in der Nähe?"

„Keine Ahnung", musste sie zugeben. „Sie nimmt das Auto, also wohnt sie zumindest nicht fußläufig von hier."

„Und ihre Schwester?"

„Ach, mit der hat sie kaum was zu tun." Eine wegwerfende Handbewegung unterstrich das Gesagte. „Die ist ja auch viel älter als sie, die beiden hatten kaum Berührungspunkte."

Gut, damit war alles abgeklärt, ich konnte mich endlich verabschieden.

## 23

Richard

„Beinahe wäre ich raufgekommen und hätte dich rausgeholt", wurde Kathi von Christina empfangen. „Weißt du, dass du anderthalb Stunden bei ihr warst?"

„Entschuldige." Sie wischte sich imaginäre Schweißtropfen von der Stirn. „Diese Frau, es war einfach grauenhaft."

Ich schlüpfte schnell zurück in Kathi hinein, da der blöde Köter schon wieder Anstalten machte, durchzudrehen. Der konnte mich auf den Tod nicht ausstehen.

„Komm, mein Parkschein läuft ab, du kannst mir alles im Auto erzählen." Im Laufschritt joggten sie die Straße hinunter, glücklich umsprungen von Lotti, die sich über Kathis Auftauchen noch deutlicher gefreut hatte als ihr Frauchen.

„Ich habe auch Neuigkeiten", begann Christina, während sie den Hund auf dem Rücksitz festschnallte. „Rein zufällig traf ich auf eine Hausbewohnerin mit Dackel und rein zufällig hatte ich ebenfalls vor, mein Tier auszuführen. Wir sind eine ganze Weile zusammen spazieren gegangen. Du kannst dir nicht vorstellen, was ich alles erfahren habe."

„Hundebesitzer unter sich", erwiderte Kathi. „Das ist eine ganz besondere Spezies. Doch, ich kenne das Phänomen von Bruni und von den Tagen, wenn ich Lotti gehütet habe. Man kommt sofort miteinander ins Gespräch und erfährt vieles, was die Menschen sonst nicht so offenherzig kundtun würden."

„Vor allem, wenn der Dackel ein Rüde ist und äußerst interessiert an deiner Hündin", grinste Christina. „Wir waren in einem kleinen Hundeauslauf in der Nähe. Die beiden haben miteinander gespielt und da war es für mich ein Leichtes, zum Thema zu kommen. Ich brauchte eigentlich nur zu erwähnen, dass du, eine Bekannte von Regina, kurz zu Frau Ostermann gegangen bist. Damit hatte ich schon den passenden Einstieg geschaffen."

„Sind die alle über die Entführung informiert?"

Mann, Kathi, was für eine dämliche Frage!

„Natürlich", Christina war ebenfalls baff über diesen Einwurf. „Die sind alle von der Polizei befragt worden. Wie es aussieht, ist Regina direkt aus ihrer Wohnung entführt worden. Ein Nachbar hat gesehen, wie sie zusammen mit Cavit das Haus verlassen hat und sie in seinen Wagen eingestiegen ist."

„Freiwillig oder unfreiwillig?"

Ah, Kathi war wieder in der Spur.

„Das ist nicht hundertprozentig klar. Er hat definitiv gesehen, dass Cavit seinen Arm um sie gelegt hatte und beim Einsteigen neben ihr stand. Und sie seien sehr langsam gegangen, das hat er auch bemerkt."

„Wieviel Uhr war das?"

„Gegen zehn Uhr am Freitagmorgen. Kommen hat ihn niemand sehen, gehört hat auch keiner was", fügte Christina hinzu. „Aber das ist längst nicht alles, was ich herausgefunden habe. Diese Frau Ostermann ist das Klatschweib des Hauses, keiner außer Regina will etwas mit ihr zu tun haben."

„Dem kann ich aus tiefstem Herzen beipflichten", seufzte Kathi.

„Regina hingegen ist sehr beliebt, sie scheint mit allen gut ausgekommen zu sein", ließ Christina sich nicht in ihrem Bericht stören. „Wobei keiner engeren Kontakt zu ihr hatte, selbst ihre direkte Nachbarin, eben jene besagte Hundebesitzerin, nicht. Die ist übrigens seit einem halben Jahr arbeitslos und viel zu Hause. Angeblich hat sie trotzdem nicht viel von Regina und ihrem Leben mitbekommen. Soweit sie weiß, hatte diese nicht viel Besuch, den Cavit hat sie ab und zu gesehen, aber in letzter Zeit nicht mehr oft. Ach, fast hätte ich es vergessen. Die Ostermann ist nie hochgekommen, Regina hat Justus immer zu ihr runtergebracht und sie auch sonst ausschließlich in ihrer Wohnung besucht. Meine Gesprächspartnerin war der Meinung, das hat sie getan, um überhaupt von ihr wegzukommen. Nein, beliebt ist die alte Dame nicht gerade."

„Dafür war sie eine ausnehmend gute Informationsquelle", erwiderte Kathi und begann zu erzählen. Erst ganz zum Schluss beschrieb sie die Wohnung und deren Zustand.

„Und wie bist du um deine Tasse Kaffee herumgekommen?", kicherte Christina.

„Gott sei Dank musste sie, kurz bevor ich mich verabschieden wollte, zur Toilette. Die Gelegenheit habe ich genutzt und das Gebräu in den Ausguss geschüttet." Kathi lachte laut auf. „Anschließend habe ich mich vielmals für die nette Plauderstunde und das köstliche Getränk bedankt. Sie war richtig traurig, dass ich sie schon verlassen wollte."

„Alles in allem fällt unser Fall damit in sich zusammen", fasste Christina zusammen, was ich auch bereits gedacht, mich aber gehütet hatte, auszusprechen. „Cavit scheint einwandfrei der Täter zu sein. Er hat sie mitgenommen und beide sind seitdem verschwunden. Er ist andauernd vorbeigekommen, obwohl Regina das gar nicht recht war. Er ..."

„Sagt sie", murmelte Katharina. Ich kannte diesen Ton, sie war von dem, was sie sich ausgedacht hatte, nicht abzubringen - und irgendeine Theorie hatte sie mittlerweile, davon war ich fest überzeugt. Störrisch würde sie an ihrer Meinung festhalten und weiter ermitteln wollen, bis auch der letzte Punkt, der sie störte, geklärt war.

„Aber Kathi, wir haben es von zwei verschiedenen Quellen", wandte Christina nicht ganz unberechtigt ein. „Selbst meine neue Hundefreundin meint, dass dafür, dass er ein Ex war, sie Cavit sehr oft im Haus begegnet ist. Und dass die eigene Mutter ihr Kind hochlobt und nichts bemerkt haben will, ist in meinen Augen kein Indiz. Cavit hat sie gestalkt und sie, weil sie sich davon nicht beeindrucken ließ, entführt."

„Vielleicht", sagte Kathi gedehnt. „Vielleicht liege ich wirklich falsch. Trotzdem, ich habe viel zu viele Einwände, als dass ich aufgeben könnte. Zuerst will ich noch mit Reginas Mutter und Schwester sprechen."

„Hast du eine Adresse oder eine Telefonnummer?"

„Irgendwie werde ich die rauskriegen."

Hatte ich es doch gewusst, Kathi würde nicht ruhen, bis sich ihr Verdacht entweder bestätigt oder eindeutig erledigt hatte. Aber, war es nicht eigentlich die ganze Zeit darum gegangen herauszufinden, wer für Justus' Auffälligkeiten verantwortlich war? Diese Suche hatte sie doch eher als zweitrangig angesehen oder etwa nicht? Wann war das gekippt und sie dem Glauben verfallen, Cavit sei nicht der Täter bei der Entführung? Und dachte sie tatsächlich, sie könne den Fall schneller aufklären als die Polizei?

Mit diesen Fragen bombardierte ich Kathi, kaum dass wir den Wagen verlassen hatten. Sie blieb so abrupt mitten in der Auffahrt stehen, dass Christina das Fenster runterließ und fragte, ob sie etwas vergessen hätte.

„Nein, alles klar, mir kam nur gerade ein wichtiger Gedanke. Hat jedoch nichts mit unserem Fall zu tun", winkte sie gleich darauf ab und ging langsam zur Haustür.

„Nun sag was", verlangte ich, als sie immer noch schweigend ihre Jacke aufhängte und die Schuhe auszog.

„Justus, mit Ruths Beurteilung über ihn hat es angefangen", versuchte sie zu erklären. „Nein, ich war davor schon alarmiert. So wie der sich benahm, das war einfach nicht normal. Und seine Mutter hat er kaum vermisst", fügte sie mit Nachdruck hinzu. „Das waren meine ersten Verdachtsmomente gegen sie."

100

Ja, das war bei uns oft so. Sie warf mir die Brocken hin und ich musste sie auflesen und zusammensetzen. „Du meinst, Regina hat ihre Entführung selbst inszeniert?"

„Ja, nein, ach, ich weiß nicht." Sie ging durch in die Küche, ließ sich auf einen Stuhl fallen und vergrub das Gesicht in den Händen. „Ich bin viel zu durcheinander, ich kann nicht mehr klar denken."

„Dich stört, dass alle, selbst die Fast-Schwiegermutter, nur gut über sie sprechen", brachte ich die Dinge auf den Punkt. „Und dass wir im Gegensatz dazu einige Dinge über Cavit erfahren haben, die für seine Täterschaft sprechen."

„Ich war bisher keineswegs in irgendeine Richtung überzeugt", widersprach sie mir empört. „Weder habe ich geglaubt, Regina sei die Schuldige, noch dass Cavit dahintersteckt. Zuerst einmal wollte ich helfen, die beiden zu finden. Ich sah doch nur, dass die Polizei nicht vorwärtskam."

„Trotzdem warst du dann irgendwann davon überzeugt, dass er unschuldig ist", führte ich sie zum Anfang unseres Gesprächs zurück.

„Bin ich gar nicht", fuhr sie auf. „Naja, zumindest nicht hundertprozentig", schwächte sie ihre Aussage ab. „Ich bin nur der Meinung, die ganze Geschichte kann so nicht stimmen. Du hast selbst gesehen, wie offen Justus mit Männern umgeht, Manfred sagt, er liebt seinen Vater. Und Angst vor ihm scheint er auch nicht zu haben. Erinnere dich, was die Kindergärtnerin mir erzählt hat. Justus sprach bis zuletzt gut von ihm."

Kathi schluckte. „Der Kleine hat aber eine Bindungsstörung, ist sich Ruth sicher. Die muss also von der Mutter her kommen. Wahrscheinlich hat das meine Objektivität beeinflusst."

„Es sagt ja keiner, dass Regina nicht auch einen Schaden hat", pflichtete ich ihr bei. „Vielleicht sind beide gestört. Nur er halt noch mehr als sie."

„Dann hätte Frau Dr. Aslan nicht so positiv über sie gesprochen. Und Frau Paulsen ebenfalls nicht."

„Da ist was dran", musste ich zugeben. „Ellen wäre bestimmt damit herausgerückt, wenn ihr an Regina irgendwas aufgefallen wäre. Das hätte immerhin für ihren Sohn gesprochen. Nette Frau, sehr deutsch, ich hätte nie gedacht, dass sie Türkin ist."

„Was?" Kathi hob den Kopf und lachte. „Habe ich dir das nicht gesagt? Sie ist Deutsche und ihr Mann ist Türke. Die beiden haben sich hier an der Uni kennengelernt, direkt nach ihrem Abschluss geheiratet und die Praxis gemeinsam eröffnet."

„Was? Kennt Justus die gesamte Familiengeschichte?" Ich kam bestimmt ausgesprochen bissig rüber, aber mir war klar, dass sie diese Informationen nicht von dem Kleinen haben konnte. Da blieb ich extra in Krefeld und spionierte die Aslans aus und zwei Tage später wusste sie schon mehr als ich.

„Nein, Frau Ostermann. Das hat sie mir gesagt, als wir draußen an der Tür waren und ich gehen wollte. Du warst bereits im Treppenhaus verschwunden." Sie hob um Verzeihung bittend die Hände. „Ich habe es eben vergessen zu erwähnen. Viel mehr hatte sie nicht zu erzählen, Regina war wohl eher zurückhaltend, was das Thema Familie anging. Diese Geschichte kannte sie nur, weil die Parallelen so schön waren. Cavit und Regina haben sich an der Klinik kennengelernt, wollten ebenfalls eine gemeinsame Praxis eröffnen und …"

„Kathi!"

Sie wurde über und über rot. „Ich dachte, das hätte ich erwähnt."

Die Türklingel enthob mich einer Antwort. Kathis erster Klavierschüler war eingetroffen. Ich machte mich aus dem Staub, das Geklimper konnte ich mir heute echt nicht antun. Nein, ich würde mich lieber in eine stille Ecke zurückziehen und diesen Fall in aller Ruhe überdenken. Bisher hatte ich zu den Ermittlungen nicht viel beitragen können. Es wurde Zeit, dass sich das änderte.

## 24

Katharina
Abends erzählte ich Manfred von allem, was sich heute zugetragen hatte. „Ich weiß nicht, was ich denken soll", schloss ich. „Aufgeben will ich jedoch auf keinen Fall. Ich habe nur Angst, mich zu verrennen."
„Dir liegen viel zu wenig Hintergrundinformationen vor", erwiderte er zu meinem Erstaunen. „Du kannst dir aus dem wenigen, was du weißt, gar kein objektives Bild machen. Such nach Freundinnen und Bekannten von Cavit und Regina, befrage ihre Mutter und Schwester, versuch an andere Familienmitglieder der Aslans zu kommen. Nur so wirst du die beiden richtig kennenlernen."
„Leichter gesagt als getan." Ich war baff. Mein Mann ermunterte mich tatsächlich, meine Ermittlungen fortzuführen. „Wie soll ich denn all die Personen ausfindig machen?"
„Keine Ahnung." Er lehnte sich zurück und schielte sehnsüchtig Richtung Fernseher. Für ihn war die gerade erst begonnene Diskussion beendet. Er hatte seinen Beitrag geleistet, alles andere war meine Sache.
„Ich kenne nicht einmal die Adresse von Reginas Mutter", blieb ich hartnäckig. „Sie zu befragen, wäre immerhin ein Anfang."
„Lass dir von Frau Aslan ihren Vornamen geben", schlug er vor. „Wenn du Glück hast, steht sie im Telefonbuch, wenn nicht, musst du es über das Einwohnermeldeamt versuchen."
Na, ob die mir weiterhelfen würde? Wahrscheinlich bekam ich sie nicht einmal ans Telefon. Aber es war zumindest einen Versuch wert.
Für diese tolle Idee gestand ich meinem Mann nun endlich seinen geruhsamen Feierabend zu und schaltete ihm höchstpersönlich sein bevorzugtes Programm ein. In meinem Kopf dagegen begannen die Rädchen zu arbeiten. Wie schaffte ich es am besten, ein zweites Mal an Cavits Mutter heranzukommen?
„Wende dich lieber an Frau Paulsen", schlug mir Richie vor, der gleich am frühen Morgen aufgetaucht war. „Bei der hast du einen Stein im Brett, die mochte euch echt."
Leider, leider teilte sie mir voller Bedauern mit, nichts über Reginas Mutter zu wissen, sie hatte sie nie gesehen. Aber bestimmt sei sie irgendwann einmal zu Besuch bei den Aslans gewesen, ich solle doch dort nachfragen. Damit gab sie mir durch die Blume zu verstehen, dass sie sowohl von meinem dortigen Besuch als auch von meinem Status als Justus' Pflegemutter erfahren hatte.

Es gelang mir, mich herauszureden, ohne direkt sagen zu müssen, dass Ellen mit Sicherheit nicht mehr bereit sei, mit mir zu sprechen, worauf sie von sich aus anbot, diese anzurufen, gleich auf der Stelle natürlich, sie würde sich sofort wieder bei mir melden.

„Siehst du", das Grinsen in Richies Stimme war nicht zu überhören. „Die traut dir zu, den Fall zu lösen."

Das Klingeln des Telefons ersparte mir eine Antwort. Doch es war nicht Frau Paulsen, sondern Elisabeth. „Hast du was zu schreiben?", fragte sie kurzangebunden. „Die Tochter meiner Bekannten ist bereit, sich mit dir zu treffen. Am liebsten wäre es ihr am frühen Sonntagmorgen. Danach fährt sie für drei Wochen in Urlaub. Hier ist ihre Nummer, ruf sie bitte gleich zurück."

Sie diktierte sie mir und verabschiedete sich direkt anschließend mit der Bemerkung, sie habe noch so viel vorzubereiten, ich würde nächste Woche von ihr hören.

Kaum hatte ich aufgelegt, rief Frau Paulsen zurück. „Sie heißt Ingeborg Strüver", vermeldete sie, „und wohnt irgendwo südlich vom Stadtkern. Semira hat sie nach einer Familienfeier mal nach Hause gefahren, wie die Straße heißt, wusste sie nicht mehr."

„Sie haben mit der Tochter gesprochen?", war alles, was mir einfiel.

„Ellen war mitten in einer Operation, deshalb habe ich mir Semira geben lassen. Keine Angst, ich habe gesagt, ich würde gerne mit ihr Kontakt aufnehmen, Sie habe ich nicht erwähnt. Ich kann mir vorstellen, dass es Ihnen so lieber ist."

Die alte Dame schien einen sechsten Sinn zu besitzen. Ich bedankte mich überaus herzlich bei ihr. Ein Blick auf die Uhr, ha, ich konnte noch einen weiteren Anruf tätigen.

Das Gespräch zwischen mir und Reginas früherer Freundin verlief ebenfalls kurz und knapp. Ohne nähere Einzelheiten wissen zu wollen, verabredete sie sich mit mir für Sonntag um zehn Uhr direkt am Flughafen.

„Und wie willst du Manfred verklickern, dass seine Orgelspielerin für den nächsten Gottesdienst ausfällt?"

„Ich besorge ihm Ersatz. Wozu hat man sonst eine so große Familie?"

Nach einem erneuten Blick auf die Uhr, machte ich eine Schnellsuche am Computer und danach meinen nächsten Anruf. Dadurch war die Zeit allerdings so knapp geworden, dass ich schleunigst das Haus verließ und mein Handy zückte. „Das letzte Gespräch werde ich unterwegs erledigen, ich bin sowieso schon spät dran. Was ist, kommst du mit?"

„Nur kurz, ich hatte gedacht, ich mache mich heute allein auf nach Krefeld. Mal sehen, ob ich nicht noch mehr Leute finde, die wir befragen könnten."

Einen Moment lang flackerte in mir der Verdacht auf, Richie sei gestern Abend bei meinem Gespräch mit Manfred dabei gewesen. Doch dann schob ich den Gedanken zur Seite. Nein, er war bestimmt ebenso wie ich durch Nachdenken darauf gekommen. Belauscht haben, konnte er uns nicht, dafür war ich mittlerweile viel zu geschult, nach ihm Ausschau zu halten, bevor ich eine Unterhaltung mit meinem Mann begann.

Außerdem musste ich jetzt Antonia davon unterrichten, dass sie am Sonntag für mich einsprang. Glücklicherweise hatten zwei meiner Töchter und ein Sohn ebenfalls Klavier- und Orgelunterricht bei mir genommen, so hatte ich für die wenigen Male, an denen ich ausfiel, immer einen Ersatz parat.

Herr Wiggert und seine Helferinnen waren alle an ihrem Platz, als ich eintraf, auch Frau Zieliski, ich musste mich überwinden, sie Liane zu nennen, stand mit am Tisch. Sie begrüßte mich überaus herzlich und schob mir gleich eines der großen Messer zu. „Helfen Sie mir beim Aufschneiden?"

Ich weiß, ich reagierte kleinlich, aber ich schüttelte den Kopf und gesellte mich zu Biggi, unserer Köchin. „Heute nicht, ihr drei schafft das auch allein."

Meine heutige Partnerin verkniff sich mit Mühe ein Grinsen und schob mir schweigend ein Brettchen und einen großen Berg Gemüse zu.

Wieder war es Richies Mutter, die den größten Teil der Unterhaltung bestritt. Die meiste Zeit schwärmte sie von den netten Rentnern, bei denen sie sofort herzlich aufgenommen worden sei, und fragte Petra und Geli nach ihnen aus. Herrn Wiggert würdigte sie heute keines zweiten Blickes, anscheinend war ihr zu Ohren gekommen, dass er seit Langem glücklich verheiratet war. Denn das hatte ich sehr schnell aus ihrem Gerede heraushören können, Liliane Zieliski war auf der Jagd. Statt auf eigenen Füßen stehen zu wollen, sah sie sich nach einem neuen Opfer um, das sie aufnehmen würde.

Nach dem Frühstück, während wir alle gemeinsam mit der Zubereitung des Mittagessens beschäftigt waren, gewann meine Neugier die Oberhand. „Ihr Lebensgefährte, der so plötzlich verstarb, wie lange kannten Sie ihn?", frage ich in eine ihrer kurzen Redepausen hinein.

Schlagartig verlangsamte sich die wohlbekannte Hektik um mich herum, es schien, als hielten alle meine Freundinnen inne, um nur ja kein Wort der Antwort zu verpassen.

Auch Richies Mutter war die ihr zugeteilte Aufmerksamkeit nicht entgangen. Sie zog unbehaglich die Schultern hoch. Einen Moment dachte ich schon, sie würde sich nicht zu meiner Frage äußern. „Leider war uns kein langes Glück beschieden", sagte sie endlich nach einer langen Pause. „Ein knappes halbes Jahr lebten wir zusammen, mehr nicht."

„Wie haben Sie ihn kennengelernt?", fragte jetzt Petra.

„Auf einer Ausflugsfahrt an den Rhein."

„Wohnten Sie damals auch in Kempen?"

„Nein, in Duisburg."

Ihre Antworten blieben einsilbig, doch Petra gab nicht auf. Ich brauchte mich gar nicht mehr einzumischen. Das Einzige, was ich sie später fragen wollte, war, woher sie wusste, dass der Lebensgefährte in Kempen gewohnt hatte. Das war zumindest mir neu.

„Und die Liebe hat sofort zugeschlagen?"

Liane Zieliski war anzusehen, dass sie das Thema gern beendet hätte. „Wir kamen uns schnell näher, wenn Sie das meinen, ja. Er hatte ein kleines Häuschen, weit ab auf dem Land und lebte ganz allein. Er lud mich ein, ihn zu besuchen, wir fanden Gefallen aneinander und ich blieb bis zu seinem schrecklichen Ende."

„Was war daran so schrecklich?" Wieder hakte Petra nach.

„Es war ein ganz normaler Abend gewesen", begann sie zu erzählen. „Wir waren früh zu Bett gegangen. Mitten in der Nacht wachte ich auf, weil Gerd stöhnend auf der Bettkante saß. Ihm sei furchtbar schlecht, sagte er und stand auf. Keine zwei Minuten später hörte ich einen lauten Bums aus dem Badezimmer. Ich bin sofort aufgesprungen und zu ihm gelaufen. Er lag quer über der Toilette und sah mich an." Sie schauderte. „Ich eilte zu ihm und versuchte, mit ihm zu reden, erst da merkte ich, dass er tot war."

„Und dann hat die Familie sie kurzerhand rausgeschmissen?", fragte ich nach.

„Oh ja." Sie schnaubte. „Nachdem der Arzt den Totenschein ausgestellt hatte und die Leiche abtransportiert worden war, habe ich mich noch in der Nacht hingesetzt und die Telefonnummern der Angehörigen gesucht. Die eine Tochter kannte ich, die kam so einmal im Monat vorbei, die habe ich dann angerufen. Sie war sehr nett am Telefon und hat mir noch gesagt, ich kann mir ruhig Zeit lassen mit meinem Auszug. Sie würden das Haus wohl eh verkaufen. Die andere, die, die sich vorher nie gekümmert hatte, die war das Biest. Schon einen Tag später kam sie vorbei und behandelte mich wie den letzten Dreck. Sie verlangte, dass ich innerhalb einer Woche ausziehe. Sie hätte bereits einen Käufer für das gesamte Gelände. Dabei weiß doch jeder, dass das mit dem Erbschein so schnell nicht geht. Nein, das war reine Schikane."

Sieh mal einer an, bei diesem Thema wurde sie ja richtig gesprächig. „Und? Mussten Sie wirklich innerhalb der festgesetzten Zeitspanne das Haus verlassen?", erkundigte ich mich anteilnehmend.

„Ach, ich bin freiwillig gegangen", winkte sie ab. „Meine Schwester bot mir ein Zimmer in ihrer Wohnung an, als sie von meinem Schicksalsschlag hörte. Ich war nach drei Tagen weg. Mit dieser Schlange wollte ich nichts mehr zu tun haben."

Tja, Manfred hatte mir die Geschichte allerdings ganz anders erzählt. Laut besagter Schwester war Liane Zieliski nach vielen Jahren, in denen die beiden keinerlei Kontakt hatten, wie aus dem Nichts vor ihrer Tür aufgetaucht und hatte darum gebeten, einige Tage bei ihr wohnen zu dürfen, bis sie ihre neue Situation für sich befriedigend geklärt hatte. Daraus waren dann fast drei Monate geworden. Schließlich hatte die Schwester die Geduld verloren – Liane hat sich von mir durchfüttern lassen und sich um nichts gekümmert, sie war ständig unterwegs, nur nicht ein einziges Mal beim Amt – und ihr damit gedroht, sie vor die Tür zu setzen.

„Ich wusste, ich durfte ihr nicht zur Last fallen", erzählte Frau Zieliski weiter. „Deshalb war es für mich geradezu ein Segen, dass Pastor Klingenberg sich meiner annahm."

Ich blendete die folgenden Lobpreisungen über meinen Mann aus und sah mich unauffällig um. Nein, von Richie keine Spur mehr. Seine Mutter hatte ihn mit ihren Erzählungen schnell vertrieben.

## 25

Richard

Grauenhaft, einfach grauenhaft diese Frau. Das Einzige, was ich durch sie erkannte, war, dass es echt gut gewesen war, dass sie uns damals verlassen hatte. Mit so einer ich-bezogenen Mutter aufzuwachsen, wäre für mich wahrscheinlich tödlich verlaufen. Ich meine, mein Alter war ja schon nicht ohne, aber gegen meine Mutter war er der reinste Waisenknabe. Beide zusammen hätten mich spätestens bis zu meinem zehnten Lebensjahr fertiggemacht. Nur gut, dass Carmen und die Kinder nie in Kontakt mit einem von beiden gekommen waren.

Ich beschloss, mich auf die Socken zu machen. Natürlich hatte ich mir das abendliche Gespräch zwischen Kathi und Manfred nicht entgehen lassen, Privatsphäre hin oder her. Schließlich war mir klar gewesen, dass dabei alles, was wir bisher herausgefunden hatten, auf den Tisch kam. Erstens war es somit eine klasse Möglichkeit für mich, das Gehörte noch einmal zu durchdenken und zweitens hatte ich die Hoffnung, dass Manfred vielleicht ausnahmsweise etwas zu unserem Problem beitragen konnte, was ja auch super geklappt hatte. Kathi hatte nun, wie es aussah, genug übers Wochenende zu tun – gut, dass ich sie noch bis zur Kirche begleitet und so das Telefonat mitgehört hatte - und würde hoffentlich jede Menge Informationen erhalten. Daher konnte ich versuchen, meinem Weg zu folgen.

Meine Nachforschungen liefen allerdings in eine ganz andere Richtung. Vielleicht lag ich ja völlig daneben, aber es war immerhin denkbar, dass Cavit insgeheim Unterstützung erhalten hatte, dass entweder sein Vater oder die Schwester in die Entführung involviert waren. Dann würde ich garantiert in den nächsten Tagen eine Spur der Vermissten finden.

Diese Theorie, die ich da entwickelt hatte - natürlich war ich nicht so dämlich gewesen, darüber mit Kathi zu sprechen. Die hatte schließlich ihren entgegengesetzten Verdacht, von dem sie sich, so wie ich sie kannte, nicht so schnell abbringen lassen würde. Sie hätte mich wahrscheinlich nur ausgelacht, wenn ich ihr damit gekommen wäre. Nur, wir wussten erst so wenig, war es da nicht sinnvoller, in alle Richtungen Ausschau zu halten?

Nachmittags tat sich gar nichts, alle meine drei Verdachtspersonen hatten in der Praxis zu tun, was für mich ziemlich nervig war, ich schwirrte draußen von einem Fenster zum anderen, um sie im Auge zu behalten, weil sonst die Tiere durchgedreht hätten. Die bemerkten mich immer relativ schnell, sie hatten wohl einen sechsten Sinn für Geister, anders konnte ich es mir nicht erklären, dass sie jedes Mal abdrehten, wenn sie mich sahen. Naja, Bellas Hunde waren die große Ausnahme. Oder die hatten sich im Laufe der Zeit an mich gewöhnt, jedenfalls nahmen sie mich kaum zur Kenntnis. So wie der kleine Kater meiner Kinder, den sie zum Einzug bekommen hatten. Der kannte mich eben von klein auf. Um Brunis Tierpension dagegen musste ich nach wie vor einen großen Bogen machen. Daher war ich echt froh, dass es Christina war, die uns half und nicht diese.

Gegen sieben gingen die Aslans endlich nach oben. Ellen und Erek verabschiedeten sich auf der Treppe von Semira und betraten ihre eigene Wohnung, Cavits Schwester stapfte die restlichen Stufen empor. Ich zögerte, wem sollte ich folgen? Der Schwester, beschloss ich, die beiden Älteren sahen müde aus, die würden sich wahrscheinlich einen geruhsamen Feierabend gönnen.

„Wir sind in der Küche!", tönte es Semira entgegen, nachdem sie eingetreten war.

Ich folgte ihr in den gemütlich eingerichteten Raum. Die beiden Jungen und ihr Mann saßen am Tisch und speisten. Ah, es gab Kartoffelsalat und Würstchen. Auf dem Tisch stand eine riesige, fast volle Schüssel, die für mindestens zwei Tage reichen musste.

„Na, wie war euer Tag?", Semira ließ sich aufstöhnend auf den letzten freien Stuhl fallen. „Tut das gut zu sitzen."

„War wieder viel Betrieb heute", bemerkte ihr Mann. „Am Nachmittag standen die Leute bis auf die Straße."

„Ja, im Moment grassiert ein ekliger Virus, der vor allem die freilaufenden Katzen befällt. Drei Tiere mussten wir heute einschläfern. Nun erzählt ihr erst einmal", wandte sie sich an ihre Kinder. „Wie war die Schule, was habt ihr am Wochenende vor?"

„Schule war wie immer." Der Ältere, ich schätzte ihn auf fünfzehn, sechzehn, nahm sich eine zweite große Portion. „Na, und morgen? Müssen wir nicht gemeinsam mit Oma und Opa auf die Suche gehen?"

Hilfesuchend sah Semira zu ihrem Mann. „Was meinst du, Klaus?"

„Ich denke, es reicht, wenn deine Mutter und ich uns ihnen anschließen", erklärte dieser. „Ihr habt schon genug geholfen."

„Sind sie dann nicht sauer auf uns?", fragte der Jüngere.

„Wir haben kaum noch Anhaltspunkte, wo wir suchen können." Der Vater schüttelte entschieden den Kopf. „Das schaffen wir allein."

Sichtlich erleichtert grinsten die beiden Jungen sich an. Eine Party stand am Samstagabend an, erfuhren wir gleich darauf.

„Spätestens um zwölf seid ihr zu Hause", mahnte Semira. „Können wir uns darauf verlassen?"

„Ach, Mama, dann geht der Spaß erst richtig los!" Ausgerechnet der Jüngere stöhnte rum. Der sollte froh sein, dass er überhaupt mit durfte.

„Du bist dreizehn, das ist lange genug", erwiderte denn auch Klaus. Er hatte eindeutig das Sagen. Das hätte ich, wäre ich nicht längst darauf gekommen, spätestens jetzt erkannt, keiner wagte einen Widerspruch. Danach wurde die Unterhaltung langweilig, die Jungen erzählten ein paar Einzelheiten aus ihrem Schulalltag und nachdem sie sich auf ihr Zimmer verzogen hatten, berichtete Klaus ebenfalls von seiner Arbeit. Der war Lehrer, aber offensichtlich an einer anderen Schule als der, auf die seine Söhne gingen. Gut für die, vom eigenen Vater unterrichtet zu werden, musste grässlich sein. Obwohl – so wie es aussah, hatte ich hier eine ganz normale Familie vor mir, nette Kinder, verständnisvolle Eltern. Nee, die konnte ich wahrscheinlich abhaken. Von denen steckte keiner mit Cavit unter einer Decke.

Und was sollte dieses Gerede von „auf die Suche machen"? Das würde ja heißen, auch die Eltern von Cavit waren über jeden Verdacht erhaben. Sonst ergab das Ganze keinen Sinn. Na, nur gut, dass ich Kathi gegenüber die Klappe gehalten hatte. Ich würde einfach kein Wort darüber verlieren, sondern es so darstellen, als hätte ich mich nur an die Aslans gehängt, um an weitere Personen zu kommen, die ich überprüfen konnte.

Ich wurde jäh aus meinen Gedanken gerissen. „Hast du mit deinen Eltern gesprochen, wie und wo wir morgen loslegen?", fragte Klaus gerade.

„Papa und ich übernehmen die Praxis. Wir hoffen, dass wir gegen elf fertig sind. Dr. Bender macht wieder die Rufbereitschaft. Das dritte Mal hintereinander." Semira seufzte. „Dem sind wir auf Monate verpflichtet. Meine Mutter will in der Zwischenzeit mit dir ins Münsterland fahren. Dort …"

„… sind Regina und Cavit kurz vor ihrer Trennung im Urlaub gewesen", ergänzte ihr Mann und stöhnte auf. „Hat sie immer noch nicht begriffen, dass wir auf diesem Weg nicht weiterkommen?"

„Sie greift nach jedem Strohhalm", versuchte Semira zu erklären. „Sie kann nicht einfach rumsitzen und warten, bis die Polizei sie findet."

„Dass sie überhaupt denkt, ihr eigener Sohn sei in die Sache verwickelt. Mein Gott, sie müsste ihn gut genug kennen und wissen, dass er zu so einer Tat niemals fähig gewesen wäre."

Ha! Endlich bekam ich mal eine ehrliche, nicht in irgendeiner Form schön- oder schlechtgefärbte Meinung. Und dann noch aus einer Ecke, aus der ich es nie erwartet hätte.

„Entweder ein Außenstehender steckt dahinter oder du hast recht und Regina hat ihre Finger im Spiel", fuhr er fort. „Du bist doch immer noch der Ansicht, sie wäre durchaus dazu fähig."

„Warum sieht keiner von euch sie so, wie sie wirklich ist?", fuhr Semira auf. „Sie ist nicht die toughe, liebenswerte Frau, die ihr alle in ihr seht. Sie ist ein intrigantes Biest und sucht in allem ihren Vorteil."

„Selbst wenn du richtig liegst mit deiner Einschätzung", die er offensichtlich nicht teilte, „was hätte sie davon und wie sollte sie es schaffen, ihn ganz allein zu entführen und gefangen zu halten?"

„Das haben wir bereits endlos durchdiskutiert", wehrte sie ab. „Ich habe keine Lust mehr, euch überzeugen zu wollen. Es bringt uns nicht weiter. Wir werden sie nie finden, das ganze Unterfangen ist völlig aussichtslos."

„Dieses Wochenende opfern wir noch." Klaus erhob sich und tätschelte im Vorbeigehen die Schulter seiner Frau. „Danach ist Schluss."

„Dann haben wir aber wirklich sämtliche Stellen, an denen die beiden je gewesen sind, abgegrast." Semira stand ebenfalls auf und lehnte sich an ihren Mann. „Ich halte das nicht mehr lange durch, diese Ungewissheit, was mit ihnen passiert ist. Ich will Klarheit, egal wie sie aussehen wird."

Sie brach in bitterliches Weinen aus und ich verzog mich. Für heute hatte ich genug gehört.

## 26

Katharina

„Wir fahren heute zur Omi", verkündete ich am Frühstückstisch. Wider Erwarten reagierte Justus begeistert. „Ja!", kreischte er auf und begann, auf seinem Stuhl auf und ab zu hüpfen und mit dem Löffel auf die in Milch eingeweichten Frühstücksflocken zu schlagen.

Völlig perplex ließ ich ihn gewähren, es war Manfred, der ihm sanft aber bestimmt den Löffel aus der Hand nahm. „Zuerst wird gegessen", mahnte er. „Vorher fahren wir nicht los."

Noch nie hatte der Kleine so schnell seine Schüssel geleert. Sonst war er eher ein mäkeliger Esser, der immer einen Rest übrig ließ. Er verlangte nie einen Nachschlag, gab sich mit dem zufrieden, was er bekam und aß wahre Miniportionen. Nur von den Süßigkeiten, mit denen wir dank Manfred nicht geizten – mein Mann musste jeden Tag seinen Zuckerhaushalt regulieren, wie er gern sagte - konnte er nie genug bekommen. Ich hatte den Eindruck gewonnen, dass es diese normalerweise für ihn äußerst selten gab.

Kaum hatte er den letzten Happen verschlungen, rutschte er von seinem Stuhl. „Fahren wir jetzt?"

Wir gaben uns lachend geschlagen. Es tat gut, ihn einmal derart aufgekratzt zu sehen. Zum ersten Mal benahm er sich in meiner Gegenwart wie ein ganz normaler Dreijähriger, fand ich, ließ sich aufgeregt von mir helfen, seinen kleinen Kindergartenrucksack mit Proviant zu füllen und brachte mir Jacke und Schuhe, damit ich ihm half, sie anzuziehen.

Wir hatten beschlossen, das letzte Stück mit der Bahn zu fahren, zum einen, damit niemand unser Kennzeichen sah und dadurch wusste, wo Justus zurzeit lebte, zum anderen wollten wir dem Kleinen ein Abenteuer bieten, damit er sich auf unseren Ausflug freute. Keiner von uns hatte damit gerechnet, dass allein die Aussicht, seine Omi zu sehen – er machte eine genaue Unterscheidung, Omi war Reginas Mutter, Oma Cavits Mutter – ihn dermaßen freudig stimmte.

Auf der Zugfahrt hatte Manfred bestanden, nachdem ich bei dem Telefonat mit Frau Strüwer senior dem Wahn verfallen war, ihr den Besuch ihres Enkels anzubieten. Nachdem ich durch den Vornamen und die ungefähre Lage des Stadtteils die Anzahl der infrage Kommenden hatte eingrenzen können, war schon mein zweiter Versuch erfolgreich gewesen. Nach dem zehnten Läuten, ich war kurz davor aufzugeben, hatte sie sich gemeldet, völlig atemlos, als wäre sie zum Telefon gerannt. Wir hatten ein ausgesprochen nettes Gespräch geführt, sie war wirklich erfreut, von ihrem Enkel zu hören und völlig fassungslos über das, was ihrer geliebten Tochter zugestoßen war. Ja, und dann hatte ich mich hinreißen lassen, ihr anzubieten, mit dem Kleinen vorbeizukommen. Sie war so begeistert von dieser Idee gewesen, dass sie darauf bestanden hatte, uns gleich für den nächsten Tag einzuladen.

Manfred dagegen war weniger begeistert. „Du bringst dich in Teufels Küche", hatte er geschimpft. „Wenn das Jugendamt herausbekommt, dass du von dir aus Kontakt zur Familie aufnimmst und auch noch Justus mit hineinziehst, nehmen sie dir den Kleinen weg. Hast du nicht daran gedacht, dass du ihn mit dem Besuch in Gefahr bringen könntest?"

Nein, hatte ich nicht, gestand ich kleinlaut. Frau Strüwer war am Boden zerstört gewesen, sie würde jedes Mal fürchterlich erschrecken, wenn das Telefon klingele, hatte sie mir erzählt. Sie stünde, seitdem das mit Regina passiert sei, unter Hochspannung, verlasse die Wohnung nicht mehr, schlafe kaum. Sie klang dabei so zittrig und traurig, dass ich spontan angeboten hatte, mit dem Kleinen vorbeizukommen. Sie war so offensichtlich dankbar gewesen, hatte sich tausendmal bei mir bedankt, diese Frau hatte garantiert nichts mit der Entführung zu tun – sagte mir zumindest mein Gefühl.

Manfred sah das anders. Deshalb hatte er beschlossen, uns zu begleiten und war auf die Idee mit der Bahnfahrt gekommen. Zudem hatte er angeboten, zwischendurch mit Justus auf einen Spielplatz zu gehen, damit Reginas Mutter und ich in Ruhe reden konnten. Es sei völlig inakzeptabel, in seiner Gegenwart das Thema Entführung auch nur in irgendeiner Form zu berühren, hatte er geschimpft, der Junge sei bereits genug verstört. Ehrlich, ich war richtiggehend beschämt gewesen. Hatte ich dadurch, dass ich die Ermittlungen vorantreiben wollte, das Kind wirklich dermaßen in den Hintergrund gedrückt, dass ich seine Bedürfnisse nicht mehr sah?

Ja, musste ich nach einer kurzen inneren Einkehr beschämt feststellen. Dadurch, dass Justus mehr Manfreds als mein Pflegekind war, hatte ich bisher kein Verhältnis zu ihm aufgebaut, er war einfach da, ich tat, was nötig war, soweit er mich ließ, alles andere machte mein Mann. Meine Bemühungen, seine Mutter zu finden, waren zwar dem Wunsch entsprungen, ihm zu helfen, aber gingen mehr oder weniger auf mein eigenes Bedürfnis zurück, in diesen seltsamen Fall Klarheit zu bringen. So konnte es nicht weitergehen, schwor ich mir, ich durfte den Kleinen nicht länger hintenanstellen.

Wie eine ganz normale Familie machten wir uns auf den Weg, Mama und Papa vorn im Auto, das Kind sicher angeschnallt in seinem Kindersitz auf dem Rücksitz. Manfred hatte eine Cassette mit Kindermusik eingelegt – ja, wir besaßen tatsächlich noch einen dieser altmodischen Apparate – und wir sangen lauthals mit, begleitet von Justus' disharmonischem Krähen.

Auch die Bahnfahrt verlief gut. Es schien, als hätte der Junge vorher noch nie in einem Zug gesessen, alles war aufregend, wurde bestaunt und er geriet richtig aus dem Häuschen, als Manfred sich seiner erbarmte und einmal mit ihm durch sämtliche Abteile wanderte. Danach saß er still auf meinem Schoß – ich war die mit dem Fensterplatz – und schaute auf die vorbeiflitzende Landschaft. Wenn es nach ihm gegangen wäre, hätten wir endlos so fahren können.

Der Bahnhof lag in der Innenstadt, weiter ging es mit dem Bus, der uns bis kurz vor Frau Strüwers Haustür brachte. Justus erkannte die Straße, in der seine Omi lebte, sofort und stimmte ein Freudengeheul an. Manfred grinste mich über seinen Kopf hinweg an – dieses Mal saßen die beiden wieder eng nebeneinander: „Allein für dieses Erlebnis hat sich der Ausflug gelohnt."

Ich wusste, was er mir damit sagen wollte. Zum ersten Mal, seit wir ihn bei uns aufgenommen hatten, sahen wir den echten Justus, ein Kind, das auch vor Fremden aus sich herausging, das aufgeregt nach meiner Hand griff, um mich aus dem Bus zu zerren, das vor uns herlief und einen triumphierenden Schrei ausstieß, als es die Treppe zum Eingang hochlief und bettelnd die Arme hob, damit mein Mann ihn aufnahm, sodass er die Klingel drücken konnte.

Frau Strüwer wohnte in Parterre. Sie stand auf einen Stock gestützt in der offenen Wohnungstür und jubelte genauso laut wie Justus, als wir auf sie zugingen. „Mein Schätzchen."

Der Kleine warf sich so ungestüm gegen ihre Beine, dass sie fast umgefallen wäre. „Nicht so wild, Mäuschen, du weißt doch, Oma hat ein Aua, du musst ganz, ganz vorsichtig sein."

Erst jetzt wandte sie sich uns zu. „Kommen Sie bitte herein. Sie können sich gar nicht vorstellen, was Sie mir für eine Freude mit Ihrem Besuch machen. Hier entlang, Justus, geh du mal vor."

Dieser schnappte sich Manfreds Hand und zog ihn aufgeregt plappernd durch den Flur hinter sich her. Ich folgte langsamer, denn unsere Gastgeberin konnte sich nur humpelnd vorwärts bewegen. „Die Hüfte ist steif", erklärte sie mir. „Ich hatte einen bösen Unfall, ich dachte schon, ich käme gar nicht mehr auf die Beine."

Schwer atmend ließ sie sich in den einzigen Sessel im Wohnzimmer fallen. „Schau mal Schätzchen, die Omi hat dir dein Lieblingsessen gemacht. Du hast doch bestimmt Hunger nach deiner Reise."

Während Justus auf die Couch krabbelte und nach dem Schälchen mit Milchreis griff, wies sie uns an, ebenfalls Platz zu nehmen. „Möchten Sie eine Tasse Kaffee und ein Stück Kuchen? In der Küche steht alles bereit."

„Bleiben Sie sitzen." Ich erhob mich und ließ mir von ihr den Weg zeigen.

Auf dem Tisch standen ein selbstgebackener Schokoladenkuchen und eine Warmhaltekanne, dazu Teller, Tassen und Besteck. Mir fiel sofort die ziemlich ärmliche Einrichtung auf. Der Herd hatte mindestens zwanzig Jahre auf dem Buckel, der Kühlschrank war auch nicht viel jünger. Die ehemals weißen Schränke hatten sich gelblich verfärbt, sie sahen aus wie die Erstausstattung einer jungen Frau aus den siebziger Jahren.

Wohnzimmer und Diele waren ähnlich eingerichtet, die Möbel, die ganze Wohnung einschließlich der Tapeten wirkte, als hätte sich in den letzten dreißig Jahren nichts mehr verändert. Doch obwohl ich insgesamt den Eindruck gewann, dass Frau Strüwer in recht einfachen Verhältnissen lebte, konnte man ihr in puncto Sauberkeit nichts nachsagen. Alles wirkte alt aber gepflegt, sie war offensichtlich niemand, der die Hände in den Schoß legte und sich in sein Schicksal ergab. Ich war jetzt schon gespannt, was sie alles zu erzählen hatte.

## 27

Katharina

Zwei Stunden ließen wir den beiden Zeit, sich miteinander zu beschäftigen, wobei sich unser erster Eindruck bestätigte. Omi und Enkel liebten einander und kamen bestens miteinander aus. Selbst derart gehandicapt fand Frau Strüwer eine erstaunliche Menge an Dingen, die sie mit Justus spielen konnte, vom einfachen Kartenspiel bis zum Bauen von seltsamen Gebilden aus Wäscheklammern war alles vertreten.

Das nahm ich dann gleich als Aufhänger, als Manfred und der Kleine uns verließen, um den nahegelegenen Spielplatz zu erkunden, zu dem sie ihm den Weg gewiesen hatte. „Er liebt sie heiß und innig. Haben Sie viel Kontakt zu ihm?"

„Leider in letzter Zeit nicht mehr." Frau Strüwer war ehrlich betrübt. „Wissen Sie, die Regina hatte nach der Geburt diese Kindbettdepression und konnte sich zu gar nichts aufraffen. Anfangs bin ich jeden Tag zu ihr gefahren und habe mich um das Baby gekümmert. Aber selbst das wurde ihr schnell zu viel. Deshalb nahm ich ihn mit zu mir, manchmal nur über den Tag, oft auch für eine ganze Woche. Er ist praktisch bei mir aufgewachsen."

Erneut wurde ihr Blick trüb. „Bis ich diesen Unfall hatte. Ich wollte nur schnell den Müll rausbringen, bin gestolpert und hingefallen. Dabei habe ich mir die Hüfte gebrochen. Das ist in meinem Alter leider keine einfache Sache mehr. Ich war wochenlang im Krankenhaus und in der Reha. Besser als das, was Sie hier sehen, wird es nicht mehr. Ach, ich sollte nicht klagen, immerhin kann ich mich mittlerweile wieder allein versorgen." Sie verzog das Gesicht. „Nur diese ewigen Schmerzen, auf die könnte ich gut verzichten."

„In Ihrem Alter?", fragte ich nach. „So alt sind Sie doch auch nicht."

„Ich bin einundsiebzig."

Das hätte ich nicht gedacht, fast kein graues Haar, wenig Falten, munter blitzende Augen – ich hätte sie auf allerhöchstens Mitte sechzig geschätzt, was ich ihr auch umgehend sagte.

„Ich bemühe mich, mein Aussehen nicht zu vernachlässigen", erklärte sie sichtlich geschmeichelt. „Die Regina ist ein Nachkömmling, ich war fast vierzig, als sie geboren wurde. Da muss man sich anstrengen, wenn man mit den jüngeren Müttern mithalten will."

„Sie haben noch mehr Kinder?", tat ich ahnungslos.

„Ja, eine weitere Tochter, unser Sohn ist früh gestorben, er kam schwerstbehindert zur Welt. Leider hat Sabrina keine Kinder, Justus ist mein einziger Enkel."

„Was hat Regina gemacht, nachdem Sie nicht mehr auf ihn aufpassen konnten?", kam ich zum eigentlichen Thema zurück.

„Da war der Justus schon fast anderthalb und ihr ging es viel besser", klärte sie mich auf. „Außerdem fand sie bald darauf eine Nachbarin, die ab und zu auf ihn aufpasste, wenn sie mal zum Arzt musste oder so."

„Hat sie nicht angefangen nebenbei zu arbeiten?", fragte ich vorsichtig.

„Nein, das hätte sie mir erzählt." Sie schüttelte energisch den Kopf. „Musste sie auch nicht, der Cavit hat gut gezahlt."

„Aber jetzt hätte sie wieder angefangen", warf ich ein.

„Das ist für mich nicht zu verstehen." Erneut schüttelte sie den Kopf. „Der Staat will, dass wir Frauen Kinder in die Welt setzen, und zwingt uns dann, sie mit drei Jahren in eine Tagesstätte abzuschieben. Naja, zumindest, wenn die Beziehung der Eltern auseinanderbricht", fügte sie abschwächend hinzu. „Ich meine, das kann doch nicht sein, dass der Vater nach drei Jahren keinen Unterhalt mehr zahlen muss und die Mutter gezwungen ist, sich Arbeit zu suchen, finden Sie nicht auch? Bei mir war das zum Glück noch anders", fuhr sie fort, ohne mir Gelegenheit zu einer Antwort zu geben. „Reginas Papa musste mich voll unterstützen, bis sie dreizehn wurde. Und danach brauchte ich nur eine Halbtagsstelle anzunehmen, was ich schon schwer genug fand. Direkt nach dem Frühstück aus dem Haus, erst am späten Mittag zurück, dann kochen, putzen, einkaufen. Viel Zeit bleibt nicht mehr für das Kind. Wie soll das erst bei den jungen Müttern funktionieren? Gerade die Kleinen benötigen doch noch eine Menge Aufmerksamkeit."

„Ihr Mann hat sich von Ihnen scheiden lassen?", nahm ich mein Stichwort auf.

„Er hat sich was Jüngeres gesucht." Sie zuckte die Achseln. „Vorgezogene Midlifecrisis würde ich mal sagen. Der war zwei Jahre älter als ich, also vierundvierzig. Seine neue Freundin war dreißig. Hat nicht lange gehalten, die Beziehung, und auch anschließend hat er nie jemanden für länger gefunden. Trotzdem war er wohl ganz zufrieden mit seinem Leben. So kam es Regina zumindest vor."

„Hatte sie einen guten Kontakt zu ihrem Vater?" Vielleicht fand ich hier einen weiteren Punkt, an dem ich ansetzen konnte.

„Früher ja, sie war jedes zweite Wochenende bei ihm, bis zum Alter von ungefähr sechzehn. Danach nur noch unregelmäßig, die Jungs waren ihr wichtiger." Sie kicherte. „Sie ist schon ein ganz schöner Feger gewesen, meine Regina."

„Und Cavit?", fragte ich in die kurze Pause hinein, die folgte. Mehr über dieses Thema wollte sie offensichtlich nicht zum Besten geben, aber ich hatte den Eindruck, dass sie damals nicht gerade sonderlich gut mit ihrer Tochter ausgekommen war.

„Der ist ein wahrer Schatz. Ich kann bis heute nicht verstehen, dass Regina ihm den Laufpass gegeben hat. Sie hatten doch schon alles so schön geplant. Er wollte eine eigene Praxis aufmachen und sie sollte dort mitarbeiten, ihre eigenen und seine Patienten betreuen. Sie ist Physiotherapeutin, müssen Sie wissen", fügte sie erklärend hinzu. „Ob das an der Schwangerschaft lag, dass sie ihn plötzlich nicht mehr wollte? Ich weiß es wirklich nicht. Kurz zuvor waren sie noch ein Herz und eine Seele und dann trennt sie sich mir nichts dir nichts von ihm. Sie hätte auf einmal gemerkt, dass sie doch nicht zusammenpassten, hat sie gesagt." Wieder schüttelte sie den Kopf. „Nach gut zwei Jahren des Zusammenseins und im vierten Monat schwanger fällt ihr auf einmal auf, dass sie ihn nicht mehr liebt. Das will mir einfach nicht in den Kopf."

„Wie hat er reagiert?""

„Cavit? Der ist aus allen Wolken gefallen, nehme ich an. Anmerken lassen hat er sich nichts, er war weiterhin nett und freundlich, ist mit ihr einkaufen gefahren, die Sachen für das Baby besorgen, hat an ihrem Schwangerschaftskurs teilgenommen und war sogar bei der Geburt dabei. Auch danach hat er sich rührend um Justus gekümmert, der hat seine Vaterrolle Ernst genommen."

„Aber dann ist irgendetwas passiert", soufflierte ich ihr. „Irgendwann wollte er sie unbedingt als Freundin zurück."

„Das kam erst viel später. Nein, er hatte sich mit der Trennung abgefunden, war neu verliebt und wollte sogar heiraten. Ich denke, das Verschwinden dieser jungen Frau hat ihn völlig aus der Bahn geworfen. Es ist ja auch schwer zu verkraften, wenn einem das Liebste genommen wird und man hat nicht einmal einen Sarg, an dem man trauern kann."

Offenbar traute sie ihm zumindest keinen Mord zu, sonst hätte sie den Satz anders aufgebaut. „Was denken Sie, was passiert ist?", fragte ich.

„Sie wurde umgebracht", erwiderte sie, ohne zu zögern, „nur leider nie gefunden. Der Mörder konnte unerkannt entkommen. Wahrscheinlich einer ihrer Patienten", fügte sie hinzu. „Sie war Psychologin, hat die richtig Gestörten behandelt. Bestimmt ist sie dabei einem von denen zu nahe

118

gekommen und der hat sich bedroht gefühlt. Man weiß ja, wie so was läuft."

Das kommentierte ich lieber nicht. „Und Ihre Tochter hat ihm bei der Trauerarbeit geholfen?"

„Zuerst war es der Justus", berichtigte sie mich. „Er ist viel öfter vorbeigekommen, das Zusammensein mit dem Kleinen hat ihm Trost gegeben. Natürlich hat die Regina auch viel mit ihm geredet und ihm vor allem klar gemacht, dass sie ganz fest an seine Unschuld glaubt. Der stand ja unter Verdacht, die Polizisten haben ihn arg gequält."

„Könnte es nicht doch möglich sein …" Ich sprach nicht zu Ende, hoffend, dass sie mich trotzdem verstand.

„Der Cavit ein Mörder? Nie im Leben. Deshalb bin ich ja so fertig. Ich meine, dass der die arme Regina entführt hat, nur weil sie keine Beziehung mehr mit ihm eingehen wollte." Sie war den Tränen nahe, das konnte ich sehen.

„Sie hat ihn als Stalker angezeigt." Es fiel mir schwer, doch ich konnte jetzt nicht locker lassen.

„Er hat ihr halt so sehr zugesetzt. Immerfort diese nächtlichen Anrufe, danach das Klingeln an der Haustür rund um die Uhr, ständig stand er auf der Matte und wollte mit ihr reden. Zuletzt hatte sie direkt Angst, ihm den Jungen mitzugeben, sie fürchtete, dass er ihn nicht mehr zurückbringen würde, ihn als Faustpfand behielt, um sie so umzustimmen, verstehen Sie? Ich habe ihr ja gleich gesagt, lass mich mit ihm reden oder wende dich an seine Eltern. Die werden ihn schon zur Raison bringen. Aber nein, sie wollte es unbedingt allein schaffen." Sie seufzte schwer. „Wenn ich doch nur wüsste, wohin er sie verschleppt haben könnte. Ich habe mir wieder und wieder den Kopf zerbrochen. Nichts, mir fällt kein Ort ein, an dem sie sein könnten."

Ich nahm sie in den Arm und tröstete sie, indem ich beruhigend auf sie einredete. „Die Polizei tut bestimmt ihr Möglichstes, es kann nicht mehr lange dauern." Gleichzeitig drückte ich heimlich auf die Wiederholungstaste meines Handys, wie ich es mit Manfred vereinbart hatte. Innerhalb der nächsten Minuten würden die beiden zurück sein. Justus war genau der Richtige, um sie auf andere Gedanken zu bringen.

## 28

Richard

Für die Aslans war der Samstagmorgen Alltag, es wurde früh aufgestanden und um sieben Uhr gefrühstückt, zumindest bei Ellen und Erek, Tochter und Schwiegersohn waren gerade erst aus den Betten gekrochen und verbreiteten eine dermaßene Hektik, dass ich mich freiwillig eine Etage tiefer verzog.

Die Eltern lauschten angespannt den Nachrichten, erst nachdem klar war, dass ihr Fall nicht angesprochen wurde, sagte Ellen: „Es wäre lieb, wenn ihr nach der Praxis noch einmal zum Ferienhaus fahren würdet. Vielleicht hat die Polizei irgendwelche Spuren übersehen, Dinge, die nur uns auffallen können, zum Beispiel."

Ihr Mann runzelte unwillig die Stirn. „Liebes, ich denke, das ist sinnlos. Dort waren sie nicht."

„Was bleibt uns sonst?" Sie legte das kaum angebissene Brötchen auf den Teller zurück und schlug die Hände vors Gesicht. „Mir fällt nichts mehr ein, wo wir noch suchen könnten", kam es dumpf hinter ihrem Schutz hervor.

„Es war von vornherein ein sinnloses Unterfangen", gab ihr Mann zurück, stand dann aber doch auf und kniete sich neben sie. „Du quälst dich viel zu sehr", sprach er leise auf sie ein. „Sie werden die beiden bald finden, glaube mir."

Sie nahm die Hände herunter und sah ihn mit einem so waidwunden Blick an, dass ich instinktiv Mitleid mit ihr bekam und gleichzeitig wusste, die war niemals in diese Entführung verwickelt. „Es sind mittlerweile fünfzehn Tage. Ich habe keine Hoffnung mehr, dass sie sie lebend finden."

Erek reagierte, wie es jeder andere Mann in seiner Situation getan hätte. Statt sie einfach in den Arm zu nehmen und zu trösten, versuchte er ihr auf logischem Weg zu erklären, dass diese Vermutung eher unwahrscheinlich war. Immerhin versprach er, gemeinsam mit Semira gleich nach der Sprechstunde zum Ferienhaus zu fahren und nicht nur das, sondern auch die gesamte Umgebung zu überprüfen. Danach hatte sich Ellen so weit gefangen, dass sie zu Ende frühstückte, die Küche aufräumte und anschließend relativ gefasst mit Klaus zusammen verschwand.

„Deine Mutter wird die Geschichte noch umbringen", empfing Erek seine Tochter. „Sie hält nicht mehr lange durch."

„Mehr als das, was wir tun, können wir nicht machen", gab sie zurück. „Und selbst das ist eigentlich völliger Blödsinn. Wir werden die beiden nie finden."

„Sie kann nicht rumsitzen und abwarten." In einer Geste der Ohnmacht hob er die Schultern und ließ sie wieder fallen. „Ich fühle ähnlich, am liebsten würde ich jeden Tag bei der Polizei vorbeigehen und die Beamten antreiben. Angeblich haben sie immer noch keinen Anhaltspunkt gefunden."

„Wir brauchen endlich Klarheit", pflichtete ihm Semira bei. „So oder so."

„Lass das bloß nicht deine Mutter hören." Trotz seiner Worte konnte ich sehen, dass er ihr Recht gab. Für Männer ist diese Situation echt kaum zu ertragen. Wird die Familie bedroht, will das Oberhaupt sich vor sie stellen und sie beschützen, auch kämpfen, wenn es nötig sein sollte. Dieses Nichts-Tun-Können war für ihn am allerschwersten. Ich konnte das lebhaft nachvollziehen.

Vater und Tochter verzogen sich nach unten in die Praxis und ich begab mich vor das Haus, um in Ruhe nachzudenken. Im Endeffekt hatte ich alles erfahren, was ich wissen musste: Keiner der vier kam als Täter oder Mittäter infrage. Freunde oder Bekannte wurden nicht in die Suche miteinbezogen, ich hatte somit keine Chance, zusätzliche Personen kennenzulernen und zu überprüfen. Damit war eigentlich klar, dass ich meine Zelte hier abbrechen konnte. Andererseits, was sollte ich zu Hause? Kathi war bestimmt längst weg, bis ich dort angekommen wäre. Sie wollte ja heute Reginas Mutter besuchen – wenn sie denn jemanden fand, der sie fuhr - und ich hatte keine Ahnung, wo die wohnte. Carmen und die Kinder zusammen mit Karsten zu ertragen, war im Moment mehr, als ich verkraften konnte. Ich hatte in den letzten Tagen einen großen Bogen um ihr Haus gemacht und gedachte, diese Strategie während unserer Ermittlungen fortzusetzen. Danach würde ich mich einzeln von Annika, Benjamin und meiner Exfrau verabschieden, ganz zum Schluss kam dann Kathi an die Reihe. Und das war es für mich, ade Erdenleben.

Ach, ich vertrödelte nur meine Zeit. Also konnte ich genauso gut mit Erek und seiner Tochter zu dem Ferienhaus fahren. Vielleicht ergab sich auf der Fahrt dorthin noch das ein oder andere Gespräch, das mir von Nutzen sein würde.

Pünktlich um elf hatten die beiden ihre Patienten abgefertigt und schlossen die Praxis. Da der Vater fahren wollte, schlüpfte ich in Semira, die zwar erschreckt zusammenzuckte und sich an die Brust griff, aber kein

Wort sagte, sondern sich kommentarlos auf den Vordersitz fallen ließ. Ich wusste aus Erfahrung, dass sie einen Moment später das kurze Ziepen bereits vergessen hätte. Meine weitere Anwesenheit würde sie nicht bemerken.

Leider war dies für mich die einzige Möglichkeit, an Autofahrten teilzunehmen. Außer bei Kathi störte mich diese Art des Vorwärtskommens nicht, ich sah durch die Augen meines Wirtes – wie auch immer das möglich war, ich hatte es bis jetzt nicht herausgefunden - hörte, was er hörte und kam genau dahin, wo ich hinwollte. Das Einzige, was ich im Beisein meiner Freundin vermisste, war, dass ich mich nicht mit ihr unterhalten konnte. Irgendwie funktionierte mein Sprachvermögen nicht, wenn ich mich in einer anderen Person befand, zumindest konnte sie mich nicht hören, egal, ob ich in ihr oder jemandem um sie herum steckte. Wahrscheinlich brauchte sie deshalb einen realen Beifahrer, von mir war kein Feedback zu erwarten.

Waren wir allein, musste sie eben anhalten, wenn wir uns beraten wollten, was sie normalerweise auch tat. Mich störte nur, dass ich mich in keine Unterhaltung einmischen konnte, wie ich es gewohnt war, wenn wir ermittelten. Manchmal vergaß Kathi sonst wichtige Dinge zu fragen, wahrscheinlich hatte ich als Zuhörer einfach den besseren Überblick.

Bei dieser Fahrt war es mir dagegen völlig egal, dass ich mich nicht verständlich machen konnte. Die beiden hätten mich so oder so nicht gehört, für die war ich nicht existent. Sie unterhielten sich auf dem gesamten Hinweg nur über irgendwelche Fälle, die sie gestern und heute behandelt hatten. Ich schaltete auf Durchzug und prägte mir lieber den Weg ein, den wir nahmen. Dank eines exorbitant guten Gedächtnisses hatte ich so meine Kenntnisse von Deutschlands Straßen mittlerweile verzehnfacht, was sich bei unseren Ermittlungen schon oft ausgezahlt hatte. Atlanten und Navis standen mir ja nicht zur Verfügung, ich musste auf das, was ich mir gemerkt hatte, zurückgreifen können.

Der Weg bisher war einfach gewesen, auf die Autobahn und stur geradeaus. Jetzt setzte Erek den Blinker und es ging auf der Landstraße weiter, durch einen Wald, an einem Badesee mit Campingplatz vorbei, durch ein kleines Dorf. Direkt am Ortsausgang bog er links ab, um uns herum gab es nur noch Felder und Wiesen. Kurz vor dem nächsten Waldgebiet nahm er einen schmalen Weg, der eher einem Traktorpfad glich, mit tief eingefahren Furchen und ziemlich holprig das Ganze.

Mittlerweile hatten die beiden ihr Gespräch eingestellt, Semira beugte sich vor und starrte angestrengt durch die Windschutzscheibe. „Lass uns auf den öffentlichen Parkplatz fahren", bestimmte sie. „Wir laufen die Häuser einzeln ab."

Ich hatte bisher nicht ein einziges der Ferienhäuschen entdeckt, aber sie wusste offensichtlich, was sie wollte. Erek nahm an der Weggabelung den rechten Pfad und direkt hinter der Kurve lag ein kleiner Schotterplatz, auf dem bereits mehrere Autos standen. Kaum hatte der Wagen angehalten, sprang sie hinaus. Tief atmend sog sie die Luft ein. „Erinnere mich bitte daran, dass ich demnächst öfter her komme. Ich hatte schon fast vergessen, wie gut die Luft ist."

Ich verließ mein Gefängnis und sah mich ebenfalls um. Gut, wie es hier roch, konnte ich natürlich nicht sagen, dieser Sinn war einer der wenigen, die mir abhandengekommen waren – was sich manchmal als wahrer Vorteil erwies – aber hübsch und ruhig war es tatsächlich. Die Vögel zwitscherten, in der Nähe plätscherte ein Bach, sonst war nichts zu hören.

Das Wetter tat natürlich ein Übriges zum Gesamteindruck. Die Sonne schien von einem fast wolkenlosen Himmel und ließ die verschiedenen Farbabstufungen der vielen Tannen und anderen immergrünen Gewächse in satten Farben leuchten, dazu war es fast windstill, nur ein leichter Luftzug erzeugte ein sanftes Wiegen der Äste. Ich nahm mir vor, Kathi vor unserem Abschied an diesen Ort zu lotsen und einen letzten gemeinsamen Spaziergang zu unternehmen in der Abgeschiedenheit und Stille des wundervollen Ortes. Das wäre ein würdevoller Abgang.

Vater und Tochter machten sich auf den Weg. Ich beeilte mich, ihnen zu folgen, gespannt darauf, was es alles zu entdecken gab. Regina und Cavit fanden wir sicherlich nicht, ein interessanter Ausflug würde es bestimmt trotzdem.

## 29

Katharina

Es wurde Abend, bis wir in unser Haus zurückkehrten. Justus war so erschossen von den vielen Eindrücken, dass wir ihn kurzerhand gleich ins Bett verfrachteten. Er lag kaum, da war er eingeschlafen.

„Möchtest du auch noch eine Schnitte?", fragte Manfred, der bereits mit vollen Backen kaute.

„Nein, ich bin noch satt von unserem Ausflug nach McDonalds." Ostentativ verschloss ich die Wurstdose und packte das Brot zurück in die Frischhaltetüte. Wir hatten direkt vor der Bahnfahrt dort gegessen und mein Mann hatte sich ein Doppelmenü aus dem Angebot bestellt, während Justus und ich uns mit einer Juniortüte beziehungsweise einem Hamburger und einer kleinen Portion Pommes begnügten. „Dass du nach alldem, was du gegessen hast, immer noch Hunger hast", konnte ich mir daher nicht verkneifen zu sagen. „Wir hätten die Reste des Kleinen vielleicht doch einpacken sollen."

„Ach, die schmecken kalt nicht", winkte er ab. „Und überhaupt, das Menü war im Prinzip mein Mittagessen. Das eine Stück Kuchen bei Frau Strüwer kannst du nicht zählen."

Kalorienmäßig schon, und es war ein besonders großes Stück gewesen. Doch ich verbiss mir diese Bemerkung, sonst hätte er sich garantiert später einen weiteren kleinen Imbiss geholt. „Kommst du mit rüber?", fragte ich stattdessen.

„Ja, Beine hochlegen, wäre nicht schlecht." Er nahm sein zweites Butterbrot und sein Glas Wasser – ich habe wirklich das Gefühl, dass gerade die etwas Wohlbeleibteren meinen, auf diese Art genug Kalorien zu sparen – und trottete hinter mir her ins Wohnzimmer. „Nun erzähl mal, was du rausgefunden hast."

Bevor ich noch den Mund öffnen konnte, kam Richie herbeigeschossen. „Ja, nun sind wir alle versammelt, leg los."

Ich bewunderte meine Selbstbeherrschung, es gelang mir nämlich, völlig ruhig zu bleiben und nicht einmal mit der Wimper zu zucken. Dann begann ich zu berichten.

„Dieser Cavit ist schuldig." Manfred war sich sicher. „Das Stalken war die erste Stufe, als Regina nicht darauf reagierte, hat er zu härteren Maßnahmen gegriffen."

„Und wenn sie das alles nur erfunden hat?", wandte ich ein.

„Nein", echoten Richie und mein Mann fast gleichzeitig. „Sie hat ihn angezeigt", erinnerte mich letzterer. „Die Polizei wird die Vorfälle genau prüfen."

„Damit würde sie nie und nimmer durchkommen", gab ersterer ihm recht. „Das kannst du nicht faken."

„Was mich stört, ist, beide werden als nette Menschen beschrieben", bekannte ich. „Einer von ihnen muss sich verstellen."

„Du hast auf der einen Seite die Aussage von Cavits Mutter und seiner Vermieterin, auf der anderen die von Reginas Mutter und einer Nachbarin." Manfred warf mir einen mitleidigen Blick zu. „Die sind alle auf die eine oder andere Art involviert. Aus ihren Meinungen kannst du dir kein klares Bild schaffen."

„Das wird sich morgen ändern", erinnerte ich ihn. „Ich bin wirklich gespannt, was die frühere Freundin von Regina mir mitzuteilen hat."

„Ich bin dabei", kam es sofort von Richie, während mein Mann sich entspannt zurücklehnte und nach der Fernbedienung griff. Für ihn war das Thema vorerst beendet.

Da ich am nächsten Tag das Haus vor Manfred verließ, leider kein vernünftiges Zeitfenster eingeplant hatte und mich beeilen musste, um den ausgemachten Treffpunkt pünktlich zu erreichen, kamen Richie und ich nicht mehr dazu, uns auszutauschen. Das Einzige, was er mir sagte, war, dass er keine relevanten Neuigkeiten hatte. Alles Weitere würde er mir nach diesem Gespräch erzählen.

Meike Hassler hatte sich mit mir im Flughafenbistro verabredet. „Elisabeth schickt mir Ihr Foto aufs Handy", hatte sie gesagt. „Ich halte nach Ihnen Ausschau."

Der kleine Raum war brechendvoll, anscheinend nutzten viele Fluggäste die Möglichkeit, das Frühstück direkt vor dem Einchecken zu genießen. Bevor ich noch meinen Blick suchend umherschweifen lassen konnte, erhob sich eine schlanke, dunkelhaarige Frau am Fenster und winkte mir zu.

„Katharina Klingenberg." Ich schüttelte ihre dargebotene Hand.

„Meike Hassler. Wollen Sie einen Kaffee, ein Frühstück?"

„Ich nehme nur ein Wasser, danke."

Sie gab die Bestellung auf und wandte sich erneut ihrem Tablett zu. Zwei Brötchen, ein Ei, ein Glas Orangensaft, eine Kanne Tee, sie hatte sich für das Komplettmenü entschieden.

„Meine Mutter schläft gerne lange", lächelte sie, meinen Blick bemerkend. „Sie ist Ihnen regelrecht dankbar, dass ich mich wegen Ihnen für diese Möglichkeit entschieden habe. So kann ich zwei Fliegen mit einer Klappe schlagen, wie man so sagt."

„Wohnen Sie vor Ort?" Irgendwie sah sie mir nicht wie jemand aus, der noch bei seiner Mutter wohnte.

„Nein, mich hat es nach Augsburg verschlagen. Ich habe meine Mutter für ein paar Tage besucht und nutze die Möglichkeit, mein Auto bei ihr abzustellen." Sie grinste. „Wieder die zwei Fliegen mit einer Klappe."

„Ich freue mich, dass Sie mir helfen wollen", kam ich zur Sache.

„Kein Problem, meine Mutter und Elisabeth sind gute Freundinnen. Ich liebe ihre Facebook-Seite. Sie nennt die Dinge, die falsch laufen, konsequent beim Namen. - Geht es um einen Fall, den Sie beide gemeinsam bearbeiten?"

Was hatte meine Schwiegermutter bloß in ihrer Suchanfrage geschrieben? Ich verfluchte mich, dass ich nicht genauer nachgehakt hatte.

„Nein, Ihre frühere Freundin Regina ist wahrscheinlich entführt worden. Wir versuchen, ein bisschen mehr Licht ins Dunkle zu bringen, hinter die Kulissen zu schauen und dadurch eventuell etwas zur Lösung des Falls beizutragen."

„Dann werde ich Ihnen kaum helfen können. Ich habe Regina jahrelang nicht mehr gesehen. Der Kontakt brach ab, nachdem wir umgezogen sind, wieder einmal", sie seufzte. „Ich bin in insgesamt sieben verschiedenen Schulen gewesen, in Krefeld waren wir noch am längsten. Ja, wir haben dort fast vier Jahre gewohnt, von meinem elften bis zu meinem fünfzehnten Lebensjahr."

„Mir geht es darum, zu erfahren, was für ein Mensch Regina ist", versuchte ich zu erklären. „Auch wenn Ihre letzte Begegnung schon Jahre her ist, interessiert es mich trotzdem, wie Sie Ihre frühere Freundin einschätzten."

„Das ist doch eher uninteressant", wehrte sie ab.

Ich musste wohl deutlicher werden. „Ich habe das Gefühl, dass alle, mit denen ich bisher sprach, die echte Regina gar nicht kennen. Deshalb benötige ich Ihre Hilfe. Die Einschätzung von jemandem, der ihr nahestand."

„Wir sind nicht in Freundschaft geschieden." Sie schüttelte energisch den Kopf. „Das würde wahrscheinlich das Bild verfälschen."

Mein Herz begann wild zu klopfen. Endlich eine Person, die augenscheinlich kein Loblied auf Regina singen würde. „Bitte sagen Sie mir die Wahrheit. Ich möchte wirklich Ihre ehrliche Meinung hören. Auch wenn diese nicht positiv ist. Nur so können wir bei den Ermittlungen helfen."

Einen Moment zögerte sie noch, dann zuckte sie mit den Schultern. „Gut, wenn Sie es unbedingt wissen wollen. Die Trennung von Regina, dieses Mal war ich ehrlich gesagt froh über unseren Umzug, froh, von ihr wegzukommen, froh, noch einmal neu anfangen zu können."

Sie verstummte und widmete sich ihrem ersten Brötchen mit einer Aufmerksamkeit, als hätte sie völlig vergessen, dass ich auf die Fortsetzung wartete.

„Wie meinen Sie das?", fragte ich, nachdem sie keine Anstalten machte fortzufahren.

Sie zuckte die Achseln. „Regina war nicht die Freundin, die ich in ihr gesehen hatte. Aber das merkte ich erst nach und nach. Anfangs war ich begeistert, dass dieses intelligente, charmante Wesen, das in der Klasse auf der Beliebtheitsskala ganz oben stand, an mir interessiert war, mich dabei haben wollte, sich mit mir verabredete."

Erneut brach sie ab, griff nach ihrer Tasse, trank einen Schluck und starrte nachdenklich in die Flüssigkeit. „Auf den ersten Blick war sie die beste Freundin, die man sich nur wünschen konnte, mutig, selbstbewusst, willensstark, sie hat mich regelrecht in ihren Bann geschlagen. Bei ihr, mit ihr war immer etwas los, sie machte Dinge, die ich mich allein nie getraut hätte, sie hatte mehr Freunde, als ich jemals besaß, sie zog mich vom Rand des Universums mitten hinein."

„Aber da war noch eine zweite Seite an ihr", wagte ich meine Vermutung laut zu äußern.

„Genau", sie lächelte mich dankbar an. „Nach einer ganzen Weile erst merkte ich, dass ich sie zwar meine beste Freundin nannte, aber nicht auf sie vertrauen konnte. Sie …, sie liebte mich nicht, wie ich sie liebte, besser kann ich es nicht ausdrücken. Jetzt, in der Rückschau glaube ich, sie konnte gar nicht lieben. Einmal bin ich zum Beispiel böse gefallen und habe mir das Knie blutig geschlagen. Da war sie nur sauer, dass ich nach Hause und nicht mehr mit in die Stadt gehen wollte. Ein anderes Mal lag ich mit Fieber im Bett. Sie kam mich besuchen, das schon, aber sie redete nur von sich und nach einer halben Stunde verschwand sie und ich sah sie erst in der Schule wieder. Immer bestimmte sie, was wir unternehmen sollten, zog ich nicht mit, versuchte sie mich zu manipulieren oder tobte vor Wut."

Sie gab sich einen Ruck und widmete sich ihrem zweiten Brötchen. „Ich habe die ganze Geschichte verdrängt und jahrelang nicht mehr an Regina gedacht. Dass sie entführt worden ist, wusste ich nicht. Erst durch Elisabeth habe ich davon erfahren. Ich hätte nie gedacht, dass ausgerechnet ..." Sie verstummte und schüttelte den Kopf.

„Frag sie nach der Mutter", drängte Richie. „Wie kam die mit ihrer Tochter klar? Was für ein Verhältnis gab es zu der Schwester? Hat sie den Vater auch kennengelernt?"

„Wie stand Frau Strüwer zu ihrer Tochter?", kam ich brav seiner Aufforderung nach.

„Regina war ihr ein und alles." Meike Hassler begann gedankenversunken, die eine Hälfte ihres Brötchens zu zerkrümeln. „Ich kenne wahrscheinlich nicht die ganze Geschichte, aber Fakt ist, sie hatte nur noch dieses eine Kind und widmete ihm ihre ganze Aufmerksamkeit. Sie war geschieden, die große Tochter lebte beim Vater. Regina wurde mit Liebe und Aufmerksamkeit nur so überschüttet. Sie bekam immer ihren Willen, sie konnte ihre Mutter um den kleinen Finger wickeln, selbst später, als die Schwierigkeiten offensichtlich wurden."

„Wie meinen Sie das", fragte ich, weil sie wieder kopfschüttelnd abbrach.

„Regina war ein paar Monate jünger als ich, kam jedoch eher in die Pubertät. Damit ging der Ärger erst richtig los. Sie schwänzte die Schule, trieb sich mit Jungs rum, wurde beim Stehlen erwischt." Mein Gegenüber holte tief Luft. „Es gelang mir nur mit Müh und Not, mich davon zu distanzieren. Sie können sich nicht vorstellen, wie extrem das war. Ich bin durch die Hölle gegangen."

## 30

Richard

Kathi schien echt nicht zu verstehen, was sie damit ausdrücken wollte. Ihre Kindheit musste ja sehr behütet gewesen sein.

Auf ihre Nachfrage berichtete die Hassler, wie fuchsteufelswild Regina geworden war, als sie sich von der distanzierte. „Sie hasste mich regelrecht, sie machte mich vor den Mitschülern schlecht, sie ließ keine Gelegenheit aus, mich zu blamieren. Gemeine Lügen wurden über mich verbreitet, deren Urheber nur sie sein konnte, zweimal wurden mir Dinge untergeschoben, die sie und ihre damaligen Freunde gestohlen hatten. Glücklicherweise war ich zu dem Zeitpunkt bereits auf der Hut und entdeckte diese vor den alarmierten Lehrern."

„Das ist entsetzlich", regte sich Kathi, die Gute, auf. „Konnten Sie ihr denn nichts beweisen?"

„Dafür war sie zu clever – und ich wohl zu dämlich." Die Hassler zuckte die Schultern. „Ich hielt es irgendwie aus, es waren ja zum Glück nur ein paar Monate. Danach sind wir ein weiteres Mal umgezogen und ich habe mich bemüht, die ganze Sache zu vergessen. Naja, es tut mir leid, dass ich Ihnen nur ein Bild von ihr zeichnen konnte, das sie in einem schlechten Licht zeigt. Aber Sie wollten ja die Wahrheit wissen."

„Im Gegenteil, Sie haben mir mehr geholfen, als Sie sich vorstellen können."

Mensch, Kathi, sei vorsichtig! Mein entsetzter Aufschrei ging natürlich in der Frage ihres Gegenübers unter. „Wie, hatten Sie schon damit gerechnet, dass Regina nicht so ganz die Unschuld ist, für die sie sich gerne ausgibt?"

„Heißt das, niemand hat damals gesehen, wie sie wirklich war?", konterte Kathi, statt zu antworten.

„Genau das." Die Hassler nickte heftig. „Irgendwie hat sie es immer geschafft, sich aus allem herauszureden."

„Aber ihre Mutter, zumindest die muss geahnt haben, dass …"

„Die war auf ihre Tochter bezogen taub und blind", fiel die Hassler ihr ins Wort. „Reginchen war ihr Augenstern, die hätten sie mit der Nase darauf stoßen können und die hätte immer noch geleugnet, dass mit der was nicht stimmt."

Ha, gut, dass ich diesen Ausbruch persönlich mitbekommen hatte. Meike Hassler hatte ihr Erlebnis keineswegs verarbeitet, sondern nur verdrängt.

Das Gespräch mit Kathi hatte ausgereicht, ihr alle Einzelheiten erneut vor Augen zu führen.

„Ja", Kathi atmete tief durch, um sich zu sammeln. „Das ist ziemlich starker Tobak, den ich zu hören bekommen habe. Ich freue mich, dass Sie sich zu diesem Gespräch bereit erklärt haben. Jetzt gibt es zumindest weitere Anhaltspunkte, dass Regina nicht gerade ein Engel ist."

„Sehr nett ausgedrückt", meinte die Hassler sarkastisch.

„Bisher habe ich nur Positives über sie gehört", fuhr Kathi unbeeindruckt fort. „Trotzdem konnte ich mich des Eindrucks nicht erwehren, dass sie eventuell selbst hinter der Entführung steckt. Ich habe leider keine Beweise, nur mein Gefühl. Deshalb ist mir Ihre Aussage so wichtig. Immerhin weiß ich nun, dass ich nicht die Einzige bin, die sie so sieht."

„Helfen wird Ihnen das nicht." Sah ich genauso. „Es ist viel zu lange her und außerdem nur meine Sicht. Außerdem wird Ihnen kein Mensch diese Dinge bestätigen, Regina hat es geschafft, ihr wahres Gesicht zu verbergen."

Meine Güte, war die verbittert! Andererseits, ich kannte dass Ohnmachtsgefühl, das einen bei solchen Erlebnissen ergriff, aus eigener Erfahrung. Das war mit der Grund, warum ich mich damals entschloss, ein böser Bube zu werden und der Gang beitrat. Schwach zu sein oder gar ein Opfer, war für niemanden einfach, man wollte diesem Gefühl entkommen, egal wie. Sie hatte sich durch Flucht entziehen können, ich war auf die Gegenseite gewechselt. Erst Carmen war es gelungen, wieder einen Normalo aus mir zu machen, dann aber einen aus Überzeugung. Meike Hassler hatte es offensichtlich nicht geschafft, die schrecklichen Erfahrungen aus ihrer Kindheit und Jugend hinter sich zu lassen. Das würde sich bestimmt irgendwann rächen.

„Immerhin kann ich mir nun sicher sein, dass ich nicht spinne." Die Befriedigung in Kathis Stimme war nicht zu überhören. Sie erhob sich. „Vielen Dank für das Gespräch. Ich bin froh, dass Sie mir alles erzählt haben."

„Versprechen Sie mir bitte, dass Sie mich auf dem Laufenden halten", bat die Hassler. „Ihre Schwiegermutter hat meine Facebook-Adresse. Schreiben Sie mir, sobald Sie wissen, was tatsächlich vorgefallen ist. Manchmal ändert sich ein Mensch ja auch. Nein." Sie schüttelte heftig den Kopf. „Ich traue ihr alles zu, wirklich alles."

„Arme Frau", murmelte Kathi, während wir uns durch das Getümmel der An- und Abreisenden quetschten.

„Ein echter Gewinn für unseren Fall", hielt ich dagegen. „Lass uns einen ruhigen Platz suchen, an dem wir uns besprechen können." Schließlich landeten wir wieder im Parkhaus und setzten uns ins Auto, der einzige Ort in der Nähe, wo wir gefahrlos plaudern konnten. Kathi wollte ja nicht als mit sich selbst sprechende Irre angesehen werden und bis wir beide nicht ausführlich über das soeben Gehörte geredet hatten, würden wir nicht zurückkehren.

„Das war im Prinzip genau das, was ich hören wollte", sagte Kathi denn auch, nachdem sie die Tür hinter uns geschlossen hatte. „Allerdings war das Ganze extremer, als selbst ich gedacht hätte."

„Ja, ja, du lagst von Anfang an richtig", konnte ich mir nicht verkneifen zu antworten. „Hätten wir alle mal lieber gleich auf dich gehört."

„Quatsch!" Sie funkelte mich an. „Du weißt genau, dass es eigentlich nur so ein Gefühl war."

„Aber du hattest recht." Ich erzählte ihr von meiner Beschattung der Aslans. „Die sind völlig fertig. Die opfern jedes Wochenende, um nach Cavit und Regina zu suchen."

„Tja. Ein Indiz dafür, dass ich richtig liege, ist weder das, was du herausgefunden hast, noch das, was wir gerade erfahren haben." Kathi seufzte tief. „Vielleicht hat sie ihn dermaßen gestriezt, dass er durchgedreht ist. Könnte genauso gut sein."

„Wenn wir wenigstens wüssten, wo sich ihr Versteck befindet." Ich war mittlerweile felsenfest davon überzeugt, dass Justus' Mutter hinter der Geschichte steckte. Doch auf diesem Punkt herumzureiten, hätte uns auch nicht weitergebracht. „Hast du daran gedacht, die alte Strüwer zu fragen?"

„Ja, habe ich. Ihr fällt kein Ort ein, den sie nicht schon der Polizei genannt hat."

„Den Aslans geht es ähnlich. Die haben überall gesucht - nichts, nada."

„Morgen will ich versuchen, Sabrina Strüwer, die Schwester, zu befragen", sagte Kathi nach einer langen Pause. „Obwohl ich kaum glaube, dass sie uns helfen kann."

„Einen Versuch ist es wert." Ich hasste es, wenn unsere Ermittlungen zum Stillstand kamen. An wen sonst konnten wir uns noch wenden? Mir fiel niemand mehr ein. Mist, Mist, Mist. Mussten wir tatsächlich den Bullen die Lösung des Falles überlassen?

„Ich fahre jetzt." Kathi ließ den Motor an und begann, aus der Parklücke zu rangieren. Ich beeilte mich, an ihr anzudocken. Besser ich verbrachte den Tag mit ihr, Manfred und Justus, als dass ich ganz allein die Stunden totschlagen musste.

So erlebte ich den Schreikrampf mit, den sie bekam, als ihr der Ticketautomat den Preis angab, den sie zu zahlen hatte. Das war wohl das erste und letzte Gespräch, das wir in einem Flughafenparkhaus geführt hatten. Der Rest des Tages verlief wie bei allen normalen Familien. Nach dem Mittagessen nutzten Kathi und Manfred das anhaltend milde, sonnige Wetter und gingen mit Justus in den Zoo. Den hatte ich oft genug mit meinen eigenen Kindern erlebt, das musste ich mir nun doch nicht antun.

Ich beschloss, nach meiner Mutter zu schauen. Zwar interessierte es mich eigentlich nicht wirklich, was sie machte, doch etwas Besseres fiel mir nicht ein. Ich erwischte sie sozusagen in flagranti. Gerade als ich vor der Kirche eintraf, verließ sie das Gelände und marschierte eilig Richtung Hauptstraße. Ich sah ihr an, dass sie nicht einfach ziellos durch die Gegend lief, die wusste genau, wo sie hin wollte.

Kaum kam der Bäcker in Sicht, beschleunigte sie ihre Schritte und – tatsächlich, sie winkte. Ein Mann, der allein im Außenbereich an einem der Tische saß, stand auf. Mensch, das war doch einer aus der Rentnergruppe, die immer beim Obdachlosentreff zusammensaß. „Hallo Liane!" Der blieb echt stehen, bis sie sich gesetzt hatte. „Hallo, Rolf", sagte sie vergnügt lächelnd. „Vielen Dank für die Einladung. So ein Sonntag kann verfl…, äh, ich meine, richtig lang werden, wenn man nichts zu tun hat." „Ist auch für mich eine nette Abwechslung", pflichtete er ihr bei. „Kalle und Heinz machen in Familie, die Einsamen wie ich sitzen allein zu Haus."

Echt nicht wahr! Sie hatte sich bereits den Nächsten geangelt!

Die beiden blieben geschlagene zwei Stunden vor ihrem einen Stück Kuchen und der Tasse Kaffee sitzen und wären wahrscheinlich noch länger geblieben, wenn nicht der Laden zugemacht hätte. Danach gingen sie angeregt plaudernd spazieren. Meine Mutter erzählte lang und breit von ihrem Rausschmiss durch die Tochter des toten Lebensgefährten und ihrer jetzigen desolaten Lebenssituation. Rolf, ganz Kavalier, hörte sich den Sermon, den er vom letzten Mittagstisch eigentlich kennen musste, da hatte sie den ganzen Mist schon einmal von sich gegeben, aufmerksam an und sparte nicht mit tröstenden Kommentaren. Der war eindeutig interessiert.

Mir reichte es, ich machte mich davon.

## 31

Katharina

„Ein letztes Mal noch", hatte ich abends zu Manfred gesagt, der der Meinung gewesen war, ich sollte mit meinen Nachforschungen aufhören, es würde sowieso nichts bringen. „Wenn du mit deinem Verdacht richtig liegst und Regina ist tatsächlich die Schuldige, glaube ich nicht, dass du von irgendjemandem aus ihrem Umfeld einen konkreten Hinweis auf ihren Aufenthaltsort bekommst", hatte er zu bedenken gegeben. „Auf die Art wirst du nichts Relevantes erfahren."

Trotzdem war ich nicht bereit aufzugeben. Christina zu meinem Glück auch nicht, wir hatten uns gleich für Montagmorgen um neun verabredet. Dadurch war mir genug Zeit geblieben, meinen Helferinnen, einen wichtigen Termin vorschiebend, abzusagen. Es war noch gar nicht solange her, da hatte Manfred getönt, ich müsse nicht unbedingt dreimal in der Woche bei der Obdachlosenhilfe erscheinen, ich solle ruhig ein bisschen kürzertreten. Also, warum diese Möglichkeit nicht einmal ausnutzen? Normalerweise tat ich das nämlich trotzdem nicht. Ich fühlte mich den anderen verpflichtet, die sonst meinen Teil der Arbeit mitauffangen mussten. Aber da ja im Moment Liane zur Verfügung stand …

Während wir fuhren, brachte ich meine Freundin auf den neuesten Stand. „Du siehst, mehr als die Schwester bleibt uns nicht", schloss ich. „Die ist meine letzte Hoffnung."

„Ich finde, du hast eine Menge erfahren", widersprach Christina. „Das Bild rundet sich allmählich ab. Ehrlich, ich hätte nie gedacht, dass Regina die Böse ist. Ich habe mir das, was wir wussten, ebenfalls am Wochenende noch einmal durch den Kopf gehen lassen. Danach war ich fest davon überzeugt, es müsse Cavit sein."

„Hundertprozentig wissen wir immer noch nicht Bescheid", dämpfte ich ihren Enthusiasmus. „Es könnte alles ganz anders gewesen sein."

„Hast du irgendeine Spur gefunden, wo das Versteck sein könnte?"

„Nein, keine." Und dass wir jetzt unterwegs waren, die Schwester zu befragen, war nur meiner Verbissenheit geschuldet, nicht aufgeben zu wollen. Hoffnung, dass sie uns auf die richtige Spur bringen würde, hatte ich nicht. Aber vielleicht gab sie uns weitere Anhaltspunkte, kannte zum Beispiel Freunde von Regina oder gute Bekannte, an die wir uns anschließend wenden konnten.

Sabrina Strüwer hatte einen Geschenkeladen in der Innenstadt von Krefeld, das hatte ihre Mutter mir erzählt. Christina und ich waren übereingekommen, uns nicht vorher telefonisch anzumelden, mit etwas Glück würden wir sie mit unserer Überrumpelungstaktik zu einer Aussage bewegen. Sonst wäre sie wohl eher nicht bereit gewesen, uns anzuhören, zumindest hatte Justus' Oma etwas in der Art durchblicken lassen. Nach ihrer Beschreibung war die ältere Tochter ziemlich wortkarg und nicht einfach im Umgang.

Das Geschäft entpuppte sich als kleines Lädchen in einer Seitenstraße der Fußgängerzone, mit nur einem Schaufenster, das jedoch sehr originell dekoriert war und Christina sofort lockte, die Auslagen genauer zu betrachten.

„Ich muss diese kleine Schneeeule haben!", zielstrebig ging sie auf die Eingangstür zu und trat ein.

Ich folgte ihr neugierig. Das, was ich gesehen hatte, ließ auf eine Frau mit Geschmack schließen, die ausgestellte Ware sprach von der Wertigkeit und den Preisen das gutsituierte Publikum an, wer in einer derartigen Gegend bestehen wollte, konnte nicht nur irgendwelchen Nippes anbieten.

Der Verkaufsraum war klein, doch hatte die Inhaberin die Regale geschickt arrangiert, um möglichst viel Stellfläche zu erzielen, dazu hingen zahlreiche Fensterbilder und andere Dekorationsgegenstände umlaufend an Fäden von der Decke. So war ein kleines Labyrinth entstanden, in dem man kaum wusste, wohin man zuerst schauen sollte.

Christina stieß einen entzückten Schrei aus. „Das ist genau das Richtige für meine Mutter zum Geburtstag." Vorsichtig nahm sie einen aus gedrehtem Draht bestehenden Kerzenständer aus dem Regal. „Den nehme ich."

„Und der Preis?", fragte ich leise.

„Ist egal." Sie winkte lässig ab. „Dem sieht man an, dass er nicht billig gewesen ist, und ist genau ihr Stil. Sie wird ihn lieben."

Sie schleppte ihre Beute zu dem winzigen Kassenbereich, hinter dem sich eine vollschlanke brünette Frau, die Inhaberin, wie ich annahm, befand. „Können Sie mir den schon mal als Geschenk einpacken", bat Christina. „Ich schaue mich in der Zwischenzeit weiter um."

Und das tat sie anschließend ausgiebig. Ich persönlich nahm Abstand davon, mir etwas auszusuchen, obwohl ich genug Dinge entdeckte, die mir gefallen hätten. Anfangs wäre ich beinahe schwach geworden, als ich einen wunderschönen Glasschmetterling sah, der wie für unser Wohnzimmerfenster gemacht schien. Doch nachdem ich das Preisschildchen gelesen hatte, war ich kuriert, so viel hätte ich niemals ausgegeben.

Mittlerweile hatte Christina die Eule aus dem Fenster entdeckt und stand nun vor einer Auswahl an Windlichtern. „Welches findest du besser geeignet, das rote oder das rosafarbene?"

„Ich persönlich würde das zweite nehmen, die Muster gefallen mir besser."

Meine Freundin nickte zufrieden. „Mir auch. Ja", ein letzter Rundumblick, „ich glaube, das war's." Sie grinste spitzbübisch. „Kommen wir jetzt zum offiziellen Teil."

Frau Strüwer, ich war mir inzwischen sicher, dass es sich um diese handelte, die Ähnlichkeit mit ihrer Mutter war zwar nur marginal, aber sie hatten eindeutig dieselbe seltene grünbraune Augenfarbe, eine grüne Iris, besetzt mit winzigen braunen Punkten, und die gleiche, längliche Kopfform mit den vorstehenden Wangenknochen, lächelte uns freundlich an. „Möchten Sie das ebenfalls als Geschenk verpackt haben?"

„Nein, nein", wehrte Christina ab. „Die nehme ich so. Ach, warten Sie", sie drehte sich um und ging zwei Schritte zurück. „Diesen Schmetterling nehme ich auch noch. Das ist das passende Geschenk für meine beste Freundin, die bald Geburtstag hat."

„Chris, nein!", zischte ich leise, während die Geschäftsinhaberin sich bereits daran machte, die Kette zu lösen. „Hätte ich dich lieber solange vor die Tür schicken sollen?" In gespieltem Ärger schüttelte sie den Kopf. „Aus dem Alter sind wir längst heraus, dachte ich."

Was blieb mir anderes übrig, als geduldig zuzuschauen, wie Frau Strüwer das Fensterbild in feines Seidenpapier verpackte. Währenddessen zerbrach ich mir den Kopf, wie ich auf das eigentliche Thema überleiten sollte. Mir fielen beim besten Willen keine passenden Worte ein.

„Sagen Sie mal", Christina runzelte nachdenklich die Stirn. „Sind Sie zufällig mit Ingeborg Strüwer verwandt?" Es klang ganz beiläufig, vorher hatten die beiden sich schon in Small-talk ergangen, was ich versucht hatte auszublenden und verzweifelt über einen passenden Einstieg in die für mich wichtigen Fragen nachdachte.

„Ja, das ist meine Mutter", bestätigte die Geschäftsinhaberin knapp.

„Was für ein Zufall!", rief meine Freundin aus, so überzeugend, dass ich es ihr beinahe ebenfalls abgenommen hätte. „Sie hat mal erzählt, dass ihre ältere Tochter ein Geschenkelädchen besitzt, aber nie im Leben wäre ich darauf gekommen, dass es sich dabei um dieses entzückende Geschäft handelt."

„Kennen Sie sie gut?" Begeistert klang sie nicht.

Christina hatte es auch gemerkt. „Nein, ich habe sie einige wenige Male mit ihrem Enkel getroffen, dadurch sind wir ins Gespräch gekommen. Aber das ist das Kind Ihrer Schwester, nicht wahr?"

„Dessen Pflegemutter ich zurzeit bin", übernahm ich. „Die Welt ist echt klein."

„Justus ist bei Ihnen?" Frau Strüwer kniff argwöhnisch die Augenbrauen zusammen.

„Ja, ich wohne nicht in Krefeld. Dem Jugendamt erschien es sinnvoller, den Kleinen nicht hier in der Nähe zu lassen. Er ist im Kindergarten, mit ihm kann ich im Moment ja schlecht in der Stadt auftauchen", fügte ich erklärend hinzu.

„Gibt es endlich Neuigkeiten?", fragte Christina, bevor sie antworten konnte.

Wir erhielten nur ein stummes Kopfschütten. Ich spürte deutlich, dass sie Verdacht geschöpft hatte. Schweigend verstaute sie die Einkäufe in einer Tüte, nannte die Gesamtsumme und, kaum hatte meine Freundin bezahlt, kam sie hinter ihrem Tresen hervor und wollte uns zur Tür geleiten.

„Ich bin tatsächlich Justus' Pflegemutter", platzte ich heraus, mich nicht von der Stelle rührend. „Doch es ist kein Zufall, der uns zu Ihnen geführt hat. Wir beide versuchen verzweifelt irgendwelche Hinweise zu finden, die uns auf die Spur Ihrer Schwester bringen. Sie sind unsere letzte Hoffnung."

Sie hatte mich während meines Erklärungsversuchs nicht aus den Augen gelassen. Ich zückte mein Handy und zeigte ihr die obligatorischen Fotos von Justus und uns. „Bitte", fügte ich hinzu. „Das Einzige, was uns interessiert, ist, wo die beiden versteckt sein könnten."

## 32

Richard
Was für eine armselige Inszenierung! Ich hätte Kathi gleich sagen können, dass Christina mit diesem „Ach, ich kenne Ihre Mutter Quatsch",
keinen Erfolg haben würden. Sabrina Strüwer war aus einem anderen
Holz geschnitzt, die behielt ihre Angelegenheiten für sich, war zuge-
knöpft bis zum Hals, aus der ließen sich nur schwer Informationen her-
auskitzeln.
Kathis Holzhammermethode war etwas erfolgsversprechender, zumindest zögerte die so Belagerte, die beiden endgültig rauszuschmeißen.
„Ich habe keine Ahnung, wo Sie suchen sollten", sagte sie abwehrend.
„Die Polizei ermittelt auf Hochtouren. Wenn die sie schon nicht finden
… Nein, ich kann Ihnen nicht weiterhelfen."
„Gab es keine Ausflugsziele, die nur Sie beide kennen? Oder irgendwelche Rückzugsorte, die Sie gemeinsam benutzten?", versuchte Kathi einen
neuen Vorstoß.
„Meine Eltern haben sich scheiden lassen, als Regina zwei und ich elf
war. Ich bin zu meinem Vater gezogen. Danach sah ich sie nur alle vier-
zehn Tage, wenn sie über das Wochenende kam." Sie schüttelte sehr
entschieden den Kopf. „Der Altersunterschied zwischen uns war zu
groß. Wir haben nichts zusammen unternommen."
„Gibt es dort vielleicht Freunde von ihr, an die wir uns wenden könnten?" Kathi war echt hartnäckig.
„Nein, sie war die letzten Jahre vor seinem Tod kaum dort."
„Wo …", zischte ich aufgeregt, doch Kathi hakte bereits nach. „Wo hat
er gewohnt?"
„In Kempen."
Man konnte sehen, dass der Strüwer der Verlauf des Gespräches nicht
passte. „Hören Sie", begann sie da auch schon. „Das Haus ist längst
verkauft. Sie hätte gar keinen Grund gehabt, noch einmal dorthin zu
fahren."
„Kannte ihr Freund Cavit diesen Ort?"
Mensch, Kathi, was sollte das? „Frag, wann der Vater gestorben ist",
soufflierte ich.
„Ich möchte nicht mehr mit Ihnen reden." Reginas Schwester wurde
energischer. „Bitte verlassen Sie mein Geschäft."
Die beiden gaben auf. Ich folgte ihnen nach draußen. „Und jetzt?", fragte Christina.

Ohne zu antworten, hastete Kathi zum Auto, sie war hochrot im Gesicht, vor Scham nahm ich mal an. Leider war sie in der Beziehung ziemlich empfindlich. Sie trat nicht gern ins Fettnäpfchen.

„Und was jetzt?" Christina verstaute ihre Einkäufe hinter dem Rücksitz.

Kathi starrte blicklos durch die Windschutzscheibe, ich konnte fast sehen, wie die Rädchen in ihrem Kopf ratterten. „Jetzt rufe ich Frau Strüwer senior an", verkündete sie schließlich.

„Hast du die Nummer im Kopf?" Christina blickte sie ungläubig an.

„Nein, ich hatte auf dich und dein Handy gehofft." Kathi grinste schwach. „Du hast doch eins dieser ultramodernen Dinger, die alles können." Sie war hoffnungslos altmodisch und besaß ein ganz einfaches Telefon, mit dem man telefonierte und SMS verschickte, mehr hatte das Teil nicht drauf. Christina dagegen war technisch up to date, deshalb zog sie nun eines der neuesten Geräte aus der Tasche, machte ihre Suchanfrage und hatte innerhalb von drei Minuten das Gewünschte.

„Hier, nimm meins, ich habe eine Flatrate, der Anruf kostet mich nichts."

Kathi zog das Gespräch relativ geschickt auf. Sie tat so, als hätte Justus den Opi erwähnt und wolle nun in Erfahrung bringen, ob er den gut gekannt hätte und wann der denn gestorben sei. Sie brachte sogar die Adresse in Erfahrung und notierte sie auf einem kleinen Schmierzettel, den Christina ihr hinhielt.

„Ihr geschiedener Mann ist vor knapp vier Monaten gestorben", begann sie, nachdem sie sich endlich von der Strüwer verabschiedet hatte. Diese hatte so leise gesprochen, dass Kathi den Hörer derart gegen ihr Ohr pressen musste, dass ich kein Wort verstanden hatte und wie Christina nur ihre Antworten hörte, die aus unheimlich vielen Ausrufen des Erstaunens und mitfühlenden Bemerkungen bestanden.

„Das heißt, der Justus kannte ihn, hat ihn aber nur ganz selten gesehen, weil Regina ihn kaum besuchte. Die beiden kamen nicht sonderlich miteinander aus. Aber nach dessen Tod ist ihre Tochter mit ihr und dem Jungen auf den Hof rausgefahren. Der lebte nämlich auf einem ehemaligen, ziemlich abgelegenen Bauernhof, ungefähr drei Kilometer nach der Ortsausfahrt. Und nun rate mal, wen sie dort antrafen?"

„Keine Ahnung." Das war natürlich von Christina gekommen.

Ich dagegen hatte mitkombiniert. Naja, dank Kathis Ausrufen und meinem Hintergrundwissen war das nicht schwer. Eigentlich hatten meine Alarmglocken schon geklingelt, als Sabrina Strüwer den Tod ihres Vaters und den Ort, an dem er verschieden war, erwähnt hatte. Trotzdem blieb ich still, sollte sie sich ruhig in ihrem Erfolg sonnen.

„Liane Zieliski", triumphierte Kathi.

„Was für ein Zufall", staunte Christina, die natürlich auch bei dieser Geschichte voll im Bilde war. „Wenn wir das eher gewusst hätten …"

„Regina hat sich um den Verkauf des Hauses gekümmert", fuhr Kathi hastig fort, als hätte sie weit Wichtigeres zu erzählen. „Angeblich ist es bereits veräußert worden. Trotzdem bin ich der Ansicht, wir sollten es uns aus der Nähe ansehen. Ich denke nicht, dass die neuen Besitzer in der knappen Zeitspanne, die seitdem vergangen ist, eingezogen sind. Allein die nötigen Formalitäten beim Notar dauern mindestens sechs Wochen. Zudem kann ich mir nicht vorstellen, dass sich für einen einsamen halbverfallenen Bauernhof so schnell Käufer finden lassen. Frau Strüwer hat mir erzählt, dass ihr Mann damals nach der Scheidung zurück zu seinen Eltern gezogen ist und nach ihrem Tod alles geerbt hat. Damals gehörte noch jede Menge Land dazu, das dieser nach und nach verkauft hat. Zuletzt besaß er nur noch das Areal, auf dem die Gebäude stehen. Das wäre das ideale Versteck, meinst du nicht auch?"

Christina hatte gar nicht gewartet, bis Kathi zu Ende gesprochen hatte, sondern angefangen, die Daten in das Navi einzugeben. „Hat du noch genug Zeit?"

„Ich rufe Manfred an, der soll sich eine Pizza aus der Kühlung nehmen." Kathi war im Jagdfieber. „Wenn du es einrichten kannst", fügte sie hinzu.

„Klar, ich bin genauso gespannt wie du." Christina rangierte aus der Parklücke und gab Gas.

Ich hatte mich gerade noch rechtzeitig bei Kathi angedockt, sonst wäre ich bei diesem rasanten Manöver gegen die Heckscheibe geflogen und meine Tarnung wäre hinüber gewesen. Oder hätte Kathi meinen Unfall in ihrer Aufregung nicht vielleicht sogar übersehen? Dann wäre ich bei ihrer Ankunft längst Geschichte, denn die Fliehkraft hätte mir den Garaus gemacht. Das war eines der wenigen Nachteile bei meinem jetzigen Aggregatzustand und der Grund, warum ich bei einer Autofahrt oder Bahnfahrt bei jemandem andocken musste. Dem hohen Druck der Geschwindigkeit hatte ich leider nichts entgegenzusetzen.

Das Anwesen, wenn man es überhaupt so nennen konnte, lag tatsächlich ziemlich abgelegen, der nächste Hof befand sich bestimmt zwei Kilometer weit weg. Hier gab es nur Wiesen und Felder und riesige Waldgebiete, die sich bis an den Horizont fortsetzten. Christina hielt direkt an der

Straße, von der aus ein holpriger, früher einmal geschotterter Weg zum Haus und den beiden Scheunen führte. Das gesamte Gelände strotzte vor Ungepflegtheit, überall spross Unkraut, tiefe schlammige Löcher versperrten die Durchfahrt. Eine der beiden Scheunen hatte sich teilweise geneigt und sah aus, als würde sie beim nächsten Windstoß umkippen, bei der anderen fehlten jede Menge Dachziegel. Das Haus war etwas besser in Schuss, zumindest ließen sich aus dieser Entfernung keine offensichtlichen Mängel feststellen. Aber es wirkte definitiv nicht bewohnt, die Fenster im Untergeschoss waren mit dicken Holzläden verrammelt, die oberen fest verschlossen und die Gardinen zugezogen. Nein, hier war zumindest offiziell niemand eingezogen.

Die beiden Frauen waren zu demselben Schluss gekommen, Christina schlug das Lenkrad ein und wollte Gas geben. „Nicht! Lass uns wenigstens nachschauen!" Kathi legte ihr die Hand auf den Arm. „Ein verlassenes Haus in einer einsamen Gegend, das ist das ideale Versteck."

„Soll ich das Auto etwa stehen lassen?" Ihre Freundin gehorchte zwar, aber nur widerwillig. „Willst du zu Fuß hochgehen?"

„Nein, wir warten, bis …" Na toll, Kathi! Und wie kommst du da wieder raus?

Statt zu antworten, öffnete diese ihr Fenster einen Spaltbreit, offensichtlich das Zeichen für mich, mit der Erkundung des Hauses zu beginnen. Weit gefehlt, meine Liebe, ich würde erst gehen, wenn ich wusste, wie du dich aus der Affäre zu ziehen gedachtest.

„Wir fahren ein bisschen weiter, suchen uns einen unauffälligen Parkplatz und versuchen zu Fuß, das Grundstück zu umrunden", schlug sie vor. „Falls beide oder einer der beiden im Haus festgehalten wird, finden wir vielleicht Hinweise, sehen zum Beispiel ein geparktes Auto oder so."

Schwache Vorstellung. Das fand Christina auch. „Sollte sich jemand hier verstecken, wird er alles tun, Aufsehen zu vermeiden."

„Es ist sinnvoller, sich von hinten zu nähern", beharrte Kathi auf ihrer Vorgehensweise. „Besser jedenfalls als für jeden sichtbar vorzufahren und zu klingeln."

Christina nickte seufzend. „Okay, ich bin dabei."

Zeit für mich zu verschwinden. Ich schaffte es noch gerade rechtzeitig aus dem Fenster, bevor sie Gas gab.

# 33

Richard
Je näher ich dem Haus kam, umso deutlicher wurden die Anzeichen seines Verfalls. Die Fensterläden hingen schief in den Angeln, der Mörtel zwischen den gemauerten Steinen war weggebrochen, in den einst sicherlich gepflegten Beeten wucherte das Unkraut. Die schwere Eingangstür, ebenfalls aus massivem Holz, war von der Nässe angefressen und wies unten einen breiten, abgesplitterten Streifen auf, durch den ich problemlos ins Innere gelangte.
Jetzt hätte ich gerne gesagt, abgestandene, muffige Luft schlug mir entgegen, denn das wäre bestimmt passend gewesen, zumindest aber war klar, dass diese Hütte nicht mehr bewohnt wurde. Das durch die Ritzen der Fensterläden hereinfallende Licht reichte aus, mir einen ersten Überblick zu verschaffen. Im Wohnzimmer stand eine einsame arg durchgesessene Kunstledercouch auf den staubigen Dielen, in der Küche befanden sich noch eine fleckige Spüle, ein Hängeschrank, ein uralter Herd und ein ebenso alter Kühlschrank, dessen Tür weit offen stand. Interessant waren allerdings die vielen Fußspuren, die sich kreuz und quer durch die Räume zogen. Ich folgte ihnen die Treppe hinauf ins Obergeschoss. Hinter der ersten Tür entdeckte ich ein antiquiertes Bad, die Kette des Spülkastens hing von der Decke, die Wanne stand auf Klauenfüßen, war allerdings dermaßen von Rost durchsetzt, dass man keinen müden Cent mehr dafür bekommen hätte. Der Spülstein allerdings sah aus, als wäre er vor kurzem noch benutzt worden, im Gegensatz zum restlichen Inventar wies er nämlich keine dicke Staubschicht auf. Moment, ich prüfte den Sitz der Toilette, ebenfalls ziemlich sauber. Wenn nicht gerade die Hausbesichtiger hier verweilt hatten, könnte das unter Umständen heißen …
Ich beeilte mich, die restlichen drei Zimmer zu kontrollieren. Das direkt neben dem Bad war völlig leer geräumt, im gegenüberliegenden dagegen befand sich ein Bett und daran hingen, ich traute meinen Augen kaum, Handschellen! Die zerwühlten Decken bezeugten, dass da jemand gelegen hatte.
Dieser Raum war mit dem angrenzenden durch eine separate Tür verbunden, die halb offen stand. Ich schlüpfte hindurch. Ja, eindeutig bewohnt gewesen. Auf der einen Seite des Zimmers stand eine Campingliege, daneben ein kleiner Tisch, auf dem ich noch klebrige Ringe von Gläsern erkennen konnte. An der anderen Wand bewiesen mehrere gro-

ße Abdrücke im Staub, dass dort irgendwelche Gegenstände abgestellt gewesen waren. Ja, und auf der Fensterbank lag eine leere Medikamentenpackung. Rohypnol stand darauf, eindeutiger ging es gar nicht mehr. Ach ja, und dass es sich dabei um ein Ärztemuster handelte.

Mehr Spuren fand ich nicht, obwohl ich das Haus wirklich gründlich vom Keller bis zum Dachgeschoss durchsuchte. Unten in der Diele fiel mir bei genauerem Hinsehen doch noch etwas auf, die Fußspuren waren überlagert von verschieden langen Schleifspuren, hatte hier vielleicht ein Kampf stattgefunden?

Die beiden Scheunen durchsuchte ich nur flüchtig, ich hatte bereits genug Zeit verplempert. Kathi würde ganz schön in Erklärungsnot geraten, wenn sie gezwungen war, immer wieder im Kreis zu laufen, weil ich nicht rechtzeitig zurückkam. In der etwas besser erhaltenen, das war die mit den fehlenden Dachziegeln, entdeckte ich die Spuren eines Wagens und einen Ölfleck, der noch ziemlich frisch wirkte. Damit hatte ich genug gesehen, ich beeilte mich, zum Wagen zurückzukommen.

Die beiden saßen im Auto und Kathi war gerade dabei, sich zu rechtfertigen, warum sie noch abwarten wollte. „Sie waren garantiert da, sind aber schon länger weg", platzte ich heraus. „Du sollst die Bullen informieren." Was sich gar nicht so einfach gestaltete, denn, wie ich bei ihrem Erklärungsversuch mitbekommen hatte, war den Frauen nichts Verdächtiges aufgefallen.

„Ich rufe doch die Polizei an", erwiderte Kathi wie aus der Pistole geschossen. „Ich sage einfach, ich hätte den Verdacht, dass Cavit seine Freundin im ehemaligen Haus ihres Vaters versteckt hält, weil er den Ort kennt und der sehr abgelegen ist. Die werden das bestimmt überprüfen wollen." Schnell geschaltet, das musste ich ihr lassen.

„Hat der den alten Strüwer gemeinsam mit ihr besucht?" Christina schien mit ihrer Erklärung nicht ganz einverstanden zu sein.

„Die waren schließlich jahrelang zusammen. Selbstverständlich wird er das ein oder andere Mal mit hierhergekommen sein." Kathi plusterte sich regelrecht auf. „Ich stelle das einfach als feststehende Tatsache hin, als wüsste ich genau, dass er den Ort kennt. Die werden bestimmt nicht genauer nachfragen."

„Ja, wenn du meinst, dann ruf an." Christina zweifelte immer noch. Hätte ich an ihrer Stelle auch getan, sie wusste ja nicht, was wir wussten.

Kathi ließ sich nicht lange bitten, griff zum Handy, dieses Mal nahm sie ihr eigenes und tippte eine Nummer ein. Statt sich an die Polizei in Krefeld zu wenden, rief sie jedoch Hans-Peter, ihren Spezi bei unserem Revier an, den sie von ähnlichen Ermittlungen zuvor kannte. Der versprach, ihren Hinweis weiterzuleiten. Die zuständigen Beamten würden sich noch heute das Haus ansehen.

Sichtlich zufrieden mit sich, steckte Kathi das Telefon in ihre Jacke zurück. „Lass uns nach Hause fahren. Mehr können wir nicht tun."

„Erfährst du, was bei der Überprüfung herauskommt?" Christina war gar nicht zufrieden.

„Ja, ich denke schon." Kathi war mit ihren Gedanken nicht bei der Sache. Sie hätte liebend gern gewusst, was ich herausgefunden hatte, da aber ihre Freundin mittlerweile losgefahren war, musste sie sich gedulden, bis wir allein waren.

Daher gestaltete sich die Rückfahrt ziemlich schweigsam. Kaum hielten wir vor dem Haus sprang Kathi hinaus, warf Christina ein hastiges Dankeschön hin und preschte auf die Eingangstür zu. „Ich muss mich beeilen!", rief sie über die Schulter zurück. „Ich hatte ganz vergessen, dass ich um drei einen Termin beim Zahnarzt habe. Ich melde mich bei dir, sobald ich den Rückruf von der Polizei kriege."

„Blöde Ausrede", tadelte ich sie, nachdem sich die Tür hinter uns geschlossen hatte.

„Leider nein, den Termin gibt es wirklich." Sie rauschte gleich durch in die Küche und holte die kleine Pfanne heraus. „Nun erzähl endlich", forderte sie mich auf, während sie zwei Scheiben Brot in den Toaster steckte und ein wenig Fett in der Pfanne zum Schmelzen brachte.

Bis ich fertig war mit meiner Geschichte, natürlich hatte Kathi wie immer x Nachfragen, hatte sie nicht nur gegessen, sondern sich anschließend noch die Zähne geputzt, ihr Ticket und das Bonusheft herausgekramt und stand nun abmarschbereit in der Diele. „Wir reden heute Abend weiter, ich muss los."

„Warte, ich komme mit."

„Das fehlte noch. Nein, das stehe ich alleine durch."

Obwohl sie wusste, dass ich sie nur ärgern wollte, würde sie garantiert die ganze Zeit im Zahnarztstuhl nach mir Ausschau halten. Sie hasste keinen anderen Arzt dermaßen wie diesen, beziehungsweise eher seine Arbeit. Mit ausnehmend schlechten Zähnen gesegnet – die Löcher fielen nur so hinein, obwohl sie artig zweimal am Tag putzte, Zahnseide und ebenso eine Mundspülung benutzte, hatte sie dort in letzter Zeit einiges mitgemacht. Heute sollte ein Loch am Zahnhals verfüllt werden, wie ich erfahren hatte, das hieße für sie, wieder leiden, denn von Betäubungsspritzen machte sie nur ungern Gebrauch. Wir hatten schon so manche

Diskussion zu dem Thema geführt. Ich verstand einfach nicht, wieso sie meinte, die Schmerzen aushalten zu müssen, wenn es doch eine Alternative gab.

Nun gut, das hatte sie zum Glück selbst zu entscheiden. Und begleitet hätte ich sie sowieso nicht, das musste ich mir nicht antun.

Das einzig Blöde war, was sollte ich stattdessen machen? Mir juckte es in den nicht mehr vorhandenen Fingern, irgendetwas zu unternehmen. Ich hatte echt das Gefühl, dass, trotz unseres eher mageren Ergebnisses, wir kurz vor dem Durchbruch standen. Egal, wer von den beiden nun der Entführer war, sehr weit konnten sie nicht sein, sonst wären sie garantiert aufgefallen. Nein, ich nahm an, dass, aus was für Gründen auch immer, der Initiator des Ganzen den neuen Aufenthaltsort in der Nähe gewählt haben musste. Nur, wer konnte wissen, was für ein abgelegenes Haus noch zur Verfügung stand?

Meine Mutter! Ich musste Kathi überreden, auf dem Nachhauseweg bei ihr vorbeizugehen und sie zu befragen.

Also machte ich mich jetzt doch zu der Zahnarztpraxis auf den Weg. Natürlich kannte ich die Adresse, meine Kinder und Carmen waren ebenfalls dort in Behandlung.

Ein kurzer Blick durchs Fenster, Kathi saß mit weit geöffnetem Mund, zusammengekniffenen Augen und geballten Fäusten im Stuhl, halbverdeckt von der Helferin und dem Arzt. Ich verzog mich nach unten vor die Haustür und wartete. Und genau in dem Moment fiel bei mir endlich der Groschen.

Knapp zehn Minuten später kam sie heraus. „Richie! Ich …"

„Wir müssen sofort zu meiner Mutter", unterbrach ich sie. „Sie wird wissen, wo wir suchen sollen."

„Woher …"

„Sie hat da in ihrer Rentnergruppe was von sich gegeben, das hätte mir viel ehr auffallen müssen." Ich hätte vor Ungeduld zerspringen können. Immer diese langen Erklärungen! „Regina wollte die Polizei rufen, wenn sie nicht freiwillig ginge, verstehst du? Aber angeblich hat Cavit sie zur Bushaltestelle gebracht. Ich nehme an, meine Mutter ist gar nicht sofort zu ihrer Schwester gegangen, sondern hat sich irgendwo in der Nähe verkrochen, wo Regina sie aufgestöbert und erneut an die Luft gesetzt hat. Sie kennt das Versteck."

## 34

Katharina
Na, das war ein bisschen zu weit hergeholt, was ich ihm auch sagte. „Sie
wird die Tatsachen verdreht haben, damit sich das Ganze dramatischer
anhört. Allein ich kenne mittlerweile drei verschiedene Versionen über
den Rauswurf."
„Nein!" Er schrie fast. „Ich habe mir die Story oft genug anhören müssen. Klar, sie erzählt mal so, mal so, je nachdem, was sie für ein Publikum hat. Aber die Konfrontation mit Regina erzählt sie regelmäßig nur
auf zwei Arten. Bei der einen ist sie mit ihr allein, in der anderen ist die
gesamte Familie anwesend. Das weist meiner Meinung nach daraufhin,
dass sie von ihr nicht nur einmal rausgeschmissen wurde."
„Ich kann mir nicht vorstellen, dass …"
„Kathi, bitte! Frag sie einfach!"
Ein kurzer Blick auf die Uhr und ich schüttelte den Kopf. „Ich muss
Justus aus dem Kindergarten abholen. Manfred hat einen Termin."
Wie ein Irrwisch tanzte er vor mir herum. „Nimm ihn mit. Das ist wichtiger als alles andere."
Mittlerweile hatte ich die Bushaltestelle erreicht, an der schon fünf Per-
sonen warteten. Daher verkniff ich mir eine Antwort, sondern nickte nur
leicht.
„Du machst es?", vergewisserte er sich prompt.
Ich verdrehte die Augen. Meine Güte, er wusste ganz genau, dass ich
jetzt nicht mehr reden konnte, ohne unangenehm aufzufallen. Bereits auf
dem Weg hierhin hatte ich mich bemüht, so leise wie möglich zu sprechen, trotzdem hatte mich der eine oder andere irritierte Blick gestreift.
Ich sollte wirklich demnächst immer mein Handy zücken und vorgeben
zu telefonieren, wenn ich nicht weiter auffallen wollte. Das fehlte noch,
dass einer von Manfreds Schäfchen mich entdeckte, während ich mich
lauthals mit Richie stritt.
Der Bus kam und das vertraute Ziepen sagte mir, dass mein Freund
beschlossen hatte, mich nicht aus den Augen zu lassen. Kaum waren wir
angekommen, schwebte er wieder neben mir. „Gehst du gleich rüber?"
Ich seufzte. „Ja, meinetwegen, nachdem ich Justus abgeholt habe. Obwohl ich mir nichts davon verspreche." Selbst wenn Richies Vermutung
stimmte, wie sollte ich Liane Zieliski dazu bekommen, mir die gesamte
Geschichte zu erzählen? Sie war bisher zwar sehr gesprächig, aber extrem ausweichend in ihren Schilderungen gewesen, ich würde sie irgend-

wie festnageln müssen, um zu erfahren, was sich wirklich zugetragen hatte. Ob mir das gelingen konnte?

Tja, seine Mutter war ausgeflogen, die Tür zu ihrem Zimmer ordentlich versperrt, das Fenster geschlossen, da konnte Richie so viel fluchen, wie er wollte, wir kamen im Moment nicht weiter.

„Ich warte nicht länger, ich mache mich allein auf die Suche. Sieh zu, dass du sie heute noch erwischst und gib ihre Wegbeschreibung gleich an die Bullen durch, okay?" Kaum hatte ich ihm zugenickt, mehr war mit Justus neben mir nicht möglich, war er verschwunden.

So ganz verstand ich seine Aufregung immer noch nicht. Im Gegensatz zu ihm glaubte ich eher, dass Liane Zieliskis Erklärungen eben einfach variierten. Das war mir schon bei allem, was sie von sich gab, aufgefallen, ihre Geschichten waren zwar detailreich, blieben aber in den Einzelheiten trotzdem vage. Bestimmt steckte hinter diesen Ungereimtheiten auch wieder nur der Versuch, die tatsächlichen Gegebenheiten zu verschleiern, um ihre Opferrolle stärker zum Ausdruck zu bringen.

Manfred kam erst gegen sieben zurück und war ziemlich gestresst. Deshalb übernahm ich es, Justus zu baden und ihm vorzulesen. Begeistert nahm der Kleine es immer noch nicht auf, wenn sein geliebter Onkel Manni, wie er ihn nannte, nicht zur Verfügung stand, doch seit unseren gemeinsamen Ausflügen zu der Omi und am nächsten Tag in den Tierpark zeigte er sich nicht mehr ganz so abweisend mir gegenüber. Ich durfte mich sogar neben ihn ins Bett setzen, damit wir gemeinsam die Bilder aus der Geschichte anschauen konnten.

„Ich gehe noch einmal kurz zu Frau Zieliski", sagte ich zu meinem Mann, der entspannt vor dem Fernseher saß. „Ich hab da eine Frage, die nicht bis morgen warten kann."

Vertieft in die Nachrichten brummte er nur zur Antwort.

Ich war schneller zurück als gedacht. Sie war nämlich immer noch nicht zu Hause. Nun blieb mir nichts anderes übrig, als es morgen erneut zu versuchen.

Eigentlich hatte ich Justus auf dem Weg gleich in den Kindergarten bringen wollten, weshalb ich um kurz vor acht neben meinen Lieben in der Diele stand, als das Telefon klingelte. Hans-Peter war am Apparat. „Du entwickelst dich langsam zu einer Top-Informantin", klang es mir entgegen. Aha, die Polizei hatte das Haus durchsucht und war fündig geworden.

Ich zeigte Manfred durch Gesten, dass sie ohne mich gehen sollten, und winkte den beiden zum Abschied zu, diese Einzelheiten wollte ich mir nicht entgehen lassen. „Und, habt ihr was gefunden?"

„Du hattest den richtigen Riecher", kam es aus der Leitung. „Die Spurensicherung hat Hinweise gefunden, dass die Gesuchten sich wirklich dort aufgehalten haben. In einer der Scheunen sind zusätzlich Reifenspuren gefunden worden. Dort hat vor nicht allzu langer Zeit ein Auto gestanden. Wir vermuten, dass es sich dabei um seinen Wagen handelt. Der ist ebenso verschwunden wie er."

„Gab es irgendwelche Hinweise darauf, wo sie jetzt stecken könnten?", fragte ich gespannt.

„Nein, trotzdem haben wir ein Suchkommando zusammengestellt. Wir vermuten, dass sie noch irgendwo in der Gegend sind. Sonst wäre uns das Auto bestimmt aufgefallen. Leider ist die Gegend sehr dicht bewaldet, es wird wohl einige Tage dauern, bis wir die infrage kommenden Gebiete durchkämmt haben."

„Immerhin gibt es überhaupt eine Spur", konnte ich mir nicht verkneifen zu antworten.

„Ja, dank dir, Kathi. Also, solltest du weitere Neuigkeiten in Erfahrung bringen, melde dich."

Frohgemut machte ich mich auf den Weg zur Kirche. Nun würde es nicht mehr lange dauern, bis der Fall geklärt war, egal, ob Richies Mutter helfen konnte oder nicht.

Frau Zieliski öffnete mir im Morgenmantel die Tür. „So früh am Morgen schon Besuch?" Sie gähnte mit offenem Mund. „Was führt dich denn hierher?"

Dein Sohn schickt mich, wäre mir beinahe herausgerutscht, im letzten Moment rettete ich mich in einen Hustenanfall.

„Komm rein", sie wich ins Zimmer zurück. „Soll ich dir ein Glas Wasser holen?"

„Nein, nein, es geht wieder." Ich trat ein und steuerte gleich die kleine Sitzgruppe, die aus einem kleinen Tisch und zwei Sesselchen bestand, an. „Ich weiß nicht, ob du mitbekommen hast, dass Regina Strüwer entführt worden ist", begann ich, während ich mich setzte.

„Nein, ist nicht wahr." Ehrlich erstaunt ließ sie sich mir gegenüber in den anderen Sessel fallen. „Wann war das denn?"

„Vor ungefähr zweieinhalb Wochen. Das ist doch die Tochter deines ehemaligen Lebensgefährten?", vergewisserte ich mich.

147

„Jaja, diese …", sie hielt inne, als ihr bewusst wurde, dass es nicht angebracht war, über ein Entführungsopfer zu schimpfen. „Ich habe sie nicht in guter Erinnerung", sagte sie stattdessen.

„Die Polizei hat Spuren von ihr und ihrem Ex-Freund, dem mutmaßlichen Entführer, in dem Haus deines Lebensgefährten gefunden", fuhr ich fort. „Es wird vermutet, dass sie sich noch in der Nähe aufhalten. Hast du eine Idee, wo das sein könnte?"

„Nein, woher sollte ich …" Sie brach ab. „Nein, ich habe keine Ahnung", behauptete sie sehr energisch.

Dadurch, dass ich mit den Polizeiermittlungen auftrumpfen konnte, hatte ich eine wesentlich bessere Ausgangsbasis, eigentlich gut, dass ich sie gestern nicht angetroffen hatte. „Gibt es keine anderen leerstehenden Häuser in der Gegend?", fragte ich.

„Wir sind nicht großartig rausgekommen. Woher soll ich das wissen", murmelte sie, hatte aber den Blick abgewandt und starrte angestrengt auf ihre im Schoß verkrampften Hände.

„Ich dachte, ich hätte dich so verstanden, dass du, nachdem Frau Strüwer dich aus dem Haus geworfen hatte, einen anderen Unterschlupf in der Nähe gefunden hättest", baute ich ihr eine goldene Brücke.

„Nein, ich bin zu meiner Schwester gezogen."

„Reginas Mutter sagt etwas anderes." Die war echt hartnäckig. Meine Güte, jetzt hatte ich innerhalb von zwei Tagen zweimal das Wort echt verwendet, wenn auch dieses Mal nur gedanklich! Richies Redeweise begann, auf mich abzufärben. „Ihre Tochter hat ihr erzählt, sie hätte dich ein paar Tage später ein zweites Mal rausgeschmissen. Wo warst du denn da?" Dieser Versuch war definitiv besser, als sie darauf hinzuweisen, dass sie sich in ihren Schilderungen der Ereignisse zwei verschiedener Versionen bedient hatte. Im ‚sich herausreden' war sie einsame Spitze.

Frau Zieliski verzog das Gesicht, blieb aber weiterhin stumm.

„Gut", ich machte Anstalten, mich zu erheben. „Dann bleibt mir nichts anderes übrig, als meinem Kontakt bei der Polizei einen Tipp zu geben. Schade, ich dachte, wir beide hätten es allein abklären können."

„Halt, warte!" Schneller als ich gedacht hatte, war sie auf den Beinen und hielt mich am Arm fest. „Ich red lieber mit dir. Reicht das?"

„Es geht nur um die örtlichen Gegebenheiten, keinen Menschen interessiert, was damals zwischen dir und Frau Strüwer vorgefallen ist", wich ich einer direkten Antwort aus. Woher sollte ich wissen, ob die Polizei sie nicht doch noch vernehmen wollte? Besser, ich hielt mich mit meinen Aussagen zurück.

„Der Gerd hatte früher eine Jagdhütte oben in den Bergen. Die und die dazugehörige Pacht hat er vor ein paar Jahren an einen Städter verkauft, durfte diese aber mitnutzen, weil die beiden sich die Jagd geteilt haben. Der andere war nicht oft da, deshalb ist der Gerd der eigentlich Verantwortliche gewesen. Über den Winter wäre niemand dorthin gekommen, deshalb hatte ich halt gedacht …"

„Es würde niemandem schaden, wenn du dort wohnst", ergänzte ich.

„Der Gerd hatte einen Schlüssel", verteidigte sie sich.

„Von dem wiederum Regina wusste und bei dessen Fehlen die richtigen Schlüsse zog", übernahm ich. „Sie ist bei der Hütte aufgetaucht und hat dich erneut rausgeworfen."

„Dazu hatte die gar kein Recht", zischte Frau Zieliski. „Ihr gehörte die Hütte nicht mal."

Ich vermutete, dass Regina gedroht hatte, den Eigentümer zu informieren und die Drohung ausreichte, Richies Mutter einzuschüchtern, sodass sie packte und endgültig aus der Gegend verschwand. Ob Reginas Plan damals schon feststand und sie damit nur einen unliebsamen Zeugen aus dem Weg haben wollte?

Darüber konnte ich später noch in aller Ruhe nachdenken. Jetzt war es wichtiger, Frau Zieliski dazu zu bringen, mir den ungefähren Standort der Hütte zu zeigen und anschließend sofort Hans-Peter zu informieren.

## 35

Richard

Ich erwischte eine Fahrgemeinschaft von fünf Personen, was für mich den Vorteil hatte, dass ich nach und nach jedem etwas Energie abzapfen konnte. Dabei war es von Vorteil, dass wir lange genug im Stau standen, sodass ich mich bedienen konnte. Den Fahrer verschonte ich selbstverständlich, dieses Risiko war mir denn doch zu groß. Außerdem war ich beileibe nicht am unteren Level, ich wollte nur vorsorgen, schließlich hatte ich ein riesiges Gebiet abzugrasen.

Eigentlich war mein Vorgehen echt unprofessionell. Es wäre wesentlich besser gewesen zu warten, bis ich zumindest ungefähr wusste, wo ich ansetzen sollte. Aber ich hatte mich einfach nicht länger gedulden können. Ich musste aktiv werden.

Mein Fahrer brachte mich fast bis in die Innenstadt von Kempen. Ich wechselte auf ein stadtauswärts rollendes Fahrzeug – an einer roten Ampel kann man problemlos zusteigen – und nahm für den Rest des Weges den Bus, da ich mich erinnern konnte, dass meine Mutter von einer Haltestelle in der Nähe des Hauses gesprochen hatte.

Selbst wenn ich mich nicht mehr hätte erinnern können, wo sich das Haus befand, wäre ich spätestens durch die dort haltenden Polizeiwagen aufmerksam geworden. Es war ein Riesenrummel. Beinahe hätte ich meine Mission verschoben und mich unter die Beamten gemischt, um zu sehen, was für Rückschlüsse die aus den Hinterlassenschaften ziehen würden. Dann besann ich mich eines Besseren. Ich musste meinen Vorsprung nutzen und mit der Suche beginnen. Wenn Kathi von meiner Mutter Näheres über den neuen Unterschlupf erfuhr, gab sie die Daten bestimmt sofort weiter. Ich aber wollte unbedingt derjenige sein, der die beiden zuerst entdeckte. Dadurch, so hoffte ich, würde ich mir ein unverfälschtes Bild von der Geschichte machen können.

Denn mal ganz ehrlich, überzeugt war ich immer noch nicht, dass Regina die Böse und Cavit der arme Verschleppte war. Nach längerem Nachdenken hatte ich immer mehr Einwände gegen diese Theorie gefunden. Wie hätte sie die Entführung bewerkstelligen sollen? Und wie ihn wochenlang unter Kontrolle halten? Und vor allen Dingen, was hätte sie damit bezwecken sollen? Nee, es hatte sich schon oft genug gezeigt, dass wir nicht unbedingt die besten Ermittler und unsere Schlüsse, die wir gezogen hatten, ziemlich voreilig, um nicht zu sagen dilettantisch waren.

Auf uns und unsere Eingebungen war kein Verlass. Deshalb wollte ich lieber mit eigenen Augen sehen, was hier vor sich ging.

Tja, einfacher gesagt als getan. So riesig hatte ich mir das Gebiet nicht vorgestellt. Ich war davon ausgegangen, dass ich mir zuerst einen guten Überblick von oben verschaffen konnte, indem ich über den Baumkronen schwebte, doch ich hatte weder mit dem böigen Wind gerechnet, der mich in alle Richtungen schleuderte, nur nicht dahin, wohin ich wollte, noch mit der vorherrschenden Dunkelheit – man sollte sich vielleicht vorher erkundigen, ob nicht gerade Neumond war.

Also blieb mir nichts anderes übrig, als mühsam jeder Straße zu folgen und genau aufzupassen, ob sich nicht in den abzweigenden Wegen ein einsames Haus am Wegrand duckte, das ich in der Schwärze der Nacht schnell übersehen hätte. Tatsächlich fand ich auf diese Weise acht Gebäude, von denen die Hälfte bewohnt war. Leider von ganz normalen Menschen, wie ich nach einer kurzen Überprüfung feststellte.

Der nächste Morgen graute heran und ich hatte gerade mal einen Bruchteil des Gebietes durchforstet. Ziemlich frustrierend!

Als die Sonne sich endlich zeigte, wiederholte ich mein Manöver vom Vortag und erhob mich hoch in die Luft. Na, zumindest der heftige Wind hatte nachgelassen. Dafür stellte ich schnell fest, dass jede Menge Bodentruppen im Einsatz waren, die Polizei hatte Suchtrupps aufgestellt und durchkämmte ebenfalls die Waldgebiete. Kurz darauf kam sogar ein Hubschrauber angeknattert und ich musste aufpassen, dass ich diesem nicht zu nahe kam. Deshalb wandte ich mich einem höher gelegenen Waldstück zu, das offensichtlich noch nicht auf der Route des Piloten lag.

Schon kurz darauf entdeckte ich ein weiteres Haus, naja eher ein Häuschen, gezimmert aus Holzbohlen und halb versteckt unter riesigen Kiefern gelegen. Es wirkte nicht bewohnt, von einem Auto war keine Spur zu entdecken. Trotzdem ging ich tiefer und lugte durch das kleine Fenster neben der Eingangstür. Viel konnte ich nicht erkennen, das Glas war halbblind und innen in der Hütte brannte kein Licht. Auf den ersten Blick wirkte das Ganze unbewohnt – aber man konnte ja nie wissen, weshalb ich mich unter dem schmalen Türspalt durchquetschte, um das Innere genauer zu erforschen.

Ich prallte mit Schwung auf einen direkt dahinter liegenden Körper und hätte beinahe laut aufgeschrien vor Schreck. Ein Mann lag zusammengekrümmt am Boden und regte sich nicht. Frisches Blut quoll aus einer Wunde in seinem Bauch und hatte bereits eine kleine Pfütze auf dem

Boden hinterlassen. Eine ebenfalls rote Spur deutete daraufhin, dass er sich noch bis zum rettenden Ausgang geschleppt, dort aber nicht mehr die Kraft gefunden hatte, das massive Türblatt aufzustemmen.

Cavit, es war eindeutig Cavit, der da lag! Wie ein Irrwisch durchsuchte ich die Hütte nach Regina – naja, sie bestand nur aus zwei Zimmern, einem Wohnraum mit kleiner Küchenzeile und einem winzigen Schlafraum, von dem ein noch winzigeres Bad abging – sie war eindeutig nicht hier, obwohl die Stricke an dem Doppelbett auf ein Entführungsopfer hinwiesen. Hatte sie es geschafft zu entfliehen, indem sie ihren Peiniger überlistete, oder war es doch Cavit, dem nun die Rolle als Sündenbock zukam? Ich war zu spät gekommen, um dieses Rätsel klären zu können.

Ich wandte mich wieder dem Verletzten zu. Scheiße, der war viel schwerer getroffen, als ich zuerst vermutet hatte. Sein Blick blieb an mir hängen und seine Augen wurden weit vor Staunen. Der war im Begriff zu sterben!

Zum ersten Mal in meinem neuen Leben erlebte ich sowas wie einen Adrenalinstoß, ich wurde ganz kribbelig, meine restliche Energie drängte gegen meine Hülle, ich dachte schon, ich stände kurz vor einer Explosion. Ohne darüber nachzudenken, was ich tat, fuhr ich durch Cavits offenstehenden Mund in sein Inneres und dockte an ihm an. Kaum noch Energie zu spüren, genau wie erwartet hatte. Jetzt handelte ich rein instinktiv. Obwohl ich etwas Ähnliches noch nie gemacht hatte, versuchte ich, ihm von meiner Stärke zu geben, indem ich das Verfahren kurzerhand umdrehte und statt seinen Strom in mich zu lenken, meine Energie aus mir herauspresste.

Ich strengte mich dermaßen an, dass ich beinahe nicht gemerkt hätte, wie ich nun immer schwächer wurde. Das Ganze war so schnell gegangen, dass ich dem Gefühl nach von einer Minute auf die andere fast zusammenbrach und Mühe hatte, überhaupt noch die Verbindung zu lösen. Danach kroch ich im wahrsten Sinne des Wortes aus ihm raus und blieb völlig erschöpft neben ihm liegen, unfähig nachzuschauen, ob meine Bemühungen den gewünschten Erfolg gebracht hatten.

Wie lange wir beide so dalagen? Keine Ahnung. Ich war nicht mehr fähig, irgendetwas zu registrieren, dämmerte vor mich hin und wartete auf mein Ende. Hätte ich noch denken können, hätte ich mich wahrscheinlich selbst beschimpft, warum ich bloß auf diese blöde Idee verfallen war und sie, ohne zu überlegen, umgesetzt hatte. Bisher war ich immer viel zu vorsichtig gewesen, so etwas auszuprobieren. Kathi hatte mich stets gewarnt, dass ich keine Kontrolle darüber haben würde, wie viel Energie ich abgab und dass es für den Empfänger ebenfalls viel zu gefährlich sei, weil man gar nicht wissen könne, was dabei passiere. Aber wie gesagt, ich war viel zu müde, um auch nur einen klaren Gedanken zu fassen.

Dass wir doch noch gerettet wurden, registrierte ich in dem Moment, als ich plötzlich direkt neben mir eine Stimme hörte, die aufgeregt Befehle gab. Ich kroch auf die in wallenden Nebel verhüllte Gestalt zu und mit letzter Kraft in sie hinein. Ja, und dann griff ich gierig zu, so gierig, dass der arme Sanitäter im nächsten Augenblick ohnmächtig umkippte. Der Ruck, der durch seinen Körper ging, brachte mich glücklicherweise zur Besinnung. Ich verkniff mir jeden weiteren Angriff und schwebte, schon wieder halbwegs der Alte, aus ihm heraus, um mir neue Opfer zu suchen. Der Notarzt hatte natürlich gedacht, der Kerl sei wegen des vielen Blutes umgekippt und machte eine dementsprechend abwertende Bemerkung, aber einer seiner Kollegen nahm sich seiner an und brachte ihn halbwegs auf die Reihe. Der interessierte mich aber nur am Rande, viel wichtiger war es, was mit Cavit passierte. Der lebte tatsächlich immer noch und hing bereits am Tropf. Gerade wurde er auf eine Trage gelegt.

„Er ist stabil für den Transport", sprach der behandelnde Arzt in sein Funkgerät. „Wir bringen ihn jetzt raus."

Gut, seine Arbeit war getan, konnte ich mich gleich an ihm und den beiden anderen Sanitätern vergreifen und ihnen ebenfalls ein bisschen Energie abziehen. Wohlbemerkt ein bisschen, ich war soweit wiederhergestellt, dass ich nun den Fluss entsprechend stoppen konnte. Außerdem standen mir noch jede Menge Polizisten für ein völliges Genesen zur Verfügung, wie ich bemerkte, als wir gemeinsam die Hütte verließen. Von denen wimmelte es hier geradezu.

Aus diesem Festmahl wurde leider doch nichts. Cavit wurde rasch zu einem in der Nähe wartenden Hubschrauber gebracht, der auf einer Lichtung stand. Ich beschloss, ihn zu begleiten und schlüpfte in ihn hinein. Der merkte davon sowieso nichts, er lag in tiefer Bewusstlosigkeit.

„Ein Wunder, dass er noch lebte, als wir ihn fanden", meinte der Arzt zum Piloten. „Der hatte so viel Blut verloren, er hätte eigentlich tot sein müssen."

Ha, ich, der Retter! Fragte sich nur, ob vom Opfer oder vom Täter.

## 36

Katharina

„Wir haben sie", meldete sich Hans-Peter kurz nach dem Mittagessen bei mir. „Regina Strüwer konnte sich befreien und kam uns auf dem Waldweg, der zur Hütte führt, entgegen. Ihr Freund ist schwer verletzt ins Krankenhaus transportiert worden. Es war ihr gelungen, ihm seine Pistole zu entwenden, bei dem Kampf löste sich ein Schuss und er wurde getroffen. Sie ist ebenfalls zur Untersuchung in die nächstgelegene Klinik gebracht worden, aber ich denke, sie wird bald entlassen. Wie ich gehört habe, ist sie zwar völlig entkräftet, schwerwiegende Verletzungen hat sie jedoch nicht."

„Ich danke dir für deine Benachrichtigung." Mehr würde ich von ihm nicht erfahren. Es war im Prinzip schon toll, dass er mich überhaupt informierte.

„Ich danke dir für deine neuerliche Einmischung", grinste er. „Ich wüsste wirklich zu gern, wie du immer an all diese Informationen kommst."

„Ach, ich kenne viele Leute und halte die Augen auf", gab ich zurück. Ich würde mich hüten, ihm irgendwelche Einzelheiten zu erzählen. Seine Kollegen beäugten mich sowieso mit Misstrauen, weil ich ja nie erklären konnte, wie ich all die Dinge erfuhr, die ich dann an sie weitergab. Besonders die Sache mit dem Dealer-Ring lag ihnen schwer im Magen. Kurz zuvor hatten sie mich noch ermahnt, weil ich eine Geiselnahme beendet hatte, ohne sie hinzuzuziehen. Ein paar Wochen später nannte ich ihnen nicht nur die Namen der Kleindealer, sondern auch die der Hintermänner und gab ihnen den entscheidenden Tipp, wann die nächste große Lieferung kommen sollte, natürlich wiederum unter Verschleierung der Tatsache, dass ich einen Geist als Informanten hatte. Und jetzt hatte ich bereits einen neuen Beitrag geleistet. Ich musste mich vorsehen, dass ich beim nächsten Mal jemand anderen vorschob – wenn es denn überhaupt ein nächstes Mal gab. Ohne Richie würde ich nicht einen Fall lösen können.

„Das war Hans-Peter", sagte ich zu meinem Mann. „Sie haben Regina und Cavit gefunden. Er ist schwer verletzt, sie ist wohlauf und nur vorsorglich zur Untersuchung ins Krankenhaus gebracht worden. Da werden wir Justus wohl spätestens morgen abgeben müssen."

„Ich werde ihn persönlich bei seiner Mutter abliefern." Die Aussicht, den Kleinen herzugeben, traf ihn sichtlich.

„Nein, die Sozialarbeiterin wird ihn bei uns abholen", widersprach ich. „Das ist der übliche Weg."

„Frag sie bitte, ob wir den nicht umgehen können."

Ich sah ihn nur kopfschüttelnd an. Er wusste selbst, dass wir uns an gewisse Regeln halten mussten.

„Soll ich ihm sagen, dass er bald zurück darf?"

„Nein, wir warten, bis Frau Meiss bei uns anruft", bestimmte ich. „Das kann ja nicht mehr lange dauern."

Am späten Nachmittag war es so weit. Sie informierte mich darüber, dass sie Justus direkt am nächsten Morgen abholen würde. „Frau Strüwer wird zwischen zehn und elf entlassen, es geht ihr den Umständen entsprechend gut. Sie will für ein paar Tage zu ihrer Mutter ziehen, so hat der Junge zwei Bezugspersonen, die sich um ihn kümmern."

Ich versprach, dass er um acht bereit sein würde. Während Manfred behutsam versuchte, Justus die freudigen Neuigkeiten nahezubringen, griff ich erneut zum Telefon. Es wurde Zeit, Christina zu informieren.

„Ich dachte schon, du meldest dich gar nicht mehr", sagte sie vorwurfsvoll. „Im Internet ist bereits die Meldung aufgetaucht, dass Regina frei ist und der Freund schwer verletzt ins Krankenhaus gebracht wurde. Er war nun wohl doch der Entführer, wir haben uns gewaltig getäuscht."

„Mein Kontakt bei der Polizei hat erst heute Morgen zurückgerufen", verteidigte ich mich. „Anschließend bin ich direkt zu Frau Zieliski gegangen, mir war da eine Idee gekommen, die ich überprüfen wollte. Die hat uns nämlich zwei verschiedene Versionen von ihrem Rausschmiss erzählt. Das kam mir, nachdem ich darüber nachgedacht hatte, seltsam vor. Ja und dann hat sich herausgestellt, dass sie, nachdem Regina sie aus dem Haus geworfen hatte, ganz in der Nähe in der ehemaligen Jagdhütte ihres Lebensgefährten untergekrochen war. Seine Tochter ist aber kurz darauf dahinter gekommen und hat ihr mit der Polizei gedroht. Sie zeigte mir auf der Karte, wo sich diese Hütte befindet und ich habe wiederum meinen Kontakt angerufen. Bis der wieder von sich hören ließ, war die Meldung im Netz."

„Schade, jetzt haben wir das Ende doch verpasst." Christina klang richtig enttäuscht. „Aber am meisten ärgert mich, dass wir die Situation beinahe falsch eingeschätzt hätten. Die arme Regina, was muss sie durchgemacht haben."

Bevor ich antworten konnte, ertönte durchdringendes Gebrüll aus dem Kinderzimmer, in dem Justus untergebracht war. „Nein! Nein! Nein! Ich will nicht!" Dazwischen erklang Manfreds Stimme, die beruhigend auf den Kleinen einredete. Der steigerte sich eher noch mehr in sein Geschrei hinein. Polternde Laute verrieten mir, dass er angefangen hatte, mit seinen Autos um sich zu werfen.

„Was ist denn bei euch los?", verlangte Christina nach meiner Aufmerksamkeit.

„Manfred hat Justus gerade die freudige Nachricht überbracht, dass er morgen nach Hause darf. Begeistert scheint er nicht zu sein."

„Das war alles zu viel für ihn", vermutete meine Freundin. „Wahrscheinlich glaubt er nur noch nicht richtig daran."

Na, das sah ich anders – genauso wie die Entführung trotz ihres glücklichen Endes für mich nicht abgeschlossen war. Im Gegensatz zu Christina hatte ich meine Meinung nicht geändert. Für mich kam Regina nach wie vor als Täterin infrage. Dachte denn keiner mehr an Ruths Aussage, dass der Junge dringend psychologisch untersucht werden sollte? Wer sonst außer der Mutter konnte für seine Störung verantwortlich sein? Naja, außer natürlich, man entdeckte eine psychische Krankheit, das war schließlich auch nicht ausgeschlossen. Trotzdem, ich jedenfalls würde diese Geschichte nicht ad acta legen, bis ich herausgebracht hatte, was wirklich geschehen war.

Ich beendete das Telefongespräch mit dem Hinweis, ich müsse meinem Mann helfen, Justus zu besänftigen, was ich dann allerdings doch nicht tun musste, weil der Kleine sich langsam beruhigte. Bei einem kurzen Blick durch die Tür sah ich die beiden auf dem Boden sitzen, Manfred hatte einen Arm um den Jungen gelegt und wiegte ihn hin und her, während dessen Schluchzen immer leiser wurde.

Das Abendessen gestaltete sich schwierig. Justus saß stumm vor seinem in kleine Häppchen geschnittenen Brot und schaute trübsinnig darauf nieder. Wir versuchten gar nicht erst, ihn irgendwie zu animieren – sonst gelang es uns ganz gut, die unwilligen Esser durch Flugzeugspiele, indem einer von uns ein Stück des Brotes nahm, brummende Geräusche von sich gab und sich in gewagten Kurven dem Mund näherte, dazu zu bewegen, den Mund zu öffnen. Aber sein offensichtlicher Kummer schnürte ihm dermaßen die Kehle zusammen, er hätte keinen Bissen hinuntergebracht.

Anschließend nahm sich mein Mann viel Zeit, ihn ins Bett zu bringen - wir hatten beschlossen, die paar Dinge, die der Kleine mitgebracht hatte, erst am nächsten Morgen zu packen - und blieb bei ihm, bis er eingeschlafen war. Die Nachrichten hatten bereits begonnen, als er sich neben mich setzte. Kurz darauf wurde ein Bild von der Hütte eingeblendet und eine Stimme im Hintergrund sagte: „Heute ging ein zweieinhalb Wochen dauernder Entführungsfall glücklich zu Ende. Dem Entführungsopfer gelang es, an die Waffe seines Entführers zu kommen. Im darauffolgenden Kampf löste sich ein Schuss, der Entführer wurde schwer verletzt, die Frau kam ohne größere Schäden davon. Die in der Nähe befindlichen Polizisten - sie gingen gerade einem Hinweis aus der Bevölkerung nach - brachten das Opfer in Sicherheit. Der Täter wurde mit einem Hubschrauber in das nächstgelegene Krankenhaus gebracht, sein Zustand soll sich stabilisiert haben."

„Wenn sie gewusst hätte, dass die Polizei schon unterwegs ist, wäre sie dieses Risiko bestimmt nicht eingegangen", meinte Manfred. „Es hätte genauso gut sie treffen können."

Oder sie hat absichtlich geschossen und das Pech gehabt, dass ihr Exfreund überlebte, schoss es mir durch den Kopf. Ich konnte nur hoffen, dass Richie früh genug an Ort und Stelle gewesen war und das Ende mitbekommen hatte. Jetzt würde er sich entweder bei Regina oder bei Cavit aufhalten, wobei ich hoffte, dass es sich um erstere handelte. Es wäre interessant zu wissen, was sie gegenüber der Polizei für Angaben gemacht hatte.

Nun gut, es blieb mir nichts anderes übrig als abzuwarten. Erst wenn Richie neue Informationen brachte, konnten wir mit unseren Ermittlungen fortfahren.

## 37

Richard

Ich hätte mich am liebsten in den nicht mehr vorhandenen Hintern getreten. Wie konnte ich nur so blöd sein? Bis Cavit mit irgendjemandem
sprechen konnte, würde geraume Zeit vergehen. Und ich saß nun in
diesem Krankenhaus fest.

Nein, ich hätte mit Regina zusammen zur Vernehmung fahren müssen,
um zu erfahren, was sie für eine Story erzählen würde. Aber dafür war es
nun zu spät. Ich wusste weder, wo sie sie hingebracht hatten, noch was
danach mit ihr geschehen war. Ich hatte es versaut.

Cavit war noch im Op. Gerade kam ein Arzt und teilte den wartenden
Polizisten mit, dass der die Operation gut überstanden hätte und gleich
auf die Intensivstation verlegt würde. Vor morgen könne niemand mit
ihm sprechen.

Oh verdammt, ich hasste diese Orte, wo ich garantiert auf einige meiner
Art treffen würde. Bei meiner Observierung der Ärztin hatte ich extre-
mes Glück gehabt, mir war nicht einer von denen begegnet. Hier dagegen musste ich mit dem Schlimmsten rechnen. Dafür waren diese Gebäude bei unsereins viel zu beliebt. Trotzdem beschloss ich zu bleiben
und Cavit nicht aus den Augen zu lassen, nicht dass sich noch ein hung-
riger Geist an ihm vergriff.

Die Station bestand aus mehreren kleinen Zimmern, in denen jeweils
zwei Betten standen. Die Schwestern schlossen den wie tot Daliegenden
an Schläuchen und Kabeln an und verließen den Raum wieder. Von nun
an übernahmen die Apparate die nötige Überwachung.

Ich verschaffte mir einen schnellen Überblick. Der andere Patient war
ebenfalls nicht ansprechbar, der sah aus, als würde er es nicht mehr lange
machen, seine Haut war gräulich verfärbt und das über den Monitor
flimmernde EKG zeigte häufige Aussetzer. Und er wurde zudem noch
beatmet. Nee, keiner meiner beiden Zimmergenossen war zurzeit ein
ideales Opfer. An denen würde sich kein Geist vergreifen.

Vorsichtig pirschte ich mich hinaus in den Gang und machte mich mit
meiner näheren Umgebung vertraut. Fünf der sechs Zimmer waren jeweils mit zwei Personen belegt, im hintersten Raum lag eine alte Frau im
Sterben. Drei vollkommen fassungslose Angehörige umstanden ihr Bett
und warteten auf ihren letzten Atemzug.

Gut, nicht ein Artgenosse zu sehen. Vielleicht konnte es mir tatsächlich
gelingen, unerkannt zu bleiben. Ich musste nur zusehen, dass ich auf

dieser Station blieb und mich möglichst unauffällig in einer Ecke an der Zimmerdecke versteckte, damit ein auf dem Flur vorbeikommender Geist mich nicht entdeckte.

Das war keine Paranoia. Ich hatte gerade zu Beginn meines neuen Lebens nur zu oft feststellen müssen, dass Krankenhäuser ein äußerst beliebter Ort für so welche wie mich sind. Viele von ihnen verweilen hier erst einmal, nachdem sie die menschliche Hülle verlassen haben, unsicher, welchen Weg sie gehen sollen. Die meisten entscheiden sich relativ schnell dafür, das Erdenleben hinter sich zu lassen. Die jedoch, die bleiben, sind nicht gerade diejenigen, mit denen ich gerne verkehren möchte. Es handelt sich vor allem um wehleidige, ich-bezogene Kreaturen, zu einem geringen Teil aber auch um weit schlimmere. Das sind die, die bereits zu Lebzeiten jede Menge Untaten begangen haben und deshalb nicht bereit sind, sich dem, was immer da kommen mag, zu stellen. Also so oder so kein Umgang für mich. Das Problem ist, alle benötigen Energie und dafür ist in diesem Gebäude durch die zahlreichen Menschen - die, die krank in den Betten liegen und die, die tagtäglich ein- und ausgehen - gesorgt. Also hängen die Blödmänner hier völlig ziel- und sinnlos ab, immer auf dem Sprung, ihr Level hochzuhalten. An wem die sich dafür vergreifen müssen, ist ihnen egal. Hauptsache, sie können in ihrer erbärmlichen Existenz weiterbestehen.

Naja, zumindest schien sich herumgesprochen zu haben, dass die Intensivstation nicht der geeignete Ort für Geister war, da diese Patienten nur über sehr geringe Energiereserven verfügten. Vielleicht war ich doch relativ sicher. Denn mal ganz ehrlich, nicht nur, dass die nervten. Wie sollte ich verhindern, dass sich einer von denen an meinem Cavit vergriff und ihn dadurch eventuell sogar umbrachte? Ich wusste weder, wie ich gegen so einen Gierlappen vorgehen sollte, noch ob ich ihn, wenn es hart auf hart kam, in einem Kampf besiegen konnte. Deshalb blieb mir nichts anderes übrig, als zu hoffen, dass die es tatsächlich gecheckt hatten und sich keiner blicken ließ.

Ich verbrachte eine unruhige Nacht. Andauernd kam eine der Schwestern rein und fummelte an den beiden Patienten, die sich nicht einmal regten, herum. Und wenn sich mal eine längere Zeit lang keiner blicken ließ, war ich dadurch beunruhigt und musste mich selbst davon überzeugen, dass mein Überwachungsobjekt noch regelmäßig atmete.

Es war am frühen Morgen, ich machte gerade eine neuerliche Überprüfung, als Cavit plötzlich die Augen aufschlug. „Was …", begann er krächzend und versuchte doch tatsächlich, sich aufzurichten. Daraufhin schlugen sämtliche Apparaturen Alarm und die Krankenschwester kam angerannt.

„Ganz ruhig", mahnte sie und drückte seinen Kopf, weiter war er nicht hochgekommen, zurück auf das Kissen. „Sie sind operiert worden und müssen ruhig liegen bleiben."

Im nächsten Augenblick erschien der Stationsarzt und untersuchte Cavit flüchtig. „Alles okay, die Wunde sieht gut aus." Erst dann wandte er sich direkt an seinen Patienten. „Sie sind ja selbst Chirurg, wie ich gehört habe. Also wissen Sie, dass Sie sich ruhig verhalten müssen, bis wir Ihnen erlauben aufzustehen. Bitte halten Sie sich daran."

„Was ist passiert?" Cavits Flüstern war kaum zu verstehen.

„Sie sind von einer Kugel getroffen worden. Die hat die Milz verletzt, wir mussten sie entfernen. Sie haben wahnsinniges Glück gehabt, beinahe wären Sie verblutet. Wir überprüfen gleich noch einmal die Werte, aber ich denke, Sie können schon heute auf die normale Station verlegt werden."

Oh nein, bitte nicht. Da wären wir beide völlig ungeschützt.

Der Arzt verließ den Raum und, während die Schwester sich noch an ihm zu schaffen machte, schloss Cavit bereits die Augen und dämmerte weg. Mist, ich hatte gehofft, der würde sich ein bisschen mit ihr unterhalten. Aber vielleicht war es besser so, die Frau schien nämlich zu wissen, mit wem sie es zu tun hatte und wirkte ziemlich verkrampft, als hätte sie Angst, dass er gleich aus dem Bett springen und sie angreifen würde. Das Gespräch wäre also mit Sicherheit nicht sonderlich ergiebig gewesen.

Knapp eine Stunde später war er wieder wach und, ich hatte mich eben nicht getäuscht, seine Augen suchten gezielt nach mir. Das hieß, ich war tatsächlich ein Lebensretter! Er hatte seines fast ausgehaucht, als ich eingriff und ihm von meiner Energie gab. Dadurch war er nun in der Lage, mich zu sehen.

Jegliche Zweifel, wenn ich denn noch welche gehabt hätte, brachte seine Frage: „Was ist das?" zum Erliegen.

„Nicht was, sondern wer?", belehrte ich ihn. „Mein Name ist Richie und ich bin ein Geist."

Ich musste zugeben, dass er sich erstaunlich gut hielt, was natürlich auch an seinem desolaten Zustand liegen konnte, jedenfalls zuckte er mit keiner Wimper.

„Dieses Licht, ich habe es gesehen, kurz bevor …"

„Dein Licht endgültig ausgegangen wäre", ergänzte ich. „Ich habe dir von meiner Energie gegeben, sonst hättest du es nicht mehr geschafft, bis der Notarzt eintraf."

„Wer sind Sie?"

Meine Güte, hörte der mir nicht zu? „Erst mal bin ich der Meinung, wir können uns ruhig duzen. Immerhin sind wir jetzt sowas wie Blutsbrüder. Und zweitens, ich bin ein Geist, also jemand der gestorben ist und sich entschieden hat, im Diesseits zu verweilen. Das war im Endeffekt dein Glück. Hätte ich nicht rechtzeitig eingegriffen, wärest du jetzt ebenfalls ein Geist."

Er blieb eine ganze Weile still. Klar, er hatte einiges zu verdauen. Heutzutage glaubten ja immer weniger Menschen an das Jenseits – und an Geister schon gar nicht.

„Wieso warst du da?", fragte er völlig zusammenhangslos. Ich hatte mich viel eher darauf eingestellt, dass er alles über mich und meinen Werdegang wissen wollte. „Hast du die ganze Zeit zugeguckt, was sie mit mir angestellt hat?"

Wow, wir kamen direkt zur Sache. „Leider nein. Ich bin erst dazugekommen, als du bereits halbtot auf dem Boden lagst."

Bevor wir weitermachen konnten, musste ich ihm zuerst einen kurzen Abriss eines Geisterlebens geben, dass diese nicht eingreifen können und auch sonst keinerlei Möglichkeiten haben, mit normalen Menschen zu kommunizieren.

„Dann kannst du mir nicht helfen", flüsterte er matt, das kurze Gespräch hatte ihn völlig erschöpft. „Es ist aussichtslos."

„Wer sagt denn so was?", gab ich mich empört, obwohl ich innerlich grinste. Der würde gleich Augen machen. „Gemeinsam mit meiner Freundin, einer noch sehr lebendigen Person, habe ich mittlerweile einige Verbrechen aufgeklärt. Was meinst du, warum ich so schnell bei dir war? Wir hatten uns schon auf deinen Fall eingeschossen, Hintergrundrecherche betrieben und so. Dadurch sind wir schließlich auf diese Jagdhütte gekommen."

„Wie, warum …" Er war sichtlich irritiert.

„Kathi, das ist die, mit der ich zusammenarbeite, hat deinen Sohn Justus in Pflege genommen, weil die Polizei ihn aus eurem Wohnort weghaben wollte", begann ich zu erklären. Ich hoffte nur, dass er mir noch folgen konnte, er sah mittlerweile aus wie ausgespuckt und hielt sich nur mühsam wach. „Dadurch waren wir über die ganze Geschichte informiert.

Der ist dann aufgefallen, dass dein Sohn, äh …" Wie sollte ich ihm schonend beibringen, was Ruth gesagt hatte?

In dem Moment erschien wieder die Krankenschwester. Damit hatte sich das Gespräch erledigt. Ich konnte also in Ruhe mein Vorgehen überdenken.

## 38

Richard

Cavit wurde doch noch nicht verlegt. Irgendwas war mit seinem Blut nicht in Ordnung, deshalb wollten sie ihn einen Tag länger unter Beobachtung halten. Nachdem man ihm eine weitere Infusionsflasche angelegt hatte, wurde er in das hinterste Zimmer verfrachtet, das nun leer stand. Jemand von der Polizei wolle ihn vernehmen, hieß es.

Direkt nachdem die Schwester den Raum verlassen hatte, kamen zwei Männer in Zivil herein und stellten sich als Kripobeamte vor. Ihre erste Amtshandlung bestand darin, ihm mitzuteilen, dass er unter dem Verdacht der Entführung von Frau Regina Strüwer hiermit verhaftet wäre. Er wurde über seine Rechte belehrt und schließlich gefragt, ob er sich zu den Vorwürfen äußern wolle, was er verneinte. Ich hätte mir meinen Zwischenruf: „Sag denen nichts!", wohl sparen können.

Kurz darauf, nachdem sie noch mehrmals versucht hatten, ihn zu irgendwelchen Antworten zu bewegen, verließen die beiden uns. „Gut gemacht", munterte ich Cavit auf. „Die sind sowieso voreingenommen. Kathi und ich dagegen, wir glauben dir. Uns kannst du vertrauen."

„Du weißt doch gar nicht, was passiert ist", stöhnte er.

„Sie hat dich reingelegt, soviel ist klar", konterte ich. „Wie sie es angestellt hat, wirst du mir wohl gleich erzählen."

„Warum glaubst du mir, ohne dass du weißt, was sich zugetragen hat?", fragte er misstrauisch.

„Ach, da gibt es so einiges", begann ich aufzuzählen. „Erstens habe ich deinen Sohn selbst kennengelernt und zweitens gehört, wie eine befreundete Psychologin ihn einschätzt. Drittens …"

„Was ist mit Justus?", unterbrach er mich alarmiert.

„Kathis Freundin hat den Verdacht, dass er psychisch etwas daneben ist." Verdammt, ich hatte mich doch nicht genug vorbereitet. „Das heißt, er wahrt eine extreme Distanz zu Frauen und ist dagegen eher distanzlos zu Männern", versuchte ich etwas genauer zu werden. „Und Kathi meint, das würde darauf hindeuten, dass er kein gutes Verhältnis zu seiner Mutter hätte."

„Und was sagt diese Psychologin?"

„Die hat sich nicht direkt geäußert", musste ich zugeben. „Sie ist aber der Meinung, der Kleine sollte dringend psychologisch betreut werden."

„Meine Freundin war auch Psychologin", platzte er heraus. „Nicht für Kinder und Jugendliche, sondern für Erwachsene. Trotzdem muss ihr bei Justus etwas aufgefallen sein. Statt mit mir darüber zu reden, hat sie Regina direkt darauf ansprechen wollen und die hat sie umgebracht." Er stöhnte auf. „Sie hat es mir gesagt, kurz bevor sie auf mich schoss. Bisher hatte ich irgendwie immer noch Hoffnung, dass sie eines Tages zurückkehrt, dass sie vielleicht nur einen Unfall hatte und das Gedächtnis verlor oder dass sie …"

„Weißt du, wo die Leiche versteckt ist?", führte ich ihn brutal zurück in die Realität.

Er schüttelte aufstöhnend den Kopf, fast sah er selbst schon wie eine aus. „Ich … ich muss … eine kurze Pause nur."

„Okay, okay." Ich zog mich an die Decke zurück und er schloss die Augen und rührte sich nicht mehr. Zeit für eine kurze Rekapitulation des bisher Gehörten: Also anscheinend hatte Regina ihn tatsächlich verschleppt und sogar zugegeben, dass sie seine Freundin umgebracht hatte. Das war immerhin ein vielversprechender Anfang.

Den Rest des Tages verbrachten wir mit ähnlich kurzen Befragungen. Das Fieber, das anfangs nur leicht gewesen war, setzte ihm immer mehr zu, der herbeigerufene Arzt stand vor einem Rätsel und verbot jeden weiteren Besuch der Polizei. Er schob Cavits Zustand auf die dadurch entstandene Erregung und teilte den Schwestern mit, dass jegliche Aufregung vermieden werden müsse, bis sie Herr der Entzündung geworden seien. Eine Verlegung stand damit nicht mehr zur Debatte.

Nur konnten weder er noch ich Rücksicht auf seinen Zustand nehmen. Er wollte sich unbedingt mitteilen, nachdem er nun herausgefunden hatte, dass ich auf seiner Seite stand und ich wollte natürlich hier in diesem relativ geschützten Klima alles Notwendige erfahren. Vor allem aber wollte ich so schnell wie möglich Kathi informieren, damit sie die Sache in die Hände nehmen konnte, bevor es zu spät war. Ich meine, wenn das stimmte, was er mir erzählte, dann wurde es höchste Zeit, dieser Person das Handwerk zu legen.

„Sie war bereits in den letzten Wochen sehr seltsam", begann Cavit seinen Bericht. „Rief mich zum Beispiel an und wollte, dass ich ihr helfe, ein Bild aufzuhängen oder ein Möbelstück zu verrücken. Kam ich daraufhin vorbei, fertigte sie mich an der Tür ab, sie hätte anderweitig Hilfe bekommen. Nachdem das zweimal passiert war, wurde ich ziemlich sauer, als sie mich erneut auflaufen ließ. Sie hatte mich angerufen, um mich zu bitten, dass ich Justus in die Kita bringe, weil es ihr nicht gut ginge. Ich fuhr vorbei, aber sie machte mir nicht auf. Ich versuchte, sie auf dem Telefon und auf ihrem Handy zu erreichen – nichts. Aus der Wohnung drangen allerdings Geräusche, daher klopfte ich und klingelte, bis ihre Nachbarin aus der gegenüberliegenden Wohnung mir sagte, dass sie kurz zuvor das Haus verlassen hätte. Daraufhin kam ich am Abend nach der Arbeit zurück und machte ihr eine ziemliche Szene, natürlich im Hausflur. Du musst das verstehen, es kam für mich alles auf einmal, Justus war plötzlich ständig krank und konnte daher seine Wochenenden nicht bei mir verbringen, meine Besuche zwischendurch bei ihm, zu denen sie mich sonst sogar richtig gedrängt hatte, waren nicht mehr möglich, weil entweder sie mit ihm unterwegs war oder er nach dem anstrengenden Kindergartentag Ruhe brauchte – seltsam nicht? Einerseits schleppt sie ihn zu allen ihren Verabredungen mit, andererseits darf er seinen Vater nicht sehen, weil das zu aufregend für ihn ist."

Er erzählte natürlich nicht so chronologisch, wie ich das Gespräch wiedergebe. Mal fiel ihm das eine ein, dann etwas anderes, zwischendurch brachte er Einzelheiten von der Entführung oder er verlor den Faden, weil eine Schwester hereinkam – alles in allem ziemlich chaotisch. Außerdem finde ich, diese Geschichte sollte von Anfang an erzählt werden.

„Vorher hatten wir ein gutes Verhältnis. Ich meine damit, so gut, wie es zwischen einem getrennten Paar sein kann. Anfangs natürlich nicht, sie war ziemlich geschockt, als ich mich von ihr trennen wollte. Sie .."

„Moment", unterbrach ich ihn. „Alle sagen, Regina hat dich abgeschossen."

„Das war ihre Idee. Sie war am Boden zerstört, nachdem ich mit ihr gesprochen hatte. Da erfuhr ich auch erst von der Schwangerschaft. Angeblich hatte sie es mir genau an diesem Abend sagen wollen. Sie hätte es geheim gehalten, weil sie Angst vor einer Fehlgeburt gehabt hatte. Sie war damals in der vierzehnten Woche, also im vierten Monat. Und ich Trottel hatte nichts bemerkt." Er hustete schwach. „Wobei unser Verhältnis schon etwas länger nicht mehr das Beste war. Jeder ging seiner Wege, wenn wir aufeinandertrafen, hatten wir ständig Streit. Daher dachte ich auch, sie wäre meiner Meinung, dass es besser sei, wenn wir uns trennen. Stattdessen brach sie in Tränen aus und erzählte mir, sie sei schwanger."

„Du bist nicht eingeknickt?", konnte ich mich nicht beherrschen zu fragen.

„Nein, dafür war unsere Beziehung in meinen Augen viel zu kaputt. Ich wollte nicht mehr mit ihr leben."

Wieder musste ich ihn unterbrechen. „Ich dachte, ihr hättet getrennte Wohnungen gehabt?"

„Ja, das war Reginas Idee, beziehungsweise, ich wollte meine nicht aufgeben und sie nicht die ihre. Wir lebten aber die meiste Zeit zusammen, mal bei ihr, mal bei mir."

„Und warum wolltest du die Beziehung so unbedingt beenden? Ich meine, ey, ein Kind ist unterwegs, ist das kein Grund sich zusammenzuraufen?"

„Es hätte keinen Zweck gehabt, ich konnte mit ihr nicht mehr leben." Er stockte und rang mit sich, ob er weitersprechen sollte.

„Wir müssen alles wissen, wenn wir dir helfen sollen", mahnte ich.

„Es hatten sich im Laufe der Zeit zu viele Dinge angehäuft, mit denen ich nicht zurechtkam. Sie war unzuverlässig, rücksichtslos und oft unehrlich und ich hatte zunehmend das Gefühl, dass sie mich nicht mehr liebte, dass ich ihr in keinster Weise mehr wichtig war. Diese Beziehung konnte selbst ein Kind nicht mehr retten."

Ich musste noch einmal nachfragen. „Hat die sich so verändert? Oder wieso hast du es trotzdem so lange mit ihr ausgehalten."

Cavit gab ein keuchendes Geräusch von sich, das wohl ein Lachen sein sollte. „Anfangs dachte ich, ich hätte meine Traumfrau gefunden. Sie war lebenslustig und charmant, hatte dieselben Interessen wie ich, kam sofort in meinem Freundeskreis klar und – das wichtigste für mich, sie war genauso verliebt in mich wie ich in sie. Lange Zeit stand sie bei mir an erster Stelle und ich dachte, bei ihr wäre es genauso. Wir wollten uns ja sogar zusammen selbstständig machen."

„Und wie bist du wach geworden?"

„Das war kein Wachwerden in dem Sinne. Es fing mit Kleinigkeiten an, ich ertappte sie beim Lügen. Nichts Wichtiges, kleine Notlügen, wie sie es nannte. Aber mir fiel irgendwann auf, dass es dabei meist darum ging, sich in ein besseres Licht zu setzen. Ja, und dass sie zunehmend egoistischer wurde, sie setzte ihre Interessen über meine, andauernd. Sie brauchte ständig Leute um sich herum, wollte etwas erleben, ich dagegen bin eher der häusliche Typ, der sich zu Hause entspannen möchte. Und sie wurde nach und nach immer reizbarer, ich konnte ihr nichts mehr recht machen, was sie auch oft genug in unserem Freundeskreis zum Besten gab." Er atmete tief durch. „Entweder muss ich vor Liebe blind gewesen sein oder sie hat sich erst in unserer Beziehung dermaßen verändert. Dachte ich damals jedenfalls. Jetzt weiß ich es natürlich besser."

## 39

Katharina

Ich weckte Manfred und Justus um sieben, damit wir pünktlich um acht fertig sein würden. Nachdem die beiden angezogen waren und sich zum Frühstücken nach unten begeben hatten, packte ich die Tasche des Jungen und ließ sie oben an der Treppe stehen, um den trügerischen Frieden nicht zu gefährden, auf dem wir heute Morgen balancierten. Bis jetzt hatte sich der Kleine durchaus willig gezeigt, sich waschen und anziehen lassen und war Hand in Hand mit Manfred nach unten gegangen. Allerdings drangen ausnahmsweise keine fröhlichen Stimmen zu mir herauf, wie es sonst immer der Fall war. Normalerweise hatte Justus gerade morgens nach dem Aufstehen ein unbändiges Vergnügen daran, sich mitzuteilen und buhlte geradezu um Manfreds Aufmerksamkeit.

In der Küche angekommen bot sich mir ein ungewohntes Bild. Mein Mann balancierte den Jungen auf seinen Knien und versuchte ihn dabei mit den gewohnten Frühstücksflocken zu füttern. Dieser hatte den Kopf an dessen Brust gelehnt und kniff die Lippen fest zusammen. Die noch volle Schale verriet mir, dass das Unterfangen bisher nicht geklappt hatte.

„Du magst wohl Omis Milchreis lieber", versuchte ich, mit ihm zu scherzen.

„Omi?" Es schien zu funktionieren. Er sah mich aus großen Augen an.

„Du wirst doch gleich zu deiner Omi gebracht." Ich ließ mich auf meinem Stuhl ihm gegenüber nieder.

„Omi?", vergewisserte er sich erneut. „Nicht Mama?"

„Mama ist noch zu krank. Ihr wohnt eine Weile bei deiner Omi", nahm Manfred meine Aussage auf. „So, und nun iss. Wir wollen sie doch nicht warten lassen."

Der Trick funktionierte. Gehorsam sperrte der Kleine seinen Mund auf und ließ sich füttern. „Omi ist lieb", verkündete er mit vollen Backen kauend.

Mama nicht? Im letzten Moment verkniff ich mir diese blöde Frage und beließ es bei einem vielsagenden Blick in Richtung meines Mannes. Was hätte uns Justus' Aussage schon gebracht? Besser war es, Frau Meiss daran zu erinnern, dass das Jugendamt eine psychologische Begutachtung veranlasste. Sie versprach, sich darum zu kümmern und nahm ein aufgeregtes kleines Kerlchen mit, das, hin- und hergerissen zwischen seinem Abschiedsschmerz und der Vorfreude auf die Omi, immer wieder zum Auto und zurück lief.

Erleichtert aufseufzend legte Manfred seinen Arm um mich, während wir dem abfahrenden Wagen hinterher winkten. „Ich hätte nicht geglaubt, dass er so völlig ohne Probleme geht."

Ja, bisher war immer ich es gewesen, die die Pflegekinder verabschiedet hatte. Wobei ich ehrlicherweise sagen musste, dass sonst ich hauptsächlich für deren Wohl verantwortlich zeigte. Trotzdem, es schadete ihm gar nicht, mal eine dieser Abschiedsszenen mitzubekommen.

„Meinst du, wir könnten ihn besuchen?", fragte er hoffnungsvoll.

Das ist nicht üblich, wollte ich antworten, enthielt mich aber lieber einer Aussage und zuckte nur unverbindlich mit den Schultern. Wir waren mit Ingeborg Strüver sehr freundschaftlich verblieben, warum nicht die Tür offenhalten? Was wäre unauffälliger, als mit meinem Mann zusammen den Kleinen zu besuchen und so gleichzeitig seine Mutter kennenzulernen?

Zuerst jedoch rief die Arbeit. Ich räumte schnell ein bisschen auf und machte mich dann auf den Weg zur Kirche. Dieses Mal war ich neben Herrn Wiggert die Erste. Gemeinsam räumten wir seinen Wagen leer und stapelten die vielen Kisten in der Küche, währenddessen trafen nach und nach meine Mithelferinnen ein. Zuletzt gesellte sich Liane Zieliski zu uns, beziehungsweise sie kam aufgeregt auf mich zugestürmt und umarmte mich heftig. „Wir beide haben den Fall gelöst! Uns hat es Regina zu verdanken, dass sie gerettet wurde."

Natürlich wollten die anderen sofort wissen, was sie damit meinte. Ich ließ ihr das Vergnügen, die ganze Geschichte aus ihrer Sicht zu erzählen.

„Und das alles nur, weil ich in letzter Zeit nicht mitbekommen habe, was so in der Weltgeschichte passiert", seufzte sie schließlich theatralisch. „Ich hätte den entscheidenden Hinweis längst geben können."

Ich verkniff mir die Bemerkung, dass sie von selbst wahrscheinlich nie darauf gekommen wäre, dass Regina sich ausgerechnet in dem ehemaligen Haus ihres Vaters aufhalten und anschließend in die Jagdhütte flüchten würde. Interessant eigentlich, das fiel mir erst jetzt in diesem Zusammenhang auf, ich dachte immer noch von ihr als Täterin und von Cavit als dem unschuldigen Opfer.

„Erzähl doch noch einmal genauer von deiner Begegnung mit Gerds Tochter", bat ich sie. „Hat sie dich wirklich sofort rausgeschmissen?"

„Mit den Töchtern", korrigierte sie mich. „Die Sabrina, die ältere war ja auch da. Die ist noch vor den anderen gekommen und hat mich ganz lieb in den Arm genommen. Die wusste, wie nahe mir Gerds Tod gegangen ist. Ja, und dann kamen die anderen, alle zusammen, die Regina, ihre Mutter, der Junge und der Freund, also der, der die Regina entführt hat. Sah eigentlich vollkommen harmlos aus, der Kerl. Und ich fand ihn sehr nett. Der hat noch versucht, die Regina davon abzuhalten, mich sofort auf die Straße zu setzen und er hat mich zur Bushaltestelle gefahren, gegen ihren Willen. Die war total nörgelig, weil er sich nicht davon abbringen ließ."

„Wie war das denn genau?", führte ich sie zum eigentlichen Thema zurück. „Die Vier sind gekommen und dann?"

„Hat sich die Regina gleich als Hausherrin aufgespielt." Die Empörung über dieses Verhalten war ihr noch immer anzuhören. „Sie ist einfach in jeden Raum marschiert und hat in sämtlichen Schränken herumgestöbert. Dann hat sie sich hingesetzt und eine Inventarliste erstellt, was auf den Müll soll, was sie verkaufen kann, was sie behalten will und so. Der Sabrina hat sie die ganzen Papiere hingelegt, die sollte sich einen ersten Überblick verschaffen. Der war das gar nicht recht, das kannst du mir glauben. Sie hat mehrfach gesagt, das müssen wir doch nicht unbedingt heute machen, Regina. Doch, hat die geantwortet, jetzt sind wir hier, da können wir das sofort in Angriff nehmen. Ich will schließlich nicht alle meine Wochenenden opfern."

„Und wann ist dein Auszug zur Sprache gekommen?"

„Ihre Mutter, der Kleine und der Freund sind mit mir in der Küche geblieben. Wir haben uns unterhalten, über den Hof, die letzten Tage und die anstehende Beerdigung. Auf einmal ist die Regina dazwischen geplatzt und hat gesagt, statt gemütlich zu quatschen, sollte ich lieber anfangen, meine Sachen zu packen. Es wäre wohl doch klar, dass ich nicht länger bleiben könnte."

„Einfach so? Ohne Vorankündigung?", fragte Geli.

„Ja, genauso war das", bestätigte Liane Zieliski.

„Das hätte die aber schon bei eurem ersten Telefongespräch klarstellen können", entrüstete sich Petra.

„Nee, mit der habe ich ja gar nicht gesprochen." Richies Mutter war anzusehen, dass ihr der Zuspruch der anderen guttat. „Ich hatte nur Sabrina informiert. Das war ja die einzige aus der Familie, die ich bis dahin kennengelernt hatte. Die meinte, sie käme in den nächsten Tagen vorbei und dann könnten wir alles Weitere besprechen. Dass ich sofort raus musste, nee, daran hätte ich im Traum nicht gedacht."

„Was haben denn die anderen dazu gesagt?", erkundigte ich mich.

„Ach, die hatten gegen Regina keine Chance." Liane Zieliski schüttelte entschieden den Kopf. „Die hat eine Art an sich, das könnt ihr euch überhaupt nicht vorstellen. Da wagt keiner gegen anzugehen."

Es wurde langsam Zeit, die Frühstücksrunde zu eröffnen. Gemeinsam balancierten wir die Pyramiden mit den geschmierten Brötchen hinüber in den Gastraum und deckten schnell ein, während Petra die großen Kaffeekannen auf den Tischen verteilte. Geli ließ bereits die Wartenden herein. Unter den Ersten, die eintraten war Rolf, der gleich auf Liane zueilte und sie mit einem Küsschen auf die Wange begrüßte. Na, der machte ganz den Eindruck, als sei er schwer verliebt. Jetzt zog er sie hinter sich her und nötigte sie, Platz zu nehmen, was sie sich hold lächelnd gefallen ließ. Im Nu waren die beiden in ein angeregtes Gespräch vertieft. Also musste ich auf eine neue Gelegenheit warten, sie auszuquetschen.

Diese ergab sich, von mir wie ganz zufällig arrangiert, bei der Zubereitung des Mittagessens. Etwas abgesondert schälten Liane und ich Kartoffeln, da die anderen drei sich mit dem Gemüse großflächig ausgebreitet hatten.

„Wie schnell hat sie dich in der Jagdhütte gefunden?", fragte ich leise. Diesen Teil der Unterhaltung mussten wir nicht in aller Öffentlichkeit fortführen.

„Gleich am nächsten Tag", gestand Liane. „Ich hatte gerade erst Ordnung geschafft und vernünftig eingeheizt."

„War sie allein?"

„Ja, aber genauso rotzfrech wie zuvor." Sie drehte die Kartoffel gedankenverloren in ihrer Hand hin und her. „Ich kann das nicht richtig erklären, irgendwie hatte ich das Gefühl, die hatte echt Spaß daran, mich zu striezen. Die wartete geradezu darauf, dass ich mich wehren würde, damit sie mich endgültig fertigmachen kann. Mit der war nicht zu spaßen."

Obwohl ich sie ebenfalls für einen Schmarotzer hielt, tat sie mir in diesem Moment wahrhaftig leid. „So, wie es aussieht, hat sich für dich trotzdem alles zum Guten gewandt." Ich blinzelte ihr zu. „Und einen neuen Verehrer hast du auch schon."

„Ja." Grinsend begann sie weiter zu schälen. „Der Rolf hat mich heute gefragt, ob ich nicht mal probeweise bei ihm einziehen will. Seine Wohnung ist nicht groß, aber für uns beide reicht es völlig." Ihr Grinsen wurde breiter. „Er geht dann mit mir zur ARGE und klärt das mit denen ab. Der kennt sich damit gut aus. Zu zweit haben wir somit ein relativ gutes Auskommen."

Mir wäre beinahe meine fertig geschälte Kartoffel aus der Hand gefallen. Diese Aussage ließ ich besser unbeantwortet stehen.

## 40

Richard

„Aber wieso hast du dich darauf eingelassen, dass es hieß, sie habe eure Beziehung beendet?", nahm ich den Faden wieder auf.

„Regina schien so ehrlich entsetzt, sie vermittelte mir den Eindruck, ich hätte ihr im wahrsten Sinne des Wortes den Boden unter den Füßen weggezogen. Sie machte mir keine Vorwürfe, weinte nur stundenlang leise vor sich hin", erzählte Cavit weiter. „Dann wurde ihr schwindelig, ihr Kreislauf spielte verrückt. Ich machte mir solche Sorgen, dass ich die Nacht auf ihrer Couch verbrachte. Am nächsten Morgen kam sie mit dem Vorschlag, es sei sowohl für sie als auch für mich besser, zu sagen, sie hätte sich von mir getrennt. Ihr persönlich wäre es sehr, sehr wichtig, nicht als die Verlassene dazustehen und ich käme bestimmt in den Augen der anderen besser weg, weil ich damit nicht einer Schwangeren den Laufpass gegeben hätte. Sie tat dermaßen verständnisvoll und lieb, dass ich ihr diese Bitte nicht abschlagen wollte." Er hüstelte. „Ich hatte ehrlich gesagt eine Riesenszene erwartet, wir Männer sind feige, also ist es zu verstehen, dass ich auf sie hereinfiel, oder nicht?"

„Wäre mir wahrscheinlich auch so ergangen", musste ich zugeben. „Apropos hereinfiel, wann bist du denn wach geworden?"

„Bis zu der Entführung nicht." Cavit verzog das Gesicht. „Wenn du mich davor gefragt hättest, hätte ich dir gesagt, dass unser Verhältnis wirklich freundschaftlich ist, eigentlich mehr als das, richtiggehend familiär, ich konnte bei ihr ein- und ausgehen, wie ich wollte. Wir haben Ausflüge zusammen gemacht, ich konnte jederzeit nach der Arbeit Justus besuchen, sie hat sich von mir in handwerklichen Dingen helfen lassen, wir sprachen über alles, was uns bedrückte. Gerade in der Zeit, als meine Freundin verschwunden war, konnte ich zu hundert Prozent auf sie zählen. Sie hat mich aufgebaut, mir versichert, dass sich der wahre Täter bestimmt finden würde." Er lachte bitter. „Klar, sie wusste schließlich genau, dass ich nichts damit zu tun hatte."

„Das heißt also, bei euch war alles Friede, Freude, Eierkuchen", resümierte ich. „Was war denn mit all den negativen Eigenschaften, die du während eurer Beziehung festgestellt hattest, gab's die plötzlich nicht mehr?"

„Lach nicht, ich dachte manchmal tatsächlich, es hätte nur an mir gelegen. Dass ich überkritisch gewesen wäre oder selbst zu gestresst. Trotzdem liebte ich sie nicht mehr, daher blieb uns nur eine tiefe Freundschaft." Er hielt inne und überdachte das Gesagte noch einmal. „Gut, in den letzten Wochen vor der Entführung fand ich ihr Benehmen schon arg seltsam", gab er dann zu. „Aber ich schob ihre Zickigkeit auf das baldige Ende ihres Erziehungsurlaubs. Und Justus' häufige Krankheiten habe ich ihr damals abgenommen. Es ist ja oft so, wenn ein Kind aus einem geschützten Umfeld neu in eine Gruppe mit anderen kommt, dass es jeden Keim sofort aufnimmt."

„Wie hat sie sich denn benommen, als du mit deiner Neuen aufgetaucht bist?", wollte ich wissen.

„Normal, denke ich, etwas zurückhaltend aber freundlich. Nur haben wir uns in dieser Phase kaum gesehen. Justus war alt genug, dass er die Wochenenden bei mir verbringen konnte. Ich habe ihn freitags abgeholt und sonntagabends zurückgebracht. Natürlich sind wir damals nicht zusammen weggefahren oder so. Geholfen, wenn sie Hilfe brauchte, habe ich ihr allerdings weiterhin."

„Kann es sein, dass sie sich Hoffnungen gemacht hat, ihr könntet wieder zusammenkommen, so nach dem Motto, ist die Neue weg, kann ich ihren Platz einnehmen?"; fiel es mir ein.

„Nein, angeblich hat sie von dem Moment an, als ich mit ihr Schluss gemacht habe, an Rache gedacht. Sie wollte diese jedoch erst genießen, wenn ich meine drei Jahre Unterhalt für sie gezahlt hatte. So konnte sie in der Zeit zu Hause bleiben und gleichzeitig einen, nach ihren Worten todsicheren Plan ausarbeiten."

„Womit wir endlich beim Thema wären." Jetzt wurde es spannend. „Wie hat sie das Ganze denn nun angestellt?"

Tja, es dauerte bis in den späten Abend hinein, dann hatte ich die Fakten einigermaßen zusammen. Also, es war so abgelaufen: Regina wusste, dass er in Urlaub fahren wollte. Morgens früh rief sie ihn ganz aufgeregt an und bat ihn, kurz bei ihr vorbeizukommen. Sie müsse etwas Wichtiges mit ihm besprechen. Sie hätte gerade Justus in die Kita gebracht und wäre von der Leiterin angesprochen worden, dass … nein, dieses Thema könne sie nicht am Telefon besprechen, er solle bitte so schnell wie möglich zu ihr kommen. Daraufhin ist er natürlich gesprungen. Bei seinem Eintreffen hat sie ihm eine seltsame Story aufgetischt, dass die Kindergärtnerinnen der Meinung seien, Justus habe schlimme psychische Probleme, die sich in Gewaltattacken gegen ihre anderen Schützlinge äußerten und in der Tatsache, dass er zu ihnen kein Verhältnis aufbauen könne. Sie hätten ihr gesagt, sie müsse schnellstens einen Termin bei einem

Kinderpsychologen vereinbaren, sonst dürfe der Kleine nicht mehr kommen. Sie war offensichtlich völlig am Boden zerstört.

Cavit riet ihr, sich an den Kinderarzt zu wenden. Dieser war ein ehemaliger Kollege aus dem Krankenhaus, deshalb wollte er ihn sofort anrufen. Regina wehrte mit der Begründung ab, sie hätten am Nachmittag sowieso einen Termin bei ihm, wegen Justus' ständigem Kranksein. Sie schien sichtlich erleichtert über seinen Rat. Dann sprang sie auf, sagte, sie wolle ihm noch etwas zeigen und eilte hinaus in die Diele. Worum es sich dabei handelte, hatte er nie erfahren. Ein lauter Bums und ein Schrei ertönten, er eilte zu ihr und sah sie mit schmerzverzerrtem Gesicht auf dem Boden liegen. Sie war gestolpert und hingefallen.

Cavits Versuch, ihren schmerzenden Knöchel zu untersuchen, wehrte sie vehement ab. Stattdessen bat sie ihn, sie am Krankenhaus abzusetzen. Sie müsse dort wegen ihres Dienstantritts am Montag vorbeischauen. Sollte der Fuß bis nach diesem Gespräch nicht besser sein, würde sie anschließend in die Ambulanz gehen.

Weil sie kaum auftreten konnte, hängte sie sich auf dem Weg zu seinem Auto bei ihm ein und er legte noch, um sie zu stützen, den anderen Arm um sie. Er setzte sie auf dem Angestelltenparkplatz ab, sie beugte sich zu ihm hinüber – und stieß mit dem bereitgehaltenen Taser zu.

„Du kannst dir nicht vorstellen, was das für ein Gefühl ist", hatte Cavit gesagt. „Du bist vollkommen unfähig, dich zu rühren."

Doch, konnte ich, naja, zumindest so ungefähr. Ich hatte bei der Drogenrazzia, die im Prinzip Kathi und ich ausgelöst hatten, gesehen, wie einer der Bullen damit gegen einen der Leibwächter des Oberbosses vorging, der den starken Mann markieren wollte. Der Typ war sofort außer Gefecht.

Sie hatte es geschafft, Cavit, der sich nicht bewegen konnte, vom Fahrersitz zu zerren und ihn hinten im Fond zu fesseln. Dann war sie losgefahren. Erst auf dem Hof ihres Vaters ließ sie ihn aus dem Auto. Sie hatte in der Scheune geparkt und trieb ihn an Händen und Füßen gefesselt vor sich her ins Haus. „Weigerst du dich zu laufen, bleibst du eben bis zum Abend hier liegen", hatte sie ihn gewarnt, als er zuerst nicht reagierte. „Anschließend schleife ich dich an den Beinen hinüber." Klar, dass er daraufhin kooperierte.

Sie hielt ihn im oberen Stock gefangen, nicht in dem Zimmer mit den Handschellen, sondern in dem daneben, das Bett benutzte sie und die Handschellen auch. „Schließlich muss ich Abschürfungen vorweisen können nach meiner Befreiung", hatte sie süffisant lächelnd gesagt.

Die Geiselnahme hätte gar nicht so lange dauern sollen, es war seine Schuld, dass sie sich dermaßen in die Länge zog. Er hatte eine Unaufmerksamkeit von Regina genutzt und sich auf sie gestürzt, mit gefesselten Händen. Er trug die ganze Zeit über ebenfalls Handschellen, nur waren seine innen gepolstert, sodass sie keine Abdrücke hinterließen. Beinahe wäre es ihm trotzdem gelungen, sich zu befreien, wenn sie nicht im letzten Moment zum Pfefferspray gegriffen hätte. Die Ladung traf ihn voll ins Gesicht. Und Regina war dermaßen außer sich, dass sie auf ihn, der am Boden lag und sich krümmte, wie eine Wilde eintrat.

Diese Verletzungen hätte sie nie erklären können. Also suchte sie sich einen anderen sicheren Ort und wollte dort warten, bis er wieder vorzeigbar gewesen wäre. Die eintreffenden Polizisten nahmen ihr die Entscheidung über den günstigsten Zeitpunkt allerdings ab. Die Jagdhütte war so gelegen, dass sie eine fast schnurgerade Linie zum Hof ihres Vaters bildete. Sie kontrollierte regelmäßig mit dem Fernglas die Umgebung und entdeckte dadurch auch die Beamten. Als diese am nächsten Tag damit begannen, die Umgebung abzusuchen, wusste Regina, dass es nur noch eine Frage der Zeit war, bis sie gefunden wurden. Sie beschloss zu handeln.

„Dass sie mich umbringen wollte, war mir bis zu dem Moment nicht klar", hatte Cavit erklärt. „Sie sprach immer nur davon, mich fertigzumachen, mich als gewalttätigen Stalker hinstellen zu wollen, der selbst vor einer Entführung nicht zurückschreckte. Ich dachte, ihr Ziel sei es, mich ins Gefängnis zu bringen, als Rache für das, was ich ihr angetan hatte. Dass sie wirklich schießen würde, nein, damit habe ich nicht gerechnet."

An dem Morgen sei alles sehr schnell gegangen. Regina habe ihn aus dem Bett gezerrt und ihn gezwungen, für sie beide Frühstück zu machen. Sie sei nicht anders als an den Tagen zuvor gewesen, also weder besonders aufgeregt noch angespannt. Sie hätten auch noch in aller Ruhe gegessen. Dann habe sie ihm den Schlüssel für die Handschellen hingeworfen und dabei zugesehen, wie er versuchte, sich zu befreien. Dabei hatte sie die ganze Zeit die Pistole in der Hand. Jedes Mal, wenn er es endlich geschafft hatte, die Schlüssel aufzuheben, sei sie gegen ihn gesprungen, sodass er sie wieder verlor. Er hatte das Ganze für eines ihrer dummen Spielchen gehalten, wobei er sich schon wunderte, dass sie eigene Verletzungen dabei in Kauf nahm, weil sie selbst nicht nur heftig gegen ihn prallte, sondern dabei ebenfalls mehrere Male auf dem Boden landete.

Schließlich ließ sie von ihm ab und es gelang ihm, das Schloss aufzuschließen. Er musste die Handschellen auf den Tisch legen, von dem sie

sie an sich nahm. „Ich gehe jetzt raus", erklärte sie ihm. „Du wartest, bis
…"

Ohne Vorwarnung drückte sie ab, warf sich direkt danach auf ihn, zer-
kratzte ihm das Gesicht und wälzte sich mehrmals mit ihm zusammen
über den Boden. Anfangs war er viel zu geschockt, um sich zu wehren.
„Das alles ging wahnsinnig schnell. Natürlich hört sich das jetzt im
Nachhinein an, als wäre ich ein Waschlappen, zu doof zu reagieren.
Doch bevor ich irgendwas machen konnte, war sie runter von mir. Ja,
und dann setzten diese entsetzlichen Schmerzen ein. Ich weiß, dass sie
danach noch meine Hände nahm und sich meine Finger gegen die Haut
an Handgelenken und Hals drückte und ich wie ein hilfloses Baby alles
geschehen ließ. Danach ging sie endlich, sie schloss nicht einmal richtig
die Tür hinter sich. Deshalb robbte ich darauf zu, ich wollte unbedingt
raus, Hilfe finden, mir war schon bewusst, dass ich schwer verletzt war."
„Stattdessen hast du sie zugedrückt." Ich wusste nicht, ob ich lachen
durfte, irgendwie war die Geschichte ziemlich absurd. Ein gestandenes
Mannsbild von ungefähr eins fünfundsiebzig, mit bestimmt siebzig Kilo,
ist nicht fähig, gegen eine zierliche Frau, die auf dem Bild, das ich gesehen hatte, aussah, als könne ein Windhauch sie umpusten, zu bestehen.
„Nein, sie ist von selbst zugegangen", antwortete Cavit ernst. „Ich
schaffte es nicht schnell genug."
Gut, dass ich mich doch nicht über ihn lustig gemacht hatte. Für ihn
wäre die Geschichte beinahe das Ende von allem gewesen. Und was
diese Regina anging, die musste ein gerissenes Biest sein, wenn er mir
tatsächlich die Wahrheit erzählt hatte. Aber das würde ich mit Kathi
zusammen gemeinsam entscheiden, es wurde langsam Zeit, sie aufzusu-
chen.

## 41

Katharina

Dass Richie mich dermaßen hängen ließ, konnte ich nicht verstehen. Der Mittwoch war verstrichen, ohne dass ich etwas von ihm gehört hatte. Jetzt war bereits Donnerstagabend und immer noch keine Spur von ihm. Mittlerweile waren weitere Einzelheiten der Entführung bekannt geworden. Cavit hatte Regina unter einem Vorwand in ihrer Wohnung besucht, sie betäubt und die kaum noch ihrer Sinne fähige Frau zu seinem Auto gebracht. Ungefähr eineinhalb Wochen sei sie auf dem ehemaligen Hof ihres Vaters gefangen gehalten worden. Danach hätte Cavit sie aus Angst vor Entdeckung zu einer Jagdhütte gebracht, die er von früheren Besuchen her kannte. Als er die herannahenden Polizisten entdeckte, habe das in ihm eine fatale Reaktion ausgelöst. Er wusste, dass er verloren hatte und beschloss, erst Regina und danach sich selbst zu erschießen. Die Entführung und ihre Gefangenschaft hätten allein dem Zweck gedient, sie zurückzugewinnen, durch die drohende Entdeckung sah er seinen Plan als gescheitert an. Glücklicherweise sei es ihr gelungen, ihn abzulenken, sodass sie nach der Waffe greifen konnte. Bei dem folgenden Gerangel hätte sich ein Schuss gelöst und Cavit sei zu Boden gegangen. Sie hätte sofort die Flucht ergriffen und sei direkt einem Beamten in die Arme gelaufen. Nach einer kurzen Untersuchung im Krankenhaus hätte sie in die Arme ihrer Familie zurückkehren können. Der Entführer liege schwer verletzt im Krankenhaus.

Christina hatte mich daraufhin sofort noch einmal angerufen. „Na, hast du dich von deinen Verschwörungstheorien losgesagt?“, fragte sie als Erstes. „Ich war schon fast so weit, daran zu glauben. Da siehst du wieder, wie einseitig die Leute doch erzählen.“

Ich musste einfach dagegenhalten. „Denk dran, was Ruth gesagt hat“, erinnerte ich sie. „Der Kleine ist gestört. Und dafür kann nur die Mutter verantwortlich sein, mit der hat er zusammengelebt, nicht mit dem Vater.“

„Ich will ja auch gar nicht behaupten, dass diese Regina ein sympathischer Mensch ist“, versuchte Christina sich zu rechtfertigen. „Natürlich ist es möglich, dass sie ebenfalls angeknackst ist. Aber wohl nicht in dem Maße wie ihr ehemaliger Freund.“

„Wir werden sehen, was die Ermittlungen ergeben“, lenkte ich ein. Immerhin hatte ich noch nicht mit Richie gesprochen. Vielleicht hatte ich mich tatsächlich verrannt und mir die Aussagen derer, mit denen ich gesprochen hatte, zurechtgebogen, damit sie in das Bild passten, das ich vor Augen sah.

„Weißt du wieder mehr als ich?", hakte sie sofort nach.

„Nein, leider nicht. Ich musste genauso wie du die Zeitung und das Internet durchforsten, um an Informationen zu kommen. Mein Kontakt bei der Polizei wird sich nicht mehr melden, die geben keine Einzelheiten raus."

Damit wandte sich unser Gespräch anderen Dingen zu und ich erfuhr, dass sie das Wochenende gemeinsam mit ihrem Mann und Lotti in Hamburg verbringen wollte. Er hatte dort in den kommenden Tagen eine Konferenz und sie nutzte die Gelegenheit, sich um ihre dortige Selbsthilfegruppe zu kümmern. „Falls du mich also für weitere Erkundigungen benötigst, ich bin erst in einer Woche zurück."

Sie meinte es wahrscheinlich scherzhaft, ich dagegen suchte bereits in Gedanken jemanden, der mich an ihrer Stelle begleiten konnte. Denn eigentlich war ich mir sicher, dass wir in dieser Entführungsgeschichte noch nicht am Ende angekommen waren.

Vor lauter Frust hatte ich angefangen, unser Haus gründlich zu putzen. Nicht, dass es eine völlig unnütze Arbeit gewesen wäre. Ich hatte während meiner Ermittlungen nur das Nötigste erledigt, gerade so kurz vor Ostern – zu dem Fest würde fast meine gesamte Großfamilie einfallen – war es immer mein Bestreben gewesen, sämtlichen Staub und Schmutz, der sich über den Winter angesammelt hatte, zu entfernen.

Als Elisabeth anrief, Freitagmorgen direkt um acht, war ich schon dabei, mir unser Küchenfenster vorzunehmen, an dem Regen und Schnee deutliche Spuren hinterlassen hatten. „Könntest du mit mir heute Nachmittag zum Einkaufen fahren? Ich erwarte am Samstag und Sonntag Besuch. Es hat sich gerade erst ergeben", fügte sie hinzu, denn sie wusste, dass ich nichts mehr hasste, als mich in das Getümmel der Wochenendeinkäufer zu stürzen.

„Kein Problem." Würden die restlichen Fenster eben bis nächste Woche warten müssen. Dafür ersparte ich mir den samstäglichen Spaziergang mit meiner Schwiegermutter. Normalerweise war ich gern mit ihr zusammen, nur jetzt, wo mir der Kopf brummte, weil ich immer und immer wieder die erhaltenen Informationen mit dem verglich, was ich aus der Zeitung und dem Internet erfahren hatte, war ich froh, den Gesprächen mit ihr entkommen zu sein. Sie würde wahrscheinlich pausenlos von ihrem neuen Projekt reden, das sich, wie sie in diesem Telefonat andeutete, wohl nicht so einfach umsetzen ließ, wie sie gedacht hatte.

„Das ist alles sehr kompliziert", sagte sie denn auch, kaum dass sie in das Auto eingestiegen war. „Hubert bringt einen Freund mit, der ist Religionswissenschaftler. Wir müssen uns dieses Mal vernünftig absichern, bei dem, was wir schreiben. Du glaubst gar nicht, wie viele E-Mails ich zu dem Thema bekommen habe, seitdem ich die Vorankündigung nach Facebook gestellt habe."

Obwohl ich mich bemühte, ihr zuzuhören, gerieten meine Gedanken zwischenzeitlich auf Abwege. Ausgerechnet in dem Moment, in dem ich losfahren musste, war Richie aufgetaucht. Wir hatten nicht mehr als ein paar Worte wechseln können, doch selbst aus dem Wenigen, was er auf dem Weg zum Auto von sich gab, hatte ich schließen können, dass er Cavit für unschuldig hielt. Also war diese Geschichte für uns tatsächlich noch nicht vorbei.

„Wir müssen auch all die Punkte aufgreifen, die meine Leser als Aufreger betrachten." Mittlerweile befanden wir uns im Einkaufszentrum, was Elisabeth jedoch nicht daran hinderte, weiterzuplaudern. „Das Kopftuch ist nur das Symbol, in Wirklichkeit geht es um die Gleichberechtigung", fuhr sie fort. „Aus den meisten Mails geht eindeutig hervor, dass die Schreibenden das Gefühl haben, unser Staat müsse dafür sorgen, dass sich islamische Männer in unserem Land so benehmen, wie wir es von unseren eigenen Männern erwarten." Sie hielt inne und musterte ihren Einkaufszettel. „Holst du mir bitte ein Glas grüne Bohnen?"

Folgsam tat ich das Gewünschte und wurde anschließend sofort nach dem nächsten Teil auf der Liste geschickt. So arbeiteten wir uns langsam durch das Gewühl der Einkaufenden, während Elisabeth unverdrossen auf mich einredete. Die kleinen Pausen, die sie einlegen musste, weil ich außer Hörweite war, schienen sie nicht zu kümmern, sie wartete einfach, bis ich wieder nah genug war, um sie zu verstehen.

„Wir haben nicht für die Gleichberechtigung gekämpft, um zu erleben, wie diese von den Ausländern mit Füßen getreten werden." Sie blinzelte mir zu. „Originalzitat."

Jetzt war sie doch zu mir durchgedrungen. „Ja, es geht nicht nur darum, wie sie ihre eigenen Frauen behandeln, beziehungsweise die sich behandeln lassen, sondern es geht auch darum, wie sie sich uns gegenüber verhalten." Teilweise konnte ich den Tenor der Diskussionsteilnehmer verstehen. Ich hatte mich schon mehrmals darüber geärgert, wie einige unserer ausländischen Kindergartenväter mit den dort angestellten Erzieherinnen umgingen. Nicht alle wohlgemerkt, aber auch hier war es, wie bei vielen anderen Dingen; die, die sich anpassten, die sich vernünftig benahmen, bemerkte man nicht, es fielen die auf, die das nicht taten – und alle aus dieser Gruppe hatten darunter zu leiden, egal ob Ausländer, Jugendliche oder unsere Obdachlosen.

„Und natürlich auch, was sie an ihre Kinder weitergeben", nahm Elisabeth meine Gedanken auf. „Viele meiner Leser stört, dass die Töchter sich nicht frei entwickeln dürfen, dass sie nicht am Schwimmunterricht, nicht an Klassenfahrten teilnehmen können, dass einige nicht einmal mit einem Jungen aus ihrer Klasse außerhalb des Schulgeländes Kontakt aufnehmen dürfen. Was dann übrigens nicht nur von den Vätern, sondern auch von den älteren Brüdern überwacht wird. Das heißt, wir drehen uns im Kreis. Die Kinder werden nach der Familientradition erzogen und das alles unter dem Deckmantel der Religiosität."

„Aha, deshalb der Religionsexperte", nickte ich. Wir hatten mittlerweile das meiste auf Elisabeths Liste abgehakt und steuerten an den letzten Regalen vorbei auf die lange Schlange an den Kassen zu.

„Ich weiß noch nicht, inwieweit der uns helfen kann. Ah, schau." Meine Schwiegermutter deutete auf einen Tisch mit Sonderangeboten. „Lass uns eben schnell gucken."

„Uns auf die heiligen Schriften zu stützen, sehe ich teilweise als kontraproduktiv an." Kaum hatten wir uns in die Reihe der Wartenden eingereiht, knüpfte Elisabeth an das eben Gesagte an.

„Selbst in der Bibel steht, die Frau sei dem Manne untertan", grinste ich.

„Genau", nickte sie. „Im Prinzip darf man nicht vergessen, wann die Bibel und der Koran entstanden sind. Damals waren ganz andere Zeiten, andere Gegebenheiten, wie man an dem Beispiel des Verbots des Schweinefleisches sehen kann." Sie holte tief Luft.

Oh, nein, nicht wieder dieses Thema! Das hatten wir bereits zur Genüge durchgekaut. „Aber du bist trotzdem guter Dinge, dass ihr am Wochenende ein eurer Meinung entsprechendes Schreiben aufsetzen könnt?"

Ha, geschafft, während wir langsam in der Schlange vorrückten, zählte sie mir die entsprechenden Schwierigkeiten, die sich bisher ergeben hatten, der Reihe nach auf. Selbst während ich unsere Einkäufe auf das Band legte, hörte sie nicht auf zu reden.

Das Beste passierte, nachdem wir mit dem vollen Einkaufswagen die Tür zum Parkplatz ansteuerten. Die Frau, die hinter uns gewartet hatte, kam hinter uns her gestürmt. „Entschuldigen Sie bitte." Atemlos strahlte sie meine Schwiegermutter an. „Ich kam nicht umhin, Ihr Gespräch mitzuhören. Und ich bin völlig Ihrer Meinung, diese Debatte muss endlich vernünftig geführt werden, ohne dass einem gleich Fremdenfeindlichkeit unterstellt wird. Dürfte ich Sie um Ihre Facebook-Daten bitten? Ich möchte zu gern mit Ihnen Kontakt aufnehmen."

Ich musste mich mit einer gemurmelten Entschuldigung entfernen, damit keine der beiden mein mühsam unterdrücktes Lachen bemerkte. Deshalb wartete ich vor dem Fenster der angeschlossenen Apotheke, bis sie ihre Daten ausgetauscht hatten. Ja, ein Tag mit Elisabeth war immer wieder ein Erlebnis.

## 42

Richard

Schlechtes Timing, erst musste ich mir Vorwürfe anhören, dass ich mich so lange nicht gemeldet hatte, dann ging Kathi einkaufen, anstatt sich meinen Bericht anzuhören. Es dauerte fast zwei Stunden, bis sie zurückkehrte.

„Ich konnte nicht eher kommen, Cavit ging es plötzlich sehr schlecht, die dachten schon, er stirbt. Mutter, Vater, Schwester, alle waren zum Abschiednehmen erschienen", rechtfertigte ich mich ein zweites Mal. „Ich wollte wenigstens abwarten, ob er es schafft."

„Vielleicht hättest du es langsamer angehen sollen."

Klar, jetzt war ich auch noch schuld! „Nein, es war eine Infektion", erklärte ich von oben herab. „Das kann nach einer derartigen Operation vorkommen."

„So, nun erzähl mal." Kathi hatte ihre eigenen Einkäufe verstaut und sah mich abwartend an.

„Wie ist die ganze Geschichte denn wirklich abgelaufen?"

Ich berichtete so ausführlich wie möglich, trotzdem hatte sie am Ende jede Menge Fragen.

„War das nicht reichlich risikoreich, ihn auf diesem Parkplatz zu attackieren? Es hätte sie leicht jemand sehen können."

„Nein, dort ist nie einer, wenn nicht Schichtwechsel ist. Außerdem hatte sie sich extra in der hintersten Ecke absetzen lassen, angeblich, um auf dem Weg zur Tür zu prüfen, ob ihr Fuß wieder einigermaßen in Ordnung war."

„Und wie hat sie es angestellt, ihn vom Fahrersitz in den Fond zu bekommen?"

Schade, dass ich zu keinerlei Mimik mehr fähig war, sonst hätte sie mein breites Grinsen sehen können. „Wie du weißt, kann man den Fahrersitz auf Liegeposition einstellen." Ich musste mich echt anstrengen, damit ich nicht zu belehrend klang. „Anschließend ist sie nach hinten gekrabbelt und hat ihn von da aus rüber gezogen. Ganz einfach eigentlich."

„Das muss sie sich vorher genau überlegt haben." Kathi dachte nach. „Ich bin nur mal gespannt, wie sie der Polizei erklären will, dass Cavit zuerst beim Krankenhaus vorbeigefahren ist und danach erst zum Hof ihres Vaters. Warum sollte er das Risiko eingehen?"

„Keine Ahnung." Das war mir ehrlich gesagt gar nicht aufgefallen, dass sich dieses Manöver von Reginas Standpunkt aus sehr seltsam ausnahm.

„Vielleicht haben wir bereits den ersten Schwachpunkt in ihrer Aussage gefunden."

„Nein, so einfach wird sie es uns nicht machen." Kathi biss sich auf die Lippe. „Ich wette, sie hat sich dazu etwas einfallen lassen. Das Ganze ist äußerst akribisch geplant worden, wie es aussieht."

„Genau wie mit den Fesseln", musste ich ihr Recht geben. „Er trägt gepolsterte Handschellen, sie bindet sich nachts selbst mit Stricken fest."

„Hast du nicht in ihrem Zimmer auf dem Hof Handschellen an ihrem Bett gesehen?"

„Ja, sie hat sich wohl abwechselnd mal mit einem Strick, mal mit den Handschellen gefesselt", stellte ich richtig. „Zumindest vermutet Cavit das. Gesehen hat er das nie, ihm sind nur nach einiger Zeit die roten Striemen an ihren Handgelenken aufgefallen. Auf seine Frage hat sie bereitwillig geantwortet, dass sie schließlich das Opfer sei und auch dementsprechende Spuren aufweisen müsse. Sie ..."

„Halt, warte!" Kathi sprang auf und wanderte mit Riesenschritten durch die Küche. „Wusste er von Anfang an, dass sie vorhatte, ihn als den Täter hinzustellen?"

„Keine Ahnung." Mensch, sie hatte mich schon wieder kalt erwischt. „Ich bin nicht jeden Tag einzeln mit ihm durchgegangen. Die meiste Zeit war er weggeschaltet durch die Medikamente, die sie ihm verabreicht hat. Aber natürlich war er zwischendurch auch wach. Er musste zum Beispiel jeden Tag aufstehen und durch das gesamte Haus laufen. Zum einen, damit er fit blieb, zum anderen, damit er überall seine Spuren hinterließ."

„Ich verstehe nur nicht, warum er sich nicht geweigert hat." Kathi zuckte mit den Schultern. „Gut, ich bin noch nie in so einer Situation gewesen, aber ich kann mir nicht vorstellen, dass ich brav alles mache, was mein Entführer mir sagt."

„Wenn du Angst um dein Leben hast, bestimmt", hielt ich dagegen. „Ich denke, sie hat ihm von Anfang an klar gemacht, dass sie vor einem weiteren Mord nicht zurückschreckt." Trotzdem würde ich ihn bei meinem nächsten Besuch gezielt danach fragen, aber das musste ich ihr ja nicht unbedingt auf die Nase binden.

„Wann hat er erfahren, dass sie seine Freundin umgebracht hat? Und weiß er, wie sie es angestellt hat? Warum hat sie es ihm überhaupt eingestanden? Ich meine, ihr musste doch klar sein, dass er das irgendwann gegen sie verwenden könnte." Wie immer wollte Kathi alles ganz genau wissen.

„Das hat sie ihm erst ganz am Ende seiner Gefangenschaft erzählt", musste ich zugeben. „Wahrscheinlich war ihr da schon klar, dass sie ihn töten würde. Sie hat sogar vor ihm damit geprahlt, dass niemand sie damals verdächtigte. Und nein, genauere Angaben, wie sie es angestellt hat, wurden wohl nicht gemacht." Mist, wieder ein Punkt mehr, den ich noch abklären musste. Warum fielen Kathi immerzu Dinge auf, an die ich allein nie gedacht hätte?

„Wie kam es dazu, dass sie in die Hütte umzogen? Das verstehe ich gar nicht", nahm sich Kathi den nächsten Punkt meines Berichts vor. „Ich meine, sie hatte das Haus ausgesucht, weil sie sicher sein konnte, dass dort niemand hinkam. Warum ist sie mit ihm nicht dort geblieben?"

„Weil sie auf einmal Angst hatte, dass ihre Mutter die Polizei darauf ansetzen könnte", versuchte ich zu erklären, was Cavit aus ihrer Aussage entnommen zu haben meinte. „Irgendwie sind Regina wohl die Nerven durchgegangen. Diese Entführung, ja, anfangs sollte es tatsächlich nur eine Entführung sein, dauerte ihr bereits zu lange. Und dann kam Cavits Ausbruchversuch. Da ist sie durchgedreht."

„Ich verstehe kein Wort." Kathi, die sich mittlerweile hingesetzt hatte, blickte mich kopfschüttelnd an. „Erzähl der Reihe nach."

„Also zuerst hatte sie ja den Plan gefasst, ihn als Stalker hinzustellen", begann ich zu erklären. Stand sie auf dem Schlauch? Das hatte ich ihr alles schon in meinem Bericht mitgeteilt. „Sie dachte, wenn er sie entführte, würde das viel besser wirken und ihm natürlich auch eine viel schwerere Strafe einbringen. Irgendwann hat sie sich das Ganze anders überlegt. Wenn Cavit stürbe, wäre Justus sein Erbe – und vor allem wäre sie damit ihn und seine Familie endgültig los. Der Kleine sei ihr Kind, hat sie ihm immer wieder erklärt, sie allein bestimme über ihn und sein Leben, keiner dürfe ihr hineinreden."

„Und wie war das mit dem Ausbruchversuch?", hakte sie nach.

„Sie hatte den Taser, den sie sonst immer in ihrer Tasche bei sich trug, oben vergessen und die Pistole lag außerhalb ihrer Reichweite, was Cavit nicht entgangen war. Er hat gewartet, bis sie sich in seiner Nähe befand und sich auf sie gestürzt. Beinahe wäre es ihm gelungen, sie zu überwältigen. Im letzten Moment schaffte sie es, das Pfefferspray rauszuholen, und er bekam eine volle Ladung ins Gesicht. Danach ging bei ihm gar nichts mehr."

„Ein Pfefferspray, einen Taser, eine Pistole", zählte Kathi auf. „Woher hatte sie all diese Dinge? Das kann man doch nicht so einfach kaufen. Zumindest wüsste ich nicht, wohin ich gehen müsste", fügte sie hinzu.

„Ha, du sagst es. Damit müsste man sie überführen können." Hatte sie ihr Zubehör im Internet gekauft, was zumindest bei den ersten beiden Teilen durchaus möglich gewesen wäre, gäbe es Hinweise auf ihrem Computer. War sie in ein Geschäft vor Ort gegangen, würde man sich dort sicherlich noch an sie erinnern. Damit hatten wir sie!

„Sie wird sich irgendwie abgesichert haben", dämpfte Kathi meinen Enthusiasmus. „Nein, sie ist ziemlich schlau. Ich denke nicht, dass sie diesen Fehler gemacht hat."

„Auf jeden Fall hatte Cavit nach der Pfeffersprayattacke entzündete Augen und ein rotes Gesicht", führte ich sie zu ihrer Frage zurück. „Regina ist völlig ausgerastet, hat auf ihn eingetreten, ihn bespuckt und beschimpft und ihn eine ganze Weile hilflos auf dem Boden liegen gelassen, bis sie ihm half. Tja, dadurch war ihr Plan, sich als Opfer zu präsentieren, zumindest für die nächsten Tage gescheitert. Wie hätte sie erklären sollen, dass er, der Täter, dermaßen verunstaltet war?"

Kathi schüttelte verwundert den Kopf. „Na, sie hätte zum Beispiel sagen können, es wäre ihr gelungen, ihm das Pfefferspray zu entreißen, ihm eine Ladung ins Gesicht zu sprühen und dadurch zu entkommen."

„Ha, du bist eben besser als sie", musste ich anerkennen. „Allerdings war Regina zu diesem Zeitpunkt nicht mehr ganz zurechnungsfähig. Cavit dachte jedenfalls, sie würde ihn auf der Stelle kaltmachen."

„Ja, genau", nickte Kathi. „Das wäre zweifelsohne der beste Abschluss für sie gewesen."

„Du vergisst nur eins." Jetzt hatte ich wieder die Oberhand. „Bei Cavits Obduktion wäre herausgekommen, dass er unter Drogen stand. Die hat ihn doch mit dem Zeug vollgepumpt, damit er sich nicht wehren konnte. Das hätte man im Blut nachweisen können."

Kathi sprang auf. „Auf der Fensterbank lag eine leere Medikamentenpackung. Weißt du noch den Namen?"

„Rohypnol, aber du brauchst es gar nicht zu googeln", kam ich ihr zuvor. „Cavit hat gesagt, man kann Spuren davon noch fünf bis sieben Tage später finden. Er hatte am Abend vorher die Letzten einnehmen müssen, deshalb ging es ihm an diesem Morgen nicht ganz so schlecht wie sonst. Vielleicht hatte sie tatsächlich vor, die Geschichte bald darauf zu beenden, das weiß er nicht genau. Tatsache ist, sie hat ihn danach mit einem anderen Mittel betäubt, das hat einen furchtbar komplizierten Namen, ich habe mir nur die Abkürzung GHB gemerkt. Das wird innerhalb weniger Stunden im Körper abgebaut. Jetzt frag mich bitte nicht, warum sie es ihm nicht von Anfang an gegeben hat, ich weiß es nicht.

Vielleicht hatte sie nicht genug davon, das wäre eine gute Erklärung. Oder es kam ihr eben anfangs nicht darauf an, vielleicht kannte sie sich mit der Dosierung von diesem Rohypnol besser aus."

„Oder es war ihr egal, weil sie sich darauf rausreden wollte, er hätte das Zeug selbst genommen", sagte Kathi nachdenklich.

„Wie dem auch sei, jedenfalls hatte sie danach die Anwandlung, in dem Haus nicht mehr sicher zu sein. Der Vater war noch bis zu seinem Tod jagen gegangen und hatte Schlüssel zu der Hütte besessen, die sie bei ihrer ersten Besichtigung seines Hofes gleich einsteckte. Sie wusste, dass der Besitzer kurz vorher nach dem Rechten gesehen hatte, der würde sich so schnell nicht wieder blicken lassen. Deshalb erschien es ihr als das ideale Versteck."

## 43

Katharina

„Den Schlüssel hat sie deiner Mutter abgenommen", warf ich ein und erzählte ihm, was sich in der Zwischenzeit hier ereignet hatte. „Die Polizei ist der festen Überzeugung, sie hätte den Fall bereits gelöst", sagte ich achselzuckend. „Nur wir sehen das anscheinend anders."

Ich fand die ganze Geschichte trotzdem sehr eigenartig. Einerseits hatte der Täter das Ganze akribisch geplant, andererseits war entweder vieles schiefgelaufen oder dieser hatte bestimmte Eventualitäten nicht beachtet. Ich meinte damit: Wenn ich eine Entführung vorhabe, weiß ich ungefähr, wie lange sie andauern soll und besorge mir eine dementsprechende Unterkunft. Wenn Regina wirklich die Täterin war, warum hatte sie Cavit überhaupt so lange das Rohypnol gegeben? Und wieso hatte sie den Taser aus der Hand gelegt?

„Weil sie leicht größenwahnsinnig geworden war", erklärte mir Richie auf meine Frage hin. „Die meiste Zeit war Cavit ja so benebelt, dass er kaum reagieren konnte. Sie fühlte sich ihm überlegen und prahlte mit ihrer Großartigkeit, dass sie cleverer sei als alle anderen, dass ihr niemand auf die Schliche kommen würde, dass sie ihn fertigmache, ohne dass er etwas dagegen tun könne. Sie habe ihre Rache lange geplant, an den Indizien, die seine Täterschaft beweisen, sei nicht zu rütteln."

„Also du bist fest davon überzeugt, dass sie es war?", vergewisserte ich mich.

„Du etwa nicht?" Wie ein Ballon, aus dem die Luft herausschoss, umschwirrte er meinen Kopf. „Sag jetzt bloß nicht, du hast Zweifel."

„Es kommt mir so bizarr vor", versuchte ich mich zu erklären. Ich kam mir ja selbst albern vor. Die ganze Zeit war ich der festen Überzeugung gewesen, Justus' Mutter sei die Täterin, und jetzt meldeten sich plötzlich Zweifel.

„Pass auf!" Er hatte sich wieder beruhigt und schwebte nun dicht vor meinem Gesicht. „Regina ist irre. Du kannst sie nicht mit normalen Maßstäben messen. Laut Cavit muss sie das Ende der Beziehung wahnsinnig getroffen haben. Sie war sich seiner völlig sicher gewesen. Seitdem trägt sie sich mit dem Gedanken, es ihm heimzuzahlen, ihn fertigzumachen, weil er es gewagt hat, sie zu verlassen."

„Aber wieso erst so spät?"

„Überleg mal", ich konnte ihn tatsächlich grinsen hören.

Er schwieg und ich versuchte, dem Rätsel auf die Spur zu kommen.

„Ich sage nur Unterhalt", gab er mir einen Tipp.

Mir ging ein Licht auf. „Wegen der drei Jahre, die er nach Justus Geburt zu zahlen hatte?"

„Genau. Die war im Endeffekt froh, nicht mehr arbeiten zu müssen. Von seinem Geld konnte sie gut leben. Wär doch blöd für sie gewesen, wenn der Geldregen plötzlich versiegt wäre."

„Das würde ihr Timing erklären." Ja, seine Vermutung klang plausibel. Andererseits … „Und wenn wir uns täuschen und Cavit ist doch der Täter? Ich meine, kann es nicht sein, dass er, nachdem diese Freundin verschwunden ist, seine Liebe für Regina neu entdeckte und wieder mit ihr zusammenkommen wollte, allein schon wegen des Kleinen?"

Richie kannte mich und meine Art, alles zu hinterfragen, von unseren früheren Fällen. Ich wollte mir eben völlig sicher sein, dass der Weg, den wir beschreiten wollten, der richtige war. Deshalb reagierte er ziemlich gelassen. „Du denkst, er hätte mir einen Bären aufgebunden, ja? Weil ich, der Geist, ihm helfen kann, seine Unschuld zu beweisen?"

So, wie er es sagte, klang es natürlich lächerlich. „Du wirst ihm bestimmt gesagt haben, dass du Hilfe unter den Lebenden hast", begehrte ich auf.

„Kathi! Er war völlig verzweifelt! Er hatte bereits aufgegeben. Ich musste ihm gut zureden, dass wir ihm helfen können, dass wir die Sache in die Hand nehmen und seine Unschuld beweisen. – Naja, so ganz glaubt er immer noch nicht daran", gab er zu. „Nein wirklich, du hättest ihn erleben müssen. Dann wüsstest du, dass er nicht lügt."

„Zumindest spricht alles gegen ihn." Hundertprozentig war ich nicht überzeugt.

„Genau, allein das sagt mir, dass wir auf der richtigen Spur sind."

Zumindest in Richie hatte Cavit einen guten Fürsprecher gefunden. „Ich sag ja nicht, dass wir aufgeben", stellte ich richtig. „Wir müssen nur vorsichtig sein und den Fall von allen Seiten prüfen, damit wir uns nicht verrennen."

„Wie schon so oft", ergänzte er.

Mir kam ein neuer Gedanke. „Lass uns die Medikamente googeln. Ich kenne mich damit nicht aus. Wie hießen diese Mittel noch mal?"

Wir gingen hinüber in Manfreds Arbeitszimmer und ich startete den Computer. Manfred hatte heute seinen Herrenabend, wir würden ungestört nachforschen können. Zuerst gab ich die Abkürzung GHB ein, die Richie mir nannte. Sofort standen mir seitenweise Artikel zur Verfügung, der Stoff schien ziemlich bekannt zu sein.

Ich entschied mich für eine offiziell aussehende Seite einer Drogenberatung und begann neugierig zu lesen: GHB, Gammahydroxybuttersäure, sind K.O.-Tropfen, die man Getränken beimischen kann. Die Wirkung setzt in der Regel innerhalb von zehn bis zwanzig Minuten ein und kann bis zu einigen Stunden dauern. Anfangs, abhängig von der Dosierung, können nach einer Verabreichung Gefühle wie Entspannung, Wahrnehmungsintensivierung, Enthemmung, Euphorie ausgelöst werden. Danach setzen Schwindel, Schläfrigkeit, Bewegungsstörungen, Muskellähmung bis hin zur Bewusstlosigkeit ein. Für die Zeit ab der Einnahme löst GHB Erinnerungsstörungen aus. Das bedeutet, Betroffene können sich an nichts oder nur Weniges erinnern. Im Blut ist GHB circa 6 bis 8 Stunden nachzuweisen.

„Das ideale Mittel für Regina", bemerkte Richie, der halb über meiner Schulter hing. „Selbst wenn die im Krankenhaus daran gedacht hätten, ihn darauf zu testen, wäre es nicht mehr nachweisbar gewesen."

Als Nächstes gab ich den Suchbegriff Rohypnol ein, auch hier hatte ich eine immense Anzahl von Treffern. Ich verfeinerte meine Suche, nachdem ich festgestellt hatte, dass es sich dabei eigentlich um ein Beruhigungsmittel handelte, das früher in der Medizin oft verschrieben worden war. Irgendwann hatten es die bösen Buben für sich entdeckt und es den jungen Frauen in den Diskotheken in ihre Getränke gemischt, weil es genauso diesen K.O.-Effekt auslöste, wie oben bei GHB beschrieben. Um dem entgegenzuwirken, wurden die Tabletten mittlerweile mit einem Farbstoff versehen, der dem Getränk eine andere Farbe gab und mit bitteren Geschmacksstoffen ausgestattet, die man deutlich herausschmecken konnte. Zusätzlich hatte das Mittel den Nachteil, dass es wesentlich länger nachweisbar war. Ich las: Benzodiazepine sind bei gering konsumierten Mengen bis zu drei Tagen, bei Langzeitkonsum bis zu sechs Wochen im Urin nachweisbar. Im Blut können sie einige Stunden bis einige Wochen nachgewiesen werden. In den Haaren ist jeglicher Drogenkonsum je nach Haarlänge nachweisbar (ein cm entspricht einem Monat).

„Diese Tests sind bei Cavit garantiert nicht gemacht worden." Richie wurde ganz aufgeregt. „Wenn wir veranlassen könnten, dass die im Krankenhaus eine Haarprobe von ihm untersuchen, müsste sich das Rohypnol darin finden. Wie stellen wir das bloß an?"

„Wir wissen nicht, was Regina der Polizei erzählt hat", dämpfte ich seinen Enthusiasmus. „Viellicht hat sie ja angegeben, er selbst hätte ebenfalls etwas davon eingenommen. Wenn sie sich wirklich so gut auf die

Entführung vorbereitet hat, wird sie sich über die entsprechenden Medikamente informiert haben."

„Wie kommen wir an ihre Aussage?", fragte Richie prompt.

„Gar nicht, es sei denn, du willst die nächsten Tage auf dem zuständigen Polizeirevier verbringen. Wobei ich denke, dass die Ermittlungen mittlerweile abgeschlossen sind. Regina hat ihre Aussage gemacht, das Haus und die Hütte sind untersucht worden. Deine einzige Möglichkeit, in die Akten zu sehen, besteht darin, dich an die Polizisten zu hängen, die Cavit noch vernehmen werden. Seine Aussage ist bisher nicht aufgenommen worden, oder?"

„Ich soll also zurück ins Krankenhaus?"

Richie klang reichlich panisch. Ich wusste, dass er diesen Ort hasste. Trotzdem, wollte er mir helfen, zu ermitteln, sah ich keinen anderen Weg. „Daran wärest du sowieso nicht vorbeigekommen. Es gibt noch eine ganze Reihe von Fragen, die du Cavit stellen musst. Wir haben bisher keinen Punkt, an dem wir ansetzen können. Wir benötigen weitere Fakten."

„Soll ich heute noch los?"

Begeistert klang er immer noch nicht. „Natürlich, je eher desto besser. Lange wird er bestimmt nicht mehr in dieser Klinik bleiben. Ich denke, sie überstellen ihn, sobald er transportfähig ist, in ein Gefängniskrankenhaus."

„Was mache ich, wenn sich einer meiner Artgenossen an ihm vergreifen will?", rückte er endlich mit seinem Problem heraus. „Bei dir haben sie es doch auch versucht."

„Nicht nur versucht", berichtigte ich ihn. „Ohne die Frau, die mir jedes Mal danach von ihrer Energie gab, hätte ich nicht überlebt. Das kannst du genauso tun. Du musst nur dafür sorgen, dass dein Level hoch genug bleibt."

„Das ist nicht dein Ernst."

„Hast du eine bessere Idee?" Eigentlich egal, es war wichtig, Kontakt zu Cavit zu haben, wenn wir etwas erreichen wollten. Das sagte ich ihm dann auch.

„Na gut, spiele ich eben den Babysitter", brummte er und schwebte in Richtung Fenster davon.

„Halt! Zuerst überlegen wir gemeinsam, was du ihn noch fragen musst." Darüber brüteten wir die gesamte nächste Stunde. Zuerst erstellten wir eine genaue Liste von dem, was wir bereits wussten, danach arbeiteten wir die Fragen aus, deren Antworten wichtig für uns waren. Immer wenn wir dachten, wir hätten an alles gedacht, fiel einem von uns prompt ein weiteres wichtiges Detail ein. Daher waren wir reichlich geschafft, als wir endlich meinten, nun sämtliche Dinge berücksichtigt zu haben.

„Eine Telefonverbindung zu dir wäre nicht schlecht", witzelte Richie, während ich ihm das Fenster öffnete, damit er sich nicht unter dem schmalen Spalt der Tür hindurchquetschen musste.

Damit ich ständig für ihn erreichbar gewesen wäre? Nein, lieber nicht. So, wie es war, sollte es besser bleiben. Mir fehlte diese Option wirklich nicht.

## 44

Richard

Dann gibst du ihm eben von deiner Energie! Kathi hatte Vorstellungen! Wer war ich denn? Sollte ich etwa meine Zeit darauf verschwenden, ständig zwischen meinen Spendern und Cavit hin und her zu pendeln? Ha! Nee, mit Sicherheit nicht.

Trotzdem erhöhte ich mein Level bis zur obersten Grenze, bevor ich auf der Intensivstation auftauchte. Man konnte schließlich nie wissen.

Cavit ging es deutlich besser. Er schlief noch, wurde aber nicht mehr beatmet und statt drei Infusionen hingen nur noch zwei an dem Ständer. Außerdem hatte seine Gesichtsfarbe diesen gelb-gräulichen Farbton verloren und sein Herzschlag war langsamer geworden, wie ich auf dem aufgestellten Monitor erkennen konnte.

Ich hängte mich so an die Decke, dass er mich sofort sehen konnte, wenn er aufwachte. Lange musste ich nicht warten. Als die Nachtschwester ihre letzte Runde drehte, schlug er die Augen auf. „Ich dachte schon, du wärst nur ein Produkt meiner Fieberträume", begrüßte er mich, nachdem die Frau den Raum wieder verlassen hatte.

„Nein, mich gibt es wirklich." Ich schwebte tiefer zu ihm hinunter. „Und ich habe meine Freundin bereits auf deinen Fall angesetzt. Wir werden dir helfen."

„Mir ist nicht zu helfen", stöhnte er. „Regina hat an alles gedacht. Ihr werdet ihr nichts nachweisen können."

„Das steht noch lange nicht fest. So perfekt ist sie garantiert nicht."

„Sie ist sehr unstet", musste er zugeben. „Hat sie sich allerdings in eine Sache verbissen, wird diese perfekt. Sie ist intelligenter als alle denken, sie wird keine Fehler gemacht haben."

„Zeit genug, die Sache zu durchdenken, hatte sie ja", zog ich ihn auf, ich konnte nicht anders. „Wobei wir gleich bei meiner ersten Frage wären. Was genau hatte sie geplant und wann fing sie damit an?"

„Noch in der Nacht, nachdem sie von meiner Trennungsabsicht erfuhr", erwiderte er prompt. „Die Idee, dass sie sich von mir getrennt hat statt umgekehrt, dahinter steckte schon die Absicht, mich als Stalker hinzustellen."

„Bist du sicher? Mir gelingt es immer noch nicht, mir vorzustellen, dass jemand, statt sich sofort zu rächen, das über Jahre hinweg austüftelt und sich zudem noch in der Zeit ausnehmend lieb und freundlich demjenigen gegenüber verhält, den er zutiefst hasst."

„Ja, hassen ist das richtige Wort." Umständlich suchte er sich eine andere Liegeposition. Jede Bewegung schmerzte ihn sichtlich. „Sie ist der Meinung, ich hätte ihr Leben zerstört, sie mit dem Kind im Bauch sitzen lassen. Dabei wusste ich von der Schwangerschaft gar nicht."

„Willst du damit sagen, sie hatte ihr Leben mit dir fix und fertig durchgeplant, ohne dich nach deiner Meinung zu fragen?" Konnte der nicht mal hintereinander weg erzählen?

„Angeblich sei sie trotz Pille schwanger geworden, das hat sie mir zumindest gesagt. Doch ich denke, sie hat sie bewusst abgesetzt, um ihren Willen auf diesem Weg durchzusetzen. Sie wollte nämlich immer noch, dass wir beide zusammen eine Praxis aufmachen. Wegen des Kindes hätte sie dann allerhöchstens halbtags gearbeitet, ich wäre der Hauptversorger geworden. Tatsächlich hatte ich ihr jedoch bereits Wochen vorher klar zu verstehen gegeben, dass ich von dem Plan längst Abstand genommen hatte. Mir waren mittlerweile zu viele Dinge zu Ohren gekommen, als dass ich dieses Wagnis eingehen wollte."

Aha, ging doch, weiter so, Junge. „Und das waren?", half ich nach.

„Zuerst einmal habe ich erfahren, dass Regina vor der Ausbildung zur Physiotherapeutin noch nie einen Job lange behalten hatte. Länger als ein Jahr hielt sie es nirgends aus. Die zwei Lehren, die sie begonnen hatte nach der Schule, brach sie ab, danach hat sie gejobbt. Ach ja, ein Studium fing sie zwischendurch auch an, das hat ihre Mutter mal erwähnt, von ihr selbst kam dazu nichts. Ich weiß, dass ihr Abitur nur mittelmäßig war, trotzdem, sie hätte sich durchbeißen können. Wir lernten uns während ihrer Ausbildung kennen, ich vermittelte ihr sogar den Job im Krankenhaus."

Ha, und der Nachbarin Frau Ostermann hatte Regina erzählt, sie wären sich erst da über den Weg gelaufen! Das war zwar nur eine kleine Unstimmigkeit, aber immerhin wieder ein Punkt gegen ihre Glaubwürdigkeit.

Cavit langte nach dem Becher mit Wasser, der in Griffhöhe auf einem kleinen Tischchen stand.

„Wie war sie in ihrem Job?", fragte ich, während er trank.

„Gut, die Patienten schienen alle zufrieden. Sie konnte gut mit Menschen umgehen, war anteilnehmend, gab ihnen das Gefühl, sie würde sich für sie interessieren, konnte aber auch fordernd werden, wenn einer nicht genug mitmachte. Zu den Kollegen hatte sie allenfalls oberflächliche Beziehungen, sie wolle nicht Arbeit und Privates miteinander mischen, sagte sie immer. Von denen bekommt sie bestimmt ein positives Feedback. Wie gesagt, nach außen hin wirkte sie immer sehr charmant, selbstsicher und interessiert an ihrem Gegenüber. Wie sie wirklich war, entdeckte man erst, wenn man sie länger und besser kannte."

„Du willst mir damit sagen, dass du Angst hattest, sie würde schon nach kurzer Zeit alles wieder hinschmeißen, weil es sie langweilt", half ich ihm auf die Sprünge.

„Ja, deshalb distanzierte ich mich von der Idee mit der eigenen Praxis. Außerdem gefiel es mir im Krankenhaus. Ich wollte lieber noch ein paar Jahre Erfahrungen sammeln, bevor ich mich selbstständig machte." Er lachte leise. „Letzteres war dann auch meine Begründung ihr gegenüber. Ich glaube, das war der erste Fehler, den ich mir mit ihr leistete. Den hätte sie mir wahrscheinlich irgendwann verziehen, wenn alles so gelaufen wäre, wie sie es sich vorstellte, doch die Trennung war mein Untergang. Vor allem, weil sie ja von mir ausging. Bisher hatte sie sich, soweit ich weiß, immer von den Männern getrennt. Zum ersten Mal war nun sie selbst in dieser Situation und dazu auch noch schwanger. Ich wundere mich im Nachhinein nur, dass sie mich in jener Nacht nicht einfach getötet hat. Sie muss rasend vor Wut und Hass gewesen sein."

Er zuckte zusammen und ich beinahe mit ihm. Vertieft in unser Gespräch hatten wir beide nicht mitbekommen, dass die Tagesschwester eingetreten war.

Cavit war echt geistesgegenwärtig. „Der Blasenkatheder bringt mich um. Sie haben bestimmt noch mein Gefluche mitbekommen. Können wir den nicht langsam ziehen?"

Der Einzige, der sich verzog, war ich, da der Patient sich seiner täglichen Morgenroutine, sprich Ganzkörperwäsche und Zähneputzen, zu unterziehen hatte. Ich wartete solange lieber auf dem Gang. Anschließend konnten wir unser Gespräch nur in Abständen fortsetzen, Visite, Frühstück, Bettenmachen, Zimmerreinigung, es schien kein Ende zu nehmen. Immerhin kamen wir trotz allem vorwärts. Regina, rasend vor Wut, hatte ihre Entscheidung schnell getroffen. Cavit würde für das, was er ihr angetan hatte, büßen müssen – und das nicht zu knapp. Allerdings würde sie mit ihrer Rache so lange warten, bis seine Zahlungen an sie zu Ende wären, diese wollte sie nicht gefährden. Dass eine neue Freundin dazwischenkäme, damit hatte sie seltsamerweise nicht gerechnet. Und war dementsprechend sauer. Die Idee mit Cavit als Stalker kam dadurch nicht mehr infrage. Ob sie da schon den Gedanken entwickelte, Melina müsse sterben, oder ob es tatsächlich damit zusammenhing, dass die Freundin sich anmaßte, sich in die Erziehung ihres Kindes einzumischen, darüber hatte sie sich bis auf einige Anmerkungen in diese Richtung nie klar geäußert. Tatsache war, sie hatte sie während eines von Melina angeregten Gesprächs nur zwischen ihnen beiden getötet. Wo und wie genau sie es anstellte, hatte sie nicht verraten, doch Cavit war sich sicher, dass sie die Wahrheit gesagt hatte. Sie war die Mörderin seiner Freundin. Hier hatten wir den ersten Punkt, an dem wir einhaken konnten.

Wie es zu dem Stalking-Verdacht gegen ihn gekommen war, konnte Cavit nicht verstehen. Er hatte sie weder häufig angerufen noch war er unangemeldet vor ihrer Tür aufgetaucht, noch hatte er irgendwelche Dinge auf ihren Namen bestellt. Das Einzige, was ihm in Erinnerung geblieben war, war die Geschichte mit dem Kranz. Regina hätte ihn angerufen und ihm mitgeteilt, einer ihrer gemeinsamen Freunde sei gestorben. Sie beschlossen, gemeinsam eine Kleinigkeit, sprich einen Kranz, zur Beerdigung zu schicken. Er war damit beauftragt worden, diesen zu bestellen. Im letzten Moment hatte Regina sich entschieden, doch zur Trauerfeier zu gehen. Sie wollte den Kranz lieber mitnehmen und bat ihn, diesen direkt zu ihr schicken zu lassen, damit sie sich den Gang zum Blumenladen sparen konnte. Ganz schön raffiniert von ihr. Wetten, dass der angeblich Verstorbene sich weiterhin guter Gesundheit erfreute?

Zwischenzeitlich war der behandelnde Arzt erschienen und hatte Cavit untersucht. Aus seinem Missfallen dem Patienten gegenüber machte er keinen Hehl. Den Mund zu einem dünnen Strich zusammengepresst tat er seine Arbeit, ohne auch nur ein einziges Wort mit diesem zu wechseln. „Er kann verlegt werden", sagte er zu der ihn begleitenden Schwester gewandt, das war alles, was er in dem Raum von sich gab.

„Siehst du, der hat mich bereits verurteilt." Cavit verzog das Gesicht.

„Gestern hat er sich ähnlich benommen, als wäre ich der letzte Dreck."

„Leider hat Regina gute Karten" stimmte ich ihm zu. „Alle Zeitungen haben die Geschichte aufgenommen, sie ist das arme Opfer, du der böse Entführer. Wenn ich nur an ihre Aussage rankäme."

Wie auf Stichwort traten die beiden Polizisten ein. „Ihre Familie hat einen Anwalt mit der Wahrung Ihrer Interessen beauftragt." Suchend sah sich der dickere der beiden nach einem Besucherstuhl um. Den gab es hier jedoch nicht. Deshalb stellte er sich direkt neben das Bett, während der andere sich an die Wand lehnte. „Sie müssen ohne ihn keinerlei Angaben machen, aber vielleicht wollen Sie ja trotzdem mit uns reden."

Nein, wollte Cavit nicht. „Mach wenigstens ein paar Angaben, damit die was in ihren Computer eingeben können", rief ich dazwischen. „Dann kann ich sehen, ob ich was Interessantes finde."

„Ich bin unschuldig", sagte er daraufhin. „Das Ganze ist ein Komplott meiner ehemaligen Freundin. Sie war es, die mich entführte, ich hatte längst mit ihr abgeschlossen. Unsere einzige Verbindung war der Kleine."

Der Dicke zog die Augenbrauen hoch. „Ach, das ist ja ein Ding! Und wie soll sie es angestellt haben? Sie sind fast doppelt so schwer wie sie."

Cavit schüttelte den Kopf. „Weitere Aussagen mache ich nur im Beisein meines Anwalts. Das Einzige, was ich Ihnen noch dazu sagen will, ist, ich war gerade dabei, eine neue Beziehung einzugehen. Mit Frau Dr. Menke, einer Kollegin aus der Chirurgie. Sie wird das sicherlich bestätigen."

Nee, würde die bestimmt nicht. Die hielt sich lieber aus allem raus, da war ich mir sicher.

Der Dicke notierte sich ihren Namen und versuchte danach, Cavit zu neuen Äußerungen zu bewegen, indem er eine echte Fragenkanonade auf ihn abfeuerte. Doch der schwieg eisern und ließ sich zu keiner Antwort hinreißen.

Schließlich gaben die beiden auf. „Sie wissen, dass Sie heute noch verlegt werden?", fragte sein Kollege, bevor sie das Zimmer verließen.

Cavit nickte nur und schloss, als sei er zutiefst erschöpft, die Augen.

Ich war hin- und hergerissen. Was, wenn er genau in der Zeit verlegt wurde, die ich auf dem Revier verbrachte? Wie sollte ich ihn wiederfinden? Sollte ich lieber bleiben oder mich an die Polizisten hängen?

Ich beschloss, alles auf eine Karte zu setzen.

## 45

Katharina

Richie war erst einmal beschäftigt. Doch was konnte ich tun? Den ganzen Samstagmorgen grübelte ich darüber nach. Was gab es noch für Möglichkeiten, Nachforschungen anzustellen?

Manfred war es, der den Stein ins Rollen brachte. Normalerweise nutzte er den Vormittag nach seinem Stammtisch, um sich von dem Besäufnis zu erholen, das heißt, er verzog sich in sein Arbeitszimmer und schützte irgendwelche Projekte vor, damit ich ihn in Ruhe ließ. Heute dagegen wanderte er unruhig im Wohnzimmer umher und wusste offensichtlich nichts mit sich anzufangen. „Der Kleine fehlt mir richtig", bekannte er schließlich mit einem Seufzen. „Meinst du, ich könnte die alte Frau Strüver anrufen und nachfragen, wie es ihm geht? Vielleicht kann ich am Telefon mit ihm sprechen", setzte er hoffnungsvoll hinzu.

Natürlich wusste er ganz genau, dass ein weiterer Kontakt gerade bei unseren Pflegenotfällen nicht erwünscht war. Andererseits, das war nun mal kein normaler Fall. Außerdem ergab sich so die Möglichkeit …

„Versuch es ruhig", nickte ich. „Reginas Mutter wird sich bestimmt freuen, von uns zu hören." Der Frau hatte unser Besuch damals gutgetan, sie war richtig traurig gewesen, als sie sich von ihrem Enkel verabschieden musste.

„Kathi, kannst du nicht …?"

Typisch mein Mann! Wie immer versuchte er, den unangenehmen Teil der ersten Gesprächsaufnahme auf mich zu schieben. „Nein, du willst mit Justus reden. Wenn er hört, dass du am Telefon bist, wird er garantiert ein paar Worte mit dir wechseln wollen."

Beleidigt zog er ab in sein Arbeitszimmer und schloss die Tür hinter sich. Doch die Sache würde ihm keine Ruhe lassen, das wusste ich.

Schon eine Viertelstunde später tauchte er strahlend wieder auf. „Ich fahre nachher nach Krefeld. Der Kleine hat andauernd gerufen, ich solle ihn besuchen, sodass Frau Strüver mich bat, ob ich das nicht tatsächlich möglich machen könnte."

„Die alte oder die junge?", fragte ich nach.

„Die Omi", grinste er. „Ihrer Tochter geht es nicht gut und sie selbst kann den Jungen kaum bändigen. Ich bin ihr Rettungsanker."

„Hast du was dagegen, wenn ich mitkomme?", fragte ich anstandshalber. Natürlich war ich fest entschlossen, mir diese Gelegenheit nicht entgehen zu lassen. Im Wetterbericht hatte es geheißen, tagsüber solle es trocken bleiben, bei Temperaturen um die achtzehn Grad. Manfred konnte mit Justus noch einmal auf den Spielplatz gehen, damit der Kleine sich richtig austobte, während ich mit der Mutter und vielleicht sogar der Tochter gemütlich plauschte.

Direkt nach dem Mittagessen fuhren wir los. Der Verkehr floss ruhig und gemächlich, wir kamen ohne Stau gut voran, sodass wir unser Ziel pünktlich um halb drei erreichten. Justus hatte bereits am Fenster nach uns Ausschau gehalten, er klopfte und winkte und hüpfte aufgeregt auf und ab.

„Onkel Manni! Onkel Manni!" Er kam in den Hausflur gerannt und ließ sich in die Arme meines Mannes fallen, der genauso glücklich wirkte wie der Kleine.

Die alte Frau Strüwer stand in der Tür und beobachtete die Begrüßung mit feuchten Augen. „Kommen Sie bitte herein."

Ich folgte ihr durch den Flur ins Wohnzimmer, das aussah, als sei eine Bombe eingeschlagen. Der gesamte Boden war mit Spielzeug übersät, ich musste vorsichtig darüber balancieren, um zur Couch zu gelangen.

„Justus ist so aufgeregt, dass er all seine Sachen hervorgekramt hat", erklärte Frau Strüwer, während sie sich an der Wand entlang zu ihrem Sessel tastete.

„Onkel Manni, schau! Wir können sofort spielen", krähte ihr Enkel vergnügt und zog Manfred auf den Teppich hinunter.

Die nächste Stunde schauten wir zu, wie die beiden sich intensiv mit den Autos und der Parkgarage beschäftigten. „So", sagte mein Mann schließlich. „Wie wäre es denn, wenn wir einen kleinen Besuch auf dem Spielplatz einschieben würden? Da hat es dir letztes Mal doch so gut gefallen."

Justus zog einen Flunsch. „Will lieber Lego mit dir spielen."

„Das könnt ihr später noch." Frau Strüwer wirkte richtig erleichtert. Bisher hatten wir kaum miteinander gesprochen, sie war wohl froh über die Ruhepause gewesen. „Bei dem Wetter ist es viel zu schade, den ganzen Tag im Haus zu hocken. Und du weißt, Omi kann nicht mit dir schaukeln."

„Ich habe Hunger auf ein Eis." Manfred blinzelte ihm zu.

Dieses Argument genügte, willig ließ der Kleine sich von ihm in die Jacke und die Schuhe helfen.

„Es ist doch sehr anstrengend mit ihm", bekannte Frau Strüwer seufzend, nachdem die Tür hinter den beiden zugeschlagen war. „Regina ist noch angegriffen und braucht viel Ruhe, also bleibt das meiste an mir

198

hängen. Ab Montag geht er wieder in die Tagesstätte, es kommt extra jemand vorbei, um ihn abzuholen. Dann wird es hoffentlich leichter."
Ich stand auf und begann, die Spielsachen zusammenzuräumen. Die Autos und die Parkgarage kamen in die eine Plastikkiste, die verschiedenen Tiere und Männchen in die andere. Ich stapelte sie vor dem Fenster auf. „Die Legosteine schiebe ich hier vor dem Tisch zusammen, dann haben die beiden später genug Platz zum Bauen."
Ich war gerade dabei, die herumliegenden Stofftiere einzusammeln, als Regina Strüwer eintrat. „Mama, ich habe Hunger. Hattest du nicht einen Kuchen gebacken?" Erst jetzt wandte sie sich mir zu. „Hallo, Sie sind Frau Klingenberg? Danke, dass Sie und Ihr Mann sich so gut um meinen kleinen Justus gekümmert haben." Sie blickte sich suchend um. „Wo ist er überhaupt?"
„Mit meinem Mann auf den Spielplatz gegangen." Ich nahm die dargebotene Hand und musterte sie unauffällig. Sie wirkte völlig normal, vielleicht ein bisschen blass, aber ansonsten waren keinerlei Spuren der überstandenen Strapazen zu sehen.
Ihre Mutter war bereits aufgestanden und humpelte in Richtung Küche. „Möchten Sie auch eine Tasse Kaffee, Frau Klingenberg?"
„Warten Sie, ich helfe Ihnen."
Regina stoppte mich. „Nein, nein, setzen Sie sich. Ich möchte ganz genau wissen, wie es meinem Jungen ergangen ist."
Auch Frau Strüwer winkte ab. „Lassen Sie mal, ich schaffe das schon allein."
Also berichtete ich ihr ausführlich von Justus' Erlebnissen, ließ dabei aber natürlich alles aus, was mir an seinem Verhalten seltsam erschienen war. Regina wirkte auf den ersten Bick durchaus sympathisch, ein offener Blick, eine interessierte Gesprächspartnerin, sehr höflich und zuvorkommend. Trotzdem war ich auf der Hut. Es lag noch nicht einmal daran, was ich an Vorwissen besaß, eher störte mich die Art und Weise, wie sie mit ihrer Mutter umgesprungen war. Die alte Dame kümmerte sich fast ganz allein um den Kleinen und wurde von ihr zusätzlich noch gescheucht, um sie mit Essen zu versorgen. Das ließ tief blicken.
„Besonders hat er sich an meinen Mann angeschlossen", beendete ich meinen Bericht." Er hängt ziemlich an ihm."
„Ja, das habe ich gemerkt." Sie lächelte mich an. „Jedes zweite Wort von ihm war Onkel Manni. Er hat sich sehr gefreut, dass Sie ihn besuchen kommen."

„Mein Mann hat ihn ebenso sehr ins Herz geschlossen", erwiderte ich. „Deshalb wollte er unbedingt nachfragen, wie es dem Kleinen geht." „Zumindest er hat die letzten Wochen einigermaßen unbeschadet überstanden", seufzte Regina.

„Ich kann mir kaum vorstellen, wie schrecklich es für Sie gewesen sein muss", entgegnete ich vorsichtig. Würde sie darauf anspringen?

„Ja, es war entsetzlich." Sie schwieg einige Minuten lang und starrte auf ihre Hände. Dann, als ich schon gar nicht mehr damit rechnete, fuhr sie fort: „Ich hätte ihm das niemals zugetraut. Gut, er war in den letzten Wochen mehr als zudringlich. Ständig rief er an oder klingelte an der Tür, zu jeder Tages- und Nachtzeit. Und er hat einige Dinge auf meinen Namen bestellt, teilweise sehr unschöne, muss ich zugeben. Deshalb blieb mir nichts anderes übrig, als ihn anzuzeigen. Ich hatte Angst, dass er irgendwann noch schlimmere Sachen tun könnte, wissen Sie?"

Sie sah mich an, ihre Wangen waren gerötet, ihre Augen blickten gequält, sie musste eine gute Schauspielerin sein, wenn das hier gespielt war.

„Aber dass er mich entführen könnte, nein, damit habe ich nicht gerechnet. Ich hatte davor Angst, dass er Justus etwas antun könnte, weil ich mich weigerte, zu ihm zurückzukehren. Das war meine einzige Sorge."

„Kind, du regst dich viel zu sehr auf. Lass das Thema ruhen." Unbemerkt war Frau Strüwer mit einer Platte Rosinenkuchen aufgetaucht, die sie nun auf den Tisch stellte.

„Nein, Mama, es tut mir gut, darüber zu reden. Ich denke sowieso den ganzen Tag an nichts anderes." Hilflos lächelnd sah Regina mich an.

„Das kann ich verstehen", fühlte ich mich bemüßigt zu sagen, sie schien nämlich auf eine Erwiderung zu warten. „So ein Erlebnis verkraftet man nicht von heute auf morgen."

„Der Arzt hat sie gleich für die nächsten vier Wochen krankgeschrieben", berichtete Frau Strüwer. „Sie soll eine Therapie machen, bevor sie arbeiten geht."

„Ja, wer weiß denn schon, wann ich die Geschichte verarbeitet habe", seufzte ihre Tochter. „Es ist ja nicht so, dass jetzt alles vorbei ist. Diese ständigen Befragungen durch die Polizei rühren alles wieder auf."

Was denn nun, hätte ich am liebsten gefragt, du hast gerade gesagt, du denkst ständig daran. Wie kann es da durch die Beamten noch schlimmer werden? „Haben Sie bereits einen Therapieplatz?", erkundigte ich mich stattdessen.

„Das entscheidet sich nächste Woche", erwiderte sie. „Ein erstes Gespräch mit einem Psychologen hatte ich im Krankenhaus. Das ist wohl bei Opfern einer Straftat üblich." Sie verzog das Gesicht. „Geholfen hat es jedoch nicht. Ich muss jede Nacht Schlaftabletten nehmen und habe trotzdem Albträume." Sie hob einen Arm, um sich die Haarsträhne, die ihr ins Gesicht gefallen war, zurückzustreichen, der Ärmel ihres Sweatshirts rutschte hoch und ich konnte den dicken Verband an ihrem Handgelenk sehen.

„Ja", sie hatte meinen Blick bemerkt. „Die Wunden erinnern mich ebenfalls immer wieder an das Erlebte. Ich hoffe nur, dass ich diesen ganzen Schrecken irgendwann verarbeitet habe."

## 46

Richard
Der Dicke war der Fahrer, deshalb nahm ich den anderen als Mitfahrgelegenheit. Die beiden schwiegen auf dem gesamten Rückweg, erst nachdem sie das Auto verlassen hatten, fragte der Schlanke: „Und, was
machst du heute?"
Sch… wollten die sich gar nicht über den Fall unterhalten?
Der Dicke begann aufzuzählen, was er alles an diesem Wochenende tun
würde, absolut langweilig. Ich konnte nur hoffen, dass sich mein Ausflug
trotzdem noch lohnte.
Auf einem langen Gang, von dem mindestens zehn Türen abgingen,
trennten sie sich. Und erneut stand ich vor dem Dilemma, wem sollte ich
folgen? Der Schlanke betrat den zweiten Büroraum, der Dicke trottete
weiter. Gut, ich wusste, wo ersterer zu finden war, deshalb schloss ich
mich dem Dicken an. Ich merkte leider zu spät, nämlich nachdem wir
eingetreten waren, dass dieser nicht etwa jemandem Bericht erstatten,
sondern einfach nur Kaffee kochen wollte. Dem Kollegen, der dort saß
und in einer Zeitung blätterte, nickte er kurz zu und widmete sich dann
seiner Tätigkeit, die Kaffeemaschine neu zu befüllen. Ich machte, dass
ich wegkam.
Der Schlanke saß vor seinem Monitor und hämmerte auf der Tastatur
herum. Ah, er schrieb tatsächlich die Befragung von Cavit nieder, der
konnte sie sogar fast wortwörtlich wiedergeben, wie ich neidlos eingeste-
hen musste. Ich verharrte geduldig hinter ihm. Der würde sich doch
bestimmt den Rest des Falles noch einmal ansehen.
Mitnichten! Als der Dicke mit zwei Kaffeetassen eintrat, speicherte er ab
und schloss das Programm. „Erledigt."
„Okay, Kaffeepause, danach kümmern wir uns um die Schlägerei in der
Bredowstraße." Gierig griff der Schlanke nach seinem Getränk.
Ich blieb noch genau fünf Minuten, dann hatte ich es kapiert. Die Zwei
würden sich nicht mehr über Cavit und Regina unterhalten, für die war
längst alles klar. Sie sammelten die letzten Beweise, weil das nun mal ihre
Arbeit war, darüber ging ihr Interesse nicht hinaus. Ich war völlig um-
sonst mitgefahren.
Also zurück zu Cavit.
„Ich werde morgen im Laufe des Vormittags verlegt", verkündete der.
„Der Chef will lieber noch einen Tag abwarten. Nicht, dass ich einen
Rückfall bekomme."

„Wie hast du das denn hingekriegt?" Da waren die hier sicherlich nicht selbst drauf gekommen, der Stationsarzt hätte ihn am liebsten sofort rausgeschmissen, wenn er gekonnt hätte.

„Ich bin schließlich selbst Arzt", grinste Cavit. „Daher weiß ich, was alles passieren kann und welche Angaben ich machen muss, damit sie wachsam bleiben." Er wurde ernst. „Lass uns mit deinem Fragenkatalog weitermachen. Je eher ich von diesem Verdacht erlöst bin, desto besser."

Oh weh! Für was hielt er Kathi und mich? Für Superhelden? Glaubte er wirklich, wir könnten so mir nichts dir nichts seine Unschuld beweisen?

„Ich weiß, es wird nicht einfach werden, Regina einen Fehler nachzuweisen", kam er meiner Antwort zuvor. „Aber durch dich und deine Freundin habe ich immerhin wieder Hoffnung geschöpft, dass noch nicht alles verloren ist. Also an die Arbeit!"

Ich musste nicht lange überlegen. „Erzähl von deiner Gefangenschaft! Wie sind die Tage abgelaufen, ist irgendwas Besonderes passiert?"

„Zuerst hat sie mich die meiste Zeit unter Betäubungsmitteln gehalten. Allerdings war ich derjenige, der das Essen zubereiten musste. Ja, und jeden Tag trieb sie mich mehrere Stunden die Treppe hinauf und hinunter, damit ich in Bewegung blieb."

„Wieso?" Was war das denn für eine seltsame Gefangenschaft?

„Damit ich nicht zu schwach sein würde. Ich durfte nicht zu sehr abbauen, ich war schließlich der Täter und nicht das Opfer."

„Und du hast dir das alles gefallen lassen?" Das war der Punkt, der mich genauso wie Kathi störte. Warum hatte er sich nicht zur Wehr gesetzt? Ich meine, ich wusste, dass eine Entführung eine Ausnahmesituation darstellte, dass man, hatte man so etwas nicht selbst erlebt, nicht im Entferntesten einschätzen konnte, wie man selbst reagieren würde, wenn das eigene Leben gefährdet war. Aber trotzdem, hatte der denn überhaupt keinen Mumm in den Knochen?

„Sie drohte mir mit Justus' Leben", sagte er leise. „Würde ich nicht spuren und dadurch ihren Plan gefährden, müsste sie eben ihn töten und mich als seinen Mörder hinstellen. Dieses Szenario hätte sie bereits ausgearbeitet."

„Ihr eigenes Kind?" Das konnte ich nicht glauben. Carmen würde sich eher ein Bein abreißen lassen, als zuzulassen, dass Annika oder Benjamin etwas geschähe.

„Du kannst sie nicht mit normalen Maßstäben messen. Meiner Meinung nach ist sie nicht fähig, richtig zu lieben. Sie sieht den Kleinen als ihren

Besitz an, das heißt, keiner darf ihr ihn wegnehmen. Er ist ihr Eigentum, sie bestimmt über ihn."

„Wann ist dir das aufgefallen?", fragte ich alarmiert.

„Ich hatte schon eine ganze Weile Bedenken", räumte er ein. „Deshalb nutzte ich ja auch ihr Angebot, den Jungen so oft zu sehen, wie ich es einrichten konnte. Mir war aufgefallen, dass er sich ihr gegenüber seltsam verhielt. Nicht so ungezwungen wie bei mir, immer etwas vorsichtig, als hätte er Angst vor ihrer Reaktion. Und bei ihr hatte ich das Gefühl, sie nehme ihn oft kaum wahr. Mehr war mir bisher nicht aufgefallen, also nichts, was ich ihr hätte vorwerfen können. Wie gesagt, es war eher ein ungutes Gefühl."

„Hast du ihn mal darauf angesprochen?"

„Ein-, zweimal, ganz vorsichtig. Es ist aber nichts dabei herausgekommen. Er hat behauptet, die Mami ist lieb zu ihm, ich wusste nicht, wie ich hätte nachfragen können."

„Dieses Gefühl hat sich dann während deiner Gefangenschaft bestätigt?" Das war eigentlich eine Feststellung.

„Ja, sie sprach von ihm wie von einem lästigen Gegenstand. Es war mir schnell klar, sie würde ihren Ersatzplan in die Tat umsetzen, wenn ich nicht genau das tat, was sie verlangte." Cavit seufzte. „Was hätte ich denn machen sollen?"

Gar nichts, das sah ich genauso. „Was war mit den Lebensmitteln?", wechselte ich das Thema. Noch weiter über den Kleinen zu reden, war kontraproduktiv. Ich konnte mir vorstellen, dass er sich im Moment genug Sorgen machte, da Justus und Regina nun wieder vereint waren. „Wo sind die hergekommen?"

„In der Scheune standen drei große Kartons mit allem, was wir benötigten, also Eintöpfe und Suppen in Dosen, abgepacktes Brot, Marmelade und Honig und löslicher Kaffee. Davon haben wir uns ernährt. Der Strom war nicht abgestellt, in der Küche gab es einen Herd und einen Schrank voller Geschirr."

„Was ist mit dem Bett oben in dem einen Zimmer und der Liege in dem anderen? Waren die vorher schon da?"

„Keine Ahnung. Da müsst ihr die Mutter oder die Schwester fragen."

Oder meine Mutter, ergänzte ich im Stillen. Die würde sich ja wohl noch an die Einrichtung der einzelnen Zimmer erinnern können. „Wo hatte sie die Handschellen her?"

„Auch das weiß ich nicht. Als wir dort ankamen, war ich ziemlich weggetreten. Ich weiß, dass Regina ausstieg und kurz verschwand. Ich mühte mich immer noch mit dem Griff der hinteren Tür ab, als sie wieder erschien und mich aus dem Auto holte. Sie schleppte mich ins Haus, die Treppe hinauf und in das hintere Zimmer und zwang mich dazu, mich hinzulegen." Er lachte leise. „Wobei das eher ein kleiner Schubs war. Und peng lag ich auf der Liege und sie fesselte mich mit den Handschellen daran."

„Waren das die, die auf dem Hof aufgetaucht sind?" Ich witterte bereits den Durchbruch. Daran mussten jede Menge seiner Hautzellen zu finden sein.

„Nein, ich trug meine bis zuletzt, sowohl an den Händen als auch an den Füßen."

„Wo sind deine Handschellen geblieben?"

Elektrisiert fuhr er in die Höhe, was zu einem heftigen Ausbruch an Schimpfwörtern führte. Meine Güte, der kannte fast bessere als ich.

„Gute Frage", keuchte er, nachdem sich der Schmerz, der durch die ungeschickte Bewegung entstanden war, langsam legte. „Hat man die nicht gefunden?"

„Natürlich nicht." Seine Aufregung war auf mich übergesprungen. „Das wäre aufgefallen. Wie hätte sie die erklären sollen?"

„Sie nahm mir die Handschellen erst kurz vor dem Schuss ab." Cavits Augen blitzten. „Sie muss sie draußen irgendwo versteckt haben. Wenn wir die finden, dann …"

„… gerät sie zumindest in Erklärungsnot", ergänzte ich. „Aber versprich dir nicht zu viel davon. Vielleicht hat sie sich dafür eine gute Ausrede einfallen lassen. Alles andere weist weiterhin auf dich als Täter hin. Nein, wir müssen mehr finden."

Eine Weile schwiegen wir beide. Es war doch ziemlich enttäuschend zu sehen, dass wir immer noch keinen Durchbruch erreicht hatten.

„Der Strick, den sie benutzt hat", fiel es mir ein. „Wo hatte sie den her?"

„Keine Ahnung", Cavit zuckte nur müde mit den Schultern.

„Das Pfefferspray, der Taser, die Pistole", ich gab nicht auf. „Vielleicht lässt sich feststellen, wo sie die Sachen gekauft hat."

„Glaube ich nicht. Sie wird sie sich illegal besorgt haben. Das lässt sich bestimmt nicht mehr zurückverfolgen."

„So einfach, wie du denkst, ist das nicht." Ich sprach aus eigener Erfahrung. „Entweder du hast entsprechende Kontakte oder du musst sie mühsam herstellen. Sie kann nicht einfach in eine zwielichtige Kneipe gehen und den ersten Besten ansprechen."

„Ich habe keine Ahnung, wie sie ihr Leben gestaltet hat, nachdem ich nicht mehr mit ihr zusammen war." Cavit schüttelte bedauernd den Kopf. Aber ich hatte das Gefühl, dass er zumindest wieder einen Funken Hoffnung sah. „In unserer gemeinsamen Zeit kannte sie niemandem, dem ich zutraue, ihr Entsprechendes besorgen zu können."

„Das ist ein weiterer Punkt auf meiner Liste, um den wir uns kümmern werden", versprach ich. „Siehst du, nun gibt es doch einiges, mit dem wir arbeiten können."

## 47

Katharina

Manfred war auf der Rückfahrt sichtlich vergnügt. Justus und er hatten sich fast zwei Stunden draußen aufgehalten, erst auf dem Spielplatz und danach waren sie noch ein Eis essen gewesen. Anschließend hatte der Kleine so lange gequengelt, bis mein Mann noch mit ihm zusammen Lego gebaut hatte. Regina war unter dem Vorwand, sie müsse sich ausruhen, kurz nachdem die beiden zurückgekehrt waren, verschwunden. Frau Strüwer dagegen hatte sich sichtlich gefreut, dass ihr Enkel einen so wunderbaren Nachmittag verbringen durfte.

„Der wird heute Abend gut schlafen." Die Erleichterung war ihr deutlich anzumerken gewesen. „Wenn Sie Lust haben, können Sie gern wieder vorbeikommen."

Manfred war höchst erfreut. „Ich werde mich sobald wie möglich melden."

Jetzt im Auto pfiff er fröhlich vor sich hin. „Der arme Kerl braucht jemanden, der sich um ihn kümmert", teilte er mir mit. „Seine Omi kann offensichtlich nicht mehr und die Mutter … naja."

Also war es ihm auch aufgefallen. „Einen besonders guten Draht zu ihm hat sie nicht", pflichtete ich ihm bei.

Er schnaubte. „Das ist viel zu lieb ausgedrückt. Ich meine, der geht hin zu ihr und will ihr erzählen, was er alles erlebt hat, und sie würgt ihn sofort ab."

„Besonders geschockt wirkte er aber nicht." Ich hatte die Szene mit Argusaugen beobachtet. „Er muss das gewöhnt sein, dass er nicht beachtet wird."

„Hast du gesehen, wie sie beinahe aufgesprungen wäre, als er mit dem Saft gekleckert hat? Ich glaube, nur unsere Gegenwart hat sie davon abgehalten, ihn anzuschreien."

„Mir kam es eher so vor, als habe sie ihn durchschütteln wollen." Ich war mir eigentlich sehr sicher, dass ich richtig beobachtet hatte. „Manfred, sie ist definitiv keine gute Mutter. Ich werde gleich am Montag noch einmal bei Frau Meiss anrufen, damit sie die zuständigen Sozialarbeiter dazu drängt, sowohl Regina als auch den Jungen zu begutachten."

„Hast du Einzelheiten über die Entführung erfahren?"

Sieh an, mein Mann machte sich mittlerweile ebenfalls Gedanken. „Ja, sie sieht es als eine Art Therapie, darüber zu reden, was sie durchgemacht hat." Ich begann zu berichten.

„Also Cavit hat ihr etwas in den Kaffee getan, das sie betäubt hat", rekapitulierte mein Mann. „Sie wird auf dem Angestelltenparkplatz der Klinik wach und er zwingt sie, das Auto bis zum Hof ihres verstorbenen Vaters zu fahren? Wieso das denn?"

„Sie vermutet, dass er dort in einer abgelegenen Ecke nur warten wollte, bis sie fähig war zu fahren. Er hätte sie dann besser unter Kontrolle, soll er gesagt haben."

„Hm. Wieso ist er überhaupt in ihrer Wohnung gewesen? Wenn ich vor jemandem Angst habe, lade ich ihn nicht zu mir ein."

„Sie hat ihn angerufen, um ihm zu sagen, dass sie am Morgen verschlafen hätte und deshalb Justus sich nicht mehr telefonisch von ihm verabschieden konnte. Daraufhin bat er sie, das Geschenk der Großeltern für seinen Sohn, der ja gerade Geburtstag gehabt hatte, vorbeibringen zu dürfen. Die wollten eigentlich am nächsten Tag selbst kommen, was leider nicht möglich wäre, weil sie kurzfristig zwei schwierige Operationen durchführen müssten."

„An einem Samstag?"

„Das kam wohl wirklich öfter vor, das kannte Regina noch von früher. Deshalb hat sie sich nichts dabei gedacht. Cavit erschien mit einem riesigen Paket, das so schwer sei, wie er sagte, dass er es lieber selbst hineintragen wollte. Dann bat er um eine Tasse Kaffee. Sie hatte angeblich Angst, dass er ihr, falls sie es ablehnte, wieder eine Szene machen würde, deshalb gab sie nach, erwähnte jedoch einen baldigen Termin, zu dem sie nicht zu spät kommen dürfe. Kaum hatte sie den Kaffee hingestellt, klingelte ihr Handy, das übrigens spurlos verschwunden ist, und sie verließ die Küche. Der Anrufer hatte schon aufgelegt, sie war keine dreißig Sekunden weg. Sie trank ihren Kaffee im Stehen und ab diesem Moment weiß sie nichts mehr, bis sie im Auto erwachte."

Manfred nahm die Erklärung kommentarlos hin. Mich dagegen hatte die Geschichte nicht überzeugt. Am Vortag hatte sie erst eine Anzeige wegen Stalkings gegen ihn gemacht. Und dann ließ sie ihn einfach so in die Wohnung? Wo sie sich angeblich sogar extra ihre Mutter dazu geholt hatte, als er an Justus' Geburtstag vorbeigekommen war? „Ich hätte nie gedacht, dass er so weit gehen könnte", war ihre Ausrede gewesen. Ob sie damit bei der Polizei wirklich durchkam? Hatte sich eigentlich irgendjemand dafür interessiert, wo das Riesengeschenk abgeblieben war?

„Hat sie dir auch von dem Aufenthalt im Haus erzählt?"

Und nicht zu knapp. „Angeblich hat sie die meiste Zeit gefesselt auf dem Bett verbracht", fasste ich ihre Aussage zusammen. „Cavit habe sie zwingen wollen, mit ihm eine neue Beziehung einzugehen. Die Entführung sei der einzige Weg, dass sie zur Besinnung käme, hat er gesagt. Jeder Tag wäre wie der andere gewesen, er habe sie regelrecht angefleht, zu ihm zurückzukehren, sie habe sich geweigert und versucht, zu ihm durchzudringen, damit er einsah, dass sie ihn nicht mehr liebe."

Sie hatte mir auch erzählt, wie schwer er damals ihre Trennung von ihm genommen habe und dass es sehr lange dauerte, bis er die neue Situation zwischen ihnen akzeptierte. Erst mit der neuen Beziehung sei ihr Verhältnis nicht mehr ganz so angespannt gewesen. Zuletzt, als Melina verschwand, hätten sie ein gutes freundschaftliches Verhältnis gehabt. Deshalb sei es für sie selbstverständlich gewesen, ihm Trost anzubieten, den er besonders durch das Zusammensein mit seinem Sohn fand. Dann wäre er jedoch ihr gegenüber immer fordernder geworden, wollte ständig wissen, was sie machte, mit wem sie sich traf und immer mehr Zeit mit ihr verbringen. Sie habe ihm daraufhin sehr deutlich zu verstehen gegeben, dass sie in ihm nur noch den Vater ihres Kindes sehe, mehr sei für sie nicht mehr drin. Anfangs dachte sie, er habe die Botschaft verstanden, mit den Anrufen und dem nächtlichen Klingeln brachte sie ihn erst gar nicht in Verbindung. Auch bei diesen seltsamen Paketen, die plötzlich regelmäßig eintrafen, Dinge, die sie niemals bestellt hatte, dachte sie nicht an ihn. Bis sie eines Tages auf die Idee kam, den Besteller zurückverfolgen zu lassen. Da stellte sich heraus, dass der Auftrag über einen der Computer in der Klinik gekommen war. Sie reagierte eher erbost als verängstigt und wollte ihn direkt darauf ansprechen. Aber kurz darauf erhielt sie einen Beerdigungskranz. Und Justus reagierte plötzlich seltsam, wenn er von den Besuchen seines Vaters kam. Sie informierte sich im Internet über Stalking und bekam immer mehr Angst. Deshalb beschloss sie kurzerhand, ihn anzuzeigen. Sie hoffte, dass ein Kontakt mit der Polizei ausreichen würde, ihn zur Vernunft zu bringen. Ein fataler Fehler, wie sie jetzt einsah.

„Warum dieser Wechsel des Ortes?", fragte Manfred. „Hatte sie dafür auch eine Erklärung?"

„Ihr war der Gedanke gekommen, ihn so zu überreden, sie freizulassen. Sie hat ihm erzählt, dass der Makler, den sie mit dem Verkauf beauftragt hatte, regelmäßig mit Interessenten vorbeikäme. Daraufhin sei er ausgerastet, habe ihr Pfefferspray ins Gesicht gesprüht und sie übelst beschimpft. Während sie in die Küche kroch und sich die Augen auswusch, habe er das Haus durchsucht und die Schlüssel vom Jagdhaus gefunden. Er wusste von einem seiner früheren Besuche zusammen mit ihr, dass ihr Vater dort ab und zu übernachtet hat und dass der Besitzer selbst kaum nach dem Rechten sah. Er packte sie und erklärte, er würde einen letzten Versuch mit ihr wagen. Sollte dieser zu keinem Ergebnis führen, würde er sie beide töten. Ohne sie hätte sein Leben keinen Sinn mehr."

„Stand das Haus wirklich noch zum Verkauf?", legte Manfred seinen Finger auf den einzigen Schwachpunkt in ihrer Geschichte.

„Angeblich hatte sie selbst einen Käufer gefunden und den Makler abgezogen. Der sei jedoch abgesprungen, was sie ihrer Familie aber noch nicht erzählt hatte, weil es erst kurz vor der Entführung passiert sei."

„Ganz schön verworrene Geschichte. Oh, nein, bitte nicht!"

Sein Ausruf hatte den immer langsamer werdenden Autos vor uns gegolten. Er musste hart abbremsen, damit wir rechtzeitig zum Stehen kamen. Mein Herzschlag hatte sich immer noch nicht verlangsamt, als er sagte: „Schwer zu verstehen, dass Cavit, der das alles nicht wusste, dieses Risiko einging."

„Sehe ich ebenso. Regina meinte, ihn hätte seine kranke Vorstellung ihrer Beziehung dazu gebracht, alle Vorsicht fallenzulassen. Er wäre zu dem Zeitpunkt nicht mehr zurechnungsfähig gewesen."

Die Autos vor uns setzten sich langsam in Bewegung, stoppten aber schon nach ein paar Metern wieder. „Das scheint ein richtiger Stau zu sein." Manfred schaltete das Radio ein, drehte es jedoch leise. Es würde sich jetzt automatisch bei einer Verkehrsdurchsage melden.

„Deshalb änderte sie ihre Strategie, nachdem sie im Jagdhaus angekommen waren", fuhr ich fort. „Sie zeigte sich zugänglicher, versprach ihm, in sich zu gehen und zu prüfen, ob sie nicht doch einen neuen Versuch mit ihm wagen könne. Er reagierte ziemlich misstrauisch, was sie dazu nötigte, in klitzekleinen Schritten vorzugehen. Sie spielte die Verständnisvolle, ermunterte ihn, ihr von seinen Sorgen und Problemen zu erzählen und fand mitfühlende Worte für ihn und seine Situation. Nach und nach taute er auf. Nur als er ihr schließlich anvertraute, er habe seine Freundin im Affekt getötet, weil sie sich von ihm trennen wollte, konnte sie sich nicht gut genug verstellen, er wurde erneut misstrauisch. Am nächsten Tag sprach er mehrmals von Selbstmord und ihr wurde klar, dass sie handeln musste. Dadurch, dass sie fast die ganze Zeit redeten, hatte er ihr immer weniger Betäubungsmittel gegeben. Diesen Umstand nutzte sie für ihre Zwecke, indem sie abends so tat, als wolle sie sich ihm wieder annähern …"

„Sie hatte Sex mit ihm?" Ungläubig drehte sich Manfred zu mir. Nur gut, dass wir immer noch im Stau standen.

## 48

Richard

„Sie hatte Sex mit ihm?", wiederholte ich ungläubig. Ich hatte ziemlich lange auf Kathi warten müssen, ein Stau war ihre Erklärung gewesen. Ja, und dann war sie mit ihrer Geschichte herausgeplatzt, bevor ich ihr noch erzählen konnte, was ich alles von Cavit erfahren hatte.

„Nein, angeblich sind sie übers Kuscheln nicht hinausgekommen." Kathi hielt inne und lauschte hinüber ins Wohnzimmer, wo Manfred vor dem Fernseher saß.

„Und was hat sie über den nächsten Morgen erzählt?"

„Sie waren abends aneinandergefesselt eingeschlafen. Cavit hatte einen der Stricke erst an seinem und anschließend an ihrem Handgelenk befestigt. Nach dem Aufwachen löste er diesen und legte ihn beiseite. Er glaubte wohl, er brauche ihn nicht länger. Außerdem hatte er ja noch seine Pistole. In einem günstigen Moment griff Regina nach der Waffe und wollte ihn damit bedrohen, doch er stürzte sich auf sie und es kam zum Kampf, in dessen Verlauf sich der Schuss löste, der ihn in den Bauch traf. Sie geriet in Panik und stürzte aus der Hütte. Kurze Zeit später wurde sie von den suchenden Polizisten entdeckt und war gerettet." Kathi grinste müde. „Ende der Geschichte."

„Das ist echt der Hammer. Meinst du, sie kommt damit durch?"

„Wenn wir sie nicht stoppen, bestimmt. Also erzähl, was hast du erfahren?"

Ich berichtete ihr Cavits Version. „Morgen wird er endgültig verlegt. Wir sollten uns mit der Aufklärung beeilen", schloss ich.

„Kathi, was machst du so lange?", rief Manfred aus dem Wohnzimmer, bevor sie antworten konnte.

„Ich lese die Zeitung! Ich schaue nach, ob ich weitere Artikel über die Entführung finde", erwiderte sie und dann leise zu mir gewandt: „Er ist mittlerweile auch skeptisch. Zumindest findet er Regina seltsam, vor allem ihre Beziehung zu Justus. Seine Probleme werden eindeutig von ihr ausgelöst." Sie erzählte mir von ihren Beobachtungen.

„Also was machen wir jetzt?"

„Du gehst zurück zu Cavit und ich werde versuchen, mit seiner Schwester Kontakt aufzunehmen", erklärte sie.

„Nee, Kathi, das kannst du vergessen." Mich würden keine zehn Pferde in das Gefängniskrankenhaus bringen.

„Richie, wir müssen wissen, wohin er verlegt wird. Was ist, wenn sich neue Fragen ergeben?"

Natürlich hatte sie recht, aber dorthin würde ich ihm nicht folgen. Das konnte sie nicht von mir verlangen.

Sie schien zu ahnen, in welche Richtung meine Gedanken gingen. „Warum sollten Geister an diesen Orten gehäuft auftreten?", fragte sie und legte damit den Finger genau auf meine Wunde. „Das ist unsinnig. Die Kranken verfügen über viel zu wenig Energie, als dass sie sich an denen vergreifen würden."

„Ach, ja? Und was war mit dir?" Schließlich hatte sie es selbst erlebt, dass sie, geschwächt von ihrer Operation, von einem gierigen Geist attackiert wurde und nur überlebte, weil ein anderer dieser Spezies die ihr entwendete Energie wieder auffüllte, was für sich schon ein Novum war. Ich persönlich kannte niemanden, der so gehandelt hätte – naja, außer mir natürlich.

„Das war ein Einzelfall", wehrte sie ab. „Wahrscheinlich ein zu Lebzeiten bereits böser Mensch. Trotzdem, es ist gegen alle Vernunft, dort zu verharren, wo es nur wenig Energie gibt."

„Tatsache ist, du triffst in Krankenhäusern jede Menge Geister." Wer sollte das besser wissen als ich. „Und sie sind fast alle unsozial, sonst würden die sich nicht an diese Art von Leben klammern." Nein, da musste sie mit besseren Argumenten kommen. Ich hatte eine Scheißangst vor meinen Artgenossen. Besonders, seitdem ich durch Kathi wusste, dass wir sowohl Energie nehmen als auch geben konnten. Naja, diesen Punkt hatte ich zwischenzeitlich erfolgreich verdrängt gehabt. Bis vor kurzem wäre es für mich nie infrage gekommen, statt zu nehmen zu geben. Was aber nun, wenn das auch bei uns untereinander möglich war? Kathis guter Geist damals, das war die absolute Ausnahme, alle anderen, zumindest die, die ich kennengelernt hatte und das waren weit mehr als Kathis paar Erfahrungen, zeichneten sich vor allem durch Bösartigkeit und Verschlagenheit aus. Gegen die kam ich als einzelner nicht an.

Statt auf meine Argumente einzugehen, wiederholte sie: „Wir müssen mit Cavit in Kontakt bleiben. Eine andere Möglichkeit sehe ich nicht."

„Ihm noch einmal Energie zu geben, traue ich mich auch nicht", brachte ich meinen nächsten Trumpf vor. „Ich kann das nicht steuern, beinahe wäre ich bei dem Versuch, ihn zu retten, selbst draufgegangen."

„Das ist garantiert nur Übungssache", wehrte sie ab. „Außerdem standest du zu sehr unter Druck. Du wusstest, er stirbt, wenn du ihm nicht hilfst. Beim nächsten Mal gehst du überlegter vor."

212

„Es wir kein nächstes Mal geben", grummelte ich. Meine Güte, sah sie denn nicht, dass ich mir vor Angst fast in die Hosen machte – sprichwörtlich gemeint, versteht sich.

„Dann musst du es eben so geschickt anstellen, dass dich keiner bemerkt", blieb sie hart. „Wir brauchen die Verbindung zu ihm, dringend."

„Ich werde sehen, was sich machen lässt", beendete ich die Diskussion. Wenn Kathi sich etwas in den Kopf gesetzt hatte, war sie stur wie ein Maulesel. Vielleicht fand ich eine Lösung, mit der wir beide leben konnten. Ich musste mich ja nicht unbedingt die ganze Zeit bei Cavit aufhalten. Reinfitschen, meine Fragen stellen und sofort wieder verschwinden - das wäre wohl machbar. Hm, je nachdem, wie sich die Gegebenheiten vor Ort zeigten, wohlgemerkt. Aber das brauchte ich ihr nicht auf die Nase zu binden.

„Kathi, wie lange willst du noch drüben sitzenbleiben?", kam es da erneut von Manfred. Der war nur glücklich, wenn er seine Frau direkt neben sich wusste.

„Ich bin ins Grübeln gekommen", erwiderte sie und erhob sich, um zu ihm zu gehen. Mir winkte sie doch tatsächlich zu, ihr zu folgen. Anscheinend gingen uns ihre Ausführungen beide an, denn normalerweise hasste sie es, wenn ich bei ihren privaten Gesprächen dabei war.

„Ich überlege, ob ich nicht morgen mit der Schwester von Cavit Kontakt aufnehme", begann sie vorsichtig und ließ sich neben ihn auf die Couch fallen. Ha, sie hatte ihren Plan bestimmt schon fix und fertig im Kopf.

„Jetzt, nachdem ich Regina kennengelernt habe, glaube ich noch viel weniger, dass dieser Mann ein Entführer ist", fuhr sie fort. „Ich vermute, dass sie die Geschichte geplant und ausgeführt hat, um ihn in Misskredit zu bringen. Ob sie ihn wirklich töten wollte - keine Ahnung. Zutrauen würde ich es ihr."

„Kathi, deine Phantasie geht wieder mit dir durch." Richtig ablehnend klang er allerdings nicht.

„Nein, Manfred. Irgendetwas stimmt hier nicht. Ich bin fast sicher, dass ich recht habe."

„Erzähl ihm bloß nicht zu viel", ging ich dazwischen.

Sie beachtete mich überhaupt nicht. „Ich kann meine Ahnung nicht auf sich beruhen lassen. Deshalb will ich mit Cavits Schwester sprechen. Ich denke, dass sie die Richtige ist, um das Für und Wider abzuwägen."

Jau, die hatte doch in dem einen Gespräch, das ich belauschte, erwähnt, dass sie eine total schlechte Meinung von Regina hatte. Mensch, war ich blöd! Ich hätte das Kathi gegenüber hervorheben müssen!

„Du hast nichts in der Hand außer deinem Gefühl", stellte ihr Mann fest. Trotzdem konnte ich erkennen, dass er eigentlich auf ihrer Seite war. Auch wenn das nur daran lag, dass er selbst gemerkt hatte, welche Schwierigkeiten zwischen Regina und Justus bestanden. Er liebte den Jungen und wollte, dass dieser glücklich wurde. Mit der Mutter jedoch war das kaum möglich.

„Das hat mich damals im Fall der verschwundenen Franziska auch nicht getrogen", wandte Kathi ein. Ganz schön gewagt, das anzusprechen. Manfred war wochenlang sauer auf sie gewesen, weil sie erstens ihm nicht erzählt hatte, was sie zusammen mit Bruni und Christina unternehmen wollte und zweitens, sich und die anderen dabei in ziemliche Gefahr gebracht hatte. Seiner Meinung nach, Kathi sah das natürlich völlig anders.

Manfred seufzte. „Wie ich dich kenne, gibst du sowieso keine Ruhe, bis du deinen Willen bekommen hast. Also meinetwegen, ich werde dich begleiten."

„Oh, du fährst mich!" Kathi fiel ihm um den Hals. „Super. Ich rufe gleich morgen nach der Kirche bei Frau Paulsen an und versuche, für den Nachmittag einen Termin auszumachen."

„Mit wem?", wunderte sich Manfred.

„Das ist die Vermieterin von Cavit." Kathi grinste. „Ich denke, wir haben mehr Glück, wenn wir durch die Hintertür kommen."

Manfred zuckte mit den Schultern. „Wie du meinst. Du wirst es bestimmt hinbekommen."

Der hatte genauso viel Vertrauen in seine Frau wie ich. Kathi würde das regeln. Meistens klappte es auch, wie sie es sich vorgestellt hatte. Wie gesagt, sie konnte stur wie ein Maulesel sein, wenn sie ein Ziel verfolgte.

„Wollen wir ein Video zusammen ansehen?" Kathi stand auf. „Such du schon mal eins heraus. Ich gehe eben zur Toilette."

War das etwa mein Stichwort? Ich beschloss, ihr vorsichtshalber zu folgen. Genau richtig, kaum waren wir in der Diele, flüsterte sie: „Es wäre schön, wenn du ebenfalls kommen könntest. Vielleicht musst du nach dem Gespräch eine Weile bei der Schwester bleiben."

„Was hast du vor?"

Nervös lauschte sie Richtung Wohnzimmer. „Das würde zu lange dauern, dir alles zu erklären. Sei einfach morgen da, ja?"

Klasse, sie ließ mich genauso im Dunkeln stehen wie Manfred. Ich wusste aus Erfahrung, dass ich kein Wort mehr aus ihr herausbekommen würde. Außerdem hatte sie sich jetzt tatsächlich Richtung Bad in Bewegung gesetzt. Es blieb mir nichts andres übrig, als bis morgen abzuwarten.

## 49

Katharina
Während ich routiniert die Orgel ertönen ließ, arbeitete ich weiter an meinem Plan. Gestern war es eher eine fixe Idee von mir gewesen, Cavits Schwester miteinzubeziehen, doch je länger ich darüber nachgedacht hatte, umso ernster war es mir damit geworden. Ich brauchte dringend Hilfe, um vorwärtszukommen.
Manfreds Predigt begann und meine Gedanken wanderten ab. Die Schwierigkeit bestand darin, dass ich sie überzeugen musste, dass ich auf der richtigen Spur war, ohne dass ich ihr viele Informationen geben konnte. Wie sollte ich es angehen?
Nach dem Gottesdienst eilte ich sofort nach Hause und griff zum Telefon. Frau Paulsen nahm nach dem dritten Klingeln ab. „Katharina Klingenberg, guten Tag, Frau Paulsen", begann ich noch etwas atemlos. „Ich hoffe, Sie können mir helfen. Ich müsste dringend mit Cavits Schwester sprechen, glaube jedoch nicht, dass sie einen Anruf von mir annehmen würde. Ich habe etwas entdeckt, dass Cavits Unschuld beweisen könnte. Dazu benötige ich jedoch die Hilfe eines Familienangehörigen. Nun dachte ich, wir könnten uns bei Ihnen treffen. Ließe sich das einrichten?"
Jetzt hing alles von ihrer Antwort ab. „Moment, langsam, junge Frau." Aus ihrem Tonfall konnte ich nichts entnehmen. „Wie stellen Sie sich das vor? Erwarten Sie von mir, dass ich Semira zu mir einlade, ohne dass ich weiß, was Sie mit ihr besprechen wollen?"
Oh weh, das hörte sich nicht gut an. „Wie ich schon sagte, es könnte sein, dass ich einen Beweis gefunden habe, der Cavit als Täter völlig ausschließt. Ich müsste mit jemandem aus der Familie darüber sprechen, um sicher zu sein. Die Eltern will ich nicht belästigen, ihnen vielleicht falsche Hoffnung machen, deshalb würde ich mich lieber mit der Schwester treffen." Ellen würde mich wahrscheinlich in hohem Bogen rausschmeißen, anstatt mich anzuhören.
„Und was wollen Sie dabei von mir?" Ihr Misstrauen war noch nicht verschwunden.
„Sie kennt mich nicht. In Anbetracht der Umstände, denke ich, wird sie mich gar nicht erst anhören. Wenn Sie sie allerdings zu sich einladen und ich, das heißt mein Mann und ich, er ist Pfarrer und kommt jeden Moment aus der Kirche zurück, wir könnten also jederzeit losfahren …" Ich brachte den Satz nicht zu Ende. Hoffentlich nutzte die Erwähnung Man-

freds und seines Tätigkeitfeldes. Für viele alte Damen hatte die Religion noch einen besonderen Stellenwert, den sie automatisch auf das ausführende Organ übertrugen. Ich war schon oft mit diesem Satz weitergekommen.

„Ach, Ihr Mann ist Pfarrer?", kam es prompt aus der Leitung. „Hm, ja, lassen Sie mich überlegen."

Ich wartete angespannt. Sie musste mich einfach erhören, sonst sah ich keine Möglichkeit voranzukommen.

„Ich könnte Semira bitten, auf eine Tasse Kaffee vorbeizuschauen", sagte sie endlich. „Ich werde sie gleich anrufen. Hoffentlich hat sie Zeit."

Es dauerte fast eine Stunde, in der ich, unfähig mich zu konzentrieren, im Haus auf und ab lief, bis sie zurückrief. „Sie ist um halb vier bei mir", teile sie mir mit. „Ich möchte bei dem Gespräch dabei sein, von Anfang bis Ende."

Das hatte ich fast erwartet. Ich konnte nur hoffen, dass sie nicht zu viele Einwände erhob, sobald sich herausstellte, dass ich Regina für die Schuldige hielt. Sie schien ein wahrer Fan von ihr zu sein, wie Richie bereits angemerkt hatte. Oh, bitte, bitte, es musste einfach klappen!

Die gesamte Autofahrt lang arbeitete ich weiter an meiner Strategie. Es war nicht einfach, das wenige, was ich gefahrlos mitteilen konnte, so zu verpacken, dass genügend Anhaltspunkte blieben, mit denen wir arbeiten konnten.

„Na, bereust du deinen Entschluss?" Manfred war meine ungewöhnliche Schweigsamkeit aufgefallen.

„Nein, ich überlege, wie ich am besten vorgehen soll."

„Schildere, was dir gestern an Regina aufgefallen ist", meinte er. „Das ist ein guter Einstieg. Ja, und erzähle ruhig, was Ruth über Justus gesagt hat. Sind die ersten Zweifel gesät, dürftest du gewonnen haben."

Gar nicht dumm, sein Vorschlag. Ich würde versuchen, mich daran zu halten.

Frau Paulsen empfing uns überaus freundlich, das war schon mal ein guter Einstieg. „Ich habe Semira nicht gesagt, dass Sie kommen", flüsterte sie mir beim Eintreten zu. „Ich habe ganz überrascht getan, als es schellte. Sie müssen sich selbst etwas einfallen lassen, wie Sie Ihren Besuch bei mir erklären."

Eine direkte Vorstellung von Cavits Schwester hatte ich nicht gehabt. Trotzdem war ich ziemlich überrascht, als ich sie erblickte. Sah man bei ihrem Bruder deutlich den fremdländischen Einschlag, hätte ich sie trotz ihrer dunklen, halblangen Haare und der braunen Augen für eine Deutsche gehalten. Wesentlich kleiner als ich, die ich nun keinesfalls ein Riese war und ausnehmend zierlich, wirkte sie wie ein junges Mädchen, wozu sicherlich auch ihre Kleidung, Jeans und Sweatshirt, ihren Teil beitrug. Erst im Näherkommen erkannte man an den vielen Fältchen um Mund und Augen, dass sie bedeutend älter sein musste. Sie musterte uns ziemlich misstrauisch.

„Das sind Pastor Klingenberg und seine Frau", stellte uns Frau Paulsen vor. „Ein unverhoffter Überraschungsbesuch."

„Ich hoffe, wir stören nicht?" Semira wirkte immer noch nicht sehr begeistert.

„Wir kauen gerade die Ereignisse der Entführung ein weiteres Mal durch." Unsere Gastgeberin nickte mir zu. „Sie sind durch den kleinen Justus ja indirekt ebenfalls involviert."

Ich hätte sie umarmen können, das war der ideale Einstieg.

„Justus?", fragte Semira auch gleich stirnrunzelnd.

„Wir hatten den Kleinen während des Verschwindens seiner Mutter in Obhut", erklärte ich. „Dadurch sind wir neugierig geworden auf das, was passiert ist."

Oh, das waren definitiv die falschen Worte. Ihr Gesicht verschloss sich wieder. Und, fiel mir siedend heiß ein, sie wusste garantiert von dem Gespräch zwischen ihrer Mutter und mir, das ja nicht sehr erfolgreich verlaufen war. „Besonders da der Junge einige Verhaltensweisen zeigt, die eine befreundete Psychologin von uns als auffällig bezeichnet", ergänzte ich schnell.

Ich hatte ihr Interesse zurückgewonnen. „Welche denn?"

„Er ist sehr auf Männer fixiert", übernahm jetzt Manfred. „Mit mir hatte er von Anfang an keinerlei Probleme, im Gegenteil, er hing vom ersten Tag an mir. Meine Frau dagegen fand lange keinen Zugang zu ihm. Er war sehr zurückhaltend, fast schon misstrauisch. In unserem Kindergarten hatten wir das gleiche Problem. Es war, als würde er den Erzieherinnen aus dem Weg gehen."

„Wir hatten Freunde zu Besuch und es wurde noch deutlicher", fuhr ich fort. „Mit dem Mann war er sofort ein Herz und eine Seele, um dessen Frau machte er einen großen Bogen." So, mal sehen, wie sie nun reagierte.

„Und deshalb haben Sie eine Psychologin eingeschaltet?" Irgendwie hatte sie wohl mehr erwartet, mehr gravierende Probleme wahrscheinlich.

„Nein, die kam ganz zufällig ebenfalls zu Besuch. Justus spielte die ganze Zeit bei uns und mit uns und ihr fielen diese Absonderlichkeiten auf. Sie beobachtete ihn genauer und kam zu dem Schluss, dass der Junge erhebliche Probleme haben müsse, bei den Verhaltensweisen, die er zeigt." Manfred zuckte die Achseln. „Genaueres wissen wir nicht, sie blieb ziemlich vage in ihren Aussagen. Sie ist keine Kinderpsychologin, hier müsse ein Spezialist ran, meinte sie."

„Ich habe bereits mit der zuständigen Sozialarbeiterin gesprochen", ergänzte ich, bevor sie nachfragen konnte. „Und ich will sie morgen noch einmal anrufen. Mein Mann und ich haben den Kleinen gestern besucht und es ist für uns deutlich zu sehen, dass die Beziehung zwischen ihm und seiner Mutter nicht gerade als normal zu bezeichnen ist."

Ha, wir hatten sie. „Inwiefern?" Sie beugte sich vor und presste ihre Hände fest zusammen, vor Aufregung nahm ich an. „Wissen Sie, mir ist an ihm bisher nichts Besonderes aufgefallen, wenn er bei uns, das heißt bei meinen Eltern und uns zu Besuch war. Wir wohnen in einem Haus zusammen ganz in der Nähe und mein Bruder ist oft mit ihm vorbeigekommen", fügte sie erklärend hinzu. „Allerdings hat er sich dann meist bei meinen Kindern aufgehalten, das war für ihn etwas ganz Besonderes, dass die großen Jungen mit ihm spielten." Sie hielt inne und überlegte. „Doch, Sie haben recht. Er hatte einen wesentlich besseren Draht zu meinem Mann und meinem Vater. Ich dachte, das wäre normal. Manche Kinder kommen besser mit Frauen aus, manche besser mit Männern."

„Seine Omi, das heißt, die alte Frau Strüwer, liebt er heiß und innig", warf ich ein. „Wir konnten uns zweimal davon überzeugen. Beim ersten Mal haben wir sie gemeinsam mit Justus besucht, als Regina noch verschwunden war. Gestern haben wir sie wieder zusammen beobachten können. Mutter und Sohn leben bei ihr, bis es Regina besser geht."

„Die Oma ist im Moment seine Hauptbezugsperson", griff Manfred in das Gespräch ein. „Sie kümmert sich fast den ganzen Tag allein um ihn, das war deutlich zu sehen. Ich habe seine Mutter nur kurz kennengelernt, als Justus und ich vom Spielplatz kamen. Aber ihre Reaktion auf ihn war seltsam, ich hatte das Gefühl, er sei ihr eher lästig."

„Ich denke, es ist uns nur aufgefallen, weil wir durch die Unterhaltung mit unserer Psychologin wussten, dass etwas nicht stimmte", warf ich ein. „Sonst hätten wir es wahrscheinlich nicht bemerkt. So jedoch achtet man auf jede Kleinigkeit – und davon gab es genug, um uns ein Urteil zu bilden." Ich wartete einen Moment, bevor ich die Bombe platzen ließ. „Ich hatte ein ausführliches Gespräch mit ihr, während mein Mann mit dem Kleinen draußen war. Irgendwie passt die Geschichte, die sie von der Entführung erzählt, nicht zusammen, finde ich wenigstens. Deshalb sind wir heute hier. Wir haben das deutliche Gefühl, dass Ihrem Bruder da etwas untergeschoben werden soll, für das er nicht verantwortlich ist."

Frau Paulsen, die bisher ruhig neben uns gesessen hatte, atmete scharf ein. Anscheinend hatte sie Angst, dass Cavits Schwester nun doch noch aufspringen und das Haus verlassen würde. Deren einzige Reaktion war, dass sie sich zurücklehnte und die Augen zusammenkniff. „Du hast mich hergelockt, damit die beiden mit mir sprechen konnten."

„Sie hat es gut gemeint", antwortete ich, bevor diese es tun konnte. „Sie weiß, dass wir helfen wollen. In unseren Augen ist Ihr Bruder nicht der Täter, sondern das Opfer."

„In meinen auch", erwiderte sie bitter. „Doch was nutzt das? Die Polizei hat ihn festgenommen, für sie ist der Fall so gut wie aufgeklärt."

„Dann müssen wir versuchen, Beweise zu finden, die ihn entlasten. Ich bin sicher, es gibt welche."

Sie sah mich an, aufkommende Hoffnung spiegelte sich in ihren Augen. Ich hatte sie erreicht, wir konnten beginnen, uns auf das Wesentliche zu konzentrieren.

## 50

Katharina

„Nehmen wir einmal an, Ihr Bruder ist unschuldig. Was könnte in Wirklichkeit passiert sein?", begann ich.

„Sie hat ihn in ihre Gewalt gebracht und ihre eigene Entführung inszeniert." Semira schüttelte nachdrücklich den Kopf. „Cavit wäre zu so einer Tat niemals fähig. Und warum auch? Er wollte sie nicht zurück, sein Leben ohne sie sei viel besser, sagte er. Also kann er sie auch nicht gestalkt haben. Wozu hätte das nützlich sein sollen?"

„Genau, fangen wir mit diesem Vorwurf an." Ich nickte ihr zu. „Regina hat mir erzählt, er hätte sie angerufen, an der Haustür geklingelt, wäre andauernd vorbeigekommen, hätte Pakete auf ihren Namen bestellt und ihr sogar einen Beerdigungskranz geschickt. Gibt es dafür irgendwelche Beweise?"

„Ich weiß es nicht." Semira holte tief Luft. „Das mit den Anrufen müsste sich eigentlich überprüfen lassen, genauso wie die verschickten Päckchen. Für den Kranz habe ich keine Erklärung, bin mir allerdings sicher, dass sie ihn irgendwie reingelegt hat. Außerdem war sie es, die ihn immer wieder ermunterte, seine freie Zeit mit Justus zu verbringen."

„Waren Sie dabei, als sie ihn einlud zu kommen?"

„Nein, er hat es mir nur erzählt. Wir haben uns ziemlich oft gesehen, wir standen uns sehr nahe."

„Semira hat ihn großgezogen", warf Frau Paulsen ein. „Ellen musste in der Praxis mitarbeiten, Semira hat sich fast ständig um ihn gekümmert."

„Ich war seine Bezugsperson", nickte diese. „Daran hat sich bis heute nicht viel geändert."

„Wissen Sie, wer sich damals von wem getrennt hat?", fragte ich sofort nach.

Sie verzog das Gesicht. „Ja, er sich von ihr. Aber allen wurde erzählt, dass es andersherum gewesen sei. Das war ihr Wunsch, nicht seiner. Angeblich ständen sie bei dieser Erklärung beide besser da. Er hat sich ihr gefügt. Ich war die Einzige, die die Wahrheit wusste." Sie blickte von mir zu Manfred und wieder zurück. „Das sage ich nicht, um Cavit zu schützen. Es ist wirklich so gewesen. Und jetzt frage ich mich natürlich, ob sie nicht von Anfang an den Plan hatte, sich an ihm zu rächen." Sie schüttelte den Kopf. „Aber so etwas über drei Jahre zu planen wäre krank, oder nicht?"

„Nehmen wir einmal an, es stimmt trotzdem", sagte ich langsam. „Denn finden Sie es nicht seltsam, dass diese Geschichte ausgerechnet zu dem Zeitpunkt stattfindet, da ihr Unterhaltsanspruch erlischt und sie auf eigenen Füßen stehen müsste?"

Das Erstaunen in ihrem Gesicht war echt. „Daran habe ich überhaupt noch nicht gedacht." Sie verstummte und biss sich auf die Lippe. „Jaaa, wenn ich anfange, darüber nachzudenken, das wäre … wäre …"

„… krank", vollendete Manfred ihren Satz. „Mal eine andere Frage. Wenn das alles nicht passiert wäre, wie würden Sie Regina beschreiben? Was hatten Sie für einen Eindruck von ihr?"

„Anfangs fand ich sie sympathisch, aufgeschlossen und sehr interessiert, ich meine ehrlich interessiert, man hatte stets das Gefühl, sie ist dabei natürlich, nicht bemüht. Von Cavit habe ich jedoch im Laufe der Zeit andere Dinge erfahren, dass sie sehr launisch sei und oberflächlich, dass sie nicht lange bei einer Sache verweilen könne, dass sie immer etwas erleben müsse." Sie seufzte. „Er hat sich nicht von heute auf morgen von ihr getrennt, das war ein ganz langer Prozess. Und er ist, nachdem er von der Schwangerschaft erfahren hat, sofort zu mir gekommen und hat mir davon erzählt. Er kam sich schäbig vor, den Bruch der Beziehung trotzdem durchzuziehen. Ich war es, die ihm vor Augen führte, dass ein Kind den Bruch nicht würde kitten können. Ja, ich habe ihm geraten, keinen Rückzieher zu machen."

„Durch Zufall traf ich eine ehemalige Bekannte, die sich als Schulfreundin von Regina entpuppte", verdrehte ich etwas die Wahrheit. „Die hat ganz ähnlich von dieser erzählt wie Ihr Bruder. Also müssen wir davon ausgehen, dass sie zwei Gesichter hat, das eine für die Öffentlichkeit und die entfernteren Bekannten, das andere für die Personen, die ihr nahestehen und bei denen sie sich nicht ständig verstellen kann. Kennen Sie jemanden, der näher mit ihr befreundet ist?"

„Nein, sie schloss meist nur flüchtige Bekanntschaften, die nie lange hielten." Semira dachte nach. „Ihre Mutter, ihre Schwester, die müssten sie kennen."

„Die alte Frau Strüwer lässt sich von ihrer Tochter so ziemlich alles gefallen. Ich denke, die sieht nur ihre positiven Seiten." Manfred warf mir einen Blick zu. „Die Schwester, ich glaube, dazu kannst du mehr sagen, Kathi."

„Wir, das heißt, meine Freundin und ich, haben sie in ihrem Geschäft aufgesucht und, nachdem wir einige Einkäufe getätigt hatten, versucht, sie auszuhorchen. Leider war sie nicht sehr zugänglich", gestand ich.

„Ja", Semira sah mich unter gerunzelten Brauen an. „Sie waren mit Ihrer Freundin auch bei meiner Mutter, mit einem angeblich kranken Hund."

„Da war ich bereits an dieser Geschichte dran", verteidigte ich mich. „Wir mussten uns ja irgendwie einen Überblick beschaffen. Mein Gespür sagte mir, so, wie es dargestellt wird, kann es nicht sein."

„Sie sind zuerst zu mir gekommen", mischte sich Frau Paulsen ein. „Sie waren nett und aufrichtig besorgt, das spürte ich sofort."

„Meine Eltern und vor allem ich sind ähnlicher Ansicht gewesen. Wir konnten uns nicht vorstellen, dass Cavit etwas Derartiges getan hatte. Warum auch, er war gerade dabei, eine neue Beziehung zu knüpfen."

„Was sagt denn die Polizei dazu?" Manfred war schneller als ich.

„Keine Ahnung, die hat nur unsere Aussagen zu Protokoll genommen und das war's."

Mein erster Ansatzpunkt. „Könnten Sie es ermöglichen, dass wir beide morgen zusammen zu dem ermittelnden Beamten gehen und mit diesem sprechen?"

Mein Mann sah mich erstaunt von der Seite an, sagte aber nichts.

„Meinen Sie, das bringt uns weiter?"

„Wir hätten zumindest eine genaue Vorstellung davon, was die Polizei herausgefunden hat und gegen Ihren Bruder verwenden will."

„Gut." Semira schürzte die Lippen. „Allerdings verspreche ich mir davon nicht viel. Beweise gegen Regina haben die nicht gefunden, sonst würden sie nicht Cavit anklagen."

„Nehmen wir einmal an", wiederholte ich mich, „unsere Annahme ist trotzdem richtig. Regina hat die Pistole besorgt und das Pfefferspray, von dem sie sprach." Den Taser verschwieg ich, von dem wusste außer mir keiner. „Vielleicht lassen sich Spuren zu ihr zurückverfolgen."

„Dafür ist sie zu clever", widersprach Semira sofort. „Sie ist ziemlich intelligent, ich würde sogar sagen, intelligenter als wir alle hier. Sie wird ihre Spuren gut verwischt haben."

„Es wäre trotzdem sinnvoll, zumindest nachzuhaken", widersprach ich.

„Kommen wir zum nächsten Punkt", brachte ich nun meinen Trumpf vor. „Sie kann Ihren Bruder nicht nur mit Medikamenten ruhiggestellt haben, sie musste ihn zumindest zeitweise zusätzlich fesseln, mit Handschellen vermutlich. Wo sind die geblieben?"

„Die Polizei hat …" Semira hielt inne. „Müsste man an denen nicht Spuren von ihm finden?"

„Wenn sie diese überhaupt zurückgelassen hat", wandte ich ein. „Ist sie so clever, wie Sie meinen, hat sie es garantiert nicht riskiert, Spuren zu hinterlassen, die gegen sie sprechen."

„Hm. Die könnte sie erst kurz vor dem Ende des Dramas entsorgt haben." Gut, Semiras Überlegungen gingen genau in die Richtung, in die ich sie haben wollte.

„Und damit bleibt nur ein Versteck in der Nähe der Hütte", pflichtete ich ihr bei. „Die Polizei war ja schon auf dem Weg den Berg hinauf."

Sie sah mich fassungslos an. Dann, als sie zu begreifen begann, glitt ein Strahlen über ihr Gesicht. „Die müssten noch dort zu finden sein." Sie sprang auf. „Ich werde mich gleich mit meinem Mann und meinen Söhnen auf die Suche begeben."

„Nein! Halt!" Ich stellte mich ihr in den Weg. „Beauftragen Sie lieber einen Privatdetektiv. Sonst sieht es hinterher noch so aus, als hätten Sie Beweismittel gefälscht."

Einen Moment sah sie mich geradezu trotzig an, dann gewann die Vernunft die Oberhand. „Sie haben recht. Das werde ich morgen sofort als Erstes erledigen."

„Er wird wissen, wie man vorgehen muss", bestätigte Manfred, nachdem wir beide uns wieder hingesetzt hatten. „Gerade wenn Regina wirklich so intelligent ist, dürfen Sie keine Fehler machen. Viele Hinweise, denen Sie nachgehen können, gibt es ja leider nicht."

„Und deshalb soll ich den wichtigsten nicht auch noch versauen." Semira ballte die Fäuste. „Entschuldigen Sie bitte meine Ausdrucksweise, aber ich bin von Tag zu Tag entsetzter über das, was ihm passiert ist. Ich, eigentlich meine ganze Familie, wir stehen völlig neben uns."

„Ein Privatdetektiv könnte vielleicht auch herausfinden, woher Regina das Pfefferspray und die Pistole hatte", erklärte ich. „Und sich um all die Dinge kümmern, die wir vielleicht noch entdecken." Zum Beispiel, wenn wir irgendwelche Hinweise erhielten, die auf den Verbleib von Melina, der damaligen Freundin von Cavit, hindeuteten. Noch wusste sie anscheinend nicht, dass ihr Bruder durch Reginas Aussage erneut verdächtigt wurde, sie getötet zu haben. „Es wäre schließlich möglich, dass Frau Strüwer auch für das Verschwinden von Cavits Verlobter verantwortlich zeigt", tastete ich mich behutsam vor.

Sie wurde blass. „Glauben Sie etwa …" Sie brachte den Satz nicht zu Ende, diese Vermutung erschien ihr wohl als zu entsetzlich.

„Ja, wenn wir annehmen, dass wir mit unserem Verdacht richtig liegen, können wir die Möglichkeit nicht ausschließen"

Sie schüttelte abwehrend den Kopf und sah auf ihre ineinander verkrampften Hände hinunter. „Das wäre einfach grauenhaft."

Ich beschloss, das Thema vorerst ruhen zu lassen. „Die Schwester", fragte ich stattdessen, „kennen Sie sie gut?"

„Nicht sonderlich, ich habe sie, glaube ich, zwei-, dreimal auf Familienfeiern gesehen und kaum mit ihr gesprochen. Sie war sehr zurückhaltend."

„Es wäre sinnvoll, wenn Sie versuchen würden, mit ihr zu reden. Wir müssen jemanden finden, der uns mehr Einzelheiten über Regina erzählt." Ich hob die Schultern. „Mehr Möglichkeiten, etwas zu unternehmen, sehe ich im Moment nicht."

„Immerhin ein Anfang", strahlte Frau Paulsen, die gebannt zugehört hatte. „Ich gebe zu, ich habe wohl die Regina völlig falsch eingeschätzt. Aber das, was Sie sagen, ist für mich eher wahrscheinlich, als dass Cavit der Schuldige ist. Ich hoffe nur, ihr schafft es, das zu beweisen."

# 51

Richard

Kathi verstand einfach nicht. Diese Geistergeschichte war nicht so ohne. Ich hatte ganz am Anfang meiner Karriere von einigen gehört, denen von Artgenossen der Garaus gemacht worden war. Wie sich das genau abgespielt hatte, wusste ich nicht, aber so was wollte ich echt nicht selbst erleben. Und gerade im Gefängnis! Diese Typen hatten doch alle einen Knall! Gegen die kam ich nicht an.

Trotzdem war ich natürlich auch um Cavit besorgt. Auf dem Hinweg überlegte ich angestrengt, wie er sich am besten wehren konnte.

„Besorg dir irgendwie einen Fön", riet ich ihm als Erstes, nachdem ich mich zurückgemeldet hatte. „Den behältst du eingesteckt auf dem Nachttisch neben dir. Siehst du einen Geist auf dich zukommen, kannst du ihn damit zumindest von dir weghalten."

Er lachte mich tatsächlich aus. „Glaubst du etwa, ich darf dort so etwas haben?"

„Dann schlag mit irgendetwas nach ihm, was einen starken Luftzug macht. Schaffst du das schon?" Er sah deutlich besser aus, wirkte allerdings noch ziemlich schwach.

Wieder lachte er. „Oder ich unterhalte mich mit ihm wie mit dir und überzeuge ihn, dass ich kein geeignetes Opfer bin."

Oh weh, es wurde Zeit, ihn aufzuklären, was es mit diesem Geistsein auf sich hatte.

Danach blieb er eine ganze Weile still. „Also habe ich mit dir einen echten Glücksgriff getan", sagte er schließlich. „Wobei ich an dir und deiner Gegenwart anfangs ganz schön zu knacken hatte, ich glaubte nämlich bisher nicht an Geister."

An mir zu knacken? Dann hatte er das aber gut verborgen.

„Ich wollte es dir nicht zeigen", erklärte er, als hätte er meine Gedanken gelesen. „Wo du doch meine einzige Hoffnung bist."

Sein „wenn das denn alles stimmt", war nicht zu überhören. „Kathi setzt sich morgen mit deiner Schwester zusammen", konnte ich mir nicht verkneifen anzugeben. „Sie hat einige Punkte gefunden, an denen wir ansetzen können."

Jetzt wollte er natürlich ganz genau wissen, was ich mit ihr beredet hatte. Damit war das Thema Geister erst einmal gestorben.

Am nächsten Morgen wurde er gleich nach der Visite abgeholt, mit einem Krankenwagen versteht sich. Sie verfrachteten ihn in einen Rollstuhl und schoben ihn bis direkt vor die geöffneten Türen, dann musste er sich wieder auf die Trage legen. Ich hatte ihn nicht vorgewarnt wie, sondern nur dass ich ihn begleiten würde. Alles andere würde ich ihm später erklären. Ich nutzte den Moment, in dem sie ihn aus seinem Stuhl hoben, und er zuckte noch nicht einmal zusammen, als ich an ihm andockte.

Die Fahrt verlief schweigsam, der neben ihm sitzende Sanitäter spielte die ganze Zeit auf seinem Handy herum und Cavit schloss irgendwann die Augen, sodass ich nichts mehr sehen konnte. Schlafen tat er jedoch nicht, ich konnte fühlen, wie stark sein Herz pochte. Die Verlegung ging ihm echt ganz schön an die Nieren.

Endlich stoppte der Wagen und wir wurden ausgeladen. Ein neuer Rollstuhl wartete auf ihn, er wurde hineingesetzt und durch eine von einem Polizisten bewachte Tür geschoben. Der erste Sanitäter blieb bei diesem stehen, der zweite schob uns einen langen Gang entlang, an dessen Ende ein weiterer Polizist und ein Pfleger warteten. Ab hier übernahm letzterer den Patienten. Direkt hinter der Tür befand sich das Treppenhaus mit den Fahrstühlen. Wir wurden in einen von denen verfrachtet und in den dritten Stock befördert. Für mich sah es aus wie eine ganz normale Station in einem ganz normalen Krankenhaus, außer dass es fast nur männliches Personal gab, ich entdeckte eine einzige Schwester.

Bisher hatte der Pfleger, der Cavit schob, nicht ein Wort mit ihm gewechselt, keine Begrüßung, keine Erklärung, jetzt fuhr er ihn stumm bleibend in eines der Zimmer, das ebenfalls wie ein ganz normales Krankenhauszimmer wirkte – bis auf die Gitter vor dem Fenster. In dem hinteren Bett lag bereits ein Patient, das vordere war für Cavit gedacht. Der schaffte es sogar, ohne fremde Hilfe hineinzuklettern. Völlig erschöpft von diesem Ausflug blieb er schwer atmend liegen und starrte an die Decke.

Ich löste mich von ihm und sah mich neugierig um. Ja, es war alles vorhanden, was man erwarten konnte, zwei schmale Schränke für die persönliche Kleidung, ein kleiner Tisch mit zwei Stühlen, an dem die Genesenden sitzen konnten, jeweils ein Nachtschränkchen mit offenen Fächern und sogar eine Waschgelegenheit. Das Einzige, was mich störte, war, dass die Tür zum Gang nicht einmal den kleinsten Spalt aufwies, unter dem ich hätte hindurchschlüpfen können, und zudem die Fensterflügel fest verschlossen waren. Um rein- oder rauszukommen, musste ich warten, bis ein Pfleger oder ein Arzt eintrat. Meine Artgenossen allerdings ebenfalls, ich hatte mich mit einem schnellen Rundumblick davon überzeugt, dass sich niemand außer mir in dem Zimmer befand, zumindest bis jetzt nicht.

Ich wandte mich Cavits Bettgenossen zu. Der Mann lag auf der Seite und schlief. Viel war von ihm nicht zu sehen, er hatte sich die Decke bis knapp unters Kinn hochgezogen. Trotzdem tippte ich auf eine Art Gelbsucht, diese komische Farbe in seinem Gesicht war nicht normal. Ich suchte in meinem Gedächtnis, was ich über die Krankheit wusste. Die Patienten waren geschwächt und müde, wenn ich mich richtig erinnerte, also würde der hier Cavit keinen Ärger machen. Und uns blieb genügend Zeit, uns auszutauschen, wir mussten nur vorsichtig sein, wenn wir uns unterhielten, am besten, ich stellte ihm hauptsächlich Fragen, auf die er mit Kopfschütteln und Nicken antworten konnte. Falls ich weitere, ausführlichere Informationen von ihm brauchte, würde ich eben warten müssen, bis der Kollege fest schliefe. Wir würden sicherlich klarkommen.

Das Einzige, was mich richtig ärgerte, war mein eingeschränkter Aktionsradius. Warten zu müssen, bis die Tür aufging, war nicht mein Ding, ich war gewohnt zu kommen und zu gehen, wie ich es wollte.

Wie auf Stichwort öffnete sich die Tür und ein Arzt und ein Pfleger, ein anderer als der, der uns heraufgebracht hatte, traten ein. „Guten Morgen, Herr Aslan." Zusammen traten sie an sein Bett. „Ich will Sie kurz untersuchen, dann macht Herr Briegel Sie mit den Regeln unseres Etablissements vertraut. Sie werden ja wohl noch eine Weile bei uns bleiben."

Als Cavit nur stumm nickte, schlug er die Decke zurück und zog die Jogginghose, die man ihm morgens verpasst hatte, ein Stückchen hinunter, sodass er das Pflaster sehen konnte, dass die große Operationswunde abdeckte. Er entfernte es und ich drehte mich weg. Darauf konnte ich gut verzichten.

Anschließend untersuchte er seinen neuen Patienten noch von Kopf bis Fuß, wirklich gründlich war der, das musste ich ihm zugestehen. Und die Zeit verrann wie nichts. Deshalb nutzte ich die Gelegenheit, als er endlich das Zimmer verließ, und ging gleich mit. Cavit hatte ich zugerufen, ich wüsste noch nicht, wann ich zurück wäre, was ja auch stimmte, es kam darauf an, wie seine Schwester reagieren würde und wie, falls sie sich auf Kathi einließ, deren weiteres Vorgehen aussah.

Ich kam ungesehen aus der Klinik, hatte auch bisher keinen Artgenossen entdecken können, aber das hieß nicht, dass sie nicht dort waren. Ich hatte noch kein Krankenhaus erlebt, in dem sie sich nicht tummelten.

Gut, diese Gefahr war fürs Erste gebannt. Ich folgte der Straße, von der ich annahm, dass sie in die nächste Stadt führte, die Klinik lag etwas außerhalb. Es wehte heute ein starker Wind und natürlich nicht in die Richtung, in die ich wollte, sodass ich ganz schön zu kämpfen hatte. Glücklicherweise brauchte ich mich nur bis zur nächsten Landstraße durchzuschlagen, dort fand ich ein Schild, das mir sagte, Krefeld sei nur zwanzig Kilometer entfernt. Auf dem nächsten Parkplatz besorgte ich mir eine Mitfahrgelegenheit und erschien sogar überpünktlich zu dem Termin zwischen Kathi und Semira.

Dass Frau Paulsen eine derart geschickte Überleitung finden würde, hätte ich der alten Schachtel gar nicht zugetraut. Na, so konnte man sich irren. Die war fitter im Kopf, als ich gedacht hatte. So nahm das Gespräch den Verlauf, den Kathi sich vorgestellt hatte. Ich musste zugeben, sie hatte echt gründlich nachgedacht, wie sie es angehen sollte. Und für mich war dadurch klar, dass ich zunächst einmal an Semiras Seite bleiben würde. Das mit dem Detektiv und der Schwester von Regina war äußerst wichtig. Ich musste Kathi in allen Einzelheiten davon berichten können. Deshalb blieb ich, als sie und ihr Mann sich verabschiedeten, mit Semira zusammen im Haus von Frau Paulsen. „Meinst du, die beiden meinen es ehrlich?", fragte diese, nachdem Frau Paulsen ihre Gäste zur Tür gebracht hatte.

„Ja, ich halte große Stücke auf die Frau", erklärte die Alte und ließ sich ächzend in ihren Sessel fallen.

„Warum sollte sie sich in diese Angelegenheit einmischen? Was hat sie davon?" Semira war nun wieder, nachdem die Aufregung abgeklungen war, misstrauisch.

„Es gibt immer noch Menschen, die nicht wegsehen, wenn sie Missstände entdecken", versuchte die Paulsen zu erklären. „Ich denke, Frau Klingenberg ist so jemand."

„Aber sich gleich dermaßen in die Geschichte reinzuhängen. Findest du das nicht seltsam?"

Ha, gut, dass Kathi ihre Worte nicht mehr mitbekam, sie wäre zutiefst getroffen gewesen.

„Ich an deiner Stelle würde mich freuen, sie an meiner Seite zu wissen." Oh, die Alte konnte total biestig werden. „Du hast die ganze Zeit an Cavits Schuld gezweifelt. Jetzt kommt diese nette Frau und will dir helfen und du misstraust ihr. Ist es nicht egal, warum sie das tut? Es zählt nur das Endergebnis. Und sei ehrlich, auf die Idee mit dem Detektiv wärest du nicht gekommen."

„Schon das mit den Handschellen hätte ich nie gesehen", gestand Semira. „Und von allein hätte ich nie versucht, mit Sabrina Kontakt aufzunehmen. Also ja, du hast recht, ich sollte alles daran setzen, ihre Vorgaben umzusetzen. Ich werde mir morgen freinehmen und direkt in der Früh beginnen." Sie hielt inne. „Glaubst du, sie liegt mit ihrem Verdacht Melinas Verschwinden betreffend richtig?", fragte sie dann. Vor dem Wörtchen Mord zuckte sie wohl immer noch zurück.

Die Paulsen ließ sich mit ihrer Antwort Zeit. „Vom logischen Standpunkt her hat Frau Klingenberg recht. Nur sträubt sich in mir natürlich alles, daran zu glauben", gab sie zu. „Ich denke, du solltest am besten den Detektiv darauf ansprechen. Mal sehen, wie er diese Geschichte sieht."

Frau Paulsen hatte doch tatsächlich einen eigenen internetfähigen Computer. Die beiden setzten sich davor und suchten sich Adressen von Detekteien in der Nähe heraus. „Ich werde den Eltern nichts von meinem Vorhaben erzählen", hatte Semira gesagt. „Nicht, dass sie sich zu viel Hoffnung machen. Den Jungen auch nichts, nur Klaus weihe ich ein. Vielleicht hat er noch andere Ideen, was wir unternehmen könnten."

Nach einer halben Stunde hatten sie sich auf drei verschiedene Detekteien geeinigt, bei denen Cavits Schwester ihr Glück versuchen wollte. Sie verabschiedete sich von Frau Paulsen und versprach, spätestens morgen Abend Meldung zu erstatten, was sie herausgefunden hatte. Gemeinsam verließen wir das Haus. Ich würde nicht mehr von ihrer Seite weichen, bis sämtliche Punkte auf unserer imaginären Liste abgehakt waren.

## 52

Katharina
Direkt nachdem Manfred das Haus verlassen hatte, rief ich Frau Meiss
an und bat sie noch einmal eindringlich, meine Vermutungen Justus
betreffend an die zuständigen Kollegen weiterzugeben.
„Ich habe bereits mit dem Herrn gesprochen", versicherte sie mir. „Er
ist allerdings der Meinung, man sollte zuerst ein bisschen Ruhe in die
Familie bringen. Die Entführung und die Trennung von seiner Mutter
sind an Justus bestimmt nicht spurlos vorübergegangen. Er will einige
Wochen abwarten und auch erst mit der Tagesstätte sprechen, wie der
Junge sich dort gibt. Es liegt ja im Prinzip keine Dringlichkeit vor."
Ich war leicht frustriert nach diesem Gespräch. Musste denn immer erst
etwas Schlimmes passieren, bis die Ämter eingriffen?
Nach dem Telefonat machte ich mich gleich auf den Weg zur Kirche.
Ich wollte versuchen, Liane Zieliski noch vor der gemeinsamen Arbeit
zu treffen, damit ich meine Fragen nicht vor den anderen Mitarbeitern
stellen musste. Sonst geriet ich noch in Erklärungsnot, warum ich diese
Einzelheiten unbedingt wissen wollte. Mit Richies Mutter hingegen sah
ich darin keine Schwierigkeit, sie konnte man mit einer Frage, die sich
um irgendeine Kleinigkeit drehte, die sie betraf, hervorragend ablenken.
Doch leider war ihre Zimmertür verschlossen und sie reagierte nicht auf
mein Klopfen. Es blieb mir nichts anderes übrig, als zu warten.
Nach und nach trudelten alle Mitarbeiter ein, nur Liane Zieliski nicht.
„Weiß jemand, ob sie heute kommt?", fragte Biggi, als wir begannen, die
Brötchen aufzuschneiden.
„Sie hat am Freitag nichts anderes erwähnt", erwiderte Petra. „Einen
Termin beim Amt hat sie auch nicht, das wüsste ich."
Mein Handy klingelte und ich begab mich in den Vorraum. Das konnte
nur Cavits Schwester sein, ich hatte ihr die Nummer tags zuvor gegeben.
„Der zuständige Beamte wollte mich erst abwimmeln", berichtete sie
gleich nach der Begrüßung. „Schließlich hat er nachgegeben, wir können
ihn um halb zwei im Präsidium treffen. Sie kommen doch, oder?"
Irgendwie musste ich das einrichten. Meine Gedanken begannen zu rat-
tern. Wenn ich mich sofort zum Bahnhof aufmachte …
„Ich warte auf dem Parkplatz", fuhr sie schon fort. „Wir gehen besser
gemeinsam rein. Jetzt gleich habe ich einen Termin bei einem Detektiv-
büro. Ich kann Ihnen heute Nachmittag berichten, was der ergeben hat.
Okay?"

Wir verabschiedeten uns und ich betrat die Küche, um meinen Kolleginnen zu erklären, dass mir etwas Wichtiges dazwischen gekommen sei. „Eine Freundin von mir benötigt meine Hilfe", erklärte ich. „Ich muss leider sofort weg."

„Kein Problem, Kathi. Wir schaffen das." Petra grinste. „Außerdem bekommen wir gleich Hilfe, draußen ist gerade Liane vorbeigegangen. Sie muss jeden Moment eintreffen."

„Dann bis Mittwoch." Ich packte meine Sachen und lief, so schnell ich konnte, zum Ausgang. Vielleicht gelang es mir, Richies Mutter abzufangen, bevor sie eintrat.

Ich hätte mich gar nicht so beeilen müssen. Im Eingang erwischte ich das verliebt schmusende Pärchen in flagranti. „Oh, Kathi." Verlegen fuhren die beiden auseinander. „Du bist die Erste, die die Neuigkeit erfährt", fuhr Liane fort. „Ich ziehe heute bei Rolf ein. Nach dem Mittagessen hilft er mir, zu packen. Kannst du bitte deinem Mann Bescheid sagen? Oder soll ich die Schlüssel einfach einem der Mädels geben? Du scheinst ja nicht zu bleiben, richtig?"

„Eine Freundin benötigt dringend meine Hilfe", wiederholte ich mich. Und dann, als würde es mir eben in diesem Moment erst einfallen, setzte ich hinzu: „Sag mal, Liane. Weißt du noch, wie die oberen Zimmer im Haus deines ehemaligen Lebensgefährten eingerichtet waren?"

„Warum interessierst du dich dafür?", fragte sie zurück. Ich konnte sehen, dass sie vor ihrem neuen Partner nicht gern darüber reden wollte.

„Ich geh dann mal", sagte der netterweise. „Wir sehen uns beim Essen." Liane blickte ihm nach. „So ein lieber Kerl", seufzte sie. „Ich bin echt froh, ihn gefunden zu haben."

„Erinnert du dich an die Möbel?", drängte ich. Mir lief die Zeit davon. Ich wusste schließlich nicht, wann der nächste Zug fuhr, geschweige denn, wie lange er bis Krefeld brauchte.

„Neben dem Bad war unser Schlafzimmer." Sie zog die Nase kraus. „Alles sehr antiquiert. Der hatte die Möbel noch von seinen Eltern übernommen. Und das Bad erst! Du machst dir keine Vorstellung. Die Wanne war …"

„Die anderen beiden Räume." Meine Güte, konnte sie denn nicht bei der Sache bleiben?

„Da bin ich kaum drin gewesen." Sie warf mir einen beleidigten Blick zu. „Was ist denn daran so wichtig?"

„Es könnte sein, dass Cavit oder Regina", ich sah sie bedeutungsvoll an, „andere Möbel als die verbliebenen bei der Entführung benutzt haben."

Die Lüge war mir wie von selbst auf die Lippen gesprungen. Ich wurde immer geschickter darin. Ausgerechnet ich, die ich bis vor kurzem jedes Mal rot angelaufen war, wenn ich nur flunkern musste.

Aber Liane hatte angebissen. „Regina? Ist sie nun doch nicht das arme Opfer?" Ihre Augen funkelten.

Ich zuckte nur unverbindlich mit den Schultern.

„Ha! Zutrauen würde ich der alles."

„Deshalb wäre es wichtig zu wissen, wie die Zimmer eingerichtet waren", wiederholte ich.

Sie zog die Stirn kraus und überlegte angestrengt. „In dem einen stand ein alter Kleiderschrank, ein altes Bett mit Eisengestänge, ein Tisch, ein Stuhl, das war's. Da hat Sabrina ab und zu übernachtet, wenn sie uns besuchen kam", fügte sie erklärend hinzu. „In dem anderen lag nur eine alte ausrangierte Matratze auf dem Boden, außerdem stand dort jede Menge Gerümpel, alles das, was Gerd aussortiert hatte."

„Keine Liege?", fragte ich nach.

„Nee", sie lachte. „So was hatte der nicht. Jetzt sag bloß …"

„Danke, du hast mir sehr geholfen. Ich erzähle dir später mehr. Ich muss dringend weg." Ich hatte mich mittlerweile auf dem Absatz umgedreht und, während ich losspurtete, über meine Schulter zurückgerufen. Ich konnte sehen, dass sie mir am liebsten gefolgt wäre. Ich rannte schneller. Das fehlte mir noch, dass Liane mich länger aufhielt.

Völlig außer Atem kam ich zu Hause an. Ich lief schnurstracks in Manfreds Arbeitszimmer und fuhr den Computer hoch. Gleichzeitig kramte ich nach meinem Handy. Ich musste wenigstens meinem Mann Bescheid sagen, dass ich nach Krefeld fuhr. Erst nachdem er sich gemeldet hatte, fiel mir siedend heiß ein, er hatte ja heute ein Gespräch mit der Hinterbliebenen eines kürzlich Verstorbenen.

„Schon vorbei", beruhigte er mich. „Was gibt es Dringendes?"

„Ich fahre nach Krefeld. Ich nehme den Zug. Ich muss sofort los", sprudelte ich hervor. „Mittagessen fällt heute leider aus."

„Warte, du kannst den Wagen nehmen. Das ist bequemer."

„Ach, Manfred. Du weißt, dass ich mich nicht traue." Ich hatte während unseres Telefonats bereits die Seite der Deutschen Bahn aufgerufen und mein Ziel eingetippt. Die Zeit wurde langsam knapp.

„Ich bringe dich hin", kam es seufzend aus dem Hörer. „Ich bin in zehn Minuten da."

Ich konnte mein Glück kaum fassen. Ach, manchmal war er wirklich der liebste und beste Ehemann auf der Welt.

„Das nächste Wochenende verbringen wir mit Üben", erklärte er mir, nachdem wir die Autobahn erreicht hatten. „Ich möchte, dass du wieder selbstständiger wirst. Dir fehlt nur die Routine, wahrscheinlich, weil ich immer den Fahrer spiele", fügte er selbstkritisch hinzu. „Das werden wir ab sofort ändern."

Ich hätte in diesem Moment allem zugestimmt. Bequemer konnte ich es schließlich nicht haben. Manfred würde auf mich warten und wollte in der Zwischenzeit in einem nahe gelegenen Lokal zu Mittag essen. Das hieße, ich brauchte nicht einmal für die Rückfahrt zu sorgen.

Mit dem Navi das Präsidium zu finden, war nicht schwer. Wir fanden einen Parkplatz direkt in der Nähe und hatten noch genügend Zeit, gemeinsam die Straßen in der Nähe abzulaufen, um nach einem Restaurant zu suchen.

„Dort drüben", Manfred wies auf einen kleinen Imbiss, dessen dichtgedrängt stehende Tische auf dem Bürgersteig alle besetzt waren. „So viele Menschen können sich nicht irren. Ich warte, bis etwas frei wird. Bei euch wird es bestimmt eine Weile dauern."

Ich drückte ihm einen Kuss direkt auf den Mund. „Ich liebe dich."

Semira wartete schon auf mich. „Ich bin etwas zu früh", schüttelte sie lächelnd den Kopf, als ich mich entschuldigen wollte. „Der Termin mit dem Detektiv hat länger gedauert als gedacht, danach lohnte es sich nicht mehr, noch nach Hause zu fahren."

„Und, was hat er gesagt?"

Sie zuckte die Schultern. „Das ist alles nicht so einfach, wie wir es uns vorgestellt haben." Sie sah prüfend auf die Uhr. „Lassen Sie uns nach unserem Gespräch darüber reden. Wir wollen den zuständigen Beamten nicht durch ein Zuspätkommen verärgern."

Sie hatte recht, es blieben uns noch genau fünf Minuten. Während wir Richtung Eingang marschierten, blickte ich mich unauffällig nach allen Seiten um. Wo war Richie? Ich hatte ihn bisher nirgendwo entdecken können. Er würde sich dieses Gespräch doch nicht entgehen lassen?

## 53

Richard

Natürlich konnte Kathi mich nicht entdecken, ich befand mich noch in Semira, wo ich auch zu bleiben gedachte. Es sei denn, mir fiel irgendeine Frage ein, auf die keine der beiden Frauen kam.

Wir mussten uns am Empfang anmelden, die Dame telefonierte kurz und wies uns den Weg in die dritte Etage. Der zuständige Kripobeamte erwartete uns vor der Tür. Es war der Dicke, der bei Cavit im Krankenhaus gewesen war. „Küpphaus", stellte er sich vor und bat die Damen herein.

„Der Fall ist von unserer Seite fast abgeschlossen", sagte er, nachdem alle Platz genommen hatten. „Sie haben einen Anwalt für Ihren Bruder engagiert, Frau Bremer. Sie können alles Weitere über ihn erfahren."

„Wir haben ein paar allgemeine Fragen und hofften, dass Sie uns helfen können", übernahm Kathi.

„Und Sie sind?" Typisch Bulle, sie hatte sich doch schon vorgestellt.

„Eine gute Freundin der Familie", log sie, ohne mit der Wimper zu zucken. „Semira hat mich sozusagen als Schützenhilfe mitgebracht."

„Ja", fuhr diese fort. „Wir möchten wissen, was die Stalker-Anzeige ergeben hat."

„Nun", jetzt war er tatsächlich irritiert. „Moment, ich muss eben nachschauen."

Ich eilte sofort an seine Seite, um ihm über die Schulter zu schauen. Viel stand da nicht, eigentlich nur die nackten Fakten und zwei Verweise auf Befragungsprotokolle von Nachbarn.

„Nun, die Anzeige wurde am Donnerstag vor der Entführung aufgegeben. Dadurch, dass sich die Geschichte derart schnell zu einem Entführungsfall entwickelte, haben wir diese Dinge nicht weiterverfolgt. Zwei Nachbarn sind befragt worden und haben ausgesagt", er scrollte zu den entsprechenden Informationen, „dass es mehrmals, wenn Herr Aslan da gewesen ist, zu lautstarkem Streit gekommen sei. Vor allem in den letzten Wochen vor der Anzeige. Die gelieferten Päckchen sind von verschiedenen Internetcafés und von seinem Klinikcomputer aus bestellt worden, das haben wir aber, wie gesagt, nicht mehr weiterverfolgt. Aber das Handy, das er bei sich hatte, enthält x Anrufe an Frau Strüwer, zu jeder Tages- und Nachtzeit. Damit ist dieser Vorwurf wohl zur Genüge abgeklärt." Er sah triumphierend in die Runde.

Semira wusste offensichtlich nicht, was sie nun noch fragen sollte. Sie war ganz grau im Gesicht geworden.

„Sie sind sich hundertprozentig sicher, dass Cavit Aslan der Täter ist?" Kathi gab noch nicht auf.

„Zumindest so sicher, dass wir Anklage erheben werden." Küpphaus, wieder auf sicherem Boden, sprach sehr von oben herab.

„Wissen Sie, warum er ausgerechnet auf den Krankenhausparkplatz gefahren ist, um dort zu warten, bis Frau Strüwer zu sich kam?"

„Wie er Ihnen wahrscheinlich mitgeteilt hat, ist er nicht bereit, mit uns zu reden. Das müssen Sie ihn schon selbst fragen." Er machte Anstalten, den Rechner runterzufahren. „So, wenn das dann alles ist …"

„Haben sich Zeugen gemeldet, die ihn oder zumindest sein Auto auf diesem Parkplatz gesehen haben?"

„Nein. Er hatte in der hintersten Ecke versteckt hinter einem Abfallcontainer geparkt." Mann, der war mittlerweile richtig sauer. „Ich verstehe nicht, was Sie beide eigentlich von mir wollen." Er schloss endgültig das Programm.

Auch Kathi hatte gemerkt, dass sie kurz vor dem Rausschmiss stand.

„Die Pistole", fragte sie. „Haben Sie feststellen können, wo er sie her hatte?"

„Meine Damen." Ihm war endgültig der Geduldsfaden gerissen. „Ich kann Ihnen nicht helfen. Bitte schalten Sie Ihren Anwalt ein. Er wird dafür Sorge tragen, dass Sie umfassend informiert werden."

„Sie können ganz schön hartnäckig sein", meinte Semira, nachdem die beiden das Präsidium verlassen hatten.

„Gebracht hat es leider nur wenig." Kathi atmete tief durch. „Könnten wir uns vielleicht beim Essen unterhalten? Mein Mann wartet im Imbiss um die Ecke auf mich."

„Gute Idee, ich hatte bisher nur mein Frühstück."

Eine sehr gute Idee, fand ich auch. Ich war mittlerweile zu Kathi hinübergewechselt, weil ich gehofft hatte, wenigstens kurz ungestört mit ihr sprechen zu können. Aber wenn sie alle Neuigkeiten gleich von Semira erfuhr, brauchte ich mich nicht damit aufzuhalten.

Manfred saß an einem Tisch in der Sonne und löffelte einen großen Eisbecher. „Oh, ich hatte noch gar nicht mit dir gerechnet, Kathi."

„Es war ein Reinfall", erwiderte diese, nahm sein Colaglas und trank einen großen Schluck.

„Wie ist das Essen?", erkundigte sich Semira und griff nach der Speisekarte.

236

„Gut und reichlich." Manfred schmunzelte. „Der Nachtisch ist eigentlich völlig überflüssig."

Kathi nahm nur eine Suppe, Semira dagegen bestellte ein komplettes Menü. „Ich habe als Erstes meinen Anwalt angerufen", begann sie zu berichten, nachdem der Kellner die Bestellung aufgenommen hatte. „Der empfahl mir die Detektei Schimpf. Mit denen hat er bereits des Öfteren zusammengearbeitet. Als ich erwähnte, es sei dringend, erhielt ich gleich für zehn einen Termin."

Ja, wir waren zusammen hingefahren, sie und ich, superschickes Büro, mindestens fünf Angestellte, soweit ich das überblicken konnte, und sie hatte direkt mit dem Chef gesprochen, der einen sehr kompetenten Eindruck machte.

„Er will mehrere Dinge überprüfen", fuhr sie fort. „Zum einen konzentriert er sich auf den Parkplatz am Krankenhaus. Er kann sich nicht vorstellen, dass niemand etwas mitbekommen hat. Wahrscheinlicher ist in seinen Augen, dass einem Beobachter nicht bewusst war, was er da gesehen hat. Zum zweiten will er einen seiner Mitarbeiter die Stelle suchen lassen, wo die Handschellen versteckt sind. Allerdings soll dieser den Platz anschließend nur observieren. Er hofft, dass Regina selbst kommen wird, um sie zu entfernen."

„Und wenn nicht?", fragte Manfred und schob seinen geleerten Eisbecher mit bedauerndem Blick von sich.

„Dann können wir das immer noch nachholen. Herr Schimpf meint, wenn wir sie nur ausbuddeln, hat sie die Möglichkeit, irgendeine passende Story zu erfinden, wie Cavits DNA-Spuren dort dran gekommen sind. Besser sei es, sie in flagranti zu erwischen."

„Was ist mit der Pistole?" Kathi nickte dem Kellner dankend zu und begann heißhungrig ihre Suppe zu löffeln. Den irritierten Blick des Mannes bekam sie gar nicht mehr mit.

„Er hat mir keine große Hoffnung gemacht. Wer weiß, wie lange sie schon in ihrem Besitz ist." Ihr Essen kam und das Gespräch verstummte zunächst. „Er hat gesagt, wir sollen uns lieber um den Mord an Melina kümmern", sagte sie schließlich, noch mit vollen Backen kauend. „Er kann sich nämlich sehr gut vorstellen, dass sie die Täterin ist. Er meint, das wäre aber eher eine Affekthandlung gewesen. Sie hätte wohl keinen langen Vorlauf gehabt, zu planen. Wenn wir die Leiche fänden, ständen die Chancen gut, verwertbare Spuren zu finden, die auf sie hindeuten."

„Aber wo könnte sie sein?", fragte Kathi nachdenklich.

„Er meint, ich solle versuchen, in Erfahrung zu bringen, ob sie irgendwelche Plätze kennt, die sehr versteckt liegen und auf die niemand so leicht kommen würde. Ich habe ihm gesagt, dass ich später noch mit ihrer Schwester spreche. Hoffentlich habe ich bei ihr mehr Erfolg als Sie."

„Sag ihr, dass du vermutest, Sabrina mag ihre Schwester nicht sonderlich. Sie soll an ihre Hilfsbereitschaft appellieren und ruhig durchblicken lassen, dass sie Regina für die Schuldige hält und hofft, dass diese mit der Geschichte nicht durchkommt – und dass sie alles dafür tun wird." Die letzten Worte musste ich geradezu schreien. Der Wind trieb mich immer weiter ab. Ich hatte mich wohlweislich bis gerade eben noch in Kathi befunden. Draußen stattfindende Treffen waren für mich immer ein Handicap, besonders bei dem heutigen Wetter. Die warmen Windböen wirbelten um die Tische und hatten mich im Nu erwischt. Aber mein Einwurf war dringend notwendig, mir war bei Kathis Gespräch mit Sabrina schon der Verdacht gekommen, dass die Schwester nicht gerade gut mit dem Rest der Familie klarkam, irgendwie Instinkt und Menschenkenntnis in einem. In meinem Beruf als Barkeeper hatte ich damit fast immer richtig gelegen. Ich war mir sicher, dass ich auch dieses Mal die Anzeichen korrekt deutete.

Leider verpasste ich durch meinen Einsatz das restliche Gespräch, so weit hatte mich der Wind abgetrieben. Ich musste mich schließlich an einen unbeteiligten Passanten hängen, damit ich zu dem Tisch zurückkehren konnte. Semira war bereits in Aufbruchsstimmung. „Ich fahre jetzt sofort zu ihr." Sie erhob sich. „Ich melde mich heute Abend bei Ihnen."

Eilig schlüpfte ich in sie hinein. Ehrensache, dass ich dabei sein würde. Dann hielt sie unterwegs allerdings doch noch an und berichtete ihrem Mann ausführlich von dem, was sie bisher erlebt und herausgefunden hatte. „Drück mir die Daumen", bat sie zum Schluss. „Das scheint mir der wichtigste Teil meiner heutigen Unternehmungen zu sein."

Ja, das sah ich ebenso. Hoffentlich packte sie es richtig an.

## 54

Richard

Statt direkt einzutreten, wartete Semira bis kurz vor Feierabend. Erst um zehn vor sechs trat sie durch die Tür ins Innere und direkt auf den kleinen Kassenbereich zu, an dem die Gesuchte stand.

„Guten Tag, ich weiß nicht, ob Sie sich an mich erinnern", packte sie den Stier gleich bei den Hörnern. „Ich bin Semira, die Schwester von Cavit. Ich bin zu Ihnen gekommen, weil ich mir nicht mehr anders zu helfen weiß. Cavit ist unschuldig, ich bin mir hundertprozentig sicher. Ich kann es nur nicht beweisen."

Sabrina Strüwer musterte sie mit undurchdringlicher Miene. „Und was soll ich dabei tun können?"

„Ich will ganz ehrlich zu Ihnen sein." Semira schluckte und richtete einen flehenden Blick auf ihr Gegenüber – kaum im Laden angekommen, hatte ich mich selbstständig gemacht, damit ich beide direkt vor Augen hatte. Ich wollte jede kleinste Einzelheit genau mitbekommen. Man wusste nie, wofür das mal gut sein konnte. „Ich halte Ihre Schwester Regina für die Täterin. Ich denke, sie wollte sich an meinem Bruder rächen, weil er sie damals verlassen hat. Ich hatte gehofft, Sie könnten mir weiterhelfen, mir Anhaltspunkte geben, wonach ich suchen muss, wie ich sie vielleicht doch noch überführen kann, damit sie damit nicht ungeschoren davonkommt."

Ui, ganz schön heftig. Immerhin hatte sie sich an meinen Plan gehalten. Jetzt hing alles von Sabrinas Reaktion ab. Hatte ich das Verhältnis zwischen den beiden Schwestern richtig eingeschätzt?

Die Strüwer sah auf ihre Hände hinunter und sagte lange Zeit nichts. Dann gab sie sich einen Ruck, nahm einen Schlüssel aus der Schublade vor sich und ging zur Tür. „Es ist wohl besser, wenn wir uns ungestört unterhalten", sagte sie über die Schulter an Semira gewandt. Hieß das, wir hatten gewonnen?

Als Nächstes führte sie uns in einen kleinen Nebenraum, in dem es neben einem Kühlschrank und einer Spüle auch einen Tisch und zwei Stühle gab. „Bitte setzen Sie sich."

Semira folgte der Aufforderung und sah der Frau vor sich forschend in die Augen. „Sie haben ebenfalls unter ihr gelitten", stellte sie leise fest.

Ein gewagter Einstieg, doch sie hatte Erfolg. „Ich halte sie für zu allem fähig, sogar zu einem Mord", war die Antwort.

Ich hätte am liebsten laut gejubelt, das war der Durchbruch! Das musste er einfach sein!

„Sie müssen wissen, Regina und ich sind zwar Schwestern, aber ich bin neun Jahre älter und habe den größten Teil meines Lebens nicht mit ihr zusammengelebt", begann sie.

Und wieder einmal breiteten sich katastrohpale Familienverhältnisse vor mir aus. Sabrina hatte einen um ein Jahr älteren behinderten Bruder gehabt, der die Aufmerksamkeit der Mutter vollständig in Anspruch nahm. „Ich war ein Versehen", hatte sie Schulter zuckend erklärt. „Für mich hatte sie eigentlich gar keine Zeit."

Dafür für ihn umso mehr. Von morgens bis abends hatte sie ihn gepflegt und umsorgt, auch nachts an seinem Bett gesessen. Sabrina war sich größtenteils selbst überlassen gewesen. „Mein Vater hat am Wochenende viel mit mir unternommen, das war mein Ausgleich."

Als der Bruder starb, was im Prinzip jeder gewusst hatte, die Ärzte waren von Anfang an offen gewesen, fiel die Mutter in ein tiefes Loch. Fast ein Jahr lang war sie kaum ansprechbar, weinte viel und verbrachte ihre Stunden allein im Zimmer des Verstorbenen. Dann plötzlich ging es ihr schlagartig besser. Sie achtete auf ihr Äußeres, versorgte gewissenhaft den Haushalt und knüpfte eine neuerliche Beziehung zu ihrem Mann, den sie vorher genau wie ihre Tochter kaum beachtet hatte. Zu Sabrina blieb sie jedoch distanziert, freundlich zwar, aber eben nicht wie eine Mutter, wie sie Semira anvertraute. „Teilweise habe ich gedacht, ich sei bloß ein Pflegekind und sie hätte mich nur des Geldes wegen genommen."

Es kam, was kommen musste. Frau Strüwer hatte sich in den Kopf gesetzt, noch einmal von vorn anzufangen – und dazu gehörte auch ein neues Baby. Kaum war Regina auf der Welt, fokussierte sie sich ganz und gar auf die Kleine, die laut Sabrina ein richtiger Schreihals gewesen war. „Vielleicht hatte sie Angst, dass eine Krankheit dahinterstecken könnte, ich weiß es nicht. Tatsache ist, meine Schwester war vom ersten Tag an ihr Augenstern und ist es bis heute geblieben."

Kurz vor Reginas zweitem Geburtstag hatte der Vater genug und zog aus. Seine ältere Tochter nahm er mit, ihm war nicht entgangen, wie schwer diese es bei ihrer Mutter bis zuletzt gehabt hatte. „Wir zogen zu seinen Eltern weit draußen aufs Land, wo es nichts gab außer Natur. Können Sie sich vorstellen, dass es für mich trotzdem der Himmel auf Erden war? Ich hatte meinen Vater, meine Oma und meinen Opa, und allen war ich wichtig. Ich wurde endlich geliebt."

Ja, wäre da nicht Regina gewesen, die alle vierzehn Tage zu Besuch kam. Im Gegenzug hatte Sabrina eigentlich zu ihrer Mutter gesollt, aber schon der erste Versuch endete in einem Desaster, sie fanden keinen Zugang zueinander. „Also blieb ich ebenfalls auf dem Hof. Ich dachte anfangs sogar, ich könnte mich mit meiner Schwester anfreunden, ein richtig gutes Verhältnis zu ihr aufbauen, so sein wie andere Geschwister. Ich spielte mit ihr, wenn sie da war, und tat einfach alles, damit sie mich mochte."

In den ersten Jahren schien sich die Lage tatsächlich zu entspannen. Doch je älter Regina wurde, umso mehr fiel Sabrina auf, dass es dieser immer nur darum ging, ihren Willen durchzusetzen. „Sie hat alle manipuliert, meinen Vater, die Großeltern, mich. Sie konnte sehr einschmeichelnd sein, wenn sie etwas wollte – und unsagbar grässlich, wenn sie ihren Willen nicht bekam."

Später hatte sie sich besser unter Kontrolle und ging geschickter vor. „Ich weiß nicht, wie sie es anstellte, sie war immer der Liebling aller, fand die richtigen Worte, egal worum es ging, war an allem interessiert, versprühte einen derartigen Charme", Sabrina seufzte. „Sie überstrahlte mich einfach."

Trotzdem erkannte sie als Einzige, dass Reginas Verhalten aufgesetzt war. „Wir teilten uns damals ein Zimmer, das heißt, sie schlief an diesen Wochenenden bei mir. Da hat sie manchmal ihre Maske fallen lassen, vor allen Dingen abends, wenn wir uns noch unterhielten. Die hatte Ansichten, die waren nicht normal."

Auf Semiras Nachfrage versuchte sie deutlicher zu werden. „Sie konnte sich nicht in andere hineinversetzen, Dinge, die für andere wichtig waren, tat sie mit einem Achselzucken ab. Mitleid oder Anteilnahme kannte sie nicht. Als unser Großvater starb, zum Beispiel, war das für sie eher ein abenteuerliches Erlebnis. Der ist genau wie mein Vater an einem plötzlichen Herzinfarkt gestorben. Wir saßen alle im Wohnzimmer, er stand auf und sagte, er fühle sich nicht wohl und wolle sich hinlegen. Nach drei Schritten brach er zusammen und war sofort tot. Regina stand mit funkelnden Augen daneben, während unser Vater versuchte, ihn wiederzubeleben. Den ganzen Abend lang war sie aufgedreht, als hätte sie etwas ganz Besonderes erleben dürfen." Sabrina schüttelte den Kopf. „Das war der Moment, in dem mir klar wurde, sie ist nicht normal."

Regina war damals gerade mal acht Jahre alt gewesen! Ihre Schwester hatte recht, dieses Verhalten war alles andere als normal.

Von dem Tag an behielt Sabrina sie im Auge und stellte immer mehr Auffälligkeiten fest. „Sie hatte vor nichts Angst, Papa hielt sie nur für besonders tollkühn, aber es war mehr als das. Ich hatte eher den Eindruck, dass sie gar nicht wusste, was Angst war, schon als kleines Kind nicht und später ebenso wenig. Ich erinnere mich, ich war ziemlich sauer auf sie, da habe ich sie angestiftet, mit unserem Schlitten einen steilen Berg hinunter zu rodeln. Sie hat es ohne zu zögern gemacht, ist natürlich gestürzt und hatte üble blaue Flecken am ganzen Körper. Ich habe mich furchtbar geschämt, sie dagegen tat es mit einem Achselzucken ab."

Naja, dafür rächte sie sich zwei Wochen später, indem sie ihre Schwester bestahl. Nach dem Wochenende waren Sabrinas Ohrringe verschwunden, das letzte Geburtstagsgeschenk ihres Opas. Sie tauchten nie mehr auf.

„Mit vierzehn, fünfzehn kam Regina nicht mehr regelmäßig zu Besuch", erzählte Sabrina weiter. „Ich war damals bereits ausgezogen und sah sie kaum noch. Sie können bestimmt verstehen, dass ich nicht gerade ihr Wochenende nahm, wenn ich meinen Vater und die Oma sehen wollte. Aber die beiden erzählten viel von ihr. Papa machte sich Sorgen, weil er von meiner Mutter erfahren hatte, dass sie kaum noch Einfluss auf sie hätte. Sie blieb abends lange weg, trieb sich mit Jungen rum und verstrickte sich in Lügen. Schulisch gesehen lief es halbwegs, deshalb ließen sie ihr die lange Leine." Sie lachte auf. „Es blieb ihnen im Endeffekt auch nichts anderes übrig. Regina hätte sowieso gemacht, was sie wollte."

Sabrina sah ihre Schwester nur noch bei den offiziellen Familienfeiern und bei der Beerdigung ihrer Oma. Der Kontakt zur Mutter lebte dagegen wieder auf. „Sie kam eines Tages hier in den Laden. Zuerst tat sie so, als hätte sie gar nicht gewusst, dass es meiner wäre, aber das habe ich ihr nicht abgenommen."

Sie begannen sich mehr oder weniger regelmäßig zu treffen, ein-, zweimal im Monat, allerdings meist in einem Café oder in Sabrinas Geschäft. Erst nachdem Regina Cavit kennengelernt hatte, sah sie ihre Schwester öfter. „Sie machte endlich eine vernünftige Ausbildung und war von Zuhause ausgezogen. Ich dachte, jetzt sei sie tatsächlich erwachsen geworden."

Doch bei genauerer Betrachtung wies Regina weiterhin alle Merkmale auf, die Sabrina schon länger abstießen. „Es war weniger offensichtlich, manchmal dachte ich, ich sei die Einzige, die es merkte. Bei allen anderen war sie beliebt und ein gern gesehener Gast. Cavit zumindest schien irgendwann ebenfalls aufzuwachen, ich konnte feststellen, dass ihre Beziehung kränkelte."

Sabrina schränkte den Kontakt auf das Nötigste ein, selbst als Justus geboren wurde, war dies für sie kein Anlass, ihre Schwester häufiger zu sehen. „Ich fühle mich in ihrer Gegenwart nicht wohl, besser kann ich es nicht beschreiben. Ich mag sie nicht und traue ihr das Schlimmste zu. Ich bin froh, wenn ich sie nicht sehen muss."

## 55

Katharina

Der Anrufbeantworter blinkte wie wild. Ich hatte sofort ein schlechtes Gewissen, dass ich meinen Mann von seiner Arbeit abgehalten hatte. Tja, bis ich feststellte, dass alle Ansagen für mich waren.

„Kathi, hier ist Elisabeth. Kannst du mich bitte mal anrufen?"

„Noch einmal Elisabeth, ich dachte, du wärest vielleicht wieder zu Hause."

Danach hatte sie es zwei weitere Male versucht, ohne eine Nachricht zu hinterlassen.

Anschließend hatte meine Freundin Chris aufs Band gesprochen: „Hi, ich wollte nur mal hören, ob es Neuigkeiten gibt. Melde dich bitte auf meinem Handy. Ich rufe umgehend zurück."

Ich wählte bereits Elisabeths Nummer – mit einem sehr schlechten Gefühl im Bauch. Hoffentlich war ihr nichts passiert.

„Ach, Kathi, nett, dass du dich meldest." Was war das denn? Sie klang eher, als würde ich sie stören.

„Du wolltest mich anscheinend dringend sprechen." Mein Herzschlag hatte sich wieder normalisiert, ehrlich gesagt, war ich ziemlich sauer. Meine Schwiegermutter war nicht mehr die Gesündeste, hatte in den letzten Jahren mehrere Knochenbrüche durch ihre Osteoporose gehabt, und sich in derart kurzer Zeit viermal bei mir so kurz hintereinander ohne triftigen Grund zu melden, war nicht ihre Art. Ich hatte mir schon das Schlimmste ausgemalt.

„Äh, Kathi, es ist gerade schlecht. Können wir ein anderes Mal plaudern? Hubert und ich sitzen an unserem Projekt. Er bleibt noch ein paar Tage."

Hatte ich mich verhört oder war ihre Stimme zum Schluss immer zaghafter geworden? Wollte sie mir etwas mitteilen, das sie nicht aussprechen konnte? „Es ist dir nicht recht", tastete ich mich vorwärts.

„Ja, genau, das sehe ich ähnlich", war die Antwort.

Aha, anscheinend konnte sie nicht offen sprechen. „Wohnt er bei dir?"

„Nein, nein. Es geht wirklich nicht. Vielleicht morgen oder übermorgen."

„Du willst mich vorschieben?"

„Ja, Mittwochnachmittag, das würde mir passen."

„Elisabeth, du bist wirklich unmöglich." Kopfschüttelnd legte ich den Hörer auf. Hatte der Kerl ihr etwa Avancen gemacht und sie war nicht in der Lage gewesen, ihn irgendwie abzuwimmeln? Das hier hatte sich arg nach einem Hilferuf angehört. Völlig untypisch für meine Schwiegermutter, die mit beiden Beinen fest im Leben stand. Nun gut, ganz so dramatisch schien es ja nicht zu sein. Immerhin hatte sie ihm eine Frist von zwei Tagen eingeräumt. Alles Weitere würde ich wohl erst erfahren, wenn ich bei ihr vorbeifuhr.

Mit dem Rückruf an Christina wollte ich warten, bis Semira mir berichtet hatte – oder bis Richie eingetrudelt war. Der würde es sich sicherlich nicht nehmen lassen, heute noch auf ein Gespräch vorbeizukommen.

Semira war die Erste. „Sie hatten recht, Sabrina hasst ihre Schwester", begann sie. „Und ihr sind viele merkwürdige Dinge aufgefallen, die unseren Verdacht unterstützen. Leider ist nichts Relevantes darunter, nichts, was uns nützen könnte, Cavits Unschuld zu beweisen."

Ausführliche Informationen bekäme ich später von Richie, deshalb fragte ich nur das Notwendigste. „Was hat sie ihr getan?"

„Damit rückte sie erst ganz zum Schluss heraus. Ich denke, das war auch nur noch das i-Tüpfelchen, genervt und entsetzt war sie schon vorher. Regina hatte es geschafft, sie ins Abseits zu drängen, sie scheint der geborene Manipulator zu sein. Alle Verwandten zogen sie stets vor, wo sie war, fand sie Beachtung. Dass sie dabei log und betrog, um sich ins rechte Licht zu setzen, merkte niemand – außer ihrer Schwester. Ja und dann kam eben noch dieses i-Tüpfelchen dazu: Sabrina war sechsundzwanzig und schwer verliebt. Sie hatte bereits eine herbe Enttäuschung hinter sich und war sich sicher, dass dies der Richtige sei. Zuerst versuchte Regina sich an ihren Freund heranzumachen, sie war gerade einmal siebzehn! Als dies scheiterte, fehlte dem Vater nach einem ihrer gemeinsamen Besuche eine große Summe Geld."

„Und diese fand sich bei Sabrinas Freund", ergänzte ich.

„Ja, der Vater hatte die Polizei eingeschaltet, es handelte sich nämlich um fast viertausend Euro. Sie fanden den Betrag in seinem Handschuhfach. Natürlich beteuerte er, dass er das Geld nicht genommen habe, aber niemand glaubte ihm. Bis auf Sabrina versteht sich, die gleich vermutete, dass es sich dabei um einen Racheakt Reginas handeln könne. Nach all dem Ärger beendete der Freund die Beziehung. Ich glaube, das hat sie bis heute nicht verwunden."

„Schlimm, nur hilft es uns nicht weiter." Ich war enttäuscht. Irgendwie hatte ich gehofft, dass Sabrina irgendetwas in petto hatte, dass wir verwenden konnten.

„Nicht ganz. Immerhin hat sie an dem Tag, als Melina verschwand, auf ihren Neffen aufgepasst. Sie weiß das noch so genau, weil es insgesamt nur zwei Mal vorgekommen ist." Semira holte tief Luft. „Sie hat ihn um drei gebracht und erst um sieben abgeholt, die zwei haben eine Stunde auf sie im Geschäft warten müssen. Das schließt um sechs. Regina hatte zugesagt, spätestens dann wieder zurück zu sein."

„Hat sie verlauten lassen, wo sie hin wollte, mit wem sie sich traf?" Die Enttäuschung war vergessen, das konnte der Durchbruch sein.

„Leider nicht. Sie hat behauptet, sie würde sich in einer Praxis vorstellen, die eine Aushilfe auf Stundenbasis suchten. Danach habe sie zufällig eine Freundin getroffen und sich verquatscht."

„Gut, zumindest haben wir einen eingegrenzten Zeitrahmen." Ich blieb optimistisch. „Sie musste zu einem Treffpunkt fahren und sich mit Melina unterhalten, um herauszufinden, was diese wusste und unternehmen wollte. Ich vermute nämlich, dass Cavits Freundin aufgefallen war, dass die Beziehung zwischen Regina und ihrem Sohn nicht rund lief, um es einmal salopp auszudrücken, und sie deswegen mit ihr sprechen wollte. Dann muss irgendetwas während der Unterhaltung passiert sein, das Regina zu der Tat trieb."

„Ich habe Sabrina nach den Lieblingsplätzen ihrer Schwester gefragt, wie Sie es wollten", fuhr Semira fort. „Sie kannte zwei, drei Stellen, an denen sich diese gerne versteckt hat, wenn sie allein sein oder unbeobachtet etwas Verbotenes tun wollte. Mehr ist ihr leider nicht eingefallen. Sie hatten später zu wenig Kontakt."

Ich würde Richie zu Cavit schicken, vielleicht erinnerte sich der noch an andere infrage kommende Möglichkeiten.

„Aber ich werde mich darum kümmern", fuhr Semira fort. „Mein Vater hat einen guten Bekannten, der war früher bei der Polizei und, jetzt halten Sie sich besser fest, ist der Besitzer eines ausgemusterten Leichenspürhundes."

„Das ... das ..." Mir fehlten schlicht die Worte.

„Über den ist er erst mit meinem Vater bekannt geworden", lachte Semira. „Der ist nicht einfach zu händeln, ein sehr schwieriges Tier. Wir sind angeblich die Einzigen, die mit ihm umgehen können. Aus dieser Dankbarkeit heraus würde der Mann garantiert bei einer Suche mitmachen."

„Wann wollen Sie ihn fragen?"

„Ich bitte meinen Vater jetzt gleich, ihn anzurufen und hoffe, dass es schon morgen losgehen kann."

„Geben Sie mir sofort Bescheid, falls Sie fündig werden." Richie musste sie unbedingt begleiten. Ich wollte Informationen aus erster Hand.

„Es ist nur ein Versuch", wehrte sie ab. „Ich werde alles dafür tun, sie zu überführen."

„Und ich werde mich darum kümmern, dass wir noch mehr Informationen bekommen", versprach ich. „Einen Punkt hätte ich, den Sie an Ihren Detektiv zur Abklärung geben könnten: In einem der kleineren Zimmer oben stand eine Campingliege, die stammt nicht aus dem Besitz Ihres Vaters. Irgendjemand muss sie gekauft haben."

„Vielleicht Regina. Ich rufe ihn gleich morgen früh an." Semira schluckte. „Ich weiß gar nicht, wie ich Ihnen danken soll. Ohne Sie hätten wir uns nie an diese Aufgabe herangetraut. Cavit wäre garantiert verurteilt worden."

„Noch haben wir nicht gewonnen", wiegelte ich ab. „Machen wir erst einmal weiter."

So, jetzt konnte ich Chris informieren. Vielleicht hatte sie auch noch die eine oder andere Idee, die uns helfen würde.

„Und ich sitze hier fest!", kreischte sie empört, „ausgerechnet, wenn es spannend wird."

„Ich kann zurzeit nichts unternehmen", sagte ich beruhigend. „Semira ist am Zug. Ich hoffe, dass sie oder ihr Detektiv irgendetwas erreichen."

„Du solltest auf jeden Fall Ruth anrufen. Moment." Ich konnte hören, wie sie mit jemandem sprach. „Wir sitzen gerade beim Essen. Nein, ich schicke ihr gleich eine SMS, dass sie sich bei dir melden soll. Du schilderst ihr den Fall und vor allem Regina ausführlich. Bestimmt hat sie einen Tipp, wie man sie aus der Reserve locken kann."

„Mache ich", versprach ich. „Fällt dir sonst noch etwas ein?"

„Ich spreche die Geschichte mit Burkhard durch. Eigene Ideen habe ich leider keine." Sie seufzte tief. „Ich sollte lernen, deinem Gespür zu vertrauen, Kathi. Irgendwie hast du immer den richtigen Riecher."

Nein, eher einen umtriebigen Geist, der mir half, sonst wäre ich nie so weit gekommen. Der wartete bereits im Hintergrund, um nun ebenfalls seine Neuigkeiten loszuwerden. Fast wortwörtlich gab er mir das Gespräch zwischen Semira und Sabrina wieder. „Dieser Detektiv, den sie aufgesucht hat, der hat echt was auf dem Kasten", berichtete er. „Da ist sie in guten Händen, der wird alles tun, um ihr zu helfen."

„Richie, du musst unbedingt Cavit fragen, ob ihm weitere Plätze einfallen, an denen Regina Melinas Leiche versteckt haben könnte", bat ich. „Das ist unser bester und wichtigster Ansatzpunkt."

Er brummt eine Weile herum, bevor er sich geschlagen gab. Offensichtlich wollte er sich so wenig wie möglich in dem Krankenhaus aufhalten. Warum stellte er sich bloß derart an?

## 56

Richard
Ich würde es ganz kurz machen, schwor ich mir. Reinflitzen, ihn fragen und sofort wieder raus. Kathi hatte ja keine Ahnung, wie gefährlich es dort war. Mit den meisten Typen war schon lebend nicht zu spaßen, wie schlimm mussten dann erst die Geister sein?
Ich musste eine ganze Weile warten, bis endlich die Nachtschwester ihre Runde drehte. Um auf der sicheren Seite zu sein, war ich in sie hineingeschlüpft und wollte eigentlich nur schnell meine Frage stellen, doch Cavit deutete mir aufgeregt an, dass ich bleiben solle. Was blieb mir da anderes übrig?
Der Typ im Nebenbett schlief, das Zimmer hatte ich ebenfalls abgecheckt, wir konnten uns also ohne Gefahr unterhalten. Ein Teil der Anspannung fiel von mir ab. Es wäre echt nicht nett gewesen, nur kurz reinzuplatzen und ihn mit all den unbeantworteten Fragen, die er mittlerweile haben musste, sitzen zu lassen.
„Hier gibt es solche wie dich", platzte er heraus, kaum dass die Krankenschwester die Tür hinter sich geschlossen hatte. „Oder besser gesagt, andere Geister, die sich ausnehmend hässlich gebärden. Du musst mir helfen. Der eine kommt andauernd und droht mir, sobald ich zu Kräften gekommen sei, will er mir meine Energie rauben, bis ich nur noch eine leere Hülle bin."
Da hatten wir den Salat. Es war genauso gekommen, wie ich es vorausgesehen hatte. „Ich kann dir dabei nicht helfen", sagte ich abwehrend. „Ich hätte gegen diesen Typ keine Chance. Im Gegenteil, ich werde sehen, dass ich ihm aus dem Weg gehe, sonst ist unsere Mission gefährdet. Es sieht aus, als hätten wir endlich Anhaltspunkte gefunden, wie wir Regina drankriegen können."
Die gute Nachricht lenkte ihn soweit ab, dass er sein dringendstes Problem vorübergehend vergaß und erst einmal ganz genau wissen wollte, was wir herausbekommen hatten. Ich erzählte ausführlich. „Nun überleg bitte, an welchen Stellen deine Schwester noch suchen könnte", schloss ich meinen Bericht. „Gibt es irgendwelche Orte, an denen sich Regina oft aufgehalten hat und die als Versteck für eine Leiche infrage kämen?"
Er dachte intensiv nach.
„Denk dran, der Radius darf nur so groß sein, dass sie innerhalb von gut drei Stunden alles erledigt haben müsste", erinnerte ich ihn.

„Mir fällt nichts ein, außer den Wegen rund um das Haus ihres Vaters. Regina ist nicht gerade eine begeisterte Spaziergängerin. Aber dort wird sie bestimmt nicht gewagt haben, ein Grab auszuheben."

„Wieso nicht?"

„Na, ihr Vater lebte damals noch. Die Gefahr entdeckt zu werden, wäre viel zu groß gewesen."

„Nicht unbedingt. Außerdem gingen Sabrinas Vermutungen in dieselbe Richtung, einen Versuch wäre es also wert."

„Noch eines. Das Haus und das Grundstück sollen angeblich schon verkauft gewesen sein, zumindest hat Regina das mir und auch ihrer Schwester mitgeteilt." Cavit sah mich aufmerksam an. „Entweder hat sie gelogen oder der Käufer ist abgesprungen. Wäre das nicht ein Punkt, wo ihr nachhaken könntet? Ich meine, ich bin davon ausgegangen, dass sie das Haus veräußert hatte. Wäre ich wirklich so blöd gewesen, mich dann dort mit ihr zu verschanzen?"

„Ich werde es weitergeben." Naja, ich musste ihm nicht unbedingt mitteilen, dass Regina eine relativ plausible Erklärung zu dem Thema abgegeben hatte. Andererseits wichen ihre Aussagen deutlich voneinander ab, wenn wir mit der Suche nach der Toten nicht vorankamen, konnte jede Auffälligkeit, die gegen Reginas Variante der Entführung sprach, wichtig sein.

„Was soll ich wegen des Geistes machen?", kam er wieder auf unser Anfangsthema zurück. „Kann der das wirklich, mir soviel Energie nehmen, dass ich daran sterbe?"

„Natürlich, genauso, wie ich dir mit der mir zur Verfügung stehenden, das Leben gerettet habe", erklärte ich kurz und bündig. Mensch, das hatte ich ihm doch bereits ausführlich erklärt! „Er wird dich bestimmt nicht gleich umbringen", fügte ich etwas sanfter hinzu. Denn dann hätte er es längst getan. Nein, der machte sich ein nettes Spielchen daraus. „Ich fülle einfach bei meinem nächsten Besuch dein Level auf."

„Oh, nein! Sag mir lieber, wie ich mich wehren kann?" Cavit setzte sich im Bett auf, seine Augen funkelten. „Kampflos gebe ich mich nicht geschlagen."

Oha, der spuckte ganz schön große Töne. Anderseits, gut, dass es ihm so viel besser ging und vor allem, dass er nicht mehr völlig hoffnungslos da lag und es ihm sch... egal war, was mit ihm passierte. „Versuche, ihn zu fangen", schlug ich vor. Klar, das war einfacher gesagt als getan. Ich hatte selber keine Idee, wie er das anstellen sollte. „Geister sind noch irgendwie stofflich, sie können nicht durch Wände gehen. Finde einen Behälter, in den du ihn hineinlockst und einsperrst."

„Hm." Cavit war wohl zu höflich, um mich auszulachen. Das war kein Plan, das war ein Witz. Wie sollte er es schaffen, einen ausgebufften Gangstergeist einzufangen?

„Weiß er, dass du ihn sehen kannst?", erkundigte ich mich, obwohl ich die Antwort schon ahnte.

„Ich konnte doch nicht ahnen, dass es auch solche Typen gibt", sagte er prompt. „Oder besser gesagt, ich dachte, du übertreibst mit deinen Schilderungen. Und statt sich zu freuen, dass er in mir einen Gesprächspartner gefunden hatte, begann er sofort, mir zu drohen. Wie hätte ich wissen können, dass der so reagiert?"

„Er hätte sich so oder so irgendwann auf dich gestürzt", gab ich zurück, nahm mir allerdings fest vor, ihn, wenn diese Geschichte ausgestanden war, noch einmal rückhaltlos aufzuklären, vielleicht sogar mit Kathi an meiner Seite. In meiner Welt war noch weniger Friede, Freude, Eierkuchen als in seiner. Das musste er schnellstens begreifen.

„Wann kommt die Nachtschwester das nächste Mal?", erkundigte ich mich nach einer kurzen Pause.

„Jetzt", grinste Cavit und drückte auf die Schelle. „Die wissen, dass ich Arzt bin und ein Auge auf den Kerl neben mir habe. Der macht es nicht mehr lange, daher wird sie sofort kommen, wenn sie das Signal hört."

Die Frau warf nur einen kurzen Blick ins Nachbarbett und verließ das Zimmer, um den diensthabenden Doktor zu holen, mein Freibrief nach draußen.

Ich suchte mir gleich eine Mitfahrgelegenheit nach Krefeld und verbrachte die restlichen Stunden in Semiras Wohnzimmer. Hoffentlich hatte sie alles für den nächsten Tag klargemacht.

Sie hatte. Noch vor dem Rest der Familie verließ sie das Haus. Vor der Tür wartete ein älterer Kombi, vorne saß ein grauhaariger, bebrillter Typ, hinten hatte sich ein großer zottiger Schäferhund erhoben und sah wachsam aus dem Fenster. Er begann sofort zu bellen, als Semira sich dem Wagen näherte.

„Ach, Rufus, du kennst mich doch." Unbeirrt stieg sie ein und schnallte sich an. „Wir können los."

Nur gut, dass zwischen Rückbank und Sitzen ein stabiles Gitter eingebaut worden war, das Tier gebärdete sich wie verrückt. Ob es mich wohl noch spüren konnte? Bisher hatte ich geglaubt, mich sicher fühlen zu können, wenn ich in meinen diversen Transportpersonen steckte. Heute jedoch kamen mir Zweifel. Das war echt nicht normal, wie der sich aufführte.

Semira ließ sich von dem Gegeifere nicht stören. „Er ist voll in seinem Element", lächelte sie, als der Typ vor einer Ampel halten musste.

„Tja, der ändert sich nicht mehr", gab ihr dieser recht. „Ich dachte, er würde durch unsere Pensionierung ruhiger. Habe ich mich arg getäuscht."

„Aber suchen wird er?"

„Gelernt ist gelernt – und ich übe jeden Tag mit ihm. Er braucht eine Aufgabe, sonst ist er noch schlimmer."

Die beiden unterhielten sich auf der Fahrt über dies und das, nichts Interessantes, der Fall Cavit wurde nicht einmal angesprochen. Erst als sie ihr Ziel, das Haus von Reginas Vater, erreicht hatten, kam der Typ, er hieß Hans, darauf zu sprechen. „Wo wollen wir anfangen?"

Er und Semira waren mittlerweile ausgestiegen und ich hatte mich schleunigst von ihr entfernt, damit die Bestie sich nicht noch auf sie stürzte.

„Ich dachte, wir beginnen direkt hinter dem Haus und den Scheunen", erklärte sie und blickte misstrauisch Richtung Himmel, wo sich natürlich ausgerechnet jetzt dicke Regenwolken zusammengeballt hatten. „Wenn das Wetter hält."

Hans nahm es gelassen. „Ach, das wird schon nicht so schlimm." Er öffnete die Heckklappe, befestigte eine lange Leine am Halsband des Hundes und ließ ihn herausspringen. „Auf geht's. Such." Er führte ihn direkt hinter das Haus und gab einen weiteren Befehl, worauf das Tier sich in großen Kreisen schnüffelnd vorwärts zu bewegen begann.

Semira folgte in einigem Abstand, ich in einem noch größeren. Ich durfte Rufus unter keinen Umständen ablenken.

Es war eine öde Angelegenheit. Der Hund konzentrierte sich auf seine Suche, Hans auf sein Tier, Semira auf die beiden, während sie ein immer größer werdendes Gebiet abgingen.

„Hier ist nichts", gab der Typ schließlich bekannt. „Sollen wir es oben noch einmal probieren?"

„Hm." Semira biss sich auf die Lippe und sah sich unschlüssig um. „Dort kann sie mit einer Leiche kaum hingekommen sein. Besser, wir fahren zum nächsten Ort auf unserer Liste."

Also ging es zurück zum Auto und anschließend ein ganzes Stück den Berg hinauf bis zu einem Parkplatz, der mitten im Wald lag.

„Laut ihrer Schwester hat Regina oft an dem kleinen Bach in der Nähe gespielt", erklärte Semira. „Lass es uns dort versuchen."
Mein Enthusiasmus hatte sich mittlerweile in Luft aufgelöst. Irgendwie war mir klar, dass wir auch dort nichts finden würden.

## 57

Katharina

Direkt nach dem Frühstück rief Ruth an. „Christina hat angedeutet, dass ihr eine Einschätzung zu einer Person von mir haben wollt", kam sie gleich zur Sache. „Ich sage dir gleich, das ist äußerst schwer und wird ziemlich ungenau. Ich kenne sie ja nicht persönlich."

„Alles, was du uns zu ihr sagen kannst, hilft uns", beruhigte ich sie. „Ich weiß, dass wir keine genaue Diagnose von dir bekommen können. Anhaltspunkte reichen uns schon."

Dann erzählte ich ihr alles, was wir mittlerweile über Regina erfahren hatten.

„Wenn ich dich richtig verstanden habe, ist diese Frau nach außen hin sehr charmant, aber unfähig zu echten Gefühlen", begann Ruth aufzuzählen. „Sie lügt um ihres Vorteils willen, sie schafft es hervorragend, andere zu manipulieren, sie ist intelligent und kann gut verbalisieren. Zudem ist sie rachsüchtig und, eine Vermutung meinerseits, ziemlich arrogant. Sie denkt, sie kommt mit allem durch, korrekt?"

„Außerdem ist sie laut Cavit und ihrer Schwester sowohl reizbar und ungeduldig als auch impulsiv und tollkühn", ergänzte ich.

„Ich ahne, womit wir es hier zu tun haben." Ruth verstummte wieder und ich wartete mit angespannt klopfendem Herzen. „Nein, eine Diagnose kann ich auf diese Art nicht stellen", fuhr sie fort. „Trotzdem muss ich euch warnen. Zeigt ihr bloß nicht, dass ihr gegen sie arbeitet, stellt eure Nachforschungen in aller Stille an, sie sich zum Feind zu machen, wäre gefährlich."

„Wie man an Cavit sehen kann", konnte ich mir nicht verkneifen zu erwidern. „Ruth, wir müssen sie stoppen, die ist zu allem fähig. Hast du eine Idee, wie man sie aus der Reserve lockt?" Ich erzählte ihr von unserer Vermutung, dass sie die Handschellen irgendwo in der Nähe der Jagdhütte vergraben haben könnte. „Meinst du, sie fährt dorthin, um sie zu holen? Oder besser gesagt, wie kriegen wir sie dazu, sie auszubuddeln?"

„Ich denke, sie wird keinen weiteren Gedanken daran verschwenden", Ruth war sich ziemlich sicher. „Sie würde niemals auf die Idee kommen, dass ihre Geschichte infrage gestellt wird. Anzudeuten, dass ihr von den Fesseln wisst, bringt meiner Meinung nach auch nichts. Sie hätte dadurch genug Zeit, sich neue Lügen auszudenken."

„Was ist mit der Mutter?", versuchte ich die nächste Möglichkeit abzuklopfen. „Sie muss doch wissen, wie ihre Tochter ist."

„Nach allem, was du mir erzählt hast, liebt sie sie abgöttisch. Sie ist blind für ihre Fehler. Von ihr werdet ihr nichts Wichtiges erfahren."

„Aber sie müsste eigentlich ..." Ich verstummte. Nein, sie glaubte jedes Wort, das Regina ihr erzählte. Und selbst wenn sie ab und zu bemerkt hatte, dass diese nicht dem Bild entsprach, das sie sich von ihr machte, war sie unfähig, die Wahrheit zu sehen. Eher hatte sie sich selbst beruhigt, dass nicht sein konnte, was nicht sein durfte, hatte jede Ahnung, die sie beschlich, sofort verbannt. Ihr Wunschkind, ihr Augenstern, wegen dem sie mit dem Rest ihrer Familie gebrochen hatte, war ein wundervoller Mensch. Nein, Ruth hatte recht, sie würde sich niemals gegen ihre Tochter stellen.

„Das Einzige, was ich mir vorstellen könnte, ist, dass ihr die Frau über ihr grenzenloses Selbstwertgefühl zu Fall bringt", sagte Ruth in meine Gedanken hinein. „Die ist so von sich überzeugt, fühlt sich allen derart überlegen, dass sie vielleicht nicht bemerkt hat, dass sie Fehler begangen hat. Ja, ich bin mir sicher, dass es welche gibt. Die müsst ihr finden."

„Deshalb suchen wir die Leiche von Cavits früherer Freundin", stellte ich klar. „Wir denken, dass es eine Affekttat gewesen ist."

„Wie kommt ihr denn darauf?"

„Na, weil diese sie auf ihren Umgang mit dem Kind ansprechen wollte." Hatte sie mir nicht zugehört? „Die Unterredung muss eskaliert sein und Regina hat sie getötet."

„Es kann genauso gut eine geplante Tat gewesen sein", widersprach sie mir. „Wollte sie sich an ihrem früheren Freund rächen, indem sie ihn als Stalker hinstellte, durfte der keinesfalls eine neue Beziehung eingehen, das musste sie verhindern. Also vielleicht war der Umstand, dass seine Freundin sie allein sprechen wollte, eher ein Glücksfall für sie, der es ihr ermöglichte, ihre Tat in aller Ruhe zu vollbringen."

Ich war sprachlos. Hatten wir uns etwa total verrannt? „Dann wird uns die Leiche auch nicht weiterhelfen", sagte ich verzweifelt.

„Da wäre ich nicht so sicher. Wie gesagt, sie ist so von ihrer Großartigkeit überzeugt, ihr werden Fehler unterlaufen sein. Nur bitte seid vorsichtig. Ihr habt es meiner Meinung nach mit einer antisozialen Persönlichkeit zu tun. Sie ist völlig skrupellos, kennt keine Angst und hat kein Gewissen. Lasst sie nicht merken, dass ihr ihr auf der Spur seid."

Ruth hatte mir einen richtigen Schrecken eingejagt. Ich ging sofort an den Computer und suchte nach Hinweisen, auf welche Form von Störung die Anzeichen hindeuteten. Ich gab als ersten Suchbegriff antisoziale Persönlichkeit ein und sogleich bauten sich Dutzende von Seiten auf. Schon bei den ersten Erklärungen wurde ich fündig. Wenn mich nicht alles täuschte, hatten wir es mit einer Psychopathin zu tun.

Ich las ausführlich die Erklärungen und anschließend noch die angegebenen Charaktereigenschaften. Danach war ich mir vollkommen sicher. Regina entsprach fast haargenau diesem Typenbild. Nur, war das jetzt gut oder schlecht für uns?

Mit Manfred traute ich mich nicht, darüber zu sprechen. Wie ich ihn kannte, wäre er entsetzt gewesen und hätte mir geraten, sofort die Finger von der Sache zu lassen. Aber das konnte ich nicht. Wir mussten ihr unbedingt das Handwerk legen. Nicht auszudenken, zu was sie sonst noch fähig war. Und dann war da auch noch das Kind. Justus hatte bereits erhebliche Störungen. Bei der Mutter kein Wunder. Wir mussten alles daransetzen, sowohl Cavit als auch ihn von ihr zu befreien.

Richie kam, kurz bevor wir schlafen gehen wollten. „Nichts, nada", sagte er enttäuscht. „Sie haben an sämtlichen Stellen gesucht, die vorgesehen waren. Entweder ist der Hund zu blöde oder es war wirklich nichts dort."

Ich konnte ihm anhören, dass er die erste Möglichkeit ausschloss. „Und was will sie jetzt machen?"

„Semira ist total enttäuscht. Sie will unbedingt weitersuchen, weiß allerdings nicht wo. Der Typ hat ihr jedenfalls angeboten, dass sie sich jederzeit wieder an ihn wenden kann. Morgen will sie den Detektiv anrufen, ob der schon was Neues hat. Nee, hat der nicht, sonst hätte der sich längst bei ihr gemeldet." Er klang so frustriert, wie ich mich ebenfalls fühlte.

„Nun bleibt uns nichts anderes übrig, als abzuwarten, bis uns neue Ideen kommen oder der Detektiv fündig wird. Mir fällt nichts mehr ein, was wir sonst noch tun könnten", sagte ich.

„Ach, Kathi, das ist unfair. Wir sind so dicht dran."

„Manfred denkt darüber nach, Christina und Burkhard ebenso und Ruth auch", versuchte ich ihn aufzumuntern. „Semira wird alles in ihrer Macht Stehende tun, Cavit zu helfen. Der Detektiv ist motiviert, Sabrina durchforstet mit Sicherheit noch einmal ihr Gedächtnis – es wird sich bestimmt etwas finden, an dem wir anknüpfen können."

Am nächsten Morgen waren wir beide nicht sehr optimistisch, vor allem, da sich im Laufe des Tages nichts tat, was auf irgendeinen Durchbruch hindeutete. Ich sprach telefonisch mit Semira und versuchte sie, die noch mehr am Boden lag als wir, zu trösten. Die Zeit musste es bringen, wir konnten nicht erwarten, dass wir innerhalb von ein paar Tagen die Lösung parat hatten.

Das Schlimmste für sie war jedoch, dass die Polizei nun ebenfalls begonnen hatte, mit zwei Spürhunden nach der Leiche zu suchen. Diese beschränkten sich allerdings im Moment auf den Bereich rund um Cavits und Semiras Haus. „Die halten meinen Bruder für den Täter." Ich konnte hören, dass sie völlig fassungslos war.

„Egal, wer das Opfer findet, es wäre für uns von Vorteil", versuchte ich, sie aufzubauen. „Meine Bekannte, die Psychologin, meint, Regina wird Fehler gemacht haben. Eine einzige Spur, die auf sie hindeutet, und sie ist überführt."

Semira seufzte tief. „Ich möchte die Dinge eben lieber selbst in die Hand nehmen. Abwarten liegt mir nicht."

„Ich fühle mich nutzlos", vertraute mir auch Richie an. „Das Abhängen macht mich krank."

„Mir geht es genauso."

„Nein, du hast Manfred, deine Obdachlosen, deine Klavierschüler, deine Kinder und deine Freunde und Bekannten", zählte er auf. „Du kannst dich ablenken."

„Du musst dieses Leben nicht führen", tastete ich mich vor, eigentlich nur, um ihn zu provozieren, damit er endlich mit mir über seine Absichten redete, genauer gesagt, was er tun würde, wenn unser Fall gelöst war. Ich wusste, dass er sich bei Carmen nicht mehr hatte blicken lassen, seitdem er herausgefunden hatte, dass sie schwanger war. Die Kinder hatte er ein- oder zweimal in Schule und Kindergarten besucht, das war alles. Er hatte sich in seine Aufgabe gestürzt, ohne viel nach links und rechts zu blicken. Doch nun, ausgelöst durch unsere eingeschränkten Möglichkeiten, blieb ihm nichts anderes übrig, als nachzudenken, wie es mit ihm weitergehen sollte - das hoffte ich zumindest. Ob er immer noch bereit war, dieses Leben wegzuwerfen? Im ersten Moment sagte sich das so leicht, vor allem, wenn man dermaßen von der Erkenntnis überfahren wurde, dass die Ex und die Kinder auch ohne sein Zutun glücklich und zufrieden sein konnten.

Nicht dass es allzu überraschend gekommen war. Ein vernünftiger Freund, mit ihm zusammenzuziehen, dann ein gemeinsames Kind, Carmen hatte sich der Reihe nach vorangetastet. Und natürlich war es genau das, was Richie sich im Prinzip für seine Familie gewünscht hatte. Er wollte gar nicht, dass sie ewig um ihn trauerten, er gönnte ihnen allen ein neues

Glück von Herzen. Nur mit seiner rasenden Eifersucht hatte er dabei nicht gerechnet – und diesem Gefühl, völlig überflüssig zu sein. Stand er mittlerweile anders zu der Geschichte?

Statt mit mir zu reden, zog er es vor, durch das Fenster hinaus in den Garten zu verschwinden. Nun gut, sollte er allein darüber nachdenken, irgendwann würde er sich mir ganz bestimmt mitteilen.

## 58

Katharina
Pünktlich um vier erschien ich bei Elisabeth. Vor lauter Langeweile hatte
sich Richie mir angeschlossen. Er, der sonst einen großen Bogen um
meine Schwiegermutter machte, war heute anscheinend nur zu bereit,
sich ihre Kümmernisse anzuhören. Ich hatte ihn vorgewarnt: „Irgendetwas ist ihr nicht geheuer. Sie braucht meinen Rat. Und das kommt, wie
du selbst weißt, äußerst selten vor. Wir werden uns wahrscheinlich die
ganze Zeit nur um ihr Problem kümmern."
„Ist mir egal", hatte er gebrummt. „Wenn es mir zu langweilig wird, kann
ich ja wieder verschwinden."
„Ach, Kathi, es ist so lieb, dass du kommst", empfing mich meine
Schwiegermutter. „Lass uns in die Küche gehen, ich habe den Kaffee
bereits aufgesetzt." Das war bei uns schon Usus, jedes Mal, wenn ich
kam, gab es zu essen und zu trinken.
„Der Kuchen ist von gestern", sie wies auf ein kleines Tablett mit vier
verschiedenen Stücken aus der Bäckerei. „Aber er schmeckt wirklich
lecker."
Ich hatte extra wenig zu Mittag gegessen, deshalb schaufelte ich mir
gleich ein Stück Käsekuchen auf den Teller. „Was gibt es so Wichtiges
bei dir? Du warst ja ziemlich kryptisch am Telefon."
„Hubert war noch da, ich konnte nicht frei sprechen." Sie seufzte und
ihre Hand, die die Kaffeekanne hielt, begann zu zittern, sodass ich sie ihr
lieber entwand, um uns selbst einzuschenken.
„Der muss mich irgendwie missverstanden haben." Sie setzte sich endlich, stützte den Kopf in die Hände und seufzte tief. „Ich meine, ich
habe mich sehr gefreut, dass er an dem Thema interessiert war und mir
helfen wollte, und er ist auch sehr nett und wir liegen auf derselben Wel-
lenlänge, aber …"
„Aber er will mehr von dir", beendete ich ihren Satz. Wenn meine
Schwiegermutter so um das Thema herumschlich, konnte nur diese Deu-
tung richtig sein.
Sie wurde tatsächlich rot. „Wir haben wirklich sehr gut zusammengearbeitet. Es hat richtig Spaß gemacht. Wir sind mit unserer Arbeit gut vorwärtsgekommen und er war es ja auch, der den Religionswissenschaftler
angesprochen hatte. Der hat uns ein enormes Stück weitergebracht. Stell
dir mal vor, er …"

„Elisabeth", unterbrach ich sie. „Darum geht es im Moment nicht. Was ist passiert?"

Ihre Wangen färbten sich tiefrot. „Dietmar, der Religionswissenschaftler, kam von außerhalb, daher habe ich ihm angeboten, bei mir zu übernachten, nur von Samstag auf Sonntag versteht sich. Hubert wohnt eine halbe Autostunde entfernt von mir, der ist normalerweise immer nach Hause gefahren. Am Sonntagabend haben wir beide zusammen gefeiert, mit zwei Flaschen Wein." Sie sah verschämt zur Seite.

„Und dann?" Ich ahnte, das war noch nicht alles.

„Wir waren ziemlich angeheitert", fuhr sie fort, das Unbehagen war ihr deutlich anzusehen. „Ja, und dann ist es passiert."

Wieder machte sie eine Pause und sah mich nur unglücklich an. Ich hatte Mühe, mir das Lachen zu verbeißen, war sie auf ihre alten Tage noch einmal beglückt worden?

Richie besaß wesentlich weniger Zurückhaltung. „Ich glaub es nicht! Das ist ja Mumienschändung!"

„Wie alt ist Hubert denn?", am liebsten hätte ich ihm einen strafenden Blick zugeworfen, nur sah Elisabeth mich direkt an, also unterließ ich es.

„Ein Jahr jünger als ich", gestand sie kleinlaut.

„Alle Achtung", tönte Richie. „Den muss ich kennenlernen."

„Ich verstehe nicht, wo dein Problem liegt", ich zuckte mit den Schultern. „Ihr seid beide ungebunden, ist er doch?", vergewisserte ich mich und fuhr, als sie nickte, fort: „Was ist dann so schlimm daran?"

„Dass er meint, wir wären dadurch ein Paar." Sie blickte so kummervoll drein, dass ich beinahe laut herausgeplatzt wäre. Gott sei Dank hielt Richie sich bis auf ein leises Stöhnen zurück, sonst wäre es um mich geschehen gewesen. „Er ist wie selbstverständlich danach hiergeblieben. Ich habe dich vorschieben müssen, damit er überhaupt gegangen ist. Und er will später wiederkommen."

„Das heißt, er will mehr, du jedoch nicht", fasste ich ihr Dilemma zusammen. „Und jetzt weißt du nicht, wie du es ihm beibringen sollst."

„Er ist nett und lieb und …" Elisabeth geriet ins Stammeln. „Nein, mehr als eine normale Freundschaft kann ich mir nicht vorstellen."

„Sag ihr, sie soll es doch erst einmal mit ihm versuchen." Richie lachte meckernd. „Was Besseres kann ihr gar nicht passieren."

Ich ignorierte ihn. „Warum nicht?"

„In meinem Alter will ich keine Beziehung mehr, ich will mich nicht auf einen Mann einstellen müssen. Er hat seine Eigenheiten, ich habe meine, ich bin froh, dass ich in meiner Wohnung allein schalten und walten

260

kann. Sie ist ein Rückzugsort für mich, ich will sie mit niemandem mehr teilen."

„Ihr könntet beide eure Wohnungen behalten", schlug ich vor. „Ihr müsstet nicht zusammenziehen."

„Ja, sag ihm das mal", empörte sie sich. „Er ist so verliebt, er wäre am liebsten ständig um mich."

„Du musst versuchen, mit ihm zu reden."

„Glaubst du etwa, das habe ich nicht getan?" Sie funkelte mich empört an. „Gleich am nächsten Morgen beim Frühstück sagte ich ihm, dass wir bitte das Geschehene als einmaligen Ausrutscher ansehen sollten. Ich fände ihn sehr, sehr nett, nur würde ich eine weitergehende Beziehung nicht eingehen wollen. Und er? Statt froh zu sein, dass ich es ihm so einfach machte, nickte er – und blieb. Bei meinem zweiten Versuch meinte er lapidar, ich solle uns eine Chance geben. Wir wären beide allein, verstünden uns gut, warum sollte nicht mehr daraus werden. Kathi, der hat sich innerhalb von zwei Tagen in eine Klette verwandelt, die ständig an mir hängt."

„Dann sag ihm klipp und klar, dass du ihn nicht mehr sehen willst."

„Das geht nicht, unser Text ist noch nicht fertig."

„Elisabeth!"

„Kathi, das verstehst du nicht. Wir haben wirklich einen Bombenartikel zustande gebracht. Es fehlt nur noch das Ende. Hubert möchte, dass wir das Ganze zum Schluss versöhnlich angehen, so in etwa, wir sollten uns auch über das internationale Flair freuen, das Multikulti mit sich bringt und gelassener sein, wenn wir auf Dinge stoßen, die uns fremd und unverständlich sind. Keiner kann sich von heute auf morgen ändern, man muss den Einwanderern genügend Zeit geben, sich einzuleben. Andererseits muss sich die Politik bemühen, diese Menschen von Anfang an zu unterstützen, damit sie das wollen und schaffen. Das wird eine Gratwanderung, das schaffe ich nicht alleine."

Meine Schwiegermutter war wirklich unmöglich. Genauso äußerte sich auch Richie. „Lass sie ihren Kampf allein austragen", forderte er mich auf. „Sie macht doch sowieso, was sie will."

Nein, sie war so oft für mich da gewesen, jetzt musste ich mich revanchieren. Ich dachte nach. Elisabeth schlang in der Zwischenzeit ihren Kuchen hinunter, als sei sie am Verhungern. „Ich kann nicht mal essen, wenn er neben mir sitzt", klagte sie mit vollem Mund. „Mein Magen zieht sich vor lauter Ärger zusammen und nichts geht mehr."

„Ich bin immer noch der Meinung, du solltest mit offenen Karten spielen." Mir war der Appetit vergangen. „Es ist gemein, ihn hoffen zu lassen, und weiter mit ihm zu arbeiten."

„Kathi, ich habe ihm zweimal gesagt, dass aus uns nichts wird, was kann ich dafür, dass er mir nicht glaubt?" Sie warf mir einen verschmitzten Blick zu. „Kannst du nicht einfach hierbleiben und wir arbeiten alle zusammen?"

„Ich habe im Moment selbst mehr als genug um die Ohren", sagte ich schärfer als beabsichtig.

Bevor ich mich noch für meinen Tonfall entschuldigen konnte, hob sie um Verzeihung bittend die Hände. „Dein Fall. Ich habe gar nicht gefragt, wie es darum steht. Erzähl bitte!"

„Das ist nicht in ein paar Minuten abgehandelt."

„Ja und? Es interessiert mich wirklich." Sie zündete ihre mittlerweile dritte Zigarette an. „Wenn du nicht dringend zurück musst, rede es dir von der Seele. Ich sehe doch, dass du ziemlich fertig mit den Nerven bist."

„Wir haben dein Problem nicht zu Ende ..."

„Wir finden eine Lösung, da bin ich mir sicher. Zuerst will ich nun deine Geschichte hören."

„Wir stecken fest", bekannte ich und dann erzählte ich ihr alles von Anfang an.

„Hm." Sie steckte sich bereits die nächste Zigarette an und blies nachdenklich den Rauch in die Luft. „Ich glaube, du hast einen Denkfehler gemacht. Wenn Ruths Annahme stimmt und der Mord an Melina geplant war, hätte sich Regina einen Platz ausgesucht, der mit Cavit in Verbindung steht und nicht mit ihr. Ihr müsst diese Stelle finden."

Wie vom Donner gerührt saß ich da, die erhobene Tasse Kaffee eingefroren in meiner Hand. Elisabeth hatte mir die Lösung gerade auf einem Silbertablett serviert.

## 59

Richard
Wir nahmen Kathis Schwiegermutter mit zu ihr nach Hause. Sie sollte für die nächsten ein, zwei Wochen dort wohnen. Hubert konnte vorbeikommen und mit ihr arbeiten, danach würde man weitersehen, wie Kathi mir zuraunte, während Elisabeth einen kleinen Koffer packte. „Vielleicht wird aus den beiden ja doch noch ein Paar."
Sie wurde gleich wieder ernst. „Richie, du musst sofort zu Cavit gehen und ihn fragen, welche Orte ihm einfallen. Du hältst dich bitte nur solange wie nötig bei ihm auf, ich will heute noch Semira informieren, sodass sie schon morgen anfangen kann."
Mensch, klar! Den hatte ich total vergessen. Ich musste unbedingt nach ihm sehen. Nicht dass dieses Monster in völlig leer saugte.
Also versorgte ich mich mit genügend Energie und nahm Kurs auf das Krankenhaus. Begeistert war ich natürlich immer noch nicht von dieser Aufgabe – andererseits konnte ich Cavit natürlich nicht im Stich lassen. Ich gelangte wie beim letzten Mal durch ein offenstehendes Fenster direkt ins Stationszimmer. Zwei Pfleger saßen am Tisch und unterhielten sich leise. Ein dritter trat durch die Tür. „Wer von euch kann mir eben helfen? Der von Nummer fünf soll verlegt werden."
Das war Cavit? Was war jetzt wieder passiert? Ich beeilte mich, den beiden zu folgen. Vor lauter Aufregung versäumte ich es glatt, mich in einem der Männer zu verstecken und bot dadurch ein geeignetes Angriffsziel, was ich im selben Moment feststellte, als wir den Raum betraten. Ich sah sofort den riesigen hell leuchtenden Fleck über Cavits Bett. Dieser hatte mich ebenfalls entdeckt und stürzte sich mit einem schrillen Heulen auf mich. Ich konnte nicht einmal mehr ausweichen, da hatte er mich bereits gepackt, das heißt, er prallte mit Wucht gegen mich und schob mich mit seinem Schwung gegen die nächstgelegene Wand. Und dann, wirklich grauenhaft, spürte ich, wie er an mir andockte. Im Nu begann ein stetiger Energiestrom aus mir rauszufließen.
Endlich war ich fähig zu reagieren. Irgendwie gelang es mir, mich loszureißen und ich stürmte blindlings los, direkt hinein in den vor mir auftauchenden Körper eines Pflegers. Mein Eindringen in ihn war dermaßen heftig, dass er stolperte und sich an die Brust griff. Aber ich war erst einmal gerettet, hoffte ich zumindest. Der würde mir doch wohl nicht folgen können?

Nein, er verharrte lauernd über uns an der Decke. „Feigling", höhnte er. „Komm raus und kämpfe."

Ich verhielt mich ganz still, bloß weg hier! Leider war mein Pfleger anderer Meinung. Er hatte sich gefangen und half in aller Seelenruhe seinem Kollegen, den Patienten, nicht Cavit, sondern seinen Nachbarn, mitsamt dem Bett aus dem Raum zu bugsieren. Ich stand echt Todesängste aus, dass dieser bösartige Geist mich erneut angreifen würde, und atmete erst beruhigt auf, als sich die Tür hinter uns schloss. Meine gesamte Welt war aus den Fugen geraten, alles, was ich bisher gedacht hatte, war falsch. Ich hatte mir bisher aus Leichtsinn oder Nachlässigkeit keine Gedanken darüber gemacht, was alles passieren konnte. Natürlich gab es die Möglichkeit, sich auch unter Artgenossen Energie abzuzapfen, warum auch nicht? Es war im Prinzip nicht anders als bei den Lebenden. Trotzdem hatte ich nicht erwartet, dass es funktionieren könnte.

Dieser Begriff „andocken" gibt das, was geschieht, eigentlich am Besten wieder. Man taucht ein in das Innere, sucht sich eine passende Stelle, vorzugsweise eine große Ader im Bereich der Lunge, weil man ja über die Atemwege eindringt, und drückt leicht gegen deren Wand. Dann konzentriert man sich und macht eine Art saugende Bewegung, besser kann ich es leider nicht erklären. Und schon beginnt die Energie zu fließen. Man muss sich dafür allerdings direkt in einen Menschen hineinbegeben, von außen über die Haut klappt es nicht.

Das war der Grund, warum ich bisher gedacht hatte, unter Artgenossen funktioniert das Ganze nicht. Wir haben keine Adern mehr, wir bestehen meines Wissens nur noch aus Energie und sind von einer Art Hülle umgeben, die ich bisher als effektiven Schutz angesehen hatte. Tja, wie leicht man sich doch täuschen konnte.

Mittlerweile hatte ich mich beruhigt, mich bisher jedoch nicht aus dem Pfleger herausgetraut. Wir hatten gemeinsam das Bett bis ans Ende des Ganges gerollt und es in eine kleine Kammer geschoben, das Sterbezimmer, wie ich vermutete. Der Patient röchelte mehr, als dass er atmete und seine Gesichtsfarbe hatte die Farbe der gräulich-weißen Bettdecke angenommen. Mehr wurde nicht mit ihm angestellt, es gab keinen Tropf mehr, keine Überwachung durch irgendwelche Apparate. Die Tür ließen die beiden offen.

Während sie zurück zum Stationszimmer gingen, überlegte ich, was ich machen sollte. Ich konnte Cavit mit diesem Kerl nicht allein lassen, der würde nicht eher ruhen, bis er ihn fertiggemacht hatte. Obwohl, so hell wie der leuchtete, würde er kaum noch in der Lage sein, zusätzliche

Energie aufzunehmen. Mich hatte er schließlich auch ganz schön geschädigt. Eigentlich hätte er längst platzen müssen …

Das war die Idee! Ich musste ihn dazu bringen, mich auszusaugen, so viel von mir zu nehmen, dass seine Hülle nachgab und er sich auflöste. Das musste zu schaffen sein.

Zuerst einmal würde ich mir genügend Ersatz besorgen, um mein Level aufzufüllen. Ich fing gleich bei meinem Pfleger an, nahm natürlich nur wenig, sodass er seine Schicht zu Ende bringen konnte, und arbeitete mich danach über seine Kollegen, leider nur die zwei, die ich schon gesehen hatte, weiter. Das reichte längst nicht. Ich benötigte mehr, ich musste selbst kurz vor dem Platzen stehen, wenn ich ihn austricksen wollte.

Also unternahm ich eine Runde über den Flur. Mist, ich hatte vergessen, dass die Türen alle hermetisch schlossen. Ich fand nicht den klitzekleinsten Zugang.

Meine Rettung war die Nachtschicht, ein Mann wie ein Bär, strotzend vor Energie, von der ich mir gleich einen kleinen Teil nahm. Nachdem er sich mit den anderen besprochen hatte, Schichtübergabe nannten die das, machte er sich auf seine Runde, bei jedem Patienten vorbeizuschauen. Ich begleitete ihn von Zimmer zu Zimmer und nahm mir jeweils ein klein bisschen von jedem, jämmerlich wenig, ich wollte schließlich niemanden umbringen, aber insgesamt doch ausreichend, so hoffte ich zumindest, um meine Reserven genügend aufzufüllen.

Cavit war ungefähr in der Mitte der Station untergebracht. Wir betraten sein Zimmer, ich wieder im Körper des Pflegers, ich würde mich erst im allerletzten Moment zu erkennen geben. Die beiden wechselten ein paar Worte, ich achtete allerdings nicht darauf, was gesprochen wurde, sondern suchte das Zimmer ab, soweit ich es mit den Augen meines Wirtes überblicken konnte. Da, der Mann hatte sich bereits abgewandt, um zur Tür zu gehen, da entdeckte ich ihn. Er hing direkt über dem Eingang. Ich handelte, schoss geradezu aus dem Pfleger heraus und auf ihn zu. Das fehlte noch, dass der sich jetzt verdrückte. Ich wollte den Kampf!

Er sah mich und zögerte. Ich raste auf ihn zu, er versuchte mir auszuweichen, doch ich erwischte ihn noch an der Seite und er wurde herumgeschleudert. Er trudelte durch den Raum und ich hinter ihm her.

„Richie!" Der Schrei kam von Cavit. Der saß aufgerichtet in seinem Bett und wedelte wie wild mit der Hand. „Komm hier hin!" Er deutete auf einen großen Kasten in seiner Hand.

Was sollte das werden? Ich hielt inne und überlegte. Das tiefe Grollen hinter mir brachte mich zur Besinnung. Wie ein Pfeil schoss ich auf den Gegenstand zu, eine Pappschachtel, wie ich im Näherkommen erkannte, und hinein.

Eine Falle, ich spürte am Luftzug, dass mein Gegner mir direkt auf den Fersen war. Dann entdeckte ich die kleine Öffnung und, während Cavit von oben den Deckel auflegte, quetschte ich mich in Windeseile durch den schmalen Spalt. Kaum war ich ganz draußen, blockierte er den fingerbreiten Riss mit einem Zipfel seiner Decke und sah mich triumphierend grinsend an. „Wir haben es geschafft. Er kann nicht mehr raus."

Ich war viel zu fertig, als dass ich hätte antworten können. Das Adrenalin - oder zumindest irgendwas in der Art - pumpte durch meinen Körper, ich war voll und ganz auf Kampf eingestellt, naja, dazu kam die Angst, die ich ausgestanden hatte, weil ich mich in einer Falle glaubte. Ha, die war gar nicht für mich gedacht gewesen. Cavit war echt ein Genie.

Langsam beruhigte ich mich. Cavit war gerade dabei, die Schachtel mit Pflasterstreifen zu verschließen, die griffbereit an seinem Nachtschränkchen klebten. „Die habe ich vorsichtshalber gesammelt, nachdem mir der Plan gekommen ist", erklärte er mir. „Hier benutzt man ja für jeden Stich eines, ich musste sie nur direkt abziehen."

„Und woher hast du die Schachtel?", erkundigte ich mich neugierig.

„Von meinem Bettnachbarn. Der braucht sie nicht mehr. So", er holte tief Luft. „Das dürfte reichen."

Der Gefangene tobte immer noch. „Was willst du mit ihm machen?"

„Ihn vernichten, wenn ich denn wüsste, wie."

„Hm." Da war ich überfragt.

„Gut, dass der Pfleger schnell genug die Tür geschlossen hat." Cavit grinste schon wieder. „Ich glaube, ich wäre direkt auf der Irrenstation gelandet."

„Ich hatte ebenfalls einen Plan. Bei meinem wäre er bereits hinüber", konnte ich mir nicht verkneifen zu sagen und erzählte ihm, was ich mir ausgedacht hatte.

Augenblicklich wurde er kleinlaut. „Ich konnte ja nicht wissen, dass du kommst. Diese Falle habe ich gebastelt als Schutz für mich. Mir fehlte nur noch die Idee, wie ich ihn dazu bringen sollte hineinzugehen. Er hat seit gestern angefangen, mir jeden Tag ein bisschen Energie abzuziehen und damit gedroht, dass er mich langsam umbringt."

„Natürlich hätte ich dich nicht im Stich gelassen." Meine Stimme klang echt ungnädig. „Es ist nur so viel passiert, dass ich es nicht eher geschafft habe."

Der Geist war vergessen. „Was gibt es Neues?"

Ich erzählte ihm alles ausführlich. „Nun denk nach, welche Orte würden dir einfallen, wenn du davon ausgehst, dass Regina von Anfang an plante, dich als Melinas Mörder hinzustellen?"

## 60

Katharina

Den ganzen Abend hatte ich gespannt auf Richie gewartet, doch er war nicht erschienen. Am nächsten Morgen war ich reichlich nervös. Beim ersten Weckerklingeln sprang ich aus dem Bett, zog mir nur schnell einen Jogginganzug über das Nachthemd und preschte die Treppe hinunter in die Küche.

„Guten Morgen", begrüßte er mich bei meinem Eintreten, als wäre er nicht viel zu spät. „Du kannst Semira anrufen, ich habe drei Stellen für sie."

„Wo warst du so lange?", zischte ich aufgebracht.

„Ich wurde angegriffen und beinahe getötet", er seufzte theatralisch. „Erst im zweiten Anlauf gelang es mir, den Bösewicht zu überlisten."

„Was ist passiert?" Ich war noch nicht wach genug für seine Scherze.

„Willst du nicht erst einmal Semira anrufen?"

„Nein, denn dann musst du sofort weg. Auf die halbe Stunde kommt es jetzt auch nicht mehr an." Ich wandte mich ab und befüllte die Kaffeemaschine. „Los, erzähl!"

Gut, dass Manfred und Elisabeth Langschläfer waren. Ich hatte bereits mein komplettes Frühstück verschlungen, als er endlich zum Schluss kam. „Und wie seid ihr ihn losgeworden? Oder ist er immer noch in der Pappbox?"

„Er ist geplatzt." Ich konnte hören, wie lustig er seine Erklärung fand.

„Richie, bitte."

„Nein, ist er wirklich. Cavit und ich haben hin und her überlegt, die einzig mögliche Alternative war, ihn auf diese Art zu töten. Wir haben den Spalt ein kleines Stückchen geöffnet und sozusagen mit einem Teil von mir wieder verschlossen. Er ist darauf reingefallen und hat begonnen, mir Energie abzuzapfen. Da er aber nicht mehr viel aufnehmen konnte, vielleicht auch sich in dem engen Karton nicht weiter ausdehnen konnte, ist er halt geplatzt."

„Ganz schön riskant, euer Manöver." Ich erhob mich.

„Besser als ihn mitsamt des Kartons entsorgen zu lassen", konterte er und folgte mir in die Diele zum Telefon. „Der wäre einen Tag später zurück gewesen."

Ich hatte gleich die Nummer der Tierarztpraxis gewählt, mittlerweile war es halb neun, und ließ mich nun mit Semira verbinden. Es dauerte nur einen Moment, bis sie an den Apparat kam. „Sie müssen noch einmal ran", erklärte ich ihr. „Wir sind wahrscheinlich von völlig falschen Tatsachen ausgegangen. Eine Psychologin, eine gute Bekannte von mir, mit der ich mich beriet, meinte, wir sollten davon ausgehen, dass der Mord an Melina geplant war und Regina ihn Cavit in die Schuhe schieben wollte. Sie wird die Leiche an einem Ort vergraben haben, der mit Ihrem Bruder in Verbindung steht und nicht mit ihr."

„Ich …"

Sie blieb so lange stumm, dass ich schließlich nachfragte: „Sind Sie noch dran?"

„Ja, ich überlege gerade … Die Polizei hat gestern rund um unser Haus und seine Wohnung alles abgesucht. Sie waren auch an unserem Ferienhaus, obwohl … Cavit hatte ja ein Alibi, er war bei Frau Paulsen, als Melina verschwand."

„Und abends? Und am nächsten Tag?", fragte ich.

„Er hat nichts mit diesem Mord zu tun."

„Das weiß ich doch." Meine Güte, war sie ebenfalls noch nicht richtig wach? „Ich gehe davon aus, dass Regina so gedacht hat. Sie wollte definitiv nicht, dass die Tote sofort gefunden wird, sonst hätte sie sich nicht die Mühe gemacht, sie irgendwo zu vergraben. Trotzdem denke ich, sie hatte vor, es Cavit anzuhängen, wenn man Melina zufällig entdeckte. Also wird sie eine Stelle ausgesucht haben, die er gut kennt."

„Ich wüsste nicht, wo das sein sollte." Sie war schon halb und halb überzeugt, das hörte ich an ihrer Stimme.

„Hinter dem Bootsteich am Ferienhaus, dort, wo der Weg in das Sumpfgebiet führt", zählte ich auf. „Im Hinterhof von Cavits Freund Micha und dann käme noch das Gebiet rund um den Tierfriedhof infrage."

Semira lachte unbehaglich. „Haben Sie etwa mit meinem Bruder gesprochen?"

„Ja, über ziemlich verschlungene Wege. Er lässt Sie grüßen und sagt, er zählt auf Sie."

Jetzt war sie so baff, dass wieder Schweigen herrschte. „Ich versuche, meinen Bekannten zu erreichen", sagte sie endlich. „Wenn alles klappt, erledige ich es heute noch."

„Rufen Sie mich bitte zurück, sobald Sie Erfolg hatten", bat ich. „Ich bin mir sicher, das ist die richtige Spur."

Sie versprach, sich umgehend bei mir zu melden. Ich hatte das Gefühl, dass sich ihre anfängliche Skepsis in Aufregung verwandelt hatte. Sie würde garantiert so schnell wie möglich loslegen. Trotzdem ermahnte ich

Richie ebenfalls: „Sobald ihr ein definitives Ergebnis habt, kommst du zurück. Den Rest schafft Semira allein."

Richie verschwand und mein Mann kam die Treppe heruntergepoltert. „Hast du gerade mit irgendwem geredet?"

„Ja, ich habe Cavits Schwester noch einmal angerufen. Mir sind ein paar weitere Plätze eingefallen, wo sie suchen könnte." Mein Mann wurde jeden Abend von mir informiert, wie weit unser Fall gediehen war. Seitdem er Regina erlebt hatte, war er sehr daran interessiert zu wissen, was wir unternahmen. Selbst für ihn, obwohl er so vieles nicht wusste, stand mittlerweile fest, dass sie die Schuldige sein musste.

Ich war viel zu nervös, um nichts zu tun, deshalb setzte ich den lange vernachlässigten Hausputz fort. In gut einer Woche würden die ersten Kinder eintreffen und es gab noch genug zu tun. Die Arbeit würde mir helfen, die aufgekommene Spannung besser zu ertragen.

„Denk dran, Hubert kommt gleich", mahnte meine Schwiegermutter, die sich auf ihren Rollator gestützt langsam an mir vorbeischob. Wir hatten sie in Manfreds Arbeitszimmer einquartiert, damit sie keine Treppen steigen musste. „Du kannst nicht wie wild um uns herumputzen, er denkt, du seist leidend."

Das war der Grund, den wir vorgeschoben hatten, um Elisabeths Hiersein zu rechtfertigen. Manfred war von unserer Lügerei nicht gerade begeistert gewesen. „Sie ist alt genug, für ihre Fehler allein einzustehen", hatte er mir abends vor dem Schlafengehen gesagt. Ich sah das anders, für mich war sie in Panik geraten und wusste nun selbst nicht genau, wie sie damit umgehen sollte. Die Tage bei uns würden alles wieder ins rechte Licht rücken.

Trotzdem würde ich mich auch ihr zuliebe nicht von dem, was ich heute vorhatte, abbringen lassen. „Ich nehme mir die oberen Zimmer vor", erklärte ich kurz angebunden. „Ihr werdet mich gar nicht zu Gesicht bekommen."

Vorsichtshalber nahm ich sowohl mein Handy als auch eines der Festnetztelefone mit nach oben. Man konnte ja nie wissen, vielleicht würden Semira und ihre Helfer schon am ersten Ort fündig.

## 61

Richard

Hans war sofort bereit gewesen, es noch einmal zu versuchen. Cavits Vater dagegen wurde richtig sauer. Das erfuhr ich während unserer Fahrt zum ersten Suchgebiet. „Er ist der Meinung, diese Frau habe mir einen Floh ins Ohr gesetzt", sagte Semira bekümmert. „Er hält es für reine Zeitverschwendung."

„Nein." Hans schüttelte entschieden seinen Kopf. „Ich finde es sehr vernünftig, dass ihr die Suche in die eigene Hand nehmt. Wenn nur die Hälfte von dem, was ihr vermutet, stimmt, muss Cavits Freundin die Täterin sein. Was ist denn mit Erek los? Anfangs hat er mich geradezu bestürmt, meinen Rufus einzusetzen."

„Ich denke, er will keine unbegründete Hoffnung mehr." Semira seufzte. „Beim ersten Mal war er sich so sicher, die Enttäuschung, dass wir nichts gefunden hatten, die konnte er nur schwer verkraften. Er hat Angst, es ist wieder umsonst."

„Und deine Mutter?"

„Die ist auf meiner Seite, sie wäre am liebsten mitgefahren."

„Diese Frau, die euch hilft, wie kommt sie eigentlich dazu? Ich meine, ist sie vertrauenswürdig?"

„Das haben wir uns auch zuerst gefragt."

Das war nun schon das zweite Mal, dass Kathis Hilfsbereitschaft angezweifelt wurde. Sie riss sich den Arsch auf und ihr schlug das pure Misstrauen entgegen. Naja, diesen Teil des Gespräches würde ich ihr gegenüber auslassen.

Doch dann, nachdem Semira ihm die Zusammenhänge genauestens erklärt hatte, lobte sie Kathi in den Himmel. „Nicht nur, dass ich ohne sie nie auf die Idee gekommen wäre einzugreifen, fast alle Impulse stammen von ihr, immer, wenn ich nicht mehr weiter weiß, fällt ihr noch etwas Neues ein. Außerdem scheint sie blendende Kontakte zu haben. Der Tipp, wo wir suchen sollen, stammt von Cavit persönlich."

Darüber war nun Hans natürlich sehr erstaunt, andererseits schien die Information seinen Eifer noch zusätzlich anzustacheln. Kaum hatten sie den Parkplatz am Moor erreicht, holte er Rufus aus dem Kofferraum und begann mit der Arbeit.

Ich war echt auf den letzten Drücker aufgeschlagen, die beiden hatten im Auto gesessen, als ich die Tierarztpraxis erreichte, und der Motor lief bereits. Ich schlüpfte durch das Fenster und in Semira hinein, dann ging es los. Sie hatten sich dazu entschieden, direkt zum Ferienhaus zu fahren, diese Stelle erschien ihnen am wahrscheinlichsten, auch wenn es die am weitesten entfernte war. „So weit hat der Suchtrupp der Polizei den Radius bestimmt nicht ausgedehnt", war sich Hans sicher gewesen.

Na, er dehnte seinen jedenfalls gewaltig aus. Immer wieder animierte er seinen Hund, der heute besonders biestig war - er hatte sogar versucht nach Semira zu schnappen - noch größere Kreise zu ziehen. Es war schon weit nach Mittag, als er endlich aufgab. „Hier ist nichts." Tiefe Enttäuschung schwang in seiner Stimme mit. „Lass uns eine Pause einlegen und danach zum nächsten Objekt fahren."

Sie hielten an einem Imbiss und kauften sich Bratwurst und Pommes, die sie im Auto sitzend verzehrten. Rufus jaulte und kratzte am Gitter, bis Semira sich erweichen ließ und ihm einen kleinen Zipfel Wurst hindurchsteckte. „Ich hoffe, du bist dafür nachher etwas netter zu mir."

„Du weißt, er würde dich nie verletzen. Er schnappt nur in die Luft, gebissen hat er noch nie."

„Trotzdem wollte deine Einheit ihn nicht behalten." Sie warf dem Hund, der sie erwartungsvoll anhechelte, einen amüsierten Blick zu. „Gib es doch zu. Du bist der Einzige gewesen, der mit ihm zurechtkam."

„Er hätte noch gut drei Jahre Dienst schieben können", bestätigte Hans. „Hätte ich nicht diesen Unfall gehabt und danach in Pension gehen müssen, wären wir heute noch ein unschlagbares Team. Ach, was soll's. Ich bin inzwischen relativ fit und kann ihm einen schönen Lebensabend bieten. Und", er sah sie Beifall heischend an, „ich bin dadurch in der Lage, einer gewissen Familie unsere immer noch guten Fähigkeiten anbieten zu können."

„Was wir alle dir nie vergessen werden, Hans." Semira sah auf die Uhr. „Wohin jetzt?"

„Mehr als einen weiteren Versuch werden wir heute nicht mehr schaffen", gab Hans zu bedenken. „Lass uns zum Tierfriedhof fahren. Das Gelände dort ist wesentlich besser zum Verstecken einer Leiche geeignet als der Hinterhof eines Freundes. – Wie ist Cavit überhaupt auf die Idee gekommen, sie könnte dort versteckt sein?"

„Keine Ahnung", musste Semira gestehen. „Ich halte die Wiesen und Felder hinter dem Friedhof ebenfalls für geeigneter."

Jaaa, wäre ich nicht mal wieder derart überheblich gewesen und hätte mich besser erklärt! Cavit war darauf gekommen, weil dieser Micha ziemlich abgeschieden am Ende einer Gasse lebte und zudem um Melinas Verschwinden herum in Urlaub gewesen war. Nicht einmal Kathi hatte gemerkt, dass ich das total vergaß zu erwähnen. Aber ehrlich gesagt glaubte ich auch eher nicht daran, dass Regina das Risiko eingegangen war.

Je näher wir der Stadt kamen, desto dichter wurde der Verkehr, bis schließlich gar nichts mehr ging. Wir standen im Stau und kamen nur Zentimeter für Zentimeter vorwärts. Semira stöhnte. „Wir müssen einmal quer durch das Zentrum, das schaffen wir nie."

Kurzerhand setzte Hans den Blinker und fuhr an der nächsten Ausfahrt ab. „Dann nehmen wir uns eben doch heute noch das Grundstück von Cavits Freund vor."

Wenn ich es richtig mitbekam, wohnte der Typ etwas außerhalb, denn wir durchquerten mehrere Vororte und es wurde immer ländlicher, hinter den Häusern erstreckten sich große Felder und ich entdeckte sogar den einen oder anderen Trecker.

„Hier in der Nähe wohnte Melina", sagte Semira plötzlich und setzte sich aufrecht hin. „Ja, da vorn", sie deutete auf eine kleine Anliegerstraße, die von der Hauptstraße, naja, was man als Ortsansässiger wohl als Hauptstraße bezeichnen würde, abging.

„Wir müssen noch etwas weiter", Hans warf einen Blick auf sein Navi. „Die vierte Querstraße ist es."

Es handelte sich eher um eine schmale Gasse, keine Bürgersteige, sondern nur Grasnarben, auf denen dicht an dicht die Autos parkten und sich ein Kleinbetrieb an den anderen reihte, Privathäuser sah ich nicht. Wir holperten langsam voran, Semira sah von einer Seite zur anderen und las die über den Hallen angebrachten Schilder. „Sind wir wirklich richtig?"

„Es ist das letzte Gebäude in der Straße." Hans folgte der Krümmung, die uns den Blick versperrt hatte. „Da, das muss es sein."

Vor uns lag ein Platz mit zwei langgestreckten Hallen, vor denen mehrere Autos in unterschiedlichem Zustand des Verfalls auf eine Schönheitsreparatur warteten. ‚Der Tuning-Meister' war auf einem weißen Schild mit roter Schrift zu lesen, das über dem Tor der vorderen Halle angebracht war. Hans bremste ab, rollte langsam auf die eingezeichnete Parkfläche zu und quetschte sich neben einen alten Mercedes. „Sollen wir?"

Zweifelnd hob Semira die Schultern und ließ sie wieder fallen. „Ich glaube, wir lassen es lieber. Das lohnt sich nicht."

„Wir könnten uns wenigstens umsehen." Ohne eine Antwort abzuwarten, stieg Hans aus dem Auto und ging los. Semira blieb nichts anderes übrig, als ihm zu folgen. Sie hatte ihn schnell eingeholt, schweigend marschierten die beiden hintereinander den schmalen Weg zwischen den Hallen entlang. Dahinter tat sich etwas Ähnliches wie ein kleiner Schrottplatz auf, anscheinend das Lager des Meisters.

„Hm." Hans blieb stehen und sah sich um. „Geeignet wäre dieser Ort schon."

„Sieh mal!" Semira wies nach links, wo man gerade soeben noch ein kleines Häuschen erkennen konnte, wild umwuchert von unzähligen Lebensbäumen. „Michas Haus."

Um dort hinzugelangen, mussten sie denselben Weg zurück nehmen und anschließend um die äußere Halle herumlaufen. Ein Plattenweg führte direkt auf den Eingang der Unterkunft zu, eine niedrige uralte Villa mit allen Anzeichen des äußeren Verfalls in einem Garten, der vor lauter Unkraut kaum noch so zu nennen war.

„He!", ertönte plötzlich eine Stimme hinter uns. „Das ist Privatbe…"

Semira drehte sich um. „Hallo Micha."

## 62

Richard

Ich muss gestehen, im ersten Moment war ich echt erschrocken, als ich den bulligen, fast zwei Meter großen Typen entdeckte, der so leise hinter uns aufgetaucht war, dass keiner von uns ihn bemerkt hatte. In seinem verschmierten Overall, dessen hochgekrempelte Ärmel wahre Muskelpakete enthüllten, und mit dem angriffslustigen Gesichtsausdruck im dreckigen Gesicht sah er ziemlich aufgebracht aus. Jetzt verzog sich sein Mund jedoch zu einem Lächeln. „Semira, Mensch, ich wollte dich anrufen, dir sagen, dass ich das von Cavit niemals glaube. Ich hab mich bloß nicht getraut, ich denk, ihr habt im Moment genug Stress."

Sie ging auf den Riesen zu und umarmte ihn ohne Umschweife. „Micha, du musst uns helfen", bekannte sie dann. „Cavit vermutet, dass hier irgendwo die Leiche von Melina versteckt ist. Dieser Mann", sie deutete auf Hans, „hat einen Leichenspürhund mitgebracht. Bitte, dürfen wir uns auf deinem Gelände umsehen?"

Michas Gesicht zeigte deutlich seine Gefühle, seine Miene wechselte von Überraschung zu Entsetzen und schließlich zu Unglauben. „Nee, ne? Das hätte ich gemerkt."

„Es ist nur eine von mehreren Möglichkeiten, denen wir nachgehen", übernahm Hans. „Es wäre sehr hilfreich, wenn Sie uns erlauben würden, uns umzusehen."

„Ja, nee, ich weiß nicht." Der Typ bewegte sich nicht von der Stelle. „Mit einem Hund suchen wollt ihr?"

„Bitte, Micha!" Semira trat auf ihn zu und legte ihm die Hand auf den Arm. Neben dem Riesen wirkte sie noch zierlicher. „Cavit braucht deine Hilfe."

„Ja, klar. Ich meine, ist schon okay. Macht mal ruhig." Er kratzte sich mit seinen dreckigen Händen am Kopf, was einen neuen länglichen Schmierstreifen hinterließ. „Natürlich will ich ihm helfen."

Semira strahlte ihn an. „Super. Wo sollen wir deiner Meinung nach anfangen?"

„Äh." Er drehte sich einmal um die eigene Achse. „Keine Ahnung. Auf dem Schrottplatz? Oder vielleicht lieber hinterm Haus?" Er wurde lebhafter. „Ich bau mir nämlich ein echtes Schmuckstück, hat Cavit dir das erzählt? Dieses Ding", er nickte zu der alten Villa hinüber, „das ist abbruchreif, es wurde Zeit für was Neues."

„Wo?", fragte Hans, der plötzlich ziemlich angespannt wirkte.

„Na, da drüben." Er deutete mit einer wedelnden Handbewegung in Richtung des verwilderten Gartens. „Ach, kommt mit. Ich zeig es euch." Er stiefelte voraus und die beiden hatten Mühe, ihm zu folgen. „Ein Original", wisperte Hans leise. „Wie ist dein Bruder denn an den gekommen?"

„Sie waren zusammen auf der Grundschule", gab Semira ebenso leise zurück. „Cavit hat ihn früher oft mit nach Hause gebracht. Die Familie von ihm war einfach grauenhaft. Aber er ist ein lieber, netter …" Was sie noch erzählen wollte, blieb ungesagt. Sie hatten eine weitere hohe Hecke aus Lebensbäumen hinter sich gelassen und standen jetzt auf einer circa fünfhundert Quadratmeter großen Wiese, besser gesagt, dem, was davon übrig geblieben war. Jemand hatte bereits das Gelände gerodet, der Bauplatz, an dem das neue Haus entstehen sollte, war abgesteckt und ein großer Bagger wartete auf seinen Einsatz.

„Montag geht es los", erklärte Micha, der auf sie gewartet hatte, stolz.

„Ich hole Rufus." Hans machte auf dem Absatz kehrt und verschwand wieder hinter dem Gestrüpp.

„Wir fangen auf diesem Platz mit unserer Suche an." Semira trat neben Micha und sah sich um. „Ist dort drüben nicht schon die nächste Straße?"

„Ja, das Grundstück geht über die gesamte Fläche." Ich konnte hören, wie stolz er auf seinen Besitz war. „Mein Opa hatte hier seinen Schrottplatz, der hat alles für nen Appel und nen Ei gekauft damals. Ich hab bei ihm angefangen mit einer ganz kleinen Werkstatt. Das Geschäft brummte, ich hab mich vergrößert und nach seinem Tod den Schrotthandel aufgegeben. Ich sag dir, ich bin echt dick im Geschäft. Es läuft."

„Schön für dich, wirklich, ich freue mich." Semira lächelte ihn an. „Das wird bestimmt ein tolles Haus."

„Ich hab letztes Jahr im Urlaub eine tolle Frau kennengelernt", erzählte Micha weiter. „Erst wollte ich ja nicht im Februar Ferien machen, wegen dem Wetter. Aber dann bin ich nach Gran Canaria und es war echt warm."

„Und dein Betrieb?", fragte Semira nach. Aha, sie hatte den Zusammenhang begriffen.

„Ich hab Werksferien gegeben", erklärte Micha stolz. „Nee, wenn der Chef nicht da ist, soll keiner arbeiten. Ich leg Wert auf Qualität, ich guck mir jeden Wagen noch selbst an. Oh." Er machte einen Satz zur Seite, weil nun der knurrende Rufus aufgetaucht war. „Mit dem ist nicht gut Kirschen essen, oder?"

„Wir halten besser Abstand", nickte Semira und zog ihn an den Rand der Lebensbäume zurück. Von dort aus beobachteten wir, wie Hans damit begann, das Baugrundstück Meter für Meter abzusuchen.

„Du brauchst nicht die ganze Zeit dabeizubleiben", sagte Semira schließlich, nachdem Micha begann, unruhig von einem Bein auf das andere zu treten. Hans hatte gerade mal die Hälfte geschafft. „Ich rufe dich, falls sich etwas ergibt."

„Nee, ich hol mir nur eben meinen Tabak und sag meinen Leuten Bescheid, ist eh gleich Feierabend." Mit einem letzten Blick wandte der Typ sich ab.

Semira bewegte sich langsam auf Hans zu. „Ist er nicht goldig?"

„Als Freund bestimmt, als Feind möchte ich ihn nicht haben." Der Hundeführer lachte. „Cavit und er – nein, darauf wäre ich nie gekommen."

„Sie sehen sich nur noch sporadisch. Micha hängt nun mal an ihm." Semira zuckte die Schultern.

„Kennst du das Gelände von früher? Es wäre schön zu wissen, wo ungefähr was gestanden hat."

„Nein, ich war nie hier. Die beiden haben immer bei uns gespielt. Später sah ich Micha nur ab und zu bei einer von Cavits Feiern. Ich wusste nicht einmal, dass er jetzt diese Auto-Tuning-Firma hat."

„Schade, es wäre einfacher gewesen …" Er hielt inne und richtete seine Aufmerksamkeit auf Rufus, der zu fiepen begonnen hatte und nun immer engere Kreise um einen Bereich am Rande des Grundstücks zog.

„Meinst du, er hat was gefunden?" Semira trat noch näher heran, hielt sich aber vorsichtshalber außer Reichweite des Hundes.

Hans' Antwort ging im hohen kläffenden Gebell unter. Und dann raste auch schon Micha herbei. „Was ist los? Habt ihr was gefunden?"

Der Hundeführer wies Semira an, die Stelle mit einem Stein zu markieren und brachte Rufus zurück zum Auto. Die beiden warteten in angespanntem Schweigen auf seine Rückkehr. „Ich habe die Kollegen informiert", sagte dieser, während er näherkam. „Wir benötigen professionelle Hilfe."

„Was? Die Leiche liegt echt hier?" Micha fiel fast seine Kippe aus dem Mund.

Selbst Semira schauderte unwillkürlich, obwohl sie doch gewusst hatte, nach was wir suchten. „Und? Was hast du denen gesagt, warum sie kommen sollen?"

„Noch gar nichts", Hans grinste. Er war der Einzige, der sich in seiner Haut wohlzufühlen schien. „Ich habe mit einem Freund gesprochen, der Rufus kennt und weiß, dass auf ihn Verlass ist. Er schickt gleich das komplette Team."

„Das heißt?", vergewisserte sich Semira.

„Es wird in wenigen Minuten auf diesem Gelände nur so von Polizisten wimmeln. Die sperren alles ab und fangen an zu graben", erklärte Hans. „Wir werden uns zurückhalten müssen. Sie lassen keine Zuschauer in ihrem Bereich zu."

„Das wird dann wohl eine lange Nacht." Semira strahlte ihn an und umarmte ihn stürmisch. „Danke, danke, danke. Ich weiß nicht, was ich sagen soll."

„Wir müssen abwarten, ob es wirklich Melina ist, die wir gefunden haben", versuchte er ihren Optimismus zu dämpfen. „Bisher steht nur fest, dass sich dort irgendetwas Verwesendes im Boden befindet. Um was genau es sich dabei handelt, wissen wir noch nicht."

Aber mal ganz ehrlich, das wäre doch ein zu seltsamer Zufall gewesen. Nee, wir hatten einen Treffer gelandet, da war ich mir sicher.

# 63

Katharina

Bevor Richie loslegen konnte, um mir zu berichten, klingelte das Telefon. Frau Meiss war am Apparat und kündigte Justus' Rückkehr zu uns an. „Seine Mutter ist verhaftet worden. Bis geklärt ist, wo er bleiben kann, würde ich Sie bitten, ihn ein paar Tage aufzunehmen", erklärte sie. „Der Vater liegt noch im Krankenhaus, die Oma ist nicht in der Lage, ihn adäquat zu versorgen. Es wäre nur für einen kurzen Zeitraum."

„Kein Problem. Sie können ihn bringen", gab ich zur Antwort. Richies Jubel, mit dem er sich, gleich nachdem der Wecker losgegangen war, auf mich gestürzt hatte, war mir im Prinzip schon Hinweis genug gewesen. Trotzdem atmete ich erleichtert auf, als ich den Hörer zurück in die Ladestation stellte. Es war vorbei, wir hatten gesiegt.

„Da wird Manfred sich aber freuen", Richie war immer noch ganz aus dem Häuschen und schwirrte wie ein Irrwisch hin und her.

„Der kann noch solange auf die freudige Nachricht warten, bis du mir alles erzählt hast." Ich winkte ihm, mir in die Küche zu folgen, damit ich mir mein Frühstück zubereiten konnte. „Also erzähl!"

„Einzelheiten willst du bestimmt nicht wissen, das war echt eklig." Er schnaubte. „Es ist aber auf jeden Fall Melina und egal, was Regina sich ausgedacht hatte, um Cavit mit dem Mord in Verbindung zu bringen, sie wurde bereits unbestreitbar überführt."

Er machte eine seiner Kunstpausen, die er gerne einlegte, um für besondere Spannung zu sorgen und ich nutzte die Gelegenheit, um nachzufragen: „Sie wurde eindeutig ermordet?"

„Ihr ist der Schädel eingeschlagen worden, mit einer Eisenstange, die Tatwaffe lag neben ihr."

„Und? Willst du gar nicht wissen, woher die wissen, dass es nur sie gewesen sein kann?", fragte er nach einer weiteren längeren Pause, in der ich mir gemütlich meine Brote schmierte.

„Ich denke, du wirst es mir sagen." Drängen brachte bei Richie nichts, dadurch wurde er eher noch unpräziser und wartete mit allerlei Kleinigkeiten auf, die meine Spannung noch erhöhen sollten.

„Die hatte ein Aufnahmegerät dabei, in der Tasche ihrer Jacke", berichtete er stolz. „So ein kleines Diktiergerät. Da hatte sie das ganze Gespräch aufgenommen. Anscheinend war sie doch irgendwie vorgewarnt, zumindest wollte sie sich absichern."

Das glaubte ich eher weniger. Wahrscheinlicher war, dass es Melina allein um Justus ging und sie auf diese Weise an relevante Aussagen von Regina kommen wollte, die sie, wenn auch nicht offiziell, zumindest gegenüber Cavit verwenden konnte. Dass mit der Verbindung zwischen Mutter und Kind etwas nicht stimmte, schien für sie damals bereits Tatsache gewesen zu sein.

Ich lag richtig, wie ich in den darauffolgenden Tagen erfuhr. Melina hatte gemerkt, dass in der Beziehung zwischen Regina und Justus einiges im Argen war. Dass sie in ihr eine echte Psychopathin vor sich hatte, war ihr jedoch nicht bewusst gewesen, dafür hatte sie diese zu wenig gekannt. Jedenfalls war Melina an Regina herangetreten und hatte sie um ein Gespräch unter vier Augen gebeten. Daraufhin hatte letztere vorgeschlagen, sich in der Nähe des Wohnortes ihrer Gesprächspartnerin zu treffen und dort in der Bäckerei auf der Hauptstraße zusammen einen Kaffee zu trinken. Angeblich hätte sie einen privaten Termin, eine Physiotherapie unter der Hand, zwei Straßen weiter, sodass man anschließend ungestört miteinander sprechen könnte.

Regina hatte bewusst den Tag gewählt, an dem die Verlobungsfeier vorbereitet werden sollte, der Termin war ja kein Geheimnis gewesen und Cavit hatte ihr bereitwillig erzählt, wer alles eingeladen worden war. So hatte sie auch erfahren, dass sein Freund Micha zu dem Zeitpunkt auf einer Urlaubsreise weilte. Dieser Umstand sei ihr wie ein unerwartetes Geschenk vorgekommen, hatte sie in ihrer Vernehmung erklärt. Nachdem die Beamten sie mit der Aufzeichnung des Diktiergerätes konfrontierten, hatte sie jegliches Leugnen eingestellt und die Tat unumwunden zugegeben. Ja, sie schien sogar richtig stolz auf ihre Vorgehensweise zu sein, sowohl bei Melina als auch bei Cavit.

Unter dem Vorwand, ihr Auto bei Micha reparieren lassen zu wollen – während ihrer Liaison mit Cavit war das Usus gewesen - hatte sie die genauen Daten seiner Abwesenheit in Erfahrung gebracht und dass der Betrieb in dieser Zeit geschlossen war. Somit hatte sie das geeignete Versteck für die Leiche gefunden.

Melina musste sterben, das hatte sie schon seit Längerem geplant. Sonst wäre schließlich ihre gesamte Vorbereitung, Cavit als Stalker hinzustellen, sobald der Unterhalt auslief, umsonst gewesen. Nein, Cavit musste ungebunden sein, eine Freundin oder gar eine Frau war in ihrem Drama nicht vorgesehen.

Dass es dadurch eventuell nicht einmal mehr zur Durchführung ihres Lügenmärchens kommen würde - sie hatte tatsächlich Fasern, Haare und ein Stückchen Fingernagel von ihm gesammelt und mit in das Grab gelegt - war ihr zu dem Zeitpunkt egal gewesen. Sie hatte gekocht vor Zorn und nur noch Rache nehmen wollen. „So oder so war er dran", hatte sie bei ihrer Vernehmung erklärt. „Ich brauchte nur abzuwarten, ob man ihn des Mordes überführte. Wenn nicht, setzte ich eben wieder auf meinen ursprünglichen Plan."

Sie hatte ihm sein altes Handy gestohlen und dieses für die vielen SMS und Anrufe an sich benutzt. „Es war ein Prepaid-Handy, er hat es nicht einmal als gestohlen gemeldet, sondern sich ein neueres, moderneres gekauft, besser konnte es mir nicht ergehen." Nach dem Schuss auf ihn hatte sie es in seine Hosentasche geschoben, das andere hatte sie bereits auf der Fahrt zum Hof zerbrochen und die Einzelteile aus dem Fenster geworfen.

Die Paketbestellungen hatte sie in diversen Internetshops vorgenommen, immer zu der Zeit, wenn sie wusste, dass Cavit gerade Feierabend gemacht hatte. Zweimal war es ihr sogar gelungen, den Computer der Klinik zu benutzen, indem sie, ein wichtiges Gespräch über Justus vorschiebend, dort aufgetaucht war, natürlich immer in einem Moment, wo sie wusste, dass er noch operierte, sodass sie in seinem Zimmer auf ihn warten konnte.

Ihm gegenüber hatte sie sich als verständnisvolle Freundin präsentiert, die Wert darauf legte, dass er und sie gemeinsame Freizeit mit dem Kind verbrachten, ja, sie hatte akribisch vorausgeplant.

Einige Fehler waren ihr allerdings doch unterlaufen. Die Liege, die sie in ihres Vaters Haus aufgestellt hatte, stammte aus dem Keller ihrer Mutter und wurde von dieser einwandfrei identifiziert. Die Handschellen, die Cavit getragen hatte, und der Taser wurden vergraben in der Nähe der Jagdhütte gefunden. Das geerbte Haus war nie zum Verkauf ausgeschrieben gewesen, sie hatte sich zwar einen Makler besorgt, sich mit ihm allerdings gleich wieder überworfen und den Auftrag rückgängig gemacht.

Ob sie anhand dieser Indizien hätte überführt werden können? Gut, dass es nicht darauf angekommen war. Mit ihrem ausführlichen Geständnis hatten sich beide Fälle restlos geklärt, Cavit war rehabilitiert und in ein normales Krankenhaus verlegt worden, wo er sicherlich nicht mehr lange bleiben musste, besonders da Justus vehement danach verlangte, endlich zu ihm ziehen zu dürfen. Semira hatte sich bereit erklärt, nur noch halbtags zu arbeiten, damit jemand sich um den Jungen kümmern konnte, während sein Vater in der Klinik war. Somit stand einem Neuanfang nichts im Wege.

Apropos Neuanfang, Hubert hatte sich mittlerweile von einem gern gesehenen Gast zu einem wahren Familienmitglied entwickelt. Er kümmerte sich um Justus, wenn Manfred keine Zeit hatte, half mir im Garten und war immer für Elisabeth da. Von einer kompletten Einvernahme seinerseits war schon lange keine Rede mehr, im Gegenteil, war er einmal verhindert,

jammerte meine Schwiegermutter, er würde sie vernachlässigen.

Das Osterfest wollten sie gemeinsam bei uns verbringen, alle unsere Kinder waren ganz gespannt auf ihn. Bella hatte er bereits über das Internet kennengelernt. „Wetten, dass sie ihn beim nächsten Mal Opa nennt?", hatte Richie gewitzelt, weil die beiden sich auf Anhieb ausnehmend gut verstanden.

Ach ja, Richie. Nachdem sich die ganze Aufregung gelegt hatte, war er nach wie vor fest entschlossen, seinen Abschied zu nehmen, wie er sagte. Ein paar Tage wolle er sich Zeit lassen, hatte er verkündet, um sämtliche Orte und Personen, die ihm etwas bedeuteten, noch einmal zu besuchen. Ganz zum Schluss würde er bei mir vorbeischauen und direkt vor meinen Augen ins Jenseits gehen. Das war der einzige Wehmutstropfen an der ganzen Geschichte. Ich wusste wirklich nicht, wie ich das verkraften sollte. Es war, als wüsste ich im Vorhinein, dass ein sehr, sehr guter Freund bald sterben müsse. Kein angenehmes Gefühl, ich durfte gar nicht daran denken, sonst kamen mir sofort die Tränen. Ich würde ihn unendlich vermissen.

# 64

Richard

Kathi hatte ganz vergessen zu erzählen, wie Regina es anstellte, Melina dazu zu bringen, sich mit ihr in der Nähe von Michas Haus zu treffen.

Es war an für sich eine ganz einfache Geschichte. Regina hatte tatsächlich ein Vorstellungsgespräch gehabt, allerdings schon um halb vier, und daher das Treffen mit Melina um halb fünf aufrechterhalten. Das war, wenn auch knapp, durchaus zu schaffen gewesen. Der Polizei hatte sie allerdings damals berichtet, sie wäre zwar tatsächlich an dem Tag mit Regina verabredet gewesen, hätte das Treffen aber aufgrund ihres Termins abgesagt. Die Auswertung von Melinas Anruferliste hatte nämlich dieses Telefonat um kurz nach drei bestätigt. Sie hatte sich also erklären müssen. In Wahrheit war es bei dem Gespräch aber darum gegangen, dass sie Cavits Freundin direkt zum Tatort des geplanten Verbrechens hatte locken wollen. „Du musst unbedingt zuerst zu Michas Haus kommen. Ich habe das ideale Verlobungsgeschenk für euch entdeckt. Bitte schau es dir an."

Neugierig wie alle Frauen war Melina darauf hereingefallen, besonders da Regina geheimnisvolle Andeutungen von sich gegeben hatte, dass ihre Idee einfach genial sei und sowohl Cavit als auch ihr ausnehmend gut gefallen würde. Sie hatten verabredet, dass Regina vor dem unbebauten Grundstück, das damals noch von einem Bretterzaun umgeben war, auf sie warten würde. Diese hatte tags zuvor genügend Zeit für ihre Vorbereitungen gehabt, die Grube war ausgehoben, die Eisenstange lag bereit, die Kette samt Schloss an der Tür des Zauns war einem Bolzenschneider zum Opfer gefallen – was Micha erst Monate später auffiel!

Als Melina erschien, führte sie sie schnurstracks auf dem Pfad an den das Grundstück abgrenzenden Lebensbäumen vorbei, hieß sie warten, um die Überraschung ins rechte Licht zu rücken - und schlug auf sie ein, kaum dass sie sich hinter dieser befand. Die hallenden Geräusche und Melinas Schreie waren auf dem Diktiergerät ebenso zu hören, wie die vorangegangene Unterhaltung. Die Psychologin hatte es eingeschaltet, kurz bevor sie Regina, die bereits auf sie wartete, erreicht hatte.

Was mich am meisten abstieß, war Reginas Art, wie sie alles gestand. Immer noch gab sie sich als die Überlegene, die den absoluten Durchblick hatte. Reue zeigte sie nicht. Kathi hatte noch einmal mit Ruth gesprochen und war von ihr aufgeklärt worden, dass das gerade das Typische an Psychopathen sei, dieses völlige Fehlen der normalen Sichtweise von richtig und falsch. Die hatten echt kein Gewissen.

Die Aufregung hielt ein paar Tage an. Ich flitzte ständig hin und her, ins Präsidium zum Verhör, zurück zu Kathi, zwischendurch zu Cavit, wieder zu Kathi. Alle waren froh und erleichtert, dass die Geschichte ausgestanden war.

Cavit nahm ich mir im Anschluss an die Ermittlungen noch einmal zur Brust und schärfte ihm ein, nie darüber zu reden, was er mit mir und anderen Geistern erlebt hatte. Das Beste sei, sagte ich ihm, dass er sich von nun an blind und taub stellte und alle Artgenossen von mir ignorierte. Nach dem Erlebten war er zum Glück schnell von meiner Meinung zu überzeugen. Er reagierte allerdings echt traurig darauf, dass ich mich endgültig von ihm verabschieden wollte.

„Hey, du könntest noch so viel Gutes tun", versuchte er mich bei meiner Ehre zu packen. „Ohne dich wäre meine Unschuld nie bewiesen worden."

„Und Kathi", erinnerte ich ihn. „Die hat die Hauptarbeit geleistet."

„Ich werde mich persönlich bei ihr bedanken, wenn ich hier raus bin." Er grinste mich an. „Durch Justus bleiben wir in Kontakt. Mit dir an meiner Seite wäre das allerdings noch schöner."

„Du hast dein Leben zurück. Meines dagegen ist unwiderruflich vorbei", beendete ich die Debatte.

Das Gleiche sagte ich etwas später zu Kathi, als ich sie von meiner Absicht unterrichtete. Sie trug es nach außen hin mit Fassung und sagte nicht mehr als: „Hast du wirklich gründlich über deine Entscheidung nachgedacht?" Aber ich konnte sehen, dass sie total traurig war, dass ich es mir nicht doch noch anders überlegt hatte.

Anschließend ging ich auf meine Abschiedstour, suchte all die Orte auf, mit denen mich angenehme Erinnerungen verbanden, sah nach all den Menschen, die ich in guter Erinnerung behalten wollte, tauchte sogar bei meiner Mutter und meinen Ex-Schwiegereltern auf. Der alte Schweinehund war mittlerweile pensioniert und führte ein tristes Leben an der Seite seiner schwerkranken Frau, die das Bett nicht mehr verlassen konnte und auf seine ständige Hilfe angewiesen war. Lange würde die nicht mehr durchhalten. Ich konnte nur hoffen, dass ich ihr im Jenseits nicht begegnete.

Meine Mutter dagegen war wieder einmal auf die Füße gefallen. Ihr neuer Lebensgefährte schien schwer verliebt zu sein und las ihr jeden Wunsch von den Augen ab. Die hatte ihren Weg gefunden.

Meine Familie besuchte ich zuletzt, naja, fast, ins Jenseits gehen würde ich an Kathis Seite. Irgendwie erschien mir das richtiger. Sie war in den letzten Jahren meine einzige Bezugsperson gewesen, für mich gehörte sie im Prinzip zu meinem allerengsten Kreis dazu. Allerdings würden wir in ihrem Garten und nicht an diesem tollen See voneinander Abschied nehmen. Kathi war ja nicht in der Lage, allein dorthin zu fahren.

Ich hatte drei Stunden mit meinen Kindern verbracht, jetzt wollte ich mich noch kurz von Carmen verabschieden. Die beiden saßen im Wohnzimmer auf der Couch, beziehungsweise sie hatte sich an ihn gelehnt und Karsten streichelte zärtlich ihren Bauch. „Wann darf ich endlich darüber sprechen?"

Sie lachte leise und drückte seine Hand. „Zwei Wochen noch und wir haben die ersten drei Monate geschafft. Ich denke, danach können wir allen die freudige Nachricht verkünden."

Ah, er lehnte sich tiefer über sie, gleich würde wieder eine dieser endlosen Kussorgien losgehen. Ich hatte genug, hauchte ein Tschüss in die Luft und wandte mich zur Tür. Dort wäre ich beinahe mit Tante Rosi zusammengeprallt, die mit aschfahlem Gesicht hereingestürmt kam. „Dein Bruder …, seine Frau …" Sie fasste sich an den Hals, unfähig weiterzusprechen, hielt sie ihm das Telefon hin.

Ich verharrte auf der Schwelle und hörte zu, wie er sich meldete. Was er zu hören bekam, ließ seine Gesichtszüge entgleisen. „Ich … ich melde mich gleich zurück", war alles, was er herausbrachte.

Carmen sah verständnislos von einem zum anderen, ich ebenso. Tante Rosi hatte sich zuerst gefasst. „Stefan, er steht kurz vor seiner Verhaftung. Er soll seine Frau umgebracht haben." Sie schauderte. „Was sollen wir bloß tun?"

Ich fluchte lauthals, ein nicht enden wollender Schwall der hässlichsten Schimpfwörter, die mir einfielen. Damit hatte sich mein Abschied vom Diesseits erst einmal erledigt. Denn dass ich Carmen und ihren Heini jetzt nicht im Stich lassen konnte, war ja wohl Ehrensache.

In dieser Reihe außerdem erschienen:

## Am eigenen Leib – Richies erster Fall

Zusammen haben die Pfarrersfrau Katharina und der frühere Klein-kriminelle Richie schon einige kleinere Verbrechen gelöst. Als Richies ehemaliger Schwiegervater entführt und missbraucht wird, will dieser den Fall unbedingt aufklären.
Aber schon bald finden sie heraus, dass es sich hierbei um eine ganze Serie von Vergewaltigungen handelt – immer an Richtern begangen. Warum ausgerechnet diese und warum wird darüber nicht in den Medien berichtet?
Während die beiden eine Spur nach der anderen verfolgen, entdeckt Richie noch ein weiteres abscheuliches Verbrechen …

## Je tiefer du gräbst – Richies zweiter Fall

Simon Glaser wird Opfer eines Unfalls. Kurz danach wird in seiner Wohnung eingebrochen. Kein Zufall, sagt Richie und wittert einen neuen Fall.
Die Ermittlungen führen ihn und Kathi in mehrere Richtungen, unter anderem zu einem Internat für hochbegabte Kinder.
Je tiefer sie graben, desto deutlicher wird ihre Gewissheit: Sie sind auf der richtigen Spur.

**Von derselben Autorin unter dem Pseudonym K. J. Weiss**

Flickenteppich
Diagnose: Schizophrenie

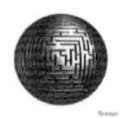

Lukas
Irrwege eines Hochbegabten

Liebe – Trennung - Mord

Albtraum
Tod eines Kindes